MICHAEL BROEMMEL

DAS GEFLECHT

EIN BREMERHAVENER KRIMINALROMAN

Kellner
VERLAG

Dieses Buch ist bei der Deutschen Nationalbibliothek
registriert. Die bibliografischen Daten können online
angesehen werden:
http://dnb.d-nb.de

IMPRESSUM

© 2., aktualisierte Auflage 2025

Klaus Kellner Verlag, Bremen
Inhaber: Manuel Dotzauer e. K.

St.-Pauli-Deich 3 • 28199 Bremen
Tel. 04 21 77 8 66
info@kellnerverlag.de
www.kellnerverlag.de

Lektorat: Annalena Kienitz
Layout: Natascha Salvatore
Umschlag: Jennifer Chowanietz
Titelillustration: Pixabay.de
Gesamtherstellung: Der DruckKellner, Bremen

ISBN 978-3-95651-442-5

DER AUTOR

Der Autor wurde 1957 am Niederrhein geboren. Aufgewachsen in konservativen dörflichen Verhältnissen wird seine Jugend durch eine subtile Fortsetzung von Rivalitäten zwischen dem politischen Lager ehemaliger Nationalsozialisten und der eigenen Familie beeinflusst. Eine ehrenamtliche Tätigkeit bei *Amnesty International* in dieser Zeit politisiert ihn weiter.

Nach dem Abitur macht er eine Lehre als Tischler. Um weder Wehr- noch Zivildienst machen zu müssen, geht er nach einiger Zeit als Tischlergeselle im Rahmen der deutschen Entwicklungshilfe ins afrikanische Ausland. In Lesotho bildet er Tischler aus. Später entwirft er für eine Behindertenkooperative in Kenia Prototypen für eine neue Möbelkollektion.

Nach Ende seiner Zeit als Entwicklungshelfer studiert er Politik und Wirtschaft in Berlin. Im Anschluss an sein Studium bleibt er der Internationalen Zusammenarbeit verbunden und arbeitet in Deutschland (Berlin und Bonn), USA, Uganda, Niger, Ghana, Sudan, Äthiopien und Benin in unterschiedlichen, zuletzt leitenden Funktionen.

Der Autor ist Mitglied im Syndikat e. V., ein Verein zur Förderung deutschsprachiger Kriminalliteratur und lebt seit 2016 mit seiner Frau in Bremerhaven.

VORWORT

Im Zuge der Recherche für diesen Roman wurde deutlich, dass sexueller Missbrauch (in religiösen Institutionen) die unterschiedlichsten Facetten annehmen kann und auch genauso viele Klischees bedient.

Da es im Rahmen eines Kriminalromans nicht möglich und auch nicht sinnvoll oder gewollt ist, jede dieser Facetten zu beschreiben, bedient dieser deshalb nur eines der gängigsten Klischees in der Darstellung des evangelischen Pastors.

Die gewählte Kombination von Pädophilie und Homosexualität ist ein leidiges Stereotyp und wird oft zusammengebracht, um zu diskriminieren.

Gerade deswegen wurde diese Darstellung gewählt, um auf die Extreme des Klischeemissbrauchs aufmerksam zu machen.

Folgende Punkte möchte ich zu Beginn betonen:
* Natürlich ist nicht jeder geistliche Mitarbeiter bzw. jede geistliche Mitarbeiterin einer Kirche oder religiösen Institution homosexuell oder pädophil!
* Natürlich besteht kein Zusammenhang zwischen Homosexualität und Pädophilie!
* **Abgesehen davon ist die sexuelle Orientierung jedes und jeder Einzelnen Privatsache und unterliegt keinerlei Bewertung.**

Mir war von Anfang an klar, dass ich mich auf schwieriges Terrain begeben würde. Aber ich wollte auch nicht schweigen.

- Schon deshalb nicht, weil die Täter oder Täterinnen in den meisten Fällen ungeschoren davonkommen.
- Weil diejenigen, die die Macht hätten, in den religiösen Institutionen etwas substantiell zu ändern, nicht willens sind, dies glaubhaft zu tun.
- Weil seitens des Strafrechts die meisten Taten verjährt sind.
- Weil den Opfern nicht geholfen wird.
- Weil nicht genügend getan wird, um derartiges in Zukunft zu verhindern.
- Weil Aufklärung, Integration und Akzeptanz immer noch schwierige Themen in einigen Kirchenkreisen sind.
- Weil …

KAPITEL 1, MONTAG

Oliver Schweers spürte, wie ihm die aparte Mischung aus Magensäure, Kaffee und Salami auf Graubrot wieder hochkam. Er versuchte, möglichst unauffällig zu würgen, um an seinem ersten Arbeitstag keinen schlechten Eindruck zu hinterlassen. So etwas hatte er in seinen Jahren bei der Bonner Polizei nie gesehen. Dabei war das nicht seine erste Wasserleiche. Die gab es am Rhein durchaus öfter mal. Aber sowas ...

Heute Morgen hatte ihn ein Anruf von Jonas Hansen erreicht. Sein neuer Assistent, den er bisher nicht kennengelernt hatte, sondern nur dem Namen nach kannte. Er hätte den Vormittag freigehabt, aber das schien in seiner neuen Dienststelle untergegangen zu sein. Ergo war er schnell aufgestanden und hatte einen Blick in die Marina geworfen. Die Luft roch nach Regen und das Aussehen des Himmels bestätigte seine Befürchtung. Am Ende des Steges, an dem sein Hausboot lag, stand ein Kormoran mit zum Trocknen ausgebreiteten Flügeln wie ein Priester, der mit erhobenen Armen seine Gemeinde segnete. Dieses Bild erinnerte ihn unweigerlich an die Auseinandersetzungen mit seiner Mutter. Wie oft hatte er mit ihr über Sinn und Unsinn der Kirche gestritten? Das war, bevor sie sich von seinem saufenden Alten getrennt hatte. An mehr erinnerte er sich nicht, hoffte aber, dass der Kormoran ihn nicht jeden Morgen in dieser Pose begrüßen würde. Der Gedanke an seinen Vater hatte seine Stimmung vermiest. *Vermutlich bleibst du gar nicht in dieser Stadt. Dann erledigt sich das Problem mit dem Prediger-Vogel von selbst,* dachte er.

Hansen hatte ihm erzählt, in der Geestemündung, gegenüber vom Tonnenhof, sei eine Leiche im Wasser treibend gefunden worden. Sein neuer Kollege, Peter Melnik, sei schon dort. Er wollte wissen, ob Schweers die Örtlichkeit finden würde, sonst könnte man eine Streife schicken, um ihn abholen zu lassen.

Da sein Tablet lief, gab er »Geestemündung« ein. Das Ziel war nicht weit entfernt. Er erwiderte, dass er mit dem Fahrrad käme. Der Versuchung hinzuzufügen, dass er, selbst ohne nautische Kenntnisse, durchaus dazu in der Lage sei, mit einem Smartphone und einer elektronischen Karte einen Ort zu finden, widerstand er. Er würde länger mit dem Kollegen zusammenarbeiten müssen. Mit einem Parka gegen den zu erwartenden Regen verließ er sein Boot, schloss ab, nahm das Fahrrad und fuhr los.

Vom ›Neuen Hafen‹ bis zum Fähranleger waren es etwas mehr als zwei Kilometer. Zehn Minuten später war er vom Regen, der inzwischen eingesetzt hatte, nass und am Ziel.

Die Feuerwehr hatte die Leiche geborgen und abseits der Kaimauer neben einer Reihe von Autogaragen, die sich zum Fluss hin öffneten, auf einer Folie abgelegt. Die Garagen gehörten zu den Häusern, deren Eingänge an der parallel verlaufenden Bussestraße lagen, wie er der Karte auf seinem Handy entnahm. Das Gelände, auf dem er stand, wurde bei Sturmfluten überspült. Diesbezügliche Hinweisschilder, die man zur Warnung für Autofahrende aufgestellt hatte, waren nicht zu übersehen. Weiter hinten sah er den Anleger für die Fähre nach Nordenham. Er ließ sein Fahrrad außerhalb der Flatterband-Absperrung und schloss es sicherheitshalber ab. Dann zeigte er dem uniformierten Kameraden seinen Dienstausweis und ging zur Leiche.

Zwei Minuten später war ihm so kotzübel wie nach einer aus dem Ruder gelaufenen Karnevalsfeier. Zusätzlich zum unappetitlichen Anblick des Opfers roch es moderig, nach trocknendem Schlick und verwesendem Meeresgetier. Der Kopf der männlichen Leiche war fast vollständig da. Aber anstelle der Augen schauten ihn zwei dunkle Löcher an. Die Augäpfel waren von Möwen oder sonstigen hungrigen Viechern gefressen worden. Von den Füßen war nur noch einer da, dafür mit Schuh. Die Oberschenkel waren beide da, na ja, halbwegs. Zerfleischt, vermutlich durch Schiffsschrauben. Das galt auch für den Torso. Von seiner Kleidung waren die Hose und ein Teil einer Jacke vorhanden.

Über den Toten beugte sich augenscheinlich der Rechtsmediziner, den er ebenfalls noch nicht kennengelernt hatte. Er nahm die Gelegenheit wahr, sich vorzustellen: »Guten Tag, mein Name ist Oliver Schweers, ich bin der neue Hauptkommissar. Habe mich auf die freie Stelle hier beworben. War bisher in Bonn tätig. Ich vermute, Sie sind der hiesige Gerichtsmediziner? Können Sie schon etwas sagen, zur Todesursache oder zum Todeszeitpunkt, mögliches Fremdverschulden, wie lange die Leiche bereits im Wasser liegt, Sie wissen, das Übliche halt.« Als er fertig war, hielt er seinen Dienstausweis aufgeklappt so hin, dass der Kollege ihn mit einer Drehung seines Kopfes hätte inspizieren können.

Der gute Mann untersuchte die Leiche systematisch weiter und zeigte keinerlei Regung oder Anzeichen, den Sprecher überhaupt bemerkt zu haben. Schweers wartete einen Moment, doch es kam keine Antwort. Er war sich sicher, laut genug gesprochen zu haben. Nachdem weiterhin keine Reaktion kam, holte er Luft, um seine Vorstellung etwas deutlicher zu wiederholen, wahrscheinlich war der Mann ja schwerhörig, aber der Kollege kam ihm zuvor.

»Moin.«

Wow, doch nicht taub? Schweers beschloss, zu warten.

Ein paar Minuten später war der Mann fertig, richtete sich auf und sah den Störenfried an.

»Sehen Sie, Herr Schweers, wir sabbeln hier nicht so viel wie im Süden und dann auch nur, wenn wir was zu sagen haben.«

Schweers war sprachlos. *Also die höfliche Vorstellung einer Person ist Gesabbel! Geht's noch? Willkommen bei der Polizei in Bremerhaven. Das kann ja heiter werden.*

»Zu Ihren Fragen. Wie lange liegt die Leiche im Wasser? Das dürften drei bis vier Tage sein, da der Kopf im Bereich der Hypostase bereits rot ist. Wäre das Gesicht lediglich blass, hätten wir es mit einem gerade Ertrunkenen zu tun. Dann finden sich an Kopf und Handrücken und am verbleibenden Fuß beziehungsweise Schuh Schleifspuren. Das deutet darauf hin, dass der Tote mit dem Kopf und nach unten hängenden Armen treibend aus einem flacheren Gewässer gekommen sein dürfte. Dieser ganze Bereich«, der Gerichtsmediziner zeigte in Richtung Kennedybrücke, »fällt aber auch bei Niedrigwasser nicht komplett trocken. Demnach kann hier kein Schuh über den Boden schleifen. Mit anderen Worten, ich würde weiter aufwärts der Geeste nach dem Tatort suchen. Dort wird es bei Ebbe sehr flach. Wenn ich mich nicht täusche, gibt es flussaufwärts verschiedene Anleger für Sportboote und weiter oben einen Gartenverein.«

Beim Wort Tatort merkte Schweers auf und wartete gespannt auf die Fortsetzung.

»Letztlich, und das macht es jetzt für Sie relevant«, der Gerichtsmediziner beugte sich wieder über die Leiche und zog den Hemdkragen des Toten ein wenig zurück, »sehen Sie das hier?«

Schweers beugte sich näher über die Leiche und versuchte, etwas zu erkennen, sah aber lediglich zwei rötliche Punkte.

»Das sind kleine Verbrennungen, die entstehen, wenn man jemandem einen Elektroschocker in den Nacken drückt und auslöst. Es entsteht ein heißer Lichtbogen, und an den Anfängen dieses Bogens kommt es zu diesen Rötungen. Also Fremdverschulden. Mein Name ist im Übrigen Melf Petersen. Ich schicke Ihnen den Bericht morgen im Laufe des

Nachmittages. Ihr Kollege, Melnik, hat die persönlichen Dokumente, die wir beim Toten gefunden haben. Die Identität steht somit fest. Morgen Vormittag ist die Leichenschau. Sie sind herzlich willkommen. Einen angenehmen Tag.«

Mit diesen Worten richtete sich der Pathologe auf, zog die Latexhandschuhe aus, drückte Schweers eine Visitenkarte in die Hand und signalisierte der Spurensicherung, dass er fertig war und man die Leiche in die Gerichtsmedizin bringen könne, sofern der neue Hauptkommissar nichts dagegen habe. Dann tippte er sich kurz an die Stirn als Zeichen des Abschieds und verschwand.

Schweers betrachtete die Karte, die der Pathologe ihm gegeben hatte und die wegen des Nieselregens nass wurde. Neben dem Namen standen die Berufsbezeichnung und die Adresse der Gerichtsmedizin sowie zwei Telefonnummern. Die Daten würde er später im Handy speichern, nahm er sich vor. Er steckte die Karte in die Brusttasche seines Hemdes und sah sich um. Peter Melnik, dessen Parka vom Regen ebenfalls nass schimmerte, stand an der Spundwand, wo man den Toten aus dem Wasser gezogen hatte, und sprach mit jemandem von der Feuerwehr. Den neuen Kollegen hatte man Schweers nur kurz vorgestellt, so dass sich noch zeigen musste, wie die Zusammenarbeit laufen würde. Melniks unbehaarter Schädel glänzte, als sei er mit einer Speckschwarte eingerieben worden, und die Hände, die die ungefähre Größe von Schaufeln hatten, wirkten leicht grotesk. Über den zweiten Bildungsweg zur Polizei gekommen, nachdem er als Schweißer in einer der Werften gearbeitet hatte. Der Mann besaß eine derart beeindruckende Statur, dass ein durchschnittlicher Krimineller schon beeindruckt sein musste, bevor er dessen furchteinflößende Pranken gesehen hatte.

»Guten Tag, Herr Melnik«, Schweers reichte seinem neuen Kollegen mit aller gebotener Vorsicht die Hand. Der Feuerwehrmann, mit dem Peter Melnik sich unterhalten hatte, grüßte kurz, murmelte etwas über Klamotten zusammenpacken, drehte sich um und ging in Richtung seines Einsatzwagens, auf dem das Blaulicht flackerte.

»Mohoin, Herr Schweers. Da hat man Sie früher geholt als vorgesehen. Soweit ich weiß, haben Sie heute Vormittag eigentlich noch frei, oder?«

Schweers nickte kurz und wunderte sich über die Begrüßung, die anders als beim Gerichtsmediziner eher gesungen wirkte. Es war sowas wie ›Mohoin‹, wobei das ›Mo‹ nach oben und das ›hoin‹ dann wieder nach unten ging. *Worin der Unterschied zwischen diesen beiden Begrüßungen liegt, werde ich vielleicht noch lernen*, dachte er und zuckte mit den Schultern: »Das ist schon in Ordnung. Was haben wir denn an Informationen?«

Peter Melnik holte seinen Notizblock aus der Tasche und schlug ihn auf: »Bei dem Toten handelt es sich um Bernardo Giordano, ledig, wohnhaft am Alten Vorhafen 9 in Bremerhaven, laut Personalausweis.«

»Ein Italiener, oder jemand mit italienischem Hintergrund? Und die Adresse, ist das weit von hier? Wir werden uns die Wohnung ansehen müssen.«

Der Kollege schüttelte den Kopf: »Sie müssten die Wohnung von hier sehen können.« Melnik deutete mit dem Arm auf einen grau-rötlichen terrassenförmigen Klinkerbau auf der anderen Seite des Flusses, dessen bodentiefe Fenster in der abgerundeten Fassade in Richtung Weser zeigten.

»Da wohnen diejenigen Bremerhavener, die überdurchschnittlich viel Kleingeld haben.«

»Kann man daraus schließen, dass unser Toter eher zu den Besserverdienenden gehörte?« Schweers wandte den Kopf in die Richtung, in die der Arm zeigte.

»Ich denke, das kann man. Er war einer von zwei Geschäftspartnern, die das Spielcasino ›Haus des Glücks‹ betreiben.«

Schweers löste seinen Blick von der schicken Immobilie, in der der Tote gewohnt hatte, und blickte Peter Melnik fragend an: »In Bremerhaven gibt es eine Spielbank? Ist nicht Ihr Ernst.«

»Doch, warum sollte es hier keine Spielbank geben?«, fragte sein Kollege zurück.

»Na ja, ich dachte, Spielcasinos findet man in Städten wie Baden-Baden oder Monte Carlo. In eher reichen Städten. Und wenn ich mich nicht täusche, gehört Bremerhaven ja nicht in diese Kategorie, oder?«

»Da haben Sie Recht, wir haben dennoch eins. Ich muss aber gestehen, dass ich noch nie drin war und auch keine Ahnung habe, ob man mit einem Casino in Bremerhaven Geld verdienen kann. Allerdings gibt es das Casino ›Haus des Glücks‹ schon seit einigen Jahren, und wenn man sieht, wo der Tote gewohnt hat, kann das Einkommen ja nicht wirklich schlecht gewesen sein.« Peter Melnik deutete mit dem Kopf in die Richtung, in der die Wohnung des Toten lag.

Schweers nickte zustimmend: »Wissen wir schon mehr als Name, Adresse, Wohnort und Beruf? Ist der Tote italienischer Staatsbürger?«

»Ja, er ist wohl irgendwann nach Bremerhaven gezogen. Jonas ist da noch dran. Er stellt ein Dossier über den Hintergrund des Toten zusammen. Ein Handy haben wir übrigens nicht gefunden. Ich habe auch keine Taucher kommen lassen, da es relativ unwahrscheinlich ist, in dem Schlamm da unten irgendetwas zu finden, von Einkaufswagen und Fahrrädern mal abgesehen. Ich hoffe, wir werden an anderer Stelle fündig. Sonst müssen wir die Aktion mit den Tauchern nachholen.«

»Mit Jonas meinen sie vermutlich Jonas Hansen, den Kollegen im Büro?«, Schweers hatte seine Stirn in Falten gezogen.

»Genau, unser Backoffice. Jonas, also Herr Hansen, ist gut mit dem Computer. Besser, als viele wissen«, fügte Melnik mit leiser Stimme hinzu.

»Wie meinen Sie das?«, fragte Schweers mit ebenfalls gedämpfter Stimme zurück.

»Na ja, ich weiß gar nicht, ob ich Ihnen das sagen kann, schließlich kennen wir uns ja noch nicht so gut. Aber ich gehe das Risiko mal ein.« Peter Melnik drehte sich erneut kurz um, aber es war niemand in der Nähe. »Jonas Hansen war als Jugendlicher in der Hackerszene aktiv und hat später Informatik studiert. Die Tricks aus seiner Jugend hat er nicht alle verlernt, Sie verstehen.«

Schweers musste grinsen: »Da machen Sie sich mal keine Sorgen, Kollege. Ich gehe durchaus selber mal den kurzen Dienstweg und habe wenig Probleme mit unkonventionellen Methoden, wenn sie denn zum Ziel führen und sich in der Legalität bewegen. Wobei es hier eine Grauzone gibt.«

Peter Melnik schien erleichtert darüber zu sein, keinen Vorgesetzten bekommen zu haben, der sich päpstlich an die Vorschriften zu halten gedachte: »Wir haben die Wohnungsschlüssel in einer der Taschen seiner Hose gefunden und könnten rübergehen, zur Wohnung des Toten meine ich.« Er hielt einen Schlüsselbund in die Höhe.

Die Aussicht darauf, ins Trockene zu kommen, gefiel Schweers, der nickte und fragte: »Wie sind Sie denn hier? Ich bin mit dem Fahrrad gekommen.«

Melnik deutete mit dem Kopf in Richtung Bülowstraße. »Mein Auto steht da um die Ecke.«

»Dann treffen wir uns vor der Haustür«, erwiderte Schweers. »Hoffentlich können wir unsere nassen Klamotten da ein wenig trocknen, während wir uns umsehen«, äußerte er seine Hoffnung, einen Blick zu den Wolken am Himmel werfend. »Es sieht nicht aus, als ob es aufhören will zu regnen.«

Diesmal war es an Melnik, zu grinsen: »Das nennen Sie Regen? Man merkt, dass Sie hier neu sind.«

»Tja, das wird so bleiben, bis ich mich eingelebt habe. Aber bevor wir losgehen, können wir dem Kollegen Hansen ja noch das eine oder andere ins Körbchen legen. Wir benötigen vielleicht die Spurensicherung in der Wohnung, die könnte Hansen vorwarnen. Wir wissen ja nicht, ob die Wohnung der Tatort ist? Falls notwendig rufen wir an. Und es wäre gut, wenn wir zwei Beamte an der Adresse des Toten hätten, die die Nachbarn befragen. Hab ich was vergessen?«

Melnik kniff die Augen zusammen, während er nachdachte: »Hansen könnte die Daten der Tiden der letzten Tage zusammenstellen und versuchen herauszufinden, ob irgendwelche Sportschiffer die Geeste herauf- oder heruntergekommen sind und etwas Ungewöhnliches am Ufer oder in der Laubenkolonie bemerkt haben. Könnte ja sein, dass der Tatort aufwärts der Geeste liegt.«

»Gut, dass Sie das sagen. Diese Vermutung mit der Geeste hatte der Gerichtsmediziner auch, dieser Melf Petersen.« Schweers hatte die aufgeweichte Visitenkarte wieder aus seiner Hemdtasche geholt, da er sich nicht sofort an den Namen erinnerte. »Der scheint ja etwas speziell zu sein?«

»Wie meinen Sie das?«, fragte Peter Melnik grinsend zurück.

»Ich habe mich ihm vorgestellt, als er die Leiche untersuchte. Das schien ihn aber nicht zu interessieren. Im Grunde hat er mich völlig ignoriert und meinte nur, hier im Norden würde man nicht so viel sabbeln und nur etwas sagen, wenn es was zu sagen gäbe. Dann hat er mir ein paar Details zur möglichen Todesursache genannt und ist verschwunden.«

Peter Melnik musste lachen. »Immerhin hat er überhaupt mit Ihnen geredet. Da seien Sie mal froh. Ich kenne ein paar Leute, die sieht der nicht mal mit dem Hintern an. Eigentlich ist der ein netter Kerl. Aber er schaut sich die Menschen gerne genau an, mit denen er zu tun bekommt, bevor er zu freundlich wird.«

»Na, dann kann er ja morgen früh nochmals genau hinschauen. Er hat uns zur Leichenschau in die Gerichtsmedizin eingeladen.«

Peter Melnik nickte zustimmend. »In Ordnung, trage ich mir gleich in den Kalender ein. Die Arbeitsaufträge an Herrn Hansen gebe ich per Telefon weiter, während Sie schon mal losfahren. Ich bin ja mit dem Auto hier und deshalb schneller an der Wohnungsadresse als Sie. Ich habe mir die Freiheit genommen, die Staatsanwaltschaft schon mal zu informieren. Die wollen vermutlich heute Nachmittag oder morgen im Laufe des Tages eine Pressekonferenz anberaumen.«

Schweers hob den Daumen als Zeichen seines Einverständnisses und ging in Richtung seines Fahrrads, während sein Kollege in die Gegenrichtung zu seinem Auto lief. Der Regen hatte nur wenig nachgelassen. Schweers fluchte leise vor sich hin. *Ich sollte mir angewöhnen, immer ein Handtuch in einer Plastiktüte dabeizuhaben, damit ich mich zwischendurch mal abtrocknen kann.* Die leichten Schuhe, die er heute Morgen angezogen hatte, waren schon komplett durchweicht. Eines der ersten Dinge am kommenden Wochenende war der Kauf eines besseren, vor allem wasserdichten Parkas mit einer vernünftigen Kapuze. Und was seine Schuhe anging, da musste er sich auch was einfallen lassen. *Vielleicht solche Stiefel, wie Segler sie tragen, wenn das Wetter scheiße ist,* dachte er, als er an seinem Fahrrad ankam. *Na wunderbar, auch der Sattel ist jetzt nass.* Er nahm das Bügelschloss ab, setzte sich auf den nassen Sitz und fühlte, wie das Wasser sich bis zu seiner Unterhose durcharbeitete. Weiter leise vor sich hin fluchend radelte er seinem Ziel entgegen. Zurück über die Kennedybrücke und dahinter gleich links. Am Radarturm vorbei und wieder links. Mittlerweile war es fast Mittag, und er hatte bereits Hunger.

»Irgendwie fühlt es sich heute so richtig wie Montag an«, Lukas Simek saß gähnend am Küchentisch und schenkte sich und seiner Frau eine Tasse Kaffee ein.

Fenja Simek stand vor einer Schale, die sie mit Müsli und Milch füllte. »Gibt es heute etwas Besonderes? Sonst kannst du ja früher Schluss machen.«

»Eigentlich nicht. Heute Abend will ich im Seamen's Club vorbei. Ich muss den Eindruck verstärken, dass ich nicht immer nur dann komme, wenn bestimmte RoRo-Schiffe im Hafen liegen. Deshalb habe ich mich für heute zum Bordbesuchsdienst auf einem Containerschiff eingetragen.«

Fenja kam mit ihrer Schüssel an den Küchentisch und setzte sich ebenfalls hin. »Dann rechne ich nicht vor acht heute Abend mit dir. Ich muss diese Woche mal bei unserer ach so intelligenten Dr. Peters vorbei.«

»Und, was will sie?«

Fenja sah ihren Mann an. »Die Peters hat mir per E-Mail mitgeteilt, dass sie eine neue Zweckgesellschaft an der Hand hat, die in Immobilien macht. Wir sollen uns überlegen, ob wir da nicht Inhaberaktien kaufen wollen. Dadurch würden wir unsere Investitionen breiter streuen und ein mögliches Risiko verringern.«

Lukas merkte auf: »Verstehe ich nicht. Ich dachte, es gäbe keine Risiken bei unseren bisherigen Geldanlagen? Und wie hoch wäre ihr Anteil in diesem Fall?«

»Ein Restrisiko gibt es bei jeder Kapitalanlage, das ist doch klar, und das weißt du auch. Aber bei diesem speziellen Anlagetyp muss die Zweckgesellschaft niemandem mitteilen, wer der oder die Eigentümer der Aktien sind. Die Peters kauft die Aktien für uns und zahlt in bar. Das Geld kann sie von unserem Notaranderkonto nehmen. Wir legen die Aktien in unseren Safe, sind Anteilseigner, tauchen aber nirgendwo auf. Es gibt kein Risiko, entdeckt zu werden. Das ist unser großes Plus! Sie will diesmal fünfzehn Prozent.« Fenja sah ihren Mann an. »Wie du siehst, habe ich mich schlaugemacht. Ich verlass mich nicht ausschließlich auf das, was mir diese Dame erzählt.«

»Dass liebe ich so an meiner Frau, ihre unendliche Weisheit. Aber ich muss leider feststellen, dass die Peters anfängt, gierig zu werden.« Lukas beugte sich vor und rührte gedankenverloren in seinem Kaffee. »Ich muss gestehen, mir wäre es lieber, wir würden die übliche Schiene verfolgen. Wir kaufen über die Peters ein Haus, das laut Vertrag 50.000 Euro kostet, der eigentliche Wert liegt bei 300.000, und 250.000 Euro zahlen wir in bar. So bekommen wir unser Bargeld ein zweites Mal gewaschen und in den legalen Geldkreislauf.«

»Ich weiß, ich weiß. Noch besser wäre es, das Geld direkt auf ein Konto im Ausland zu überweisen. Aber hast du jemanden, dem du so weit vertrauen kannst, dass du ihm oder meinetwegen auch ihr Bargeld in die Hand geben kannst, mit der Bitte, dies in kleinen Tranchen auf unser Konto im Ausland zu überweisen?«

Lukas schüttelte den Kopf, und seine Frau fuhr mit halbvollem Mund fort: »Wer immer das ist, hat dann so viel Informationen über uns, dass er oder sie uns jederzeit erpressen kann, und du willst ja sicherlich nicht persönlich zur Bank gehen und in deinem eigenen Namen Geld auf unser Auslandskonto überweisen, oder? Mir reicht, dass bereits drei Immobilien auf unseren Namen eingetragen sind, auch wenn die sich nicht in Bremerhaven befinden und formell einer Firma gehören, in der wir – zumindest auf den ersten Blick – nicht auftauchen.«

»Ich kenn leider niemanden, dem ich so weit vertrauen könnte. Schade, dass die Nummer mit der Rücküberweisung von Mietkautionen auf ein Konto im Ausland so aufwendig und teuer ist, sonst könnte man das weiter verfolgen.« Lukas sah sinnierend aus dem Fenster auf ein neues Gebäude des Alfred-Wegener-Instituts, das auf der anderen Seite des Hafenbeckens entstand. »Das einzig Gute an der Peters ist, dass wir sie im Grunde in der Hand haben. Oder besser gesagt: Wenn die uns anscheißen will, geht sie ebenfalls unter, und das ist ihr klar. Auch wenn sie dir unsympathisch ist, doof ist sie deshalb nicht.«

»Das denke ich auch, und ich bin weit davon entfernt, sie zu unterschätzen.« Fenja stand auf, um ihre Müslischüssel zur Spülmaschine zu bringen, und zeigte auf die Kaffeetasse ihres Mannes. »Soll ich die mitnehmen, bist du fertig?«

Ihr Mann nickte: »Ich muss los. Bis heute Abend. Wie gesagt, es wird etwas später, wegen Bordbesuchsdienst. Ach, bevor ich es vergesse: Sobald du irgendetwas über einen Polizeieinsatz wegen Freitag hörst, im Radio oder im Frühstücksfernsehen, sag mir bitte Bescheid, okay?« Lukas stand auf. »Wenn es keinen Sturm oder Unwetter gibt, der eine Ankunft verzögert, kommt diese Woche eine Lieferung. Seit Neuestem hält die Revierzentrale die größeren Pötte ab Windstärke sechs draußen, weil sie Angst haben, dass so ein Ding in der Fahrrinne querschlägt und den Hafen auf längere Sicht blockiert. Das erschwert meine Planung leider ein bisschen. Aber wenn alles glatt geht, haben wir am Ende der Woche wieder so viel Bargeld, dass es sich lohnt, ins Casino zu gehen.«

Seine Frau nickte. Beide küssten sich kurz, dann machte sich Lukas auf den Weg zu seiner Dienststelle beim Zoll.

Kollege Melnik saß auf einem Parkplatz vor dem Haus des Toten in seinem Auto. Als er seinen neuen Chef kommen sah, stieg er aus und ging vor zur Haustür. Den Hausschlüssel hatte er in der Hand. Schweers schloss sein Fahrrad erneut ab und spazierte zum Hauseingang.

Nur sechs Parteien wohnen in dieser Nobelhütte, nicht schlecht, dachte er, als er das Klingelbrett sah und zusammen mit Melnik ins Haus ging. Im zweiten Stock fanden sie ein Schild mit dem Namen des Toten und öffneten die Tür, die keinerlei Einbruchsspuren aufwies. Vom Flur gingen zwei Türen nach links und eine nach rechts ab. Geradeaus sah man bodentiefe Fenster, durch die man direkt auf die Weser blickte. Die beiden Beamten zogen sich Überzieher über die Schuhe und Latexhandschuhe über die Hände.

Schweers sah seinen Kollegen an: »Sie links, ich rechts?«

Melnik nickte und legte los. Schweers hing zuerst seinen nassen Parka an der Garderobe auf. Dann ging er bis zur Tür auf der rechten Seite und sah in einen Raum, der als Büro diente. Durch das Fenster konnte er das Lotsenhaus mit den Versetzbooten davor sehen. Nicht weit davon entdeckte er ein weißes Gebäude, in dem sich ein Schiffskonstrukteur eingerichtet hatte, wie er wusste. Im gleichen Haus befand sich ein Restaurant mit einem Ausblick auf die Weser, das Schweers bei seinem ersten Besuch in Bremerhaven aufgefallen war.

Er setzte sich an den Schreibtisch am Ende des Raumes, zog sein neues Notizbuch aus der Tasche und legte es vor sich auf die Tischplatte. Er betrachtete das rechteckige, dunkelgraue Heftchen mit zusammengekniffenen Augen und stieß das Schreibgerät, das an einer Seite in einer Lasche am Heft befestigt war, mit dem Finger an, als wollte er es dazu auffordern, selbstständig Notizen zu machen. *Du bist der erste Beweis dafür, dass ich älter werde und mir nicht mehr alles merken kann*, dachte er, zog den Druckbleistift aus der Lasche und schlug das Heftchen auf. Er hatte während seines letzten Falls in Bonn immer mal wieder das ein oder andere vergessen, was ihm früher nie passiert war. Und diese Blöße wollte er sich auf seiner neuen Stelle nicht geben. Er lehnte sich zurück und begann mit seiner ersten Liste.

- *Handy des Toten fehlt; eventuell doch noch Taucher organisieren;*
- *Hansen soll Tidendaten zusammenstellen und herausfinden, ob Sportfischer auf der Geeste unterwegs waren;*

Dann sah er sich den Schreibtisch an, vor dem er saß. Eigentlich nur eine Platte auf zwei Holzböcken ohne Schubladen oder Ähnlichem. Die Arbeitsplatte war aus Mooreiche gefertigt. *Teuer*, dachte Schweers, *aber wer sich diese Wohnung leisten kann, dürfte keine Geldprobleme haben.*

Vor Schweers stand ein großer Computer von Apple. Ein weiteres Zeichen dafür, dass Geld kein Problem darstellte. Er schaltete das Gerät ein. Der Bildschirm wurde hell und verlangte ein Passwort.

Tja, wenn ich auf dem Schreibtisch keinen Hinweis dafür finde ..., dachte Schweers und suchte nach dem üblichen, unauffällig versteckten Zettel, konnte aber nichts entdecken. Er notierte einen neuen Punkt auf seiner Liste.

· *IT-Forensik soll den Mac des Toten untersuchen;*

Er sah sich weiter um, nachdem er das Gerät wieder ausgeschaltet hatte.

Plötzlich klingelte es an der Haustür.

»Ich geh schon«, rief Melnik aus dem ersten Zimmer, das sich in der Nähe der Wohnungstür befand.

Schweers hörte Gemurmel, und dann meldete sich Melnik erneut: »Das waren die Kollegin und der Kollege, die Hansen geschickt hat. Ich habe sie kurz instruiert. Die befragen die Nachbarn und schicken uns einen Bericht mit den Ergebnissen.«

»Sehr gut, danke!« Schweers nickte zufrieden. *Melnik gefällt mir. Man merkt ihm seine Erfahrung an. Wenn das so weitergeht, werden wir uns gut ergänzen.* Dann nahm er den Kalender des Toten in die Hand, der Gebrauchsspuren aufwies, also nicht nur zur Zierde auf dem Schreibtisch lag. *Den wird sich auch Hansen vornehmen müssen*, dachte er, nachdem er ihn einmal durchgeblättert hatte, ohne dass ihm etwas aufgefallen wäre, und rief: »Haben die beiden eigentlich ein paar Kisten mitgebracht? Ich schätze, das ein oder andere werden wir mitnehmen müssen, damit Hansen sich das in Ruhe im Büro anschauen kann.«

»Ich frag mal nach.«

Schweers hörte die Wohnungstür klappern und machte weiter. Den Kalender legte er auf eine kleine Couch, damit er ihn nicht vergaß und machte sich eine Notiz.

· *Hansen soll Kalender des Toten auswerten.*

An der Wand vor ihm hingen zwei Bilder mit modernen, abstrakten Bleistiftskizzen. Beide waren unten rechts signiert, aber der Name des Künstlers sagte ihm nichts. Links vom Schreibtisch, an der Wand zum Flur, stand ein Regal, das Bücher und Akten enthielt. Alle Aktenrücken waren beschriftet: Rechnungen, Wohnung-Bau, Wohnung-Kauf, Kontoauszüge, Auto, Internet, Handy, Sonstiges.

Das Opfer hat doch bestimmt keinen billigen Schlitten, dachte er, als er den entsprechenden Ordner aus dem Regal zog und aufklappte.

Als Erstes sah er einen Leasingvertrag für einen Jaguar. Damit war diese Frage schon mal geklärt. Er schaute aus dem Fenster und sah das Fahrzeug nicht weit vom Haus auf einem Parkplatz, der zur Wohnanlage gehörte. Das Nummernschild passte zu den Angaben, fehlte nur der Autoschlüssel. *Wenn das Auto hier ist, ist der Tote entweder zu Fuß oder mit dem Fahrrad unterwegs gewesen.*

Er blätterte weiter und fand einen Vertrag mit einem Mobilfunkanbieter. *Also muss es ein Handy geben.* Schweers notierte sich die Nummer und rief sie gleich mit dem eigenen Handy an, hörte aber kein Klingeln. *Dann ist das Handy woanders oder es ist leise gestellt.* Der gleiche Anbieter stellte offenbar auch das WLAN in der Wohnung, wie er den Dokumenten beim Weiterblättern entnehmen konnte. Er schickte Hansen per Textnachricht die Telefonnummer ihres Opfers und machte sich zwei neue Notizen.

· *Kein Handy in der Wohnung*
· *Hansen soll Verbindungsdaten besorgen.*

Schweers blätterte weiter. Ein Pachtvertrag für ein Lauben-grundstück blickte ihn an. Verpächter war ein Gartenverein ›Geesthelle‹. *Wenn der Name Programm ist, dann befindet sich die Kolonie an der Geeste.* Er holte sein Smartphone her-vor, startete die Karten-App und folgte dem Fluss von der Mündung, dem Fundort ihres Opfers, flussaufwärts. Kurz darauf stieß er auf die Kolonie.

»Herr Kollege, möglicherweise habe ich den Tatort ge-funden!«, rief Schweers in Richtung Flur.

Schweers hörte, wie eine Schublade zugeschoben wurde. Dann sah er Peter Melnik schon kommen und zeigte ihm den Pachtvertrag.

»Das könnte passen. Parzelle vierzehn hat er gepachtet. Da müssen wir als Nächstes hin. Entspräche der Vermutung des Gerichtsmediziners.« Schweers blickte Melnik fragend an, der die Stirn in Falten gezogen hatte und dann nickte.

»Wenn es sich bei der vierzehn um ein Grundstück mit Wasserzugang handelt, erhöht sich die Wahrscheinlichkeit sogar noch. Ich rufe Hansen an, der soll Kontakt zum Ver-ein aufnehmen und herausfinden, wo diese Parzelle ist.« Schweers stimmte nickend zu. Melnik fuhr fort: »Bevor ich es vergesse, unsere Kollegen haben in weiser Voraussicht ein paar Kartons mitgebracht, die sie gleich hochbringen wer-den. Ich habe bisher nichts gefunden, was wichtig erscheint. Der Tote hat übrigens in der Schublade seines Nachttisches eine Bibel liegen. Dass es sowas noch gibt.«

Schweers musste grinsen. »Habe ich zuletzt in einem Hotel gesehen. Ich kenne kaum jemanden, der in die Kirche geht oder sich als gläubig bezeichnen würde.«

»Wen wundert das. So wie diese Leute mit ihren Skan-dalen umgehen, die Täter in Schutz nehmen und die Opfer alleine lassen!« Melnik schüttelte den Kopf.

»Tja, Gottes Zoo ist groß, wie man sagt. Ich glaube, ab-gesehen vom Kalender des Toten, einigen Akten und dem

Computer scheint mir hier nichts so wichtig zu sein, dass wir es mitnehmen sollten. Ich mache im Wohnzimmer weiter.«

»Dann nehme ich mir die Küche vor. Wenn die anderen Wohnungen ähnlich sind, mit diesen Fensterfronten in alle Richtungen, kann ich mir kaum vorstellen, dass jemand den Toten hier mit einem Elektroschocker betäubt, zwei Treppen nach unten und rund ums Haus getragen hat, um ihn dann in die Geeste zu werfen. Das Risiko, gesehen zu werden, wäre sogar mitten in der Nacht zu hoch.«

»Das sehe ich auch so.« Schweers blickte nach draußen. »Man weiß nie, wie viele Leute in dem Moment aus dem Fenster schauen.«

»Oder welches Lotsenboot in diesen Minuten zurückkommt«, sagte Melnik, auf eines der Boote deutend, das auf der anderen Seite anlegte.

Schweers warf einen kurzen Blick in die Richtung, in die Melnik deutete und machte sich auf den Weg zum Wohnzimmer. Die Aussicht war atemberaubend. Durch die bodentiefen Fenster, die von rechts nach links verliefen, bot sich ein Panoramablick auf die Weser, die sich nun vor ihm ausbreitete. *Ich habe auch einen schönen Blick aufs Wasser*, tröstete er sich. Er musste daran denken, wie er das Boot in der letzten Woche mit zwei Freunden von Bonn nach Bremerhaven gebracht hatte. *Die Fahrt durch die ganzen Kanäle war zwar kompliziert, aber sehr schön. Ich sollte einen Bootsführerschein machen. Die Schiffergilde, die weiter südlich im ›Neuen Hafen‹ ihre Stege hat, soll so etwas anbieten. Bei Gelegenheit werde ich mich erkundigen, was das kostet.*

Die Einrichtung im Wohnzimmer war, bis auf den riesigen Flachbildschirm, in Weiß gehalten. Es gab, wegen der ganzen Fenster, wenig Stellfläche entlang der Wände. Wenn man in den Raum kam, befand sich links die Küche und nahm eine Innenwand in Anspruch. Auf der rechten Seite stand eine weiße Anrichte, die Geschirr, Porzellan und solche

Dinge enthielt. Dann gab es einen flachen Schrank, auf dem der riesige Bildschirm stand. Dessen Front konnte heruntergeklappt werden, und eine hochwertige Musikanlage kam zum Vorschein. Vor einem Teil der Fenster standen Stehlen unterschiedlicher Höhe, auf denen wiederum Pflanzen drapiert waren. Dominiert wurde der Raum von einem großen u-förmigen Sofa, in dessen Mitte ein Couchtisch stand. Das gesamte Ensemble war zur Weser ausgerichtet. Ein paar Zeitungen lagen aufgeschlagen darauf, und eine Blume, der auch kein frisches Wasser mehr geholfen hätte, war in ihrer Vase einen einsamen Tod gestorben. Die Sitzgelegenheit und der Tisch standen auf einem hellgrauen Teppich. Ein paar Bilder an der Wand hinter ihm, und das war es schon. Nichts von Interesse oder Wichtigkeit. Alles wirkte steril.

Peter Melnik war mit der Küche ebenfalls durch und stieß zu ihm. »Der Autoschlüssel lag in einer Schale auf dem kleinen Tischchen im Flur«, sagte er und hielt einen Schlüssel mit Fernbedienung hoch. »Ein Handy habe ich aber nicht gefunden.«

Schweers nickte bestätigend: »Herr Hansen hat von mir die Handynummer bekommen und kann das Teil dann orten lassen. In jedem Fall sollten wir ihm mitteilen, dass wir hier keine Spurensicherung benötigen, oder?«

Anstelle einer Antwort holte Melnik sein Handy aus der Tasche und rief den Kollegen direkt an: »Jonas, richtig, ich bin es. Wir benötigen in der Wohnung des Toten keine Spurensicherung. Das können wir uns sparen, das kann nicht der Tatort sein. Die Kollegin und der Kollege, die hier momentan die Nachbarn befragen, haben einen Karton mitgebracht, den sie dir vorbeibringen. Darin sind der Kalender des Toten und eine Akte mit ein paar persönlichen Unterlagen, aus denen unter anderem hervorgeht, dass Giordano eine Laube in Geesthelle gepachtet hat. Parzelle vierzehn. Finde doch bitte heraus, wo dieses Grundstück innerhalb der Kolonie liegt. Da wollen wir heute noch hin. Es kann gut sein, dass es sich dabei um den Tatort handelt. Der Computer des Toten ist ebenfalls im Karton. Der geht aber zuerst an die IT-Forensik. Also lass die Finger davon.« Hansen schien etwas zu sagen. »Richtig, wenn sich das bestätigt, sagen wir dir Bescheid, dann benötigen wir die Spurensicherung dort. Herr Schweers hat dir die Handynummer des Toten bereits geschickt. Das Handy muss geortet werden, wir können es nicht finden, und wir brauchen die Verbindungsnachweise.«

Melnik hatte aufgelegt: »Dann sind wir hier fertig, oder?«

Schweers nickte: »Wir müssen unseren Leuten Bescheid sagen, dass wir uns das Auto noch anschauen und dann abhauen. Die Akte, den Rechner und den Kalender geben wir den beiden ebenfalls.«

Die beiden Kommissare verließen die Wohnung des Toten und zogen sich vor der Wohnungstür die Überzieher und Handschuhe aus. Während Schweers sich seinen halbwegs trockenen Parka wieder anzog, kamen die Kollegin und der Kollege, die die Nachbarn befragt hatten, die Treppe herunter und schüttelten vielsagend den Kopf.

»Niemand hat was gesehen oder gehört, vermute ich?«, fragte Schweers, und der Ältere der beiden nickte zustimmend.

»Würdet ihr das hier mitnehmen und Hansen geben, der ist im Bilde.« Peter Melnik übergab Akte und Kalender. »Der Rechner hier muss zu den Kollegen von der IT.«

Alle vier verließen gemeinsam das Haus, nachdem Melnik die Wohnung versiegelt hatte. Man konnte zu diesem Zeitpunkt nicht wissen, ob dort doch weiter nach Indizien gesucht werden musste, auch wenn die Wohnung als Tatort nicht infrage kam.

Die Durchsuchung des Autos ergab ebenfalls keine Hinweise. Es stellte sich die Frage, ob der Tote zu Fuß oder per Fahrrad zu seiner Laube gefahren war. Ein längerer

Spaziergang oder die Nutzung des ÖPNVs war auch denkbar. *Na ja, das Opfer wäre bestimmt nicht freiwillig mit dem Bus gefahren.*

»Schon erstaunlich, wie wenig Hinweise auf Freunde oder Verwandte sich in der Wohnung finden. Kann man denn wirklich derartig isoliert leben, wenn man nicht gerade ein Einsiedler ist?«

Peter Melnik nickte: »Geht mir auch so. Ist schon komisch. Vielleicht kann uns jemand im ›Haus des Glücks‹ dazu mehr sagen. Da werden wir auch noch hin müssen.«

»Ich habe jetzt aber zuerst mal Hunger«, Schweers hatte auf seine Uhr geschaut. »Es ist schon vierzehn Uhr, ich brauche dringend Nahrung. Wie sieht es bei Ihnen aus?«

Sein Kollege schien in sich hineinzuhorchen und befühlte symbolisch seinen Bauch. »Ich dachte schon, in Bonn würde man nichts essen. Ich habe Kohldampf ohne Ende.«

»Gibt es was Annehmbares in der Nähe?«, fragte Schweers zurück.

»Wir können in den Wasserschout gehen, der ist gleich hier um die Ecke. Regionale und internationale Küche. Gute Hausmannskost, nicht überkandidelt, dafür lecker und anständige Portionen. Wäre das was?«

Schweers stimmte zu. »Irgendwo muss ich ja anfangen, mir diese Stadt zu erschließen.«

»Man kann das Dach des Gebäudes praktisch von hier sehen.« Melnik deutete in Richtung Schifffahrtsmuseum.

»Gut, dann treffen wir uns da«, sagte Schweers und ging zu seinem Fahrrad, während sein Kollege nickte, sich einen Zigarillo anzündete und in Richtung Auto ging.

»Das geht ganz schön ins Kreuz«, Martin Koopmann stieß im Schlafzimmer zu seiner Frau, die dabei war, einen weiteren Karton mit Unterwäsche und Socken zu schließen und mit einem dicken Edding zu beschriften.

»Dann lass die mit den Büchern stehen, die nehmen wir nachher gemeinsam. Mach erst mal mit den restlichen Kartons mit Klamotten weiter. Das sind nur die zwei hier, und zwei weitere stehen im Gästezimmer. Ich habe Gott darum gebeten, uns die notwendige Stärke für den Umzug zu geben. Wie viele Kartons mit Büchern müssen noch auf den Hänger?«

Koopmann grinste innerlich. *Ich bin der Pastor und meine Frau ist diejenige, die tatsächlich noch an Gott glaubt. Verkehrte Welt.* Dann sagte er laut: »Nur drei. Das schaffen wir.« Der Pastor nahm den frisch beschrifteten Karton vom Boden hoch und machte sich wieder auf den Weg zum Anhänger der Umzugsfirma, der in der Einfahrt stand. Die Männer der Firma hatten den ganzen Vormittag gepackt, Möbel abgebaut und dann alles aufgeladen. Einige Sachen hatten er und seine Frau aber selber packen wollen. Die Muskeln dieser Kerle hatte er nur bestaunen können. *Wie gut gebaut die waren! Schade, dass die Jungs schon wieder weg sind.* Koopmann zwang sich, an etwas anderes zu denken, und hievte den Karton mit einem leichten Stöhnen auf die Ladefläche.

Nur noch die letzten Kartons aufladen, einmal durchfegen, abschließen und dann geht's los. Er freute sich auf die neue Stelle. Das war mal etwas völlig anderes, als immer wieder in einer Gemeinde die letztlich immer gleiche Routine abzuspulen. Er schaute auf seine Uhr. Fast vierzehn Uhr. Sie mussten sich beeilen, da sie ihre drei Töchter noch von der Schule abholen mussten. *Hoffentlich finden sich die drei in Bremerhaven zurecht,* dachte er, als er den letzten Karton aus dem Schlafzimmer holte und zum Hänger der Spedition brachte. Jetzt fehlten nur noch die restlichen Bücher.

Gemeinsam brachten sie die drei verbliebenen Kartons zum Anhänger. Koopmann schloss die hintere Klappe und befestigte die Plane. Dann ging er ins Haus, um ein letztes Mal durch die Wohnung zu gehen, in der sie fast sieben Jahre gelebt hatten.

»Werde bloß nicht sentimental.« Seine Frau hatte den Schlüsselbund in der Hand. »Die Schlüssel sollen wir ja in den Briefkasten werfen, wenn ich mich recht erinnere, nicht wahr?«

»Genau«, erwiderte ihr Mann und nickte.

Susanne Koopmann drehte den Schlüssel im Schloss demonstrativ zweimal um und bugsierte dann den kompletten Bund in den Briefkasten, der rechts von der Haustür an der Wand hing. »So, Abflug. Die Mädels abholen und weg sind wir. Freust du dich?« Susanne Koopmann lächelte. Dass sie sich freute, war offensichtlich.

»Oh ja. Das ist endlich einmal etwas anderes. Und Bremerhaven ist eine außergewöhnliche Stadt, nach allem, was ich bisher so gelesen habe«, antwortete Koopmann und zog den Autoschlüssel aus der Tasche. Er öffnete die Türen des Kleinbusses, den sie inzwischen seit fast zwölf Jahren fuhren. *Bei drei Kindern kommt man um so eine Kutsche kaum herum*, dachte er, während er es sich auf dem Fahrersitz bequem machte und das Navigationsgerät einschaltete. Ihre neue Adresse hatte er bereits einprogrammiert. Die erste Nacht würden sie in Bremerhaven im Hotel verbringen, da die Möbel für ihre Wohnung erst morgen mit der Spedition kommen würden. Die Unterkunft war Teil der Seemannsmission und im Wesentlichen von Seeleuten frequentiert, die sich länger in der Stadt aufhielten, weil ihr Schiff repariert wurde oder aus Gründen, die ihm bis jetzt nicht bekannt waren. Das würde er alles lernen müssen.

Er setzte mit dem Wagen rückwärts aus der Einfahrt heraus auf die Straße und schlug den Weg Richtung Schule ein, um die ›Gören‹, wie seine Frau manchmal scherzhaft sagte, abzuholen.

Zehn Minuten später sahen sie ihre Töchter, die in einem Pulk anderer Mädchen standen und sich offenbar tränenreich verabschiedeten. Man schwor vermutlich, sich nie aus den Augen zu verlieren, und überhaupt war das alles total krass oder geil, und sicherlich wurde das eine oder andere Gefühl hier getriggert. Er war sich nicht sicher, welches Modewort im Zusammenhang mit einem Ortswechsel angesagt war, als er neben der Gruppe das Auto zum Stehen brachte und die Schiebetür öffnete.

»So, die Damen, es ist so weit. Bitte einsteigen, wir wollen ja heute noch ankommen, nicht wahr.«

Seine Worte lösten weiteres Kreischen und eine erneute Flutwelle an Tränen aus. Er konnte nicht anders, drehte die Augen nach oben und fragte: »Sag mal, Susanne, waren wir in dem Alter auch so?«

»Na ja, wenn ich ehrlich bin, vermutlich schon. In dem Alter, in dem Greta ist, kommt dieses Herauslösen aus dem Freundeskreis einer absoluten Katastrophe sehr nah. Mit siebzehn ist sie komplett hormongesteuert.«

Koopmann bekam ein schlechtes Gewissen: »Ich muss mir was einfallen lassen, um das wiedergutzumachen. Vielleicht war ich, was den neuen Job und den damit verbundenen Ortswechsel angeht, zu egoistisch?«

»Ich glaube, wir sollten erst mal abwarten, wie sich das entwickelt. Die Drei werden bald neue Freunde finden. Abgesehen davon hat eine andere Stadt ja erst mal viel Unbekanntes zu bieten, so dass die Mädels alle Hände voll zu tun haben werden, sich das zu erschließen. Und dann sind da ja die ganzen neuen Jungs, zumindest für Greta und Eva. Eva ist zwar erst vierzehn, aber das dauert nicht mehr lange. Mach dir nicht zu viele Sorgen.«

»Ich werde mich bemühen«, antwortete er wahrheitsgemäß und dachte dann: *Das ist leichter gesagt als getan. Als Hafenstadt hat Bremerhaven nicht nur den Ruf, weltoffen zu sein, sondern auch, es mit Moral und Sitten nicht so genau zu nehmen wie anderswo. Auch wenn mir das persönlich entgegenkommt, sind meine Töchter hierfür noch zu jung. Na ja, vielleicht auch nicht? Diese Generation scheint mit allem früher anzufangen als ich in diesem Alter.*

Seine Frau öffnete die Beifahrertür und stieg aus, um ihren Töchtern klarzumachen, dass jetzt endgültig alle Fristen abgelaufen waren. Sie ging um den Wagen herum und bugsierte die Schwestern nacheinander durch die Schiebetür auf die Rückbank des Autos. Er hörte sie kurz beruhigend mit den zurückbleibenden Freundinnen sprechen, man sei ja nicht aus der Welt und es gäbe doch die sozialen Medien und im Übrigen. Die Schiebetür fiel ins Schloss. Es kehrte Ruhe ein, und das leise, aber unüberhörbare Schluchzen seiner ältesten Tochter lastete auf seiner Seele. Er versuchte, etwas zu sagen, schluckte aber nur schwer. Wahrscheinlich hätte er es nur schlimmer gemacht, als es eh schon war. Die beiden anderen machten auch keinen wirklich glücklichen Eindruck, aber wenn er die Gesichter im Rückspiegel richtig interpretierte, sah er dort auch leichte Anzeichen von Neugier. Dann ging die Beifahrertür wieder auf, seine Frau nahm Platz und schnallte sich an. Sie blickte ihn auffordernd an. Er startete den Wagen, und kurze Zeit später waren sie auf der Autobahn, unterwegs Richtung Norden. Die Sonne schien. Es war kaum Verkehr, so dass er den Tempomat nutzte. Nach einer halbe Stunde waren die Mädels vor emotionaler Erschöpfung auf der Rückbank eingeschlafen.

Eine Stunde später gerieten sie in einen Stau. Durch die Verringerung der Geschwindigkeit und die Veränderung des Geräuschpegels wachten die Mädchen langsam wieder auf. Seine Frau reichte den dreien Getränke nach hinten. Er hörte das bekannte Zischen, wenn Kohlensäure unter einem Schraubverschluss entwich.

»Hat sich jemand von euch mal mit der Stadt Bremerhaven befasst? So im Sinne von, was kann man als Kind oder Jugendliche dort so machen?« Koopmann hatte die Hoffnung, durch ein Gespräch über die Vorzüge Bremerhavens die Stimmung der jungen Damen ein wenig aufzuhellen.

»Klar«, kam die Antwort prompt von Greta: »Bremerhaven ist die Loserstadt der Nation. Höchste Arbeitslosenquote der Republik, höchste Anzahl überschuldeter Personen und niedrigstes Durchschnittseinkommen Deutschlands. Keine Uni, lediglich eine Hochschule. Nur Studienfächer, die kein Mensch braucht. Genial. Einen beschisseneren Ausgangspunkt für meine Karriere kann ich mir nicht vorstellen. Eigentlich kann ich mir gleich die Kugel geben. Eins sag ich euch, sobald ich achtzehn bin und das Abi in der Tasche habe, bin ich wieder weg, ich zähl schon die Tage. Ich bin doch nicht bescheuert.«

»Wow, wow. Jetzt mach aber mal halblang«, Koopmann konnte das so nicht stehen lassen. Je älter diese Dame wurde, je öfter geriet er mit ihr aneinander. Da konnte er sich noch so oft einreden, dass das bei ihr häufig nur Trotzreaktionen waren, sein Blutdruck stieg dennoch. »Du erzählst wieder mal nur die halbe Wahrheit. So etwas nennt man selektive Wahrnehmung. Du redest immer nur von den schlechten Dingen, weil die guten Seiten Bremerhavens dich ja dazu bringen könnten, deine schlechte Meinung über die Stadt zu ändern. Das nervt mittlerweile. Versuch doch wenigstens mal, ein wenig objektiver zu sein.«

»Stopp, stopp, stopp, ihr beiden.« Susanne Koopmann sah sich gezwungen, zu intervenieren, bevor das Gespräch aus dem Ruder lief. »Ich habe mir in der vergangenen Woche einen kleinen Stadtführer für Bremerhaven besorgt«, sie hielt ein dünnes Taschenbuch in die Höhe, »und werde jetzt versuchen, die eine oder andere Tatsache über Bremerhaven zu erzählen.«

»Das ist eine sehr gute Idee!« Koopmann nickte zustimmend und spürte, wie sein Blutdruck langsam wieder sank. Im Rückspiegel sah er allerdings auch, wie Greta ihre Augen nach oben drehte.

Susanne Koopmann hatte sich zu ihren Töchtern umgedreht. Greta zuckte lediglich mit den Schultern, schmollte und tat so, als würde sie das alles nichts angehen. Toni, die Jüngste, lächelte, da sie Geschichten liebte, und Eva schien ambivalent bis interessiert.

»Ich sehe überwiegende Zustimmung. Also, …«, sie drehte sich wieder um und schlug das Heft auf, aus dem kleine Zettelchen ragten. Sie hatte sich vorbereitet. »Bremerhaven verfügt über den größten Hafen zur Verladung von Autos in Europa, um mal mit einem anderen Superlativ zu kontern.«

»Na toll. Soll ich nach dem Abi helfen, Autos zu verladen? Ich bin total geflasht«, kommentierte Greta in ironischem Tonfall.

»Jetzt warte doch mal ab. Du bist echt unmöglich!« Susanne Koopmann schien bereits nahe an ihrer Toleranzgrenze angekommen zu sein.

»Was ist ein Superdingsda?«, wollte Toni wissen.

»Ein Superlativ ist etwas ganz besonderes, etwas ganz tolles«, versuchte Susanne Koopmann ihrer Jüngsten den Begriff zu erklären. Nach der gerunzelten Stirn der Fragestellerin zu urteilen, war sie nicht sicher, ob die Erklärung reichte, aber Priorität hatte momentan Greta, die sie von ihrem negativen Trip herunterholen wollte.

»Und wer sagt, dass du Autos verladen sollst. So ein Quatsch«, Frau Koopmann schüttelte den Kopf. »Aber vielleicht hast du ja mal vom Alfred-Wegener-Institut gehört? Du sagst doch, dass dich der Klimawandel interessiert und die Generation deiner Eltern nicht genug tut, um Schlimmeres zu verhindern. Vielleicht willst du ja irgendwann mal dort arbeiten?«

Greta schaute misstrauisch: »Versteh ich nicht, was ist das für ein Institut? Alfred-Wegner, nie gehört.«

Susanne Koopmann schüttelte den Kopf: »Und du willst dich für den Klimawandel interessieren? Ist die Mitgliedschaft bei Fridays for Future, über die du nachdenkst, nur Show? Also, das Alfred-Wegener-Institut in Bremerhaven betreibt Klimaforschung am Nord- und Südpol sowie an den Küsten und in der Tiefsee«, sie hatte sich mit triumphierendem Gesicht zu ihrer Tochter umgedreht. »An diesem Institut wird Grundlagenforschung betrieben, die extrem wichtig für die Analyse von Klimadaten ist. Was sagst du jetzt?«

Greta hatte tatsächlich große Augen bekommen und war einen kurzen Moment sprachlos, bis ihr Misstrauen wieder durchbrach: »Du verarschst mich.«

»Nein, tue ich nicht. Achte bitte auf deine Wortwahl! Ich habe mich im Übrigen noch weiter erkundigt. An der Hochschule in Bremerhaven kannst du beispielsweise Biotechnologie oder Meerestechnik oder auch Schiffsbetriebstechnik und solche Sachen studieren, die es sonst nicht so häufig gibt.«

»Und dann darf ich Bötchen fahren, oder was mache ich damit?«

Begeisterung sah zwar anders aus, aber immerhin war es nicht mehr pure Ablehnung. Martin Koopmann konnte es kaum glauben: »Ich schlage vor, du schaust selber mal auf der Website der Hochschule nach. Da wirst du Angebote finden, die es in Süddeutschland gar nicht gibt. Abgesehen davon: Wer sagt, dass du zwangsläufig in Bremerhaven studieren musst. Vielleicht willst du ja auch gar nicht studieren, sondern eine Ausbildung machen?«

Greta schien jetzt hellwach zu sein, hatte ihr Misstrauen aber nicht abgelegt, wie er den hochgezogenen Augenbrauen entnehmen konnte. Sie holte ihr Tablet aus der Tasche und suchte nach der Website der Hochschule, um sich von der Richtigkeit dessen, was ihre Mutter gesagt hatte, selber zu überzeugen. Die Aussicht, etwas total Ungewöhnliches studieren zu können, das im Zusammenhang mit dem Klimawandel stand, hatte ihre Laune schlagartig verbessert, ihr Misstrauen aber nicht beseitigt.

Eva schüttelte angesichts des schnellen Meinungswandels ihrer älteren Schwester den Kopf. »Willst du jetzt etwa doch nicht mehr abhauen, wenn du achtzehn bist? Das geht nicht. Du hast mir versprochen, dass ich dein Zimmer bekommen kann, sobald du weg bist. Außerdem hast du Andreas versprochen, dass du in kürzester Zeit wieder zurück bist.«

Martin Koopmann hätte fast die Leitplanke touchiert, als er von den Plänen seiner Ältesten hörte.

»Martin, pass auf, willst du uns umbringen? Das hätte böse ausgehen können.« Seine Frau bekreuzigte sich und machte ein ängstliches Gesicht. »Ich glaube, ich sollte dich ablösen, du fährst jetzt seit fast zwei Stunden, und die Hälfte der Strecke haben wir.«

Koopmann ignorierte seine Frau: »Wer bitte ist Andreas?«, richtete er seine Frage an Greta.

»Mann, Eva, dir werde ich nie wieder etwas erzählen. Du hast mir versprochen, nichts zu sagen. Von meinen Klamotten kannst du in Zukunft die Finger lassen. Du bist nicht mehr meine Schwester!« Greta war offensichtlich stinksauer.

»Sorry, ist mir so rausgerutscht. Die Aussicht, dass ich dein Zimmer vielleicht doch nicht bekomme, hat das getriggert. Jetzt chill mal.«

»Hallo, hier Houston an Rückbank. Ich hatte eine Frage gestellt.« Die Mädchen ignorierten ihn weiter, obwohl Koopmann seine ganze Autorität in die Stimme gelegt hatte. Er holte Luft, um seine Frage zu wiederholen, als seine Frau ihm einen leichten Stoß in die Rippen gab.

Er sah sie überrascht an. »Was?«

Susanne Koopmann schüttelte lediglich langsam und bedeutungsvoll den Kopf. Er kannte diesen Blick und verstand, dass er dieses Thema nicht weiter verfolgen sollte.

»Na gut, am nächsten Parkplatz halte ich an und wir wechseln. Einverstanden?« Seine Frau nickte, und auf der Rückbank schien sich die Kabbelei zu beruhigen. »Und Greta! Die Nummer ist nicht durch, Fräulein. Ich erwarte eine Antwort, sobald wir eingezogen sind!«

Das Restaurant war tatsächlich sehr nah. Es hatte sich fast nicht gelohnt, aufs Fahrrad zu steigen. Anscheinend aus großen weißen Sandsteinen gebaut, musste es schon älter sein. Die Fensterrahmen waren in dunkler Farbe gehalten und kontrastierten angenehm mit dem hellen Mauerwerk. Schweers stieg vom Fahrrad, das er vor dem Gebäude abstellte. Dann konsultierte er sein Handy und suchte die Website des Restaurants. Auf einem Foto konnte er rechts neben dem Gebäude Tische, Stühle und Sonnenschirme sehen. Apropos Sonnenschirme, er schaute zum Himmel. Es nieselte nicht mehr, aber nach Sonnenschein sah es auch nicht aus. *Ob die Sonne in Bremerhaven jemals scheint? Wenn ich das Foto auf der Website sehe, kann ich hoffen. Zu dem Zeitpunkt hat zweifellos die Sonne geschienen.* Er steckte sein Handy wieder ein und ging ins Restaurant, wo er den Kollegen Melnik schon in die Karte vertieft an einem Tisch neben der Theke sitzen sah. Melnik sah ihn eintreten und winkte kurz, um auf sich aufmerksam zu machen. Schweers nickte, zog seinen Parka aus, den er an die Garderobe hängte, und ließ sich dann auf dem Stuhl gegenüber nieder.

Kaum saß er, kam schon die Servicekraft, die Melnik ein Glas Rotwein brachte und ihn nach seinem Getränkewunsch fragte. Er fragte sich, wie sein neuer Kollege später noch

Autofahren wollte, bestellte selber einen Ostfriesentee und vertiefte sich in die Karte.

Tatsächlich, dachte er, das Gebäude stammte aus dem späten neunzehnten Jahrhundert und hatte damals als Unterkunft für einen Schleusenwärter gedient. Zu der Zeit hatte es dort eine Schleuse gegeben, durch die Schiffe von der Geeste in einen Hafen kamen. Der Begriff ›Wasserschout‹ hatte aber nichts mit der Schleuse zu tun, sondern war eine alte Amtsbezeichnung für so etwas wie einen Friedensrichter, der alles Mögliche regelte, was mit der Seefahrt zu tun hatte. *Was man alles so in Speisekarten finden kann*, dachte er und blätterte weiter zu den Gerichten, da er seinen Kollegen nicht zu lange warten lassen wollte. Wenn das Essen gut war, würde er bei Gelegenheit wiederkommen und könnte dann den Rest der Geschichte in Ruhe lesen.

»Können Sie etwas empfehlen?«, Schweers sah seinen Kollegen über die Karte hinweg an.

»Eigentlich alles, was ich bisher hier gegessen habe, war ordentlich. Hier gibt es auf dem Teller kein Schickimicki, sondern eine ordentliche leckere Portion.«

»Dann werde ich mal das Schnitzel probieren.« Schweers schloss die Karte und legte sie auf den Tisch, als die Servicekraft schon mit seinem Tee kam.

Melnik hatte sich für Stinte entschieden, die er bestellte, nachdem Schweers seinen Wunsch geäußert hatte.

»Was ist das?«

»Ein kleiner Fisch, der saisonal in Weser und Elbe vorkommt.« Melnik konnte sich das Grinsen nicht verkneifen. »Der ist zwar klein, schmeckt aber sehr gut und wird komplett gegessen.«

»Da bin ich ja mal gespannt.« Schweers lehnte sich zurück und sah sich um. Der Gastraum war maritim dekoriert, aber insgesamt eher schnörkellos und zweckmäßig. *Vielleicht legt man dafür Wert auf die Qualität des Essens,* dachte er und nippte an seinem Tee. Schließlich sah er Melnik an: »Wie lebt es sich so in Bremerhaven? Was macht den Reiz dieser Stadt aus? Erzählen Sie mal. Ich bin neugierig.«

»Dafür ist die Mittagspause zu kurz«, Melnik lachte leise, während er sich über seinen kahlen Schädel strich. »Die wenigsten gehen übrigens wieder, wenn sie hier mal Fuß gefasst haben!« Sein Kollege nahm einen ordentlichen Schluck Wein aus seinem Glas und sah Schweers dabei an. »Ich würde gerne mit einem anderen Thema beginnen, wenn Ihnen das recht ist?«

Schweers, runzelte die Stirn und nickte: »Schießen Sie los.«

»Wie man mir ansehen kann, bin ich älter als sie. Ich hatte mich auf die Stelle beworben, die Sie jetzt bekommen haben. Es war meine letzte Chance, eine höher dotierte Position vor der Rente zu bekommen und damit auch eine höhere Pension.«

Okay, Melnik ist stinksauer, dass ich ihm seine Karriere und seine Zukunft versaut habe. Dann muss ich mich wohl darauf einstellen, dass mein neuer Kollege nicht mehr lange mein Kollege sein wird.

»Daraus ist jetzt nichts geworden, Ihretwegen!«

Bevor Melnik weiterreden konnte, intervenierte Schweers, der eine Vorstellung davon hatte, was kommen würde: »Okay, Sie sind stinksauer auf mich und wollen sich versetzen lassen. Kann ich verstehen. Ich werde Ihnen keine Steine in den Weg legen.« Schweers wirkte resigniert, da ihm der Kollege durchaus sympathisch war. »Ich würde es dennoch begrüßen, wenn wir zumindest diesen ersten Fall gemeinsam lösen könnten.«

Melnik setzte seinen Satz grinsend fort, ohne auf die Intervention von Schweers einzugehen: »Und das ist gut so. Meine Kolleginnen und Kollegen hatten mich im Grunde zu dieser Bewerbung gedrängt. Ich bin aber gerne auf der Position, auf der ich seit einigen Jahren sitze. Ich bin zufrieden mit dem, was ich habe. Deshalb bin ich froh, dass Sie diese Stelle bekommen haben. Ich habe auch nicht vor, mich versetzen zu lassen. Es sei denn – so viel Ehrlichkeit muss sein –, Sie stellen sich als ein Arschloch heraus. Danach sieht es bisher aber nicht aus.«

Schweers machte große Augen. Mit dieser Wendung der Dinge hatte er nicht gerechnet.

»Als der Ältere von uns beiden biete ich Ihnen deshalb jetzt das Du an und finde, wir sollten auf gute Zusammenarbeit anstoßen. Tee ist dazu nicht wirklich geeignet, aber das lasse ich heute mal durchgehen.«

Schweers konnte nicht anders und musste lächeln: »Ich heiße Oliver.«

»Mein Vorname ist Peter. Eigentlich sollte ich Pjotr heißen, meine Eltern stammen aus der Ukraine!«

»Prost, Peter«, Schweers hob sein Teeglas und stieß mit Melnik an. »Auf gute Zusammenarbeit. Ich muss gestehen, ich hatte nach deinen einführenden Worten damit gerechnet, von allen im Kommissariat geschnitten zu werden, als Rache dafür, dir die Beförderung versaut zu haben.«

»Nein, nein, darüber musst du dir keine Gedanken machen. Mit denen habe ich schon geredet, das gibt keine Probleme.« Peter Melnik trank sein Glas Rotwein aus, hielt das leere Glas in die Höhe und zeigte mit dem Finger der anderen Hand darauf. Die Servicekraft verstand den Wink und nickte bestätigend. »Ich schlage vor, wir treffen uns heute Abend in meiner Stammkneipe, dem ›Quartier 159‹, in der ›Alten Bürger‹. Dort kannst du dann mit einem anständigen Pils oder Wein mit mir auf gute Zusammenarbeit anstoßen. Passt dir das?«

»Ja, das passt. Bisher habe ich keine Pläne, was die Abendgestaltung angeht. Ist das weit vom ›Neuen Hafen‹?«

»Ist von dir aus vielleicht fünfzehn Minuten zu Fuß«, erläuterte Melnik.

»Das klingt gut, –wie viel Uhr?«

»Wie wäre es mit neunzehn Uhr?«

Schweers nickte: »Passt.«

Die Servicekraft kam mit dem Essen und stellte eine Portion Stinte vor Peter Melnik auf den Tisch und das Schnitzel vor Schweers. Mit den Worten: »Der Wein kommt sofort«, rauschte sie wieder ab.

»Aha, das also sind Stinte. Sind ja ziemlich klein. Werden die ausgenommen?«, fragte Oliver Schweers mit gerümpfter Nase.

»Oh ja, sonst würde ich die nicht essen!«, meinte Melnik, der kaum zu verstehen war, da er sich einen Stint komplett in den Mund geschoben hatte.

»Wie ich sehe, werden die samt Gräten komplett gegessen.« Schweers hatte eine steile Falte auf der Stirn, als er sah, wie sein Kollege selbst die Schwanzflosse des Fischleins nicht verschmähte. »Schätze, ich brauche ein wenig Eingewöhnungszeit, bevor ich mich an sowas wage. Bis dahin bleibe ich mal bei Bekanntem.«

Die nächsten Minuten blieb es ruhig. Schließlich legte Melnik als Erster sein Besteck auf die Seite. Da Schweers noch nicht fertig war, nahm Melnik sein Handy in die Hand und warf einen kritischen Blick auf seinen Posteingang und dann auf seine digitale Tageszeitung, nur um kurz danach den Kopf zu schütteln, das Gerät wieder auszuschalten und es auf den Tisch zu legen.

»Was gibt es Schlimmes?«, Schweers hatte sein Besteck jetzt auch neben den Teller gelegt.

»Ach, ich rege mich manchmal darüber auf, wie ungeschickt die Kirche mit ihren Problemen umgeht. Habe gerade nur die Überschrift und einen Teil eines neuen Artikels gelesen.«

»Worum geht es?«

»Die Kirche hat die Spielschulden eines Priesters in Höhe von 1,15 Millionen Euro übernommen. Ungefähr die Hälfte dieses Geldes stammt aus dem Sondervermögen der Kirche, mit dem Missbrauchsopfer entschädigt werden sollen. Für diese Entschädigung stehen pro Opfer nur 20.000 Euro zur Verfügung. Dass das in keinem Verhältnis zueinander steht, müsste doch dem letzten Deppen auffallen, oder? Meine Eltern gehen aber trotzdem weiter in die Kirche und zahlen auch Kirchensteuer. Für sie zählt nur das Gute, das die Kirche ja unbestritten auch tut, alles andere wird ausgeblendet. Für mich völlig unverständlich.« Melnik schüttelte erneut den Kopf.

»Tja, sollte man meinen. Ich glaube allerdings nicht, dass die Kirche, egal ob katholisch oder evangelisch, überhaupt ein ernsthaftes Interesse an einer Aufarbeitung dieser Dinge hat.« Schweers winkte der Kellnerin und bestellte einen Espresso für sich, nachdem Melnik signalisiert hatte, dass er keinen wolle.

»Wieso nicht? Die Kirche hat doch mit einem enormen Reputationsverlust zu kämpfen und könnte vielleicht die Austrittswelle stoppen, wenn sie deutlich machen würde, dass sie rigoros gegen Sexualstraftäter in den eigenen Reihen vorzugehen gedenkt.«

Schweers nickte: »Ich bin sicher, dass einige dieser Oberhirten selber Dreck am Stecken haben und der Prozess auch deshalb stockt. Und nach allem, was ich bisher zu diesem Thema gelesen habe, ist die Kirche kaum dazu bereit, sich zu demokratisieren. Damit meine ich eine Strukturreform, die dafür sorgt, dass der Gebrauch von Macht innerhalb der Institution von unabhängigen Strukturen überwacht würde.« Schweers lehnte sich in seinem Stuhl zurück und nahm einen Schluck von seinem Mineralwasser. »Dann müssten die jetzigen Führungsfiguren, die Kardinäle, Bischöfe und wie sie nicht alle heißen, einen Teil ihrer Macht abgeben. Und genau das wird nicht passieren, da bin ich mir sicher.«

Melnik drehte sein Weinglas in der Hand und schaute dann auf: »Wahrscheinlich hast du Recht. Das Thema hättest du mal mit meinen Eltern diskutieren sollen. Die waren völlig verbohrt. Beide leben schon ein paar Jahre nicht mehr. Mir ist die Kirche mittlerweile völlig egal. Ich bin vor einiger Zeit ausgetreten, und damit hat sich das Thema für mich erledigt. Meine Eltern stammen ja aus der Ukraine und sind, als ich klein war, nach Deutschland ausgewandert. Sie waren sehr gläubig.«

»Seid ihr denn direkt nach Bremerhaven gekommen oder gab es andere Städte vorher, wo die beiden versucht haben, Fuß zu fassen?«, fragte Schweers zurück.

»Nein, sie sind direkt nach Bremerhaven gekommen. Irgendein ominöser Onkel, den ich nur schemenhaft in Erinnerung habe, war schon hier und hat meinem Vater einen Job im Hafen besorgt. Damit war dann klar, dass sie bleiben. Die Arbeit im Hafen wurde gut bezahlt – wie heute –, und so gab es keinen Grund, woanders hinzuziehen. Irgendwann haben die beiden dann ein kleines Häuschen gekauft und mit viel Eigenleistung, wie das damals so üblich war, renoviert und später einen Wintergarten angebaut. Das habe ich geerbt, und da wohne ich selber wieder, seit meine Eltern verstorben sind. Allerdings habe ich direkt die ganzen Heiligenbildchen und Ikonen entsorgt, nachdem ich eingezogen war.« Melnik leerte sein Glas, als wollte er seinen letzten Satz unterstreichen.

Respekt, wenn ich um diese Uhrzeit schon beim zweiten Glas Wein wäre, hätte ich mächtig einen im Tee. Und als Rheinländer bin ich ja kein Kostverächter. »Das kann ich verstehen. Meine Eltern haben sich getrennt, als ich schon älter war. Hauptsächlich, weil mein Vater irgendwann das Saufen angefangen hat. Erst wurde er arbeitslos, dann fing er das Trinken an, und dann waren irgendwann die Ausländer schuld daran, dass er keinen Job mehr bekam. Jetzt steht er politisch so weit rechts, wie man rechts stehen kann und wählt die sogenannte Deutsche nationale Alternative«, gab Schweers von seiner Geschichte preis.

»Oha, das ist bitter. Ich verfolge immer noch die politischen Entwicklungen in Osteuropa, speziell der Ukraine, und bin daher vorsichtig, wenn irgendwelche Politiker einfache Lösungen für komplexe Probleme anbieten. Da falle ich nicht drauf rein.«

»Das glaube ich gerne.« Schweers blickte auf seine Armbanduhr. »Es ist mittlerweile drei. Sollten wir nicht allmählich los, Richtung Laube?«

»Ja, du hast Recht. Jonas hat mir die Telefonnummer eines Ansprechpartners der Kolonie geschickt, der uns am Eingang treffen wird. Den rufe ich gleich an. Fährst du bei mir mit oder nimmst du dein Fahrrad?«

Schweers wog die Optionen ab und warf einen Blick aus dem Fenster. Vereinzelte dunkle Wolken ließen nichts Gutes vermuten. Die Regenpause schien sich ihrem Ende zu nähern.

»Ich fahre bei dir mit. Wer weiß, ob es nicht wieder anfängt zu regnen. Außerdem kenne ich den Weg nicht. Kannst du mich nachher wieder hier absetzen?«

»Aber sicher, kein Problem.« Melnik winkte der Servicekraft und signalisierte, dass sie zahlen wollten, was mit einem Nicken quittiert wurde. Mit einem Blick auf Schweers sagte er: »Du bist eingeladen. Und keine Widerworte. Du bist der Neubürger in meinem Stammrevier und kannst heute Abend eine Runde geben. Dann sehen wir weiter. Einverstanden?«

Schweers lächelte und nickte: »Vielen Dank.«

Fünf Minuten später saßen beide mit Melnik am Steuer im Dienstwagen und machten sich auf den Weg zur Laubenkolonie. Schweers' Angebot zu fahren, hatte Melnik zurückgewiesen. Zwei Gläser Wein seien bei seiner Statur kein Problem. Die Sekunde, die Schweers mit seiner Antwort vor Verblüffung zögerte, nahm Melnik als Zustimmung und startete den Motor. Schweers, der nicht dazu bereit war, dies mehr als einmal zu tolerieren, machte gute Miene zum bösen

Spiel, bereitete sich aber innerlich auf den ersten Konflikt mit seinem neuen Kollegen vor.

Lukas Simek kam pünktlich an seiner Dienststelle an und parkte hinter dem ›Zollamt Bremerhaven‹, das in einem großen Backsteingebäude an der Barkhausenstraße untergebracht war und eine von drei Einfahrten in den Zollbereich des Hafens markierte. Er ging direkt zu seinem Büro, blieb aber am schwarzen Brett stehen, an dem ihm ein neuer Anschlag auffiel.

Fahndungsaufruf
Nach dem versuchten Einbruch in einen Sicherheitsbereich, in dem die Zollfahndung konfiszierte Drogen lagert, fahndet die Polizei mit Fotos nach den Räubern. Die Polizei bittet um Hinweise aus der Öffentlichkeit.

Unter dem Aufruf befanden sich drei eher unscharfe Fotos, vermutlich aus einer Überwachungskamera, und eine Telefonnummer.

In Gedanken versunken ging er weiter in Richtung seines Büros. *Hätte ich als Jugendlicher Pech gehabt, hätte ein Foto von mir durchaus einen Fahndungsaufruf zieren können. Okay, meine Kumpels und ich waren nie bewaffnet. Dazu waren wir zu jung. Wir haben geklaut. Das fällt nicht unter räuberische Erpressung. Eigentlich waren das – zumindest am Anfang – eher Mutproben.*

Seine Eltern waren arm. Weder sein Vater noch seine Mutter hatten einen Beruf erlernt. Man habe halt dazuverdienen müssen, nachdem der Opa väterlicherseits durch einen Unfall arbeitsunfähig geworden sei, wie sein Vater ihm bei Gelegenheit erklärt hatte.

Seinen Opa mütterlicherseits hatte er nie kennengelernt. Der habe die Oma sitzen gelassen, nachdem er gemerkt hatte, dass der Unterhalt einer Frau und eines Kindes seinen finanziellen Spielraum doch schmerzlicher einschränkte, als er zu tolerieren bereit gewesen war. So die Erläuterung seiner Mutter. Opa väterlicherseits berufsunfähig und Oma mütterlicherseits alleinerziehend. Seine Eltern hatten beide schon früh einen Beitrag zum Unterhalt der jeweiligen Familie erbringen müssen. Eine Ausbildung zu machen, wäre Luxus gewesen. Es gab ja Arbeit, auch wenn sie nicht viel verdient hatten. Später hatte seine Mutter immerhin dafür gesorgt, dass er weiter zur Schule gehen konnte. Sie hatte nicht verlangt, dass er früh eine Berufsausbildung machte, um einen Beitrag zum Familieneinkommen leisten zu können, sondern nur gefragt, ob er weiter zur Schule gehen wolle. Er hatte dankbar genickt. *Vielleicht wollte ich unbewusst nicht so werden wie mein Vater, dem immer öfter schon bei Kleinigkeiten die Hand ausrutschte. Lächerlich, das Arschloch hatte schlicht keine Impulskontrolle. Mit sechzehn habe ich zurückgeschlagen. Von dem Tag an hat er mich zufriedengelassen, und ich bin nicht mehr in die Kirche gegangen. Mann, was war der sauer. Dass ich dem eine reingehauen hab, hat mir auch in der Gang Respekt verschafft,* dachte er, grinste und ließ die düsteren Gedanken hinter sich.

Vor seinem Büro angekommen, schloss er die Tür auf, zog seine Jacke aus, setzte sich an seinen Schreibtisch und las zunächst die eingegangenen E-Mails. Nichts Besonderes. Der Chef der Zollfahndung hatte eine Belobigung an alle geschickt mit dem Hinweis auf die Erfolge des letzten Quartals und einer Aufstellung der gefundenen Drogen und wo sie jeweils innerhalb des Containers versteckt gewesen waren. Simek schmunzelte. *Dass Drogen nicht zwingend immer in Containern ins Land kommen, ist noch niemandem aufgefallen.* Eine Reihe von Zollanträgen war eingegangen, die er bearbeiten und den Bescheid für die zweite Unterschrift an den Vorgesetzten weiterleiten musste. Da hatte sich doch einiges angesammelt, weil er seinen abwesenden Kollegen vertrat. Er zählte die Anträge, und schätzte, dass er dafür mindestens den Vormittag benötigen würde, wenn nicht sogar einen Teil des Nachmittags. Eine weitere Mail enthielt die Tagesordnung für die Teamsitzung um fünfzehn Uhr. Ihm wurde klar, dass der heutige Arbeitstag durchgetaktet war. Es nützte nichts, er sortierte die Anträge nach Art der Güter, die eingeführt werden sollten. Danach griff er zu seinem Handy, das er an ein Ladekabel gehängt hatte, startete eine Radio-App und ließ ›Bremen 2‹ im Hintergrund laufen. *Wenn ich schon die nächsten Stunden hinter dem Bildschirm hänge und Routinearbeit erledigen muss, dann will ich zumindest ein wenig Unterhaltung dabei haben.* Zunächst nahm er sich den Antrag auf Einfuhr persönlicher Effekten eines aus dem afrikanischen Ausland zurückkehrenden Deutschen vor. Danach ein Container mit Warenmustern aus China. Warenmuster waren normalerweise von der Einfuhrsteuer befreit, aber er vermerkte für die Kollegen die Bitte um Öffnung zur Überprüfung, ob es sich tatsächlich um Muster handelte. So zog sich der Vormittag hin. Kurz nach zwölf Uhr unterbrach der Moderator im Radio die Musik:

Wir unterbrechen unser Programm wegen einer Sondermeldung. In der Geestemündung, nicht weit vom Fähranleger nach Nordenham, wurde heute Morgen eine männliche Leiche gefunden. Über Identität und Todesursache bewahrt die Polizei zurzeit Stillschweigen. Entweder später im Laufe des Tages oder erst morgen sollen im Rahmen einer Pressekonferenz weitere Details mitgeteilt werden. Von Nachfragen bittet die Polizei abzusehen. Wir hal-

ten sie auf dem Laufenden und machen weiter mit
einem Hörerwunsch ...

Scheiße, das ist alles. Kein Name, keine Details? Mist. Lukas
Simek sah frustriert auf sein Handy, das gepiept hatte.

> Man hat ihn in der Geestemündung
> gefunden, habe ich gerade im Radio
> gehört! Mach dir keine Sorgen!!!!

Fenja hatte geschrieben. Sie war sich sicher, wer der Tote war.
*Tja, wahrscheinlich ist er das. Wäre ein Riesenzufall, wenn die
Polizei eine andere Leiche ausgerechnet heute dort herausgezo-
gen hätte.* Lukas Simek unterbrach seine Arbeit, sperrte seinen Rechner und ging erst mal in die Mittagspause. Er setzte
sich alleine an einen Tisch am Fenster und aß in Gedanken
versunken, ohne etwas zu schmecken. *Wie konnte es so weit
kommen,* fragte er sich.

Seine Jugend war nicht kompliziert gewesen. Zumindest ab
dem Zeitpunkt, ab dem er selber dazu in der Lage gewesen war,
sein Taschengeld aufzubessern. Die schmerzhaften Jahre von
zehn bis dreizehn, seine dunkle Zeit, wie er es nannte, rechnete
er nie mit. Seine Eltern hatten ihn in Ruhe gelassen; in Wirklichkeit hatten sie sich nicht für ihn interessiert. Irgendwann, so
mit fünfzehn oder sechzehn, fing er an, sich für Mädchen zu
interessieren. Er merkte schnell, dass eine Einladung zum Kino
oder zu einer Cola sein Taschengeld überstieg. Kein Geld zu haben war keine Option, wenn er mithalten wollte. Seine Eltern zu
fragen hätte nichts gebracht. Der Zufall hatte ihm in die Hände
gespielt. Ein Kumpel, dem er in einer Schlägerei beigestanden
hatte, fragte ihn, ob er Lust hätte, auf die Schnelle ein paar Euro
zu verdienen. Ohne zu fragen, was für ein Job das war, sagte
er zu. Ein Geschenk des Himmels. Seitdem hatte er regelmäßig in der Stadt mit dem Fahrrad kleine Päckchen ausgeliefert.

Er hatte nie gesehen, von wem die Päckchen waren, wer sie bekam oder was drin war, obwohl er eine Vermutung hatte. Unter seinen Kumpels kursierten entsprechende Gerüchte. Und man hatte ihnen eingeschärft, sich nicht von der Polizei erwischen zu lassen. Er lernte schnell, stellte sich geschickt an. Für seine Verhältnisse wurde er sehr gut bezahlt. Er hätte sich hippe Klamotten, sogar eine coole Uhr leisten können, achtete aber darauf, nicht aufzufallen. Seinen Eltern erzählte er, er würde Pizzas ausliefern, als diese ihn fragten, woher er das Geld für den Karateverein habe, dem er beigetreten war. Wichtig war, dass er mit den Leuten aus seiner Clique mithalten und den einen oder anderen Mitbewerber um das gerade angesagte Mädchen mal ausstechen konnte. Die Krönung war, dass seine Kumpels ihn jetzt respektierten. Alle wussten, dass er Teil einer Maschinerie geworden war, mit der nicht zu spaßen war. *Und in dieser Zeit habe ich gelernt, mich zu wehren und zurückzuschlagen. Leider zu spät, dennoch eine Lektion, die ich nicht missen möchte,* dachte er und blickte auf seine Uhr. Die Mittagspause war vorbei.

Er stand auf, nahm sein Tablett und ging zum Ausgang der Kantine. Unterwegs grüßte er einen Kollegen nickend und stellte sein benutztes Geschirr in die Ablage.

Die Fahrt mit dem Auto dauerte vielleicht fünfzehn Minuten. Irgendwann bogen sie rechts in die Straße Am Geestebogen ein und fuhren am Jobcenter vorbei, das an der rechten Straßenseite lag. Er konnte die ersten kleinen Holzhäuschen sehen, die für jede Laubenkolonie prägend waren. *Hier scheint doch vieles nah beieinander zu liegen,* dachte er, als sein Kollege schon wieder abbog. Diesmal nach links, an einem Spielplatz vorbei, der zwischen zwei Häusern lag, über einen Fahrradweg zu einem Parkplatz, der zur Kolonie gehörte. Melnik parkte sein Fahrzeug auf einem der freien Plätze und deutete auf einen älteren Herrn.

»Ich schätze, das ist der Vertreter der Kolonie, der uns die Parzelle vierzehn zeigen soll. Der hat vermutlich bis eben Lakalutschi gemacht.«

Schweers blickte Melnik an. »Häh, Laka… was?«

»Na, das ist doch wohl ein Rentner, der den ganzen Tag auf der faulen Haut liegt. Lakalutschi machen eben.«

Schweers nickte erst mit großen Augen und schüttelte dann den Kopf. »Muss ich mir diese Vokabel merken?«

Melnik zuckte lediglich mit den Schultern und stieg aus.

»Moin, Herr Albers, wenn ich mich nicht täusche? Mein Name ist Melnik, und das hier ist Herr Schweers. Wir ermitteln gemeinsam in diesem Fall.« Die beiden Kommissare schüttelten ihrem Gegenüber die Hand.

»Moin. Wenn Sie von ermitteln und Fall sprechen, bedeutet das vermutlich, dass sie von einem unnatürlichen Tod ausgehen, oder wie sagt man bei Ihnen?«

»Das können wir momentan nicht ausschließen. Genau wissen wir das aber erst nach der Obduktion. Würden Sie uns bitte die Parzelle vierzehn zeigen?«

Herr Albers nickte Melnik zu und drehte sich um. »Bitte folgen Sie mir.«

Vom Parkplatz führte ein Schotterweg weg, dem die kleine Gruppe jetzt in Richtung Nordosten folgte, an kleinen Gartengrundstücken vorbei, deren unterschiedliche Gestaltung Rückschlüsse auf die Vorlieben ihrer Pächter zuließ.

»Wissen Sie, ob es Verwandte von Herrn Giordano gibt oder wer den Kleingarten erbt? Ich frage, weil der jetzige Pächter ja eine Laube und vermutlich alles Mögliche an Gartengeräten hat, die einen Wert darstellen und normalerweise von demjenigen übernommen werden, der die Parzelle irgendwann pachtet. Ich müsste wissen, wem ich den Erlös aus dem Verkauf überweisen kann?«

Herr Albers kommt über den Verlust von Herrn Giordano offenbar gut weg, dachte Schweers.

»Dazu liegen uns bisher keine Erkenntnisse vor, tut mir leid. Wie gut kannten Sie Herrn Giordano, Herr Albers?« Der Angesprochene drehte sich um und antwortete: »Nicht wirklich gut. Sehen Sie, Herr Schweers, das ist hier wie in jedem anderen Verein. Manche bringen sich intensiv ein, suchen und pflegen Kontakte, helfen mit, wenn es mal was zu tun gibt und andere, …«, Albers zuckte mit den Schultern, »die sieht man nicht mal bei der Mitgliederversammlung. Die zahlen ihre Beiträge und für die Gemeinschaftsarbeit, anstatt mal zu kommen und selber Hand anzulegen. Wir haben uns gegrüßt, und das war es dann schon.« Er drehte sich wieder um und zeigte nach vorne: »Da hinten ist es, das dunkel gebeizte Törchen.«

»Wissen Sie, ob Herr Giordano Kontakt zu anderen Pächtern oder Pächterinnen hatte, oder zu seinen Nachbarn hier links und rechts?« Schweers setzte seine Befragung fort.

»Das kann ich ausschließen, da ich seine Nachbarn alle schon lange kenne. Von denen ist mir bekannt, dass er selten Besuch hatte und wenn, dann eher abends. Es wurde gegrillt und auch mal was getrunken. Aber insgesamt hat er sich an die Regeln gehalten und wurde nie auffällig. Seine Hecke war allerdings deutlich höher als erlaubt. Den Graben vor der Parzelle hingegen hat er immer sauber gehalten.« Beim Gedanken an die Hecke von Herrn Giordano hatte sich das Gesicht des Vorsitzenden des Gartenvereins schmerzlich verzogen.

Hoffentlich hat der gute Mann seine Blutdrucktabletten dabei, dachte Schweers, als er die gefährlichen Veränderungen im Gesicht von Herrn Albers bemerkte.

Mittlerweile waren sie am Eingangstor zur Parzelle vierzehn angekommen. Herr Albers machte Anstalten, über das Tor zu steigen, als Schweers ihn stoppte: »Eine Sekunde, Herr Albers, Sie können leider nicht mitkommen. Möglicherweise handelt es sich um einen Tatort. Ich muss Sie bitten, das

Tor nicht anzufassen und das Grundstück nicht zu betreten. Herr Melnik und ich werden eine erste Untersuchung durchführen und dann entscheiden, ob wir die Spurensicherung mit ihren Geräten kommen lassen müssen.«

Herr Albers hatte jetzt die Augenbrauen hochgezogen. Er stellte seine Versuche, über das Tor zu klettern ein, drehte sich zu seinen Begleitern um und erwiderte mit staatstragender Stimme: »Na gut. Aber sagen Sie ihren Kollegen von der Spurensicherung, dass man hier keinesfalls mit dem Auto hereinfahren darf, wie übrigens in keine Kleingartenkolonie. Was immer an Material benötigt wird, müsste getragen werden. Da ist die Kleingartenverordnung unerbittlich.«

Melnik wandte sich lachend an Herrn Albers: »Ich fürchte, über die Kleingartenverordnung würde sich die Spurensicherung hinwegsetzen.« Die Augen von Herrn Albers wanderten irritiert zwischen den beiden Beamten hin und her. Seine Stirn hatte sich deutlich bewölkt. Er öffnete den Mund, um zu protestieren. Peter Melnik sah sich genötigt, schnell etwas Beruhigendes nachzuschieben. »Aber unsere Leute werden sicherlich versuchen, so wenig wie möglich kaputtzumachen.«

Melniks letzter Satz erreichte das Gegenteil dessen, was erreicht werden sollte. Herr Albers sah Peter Melnik mit zusammengekniffenen Augen an und stammelte etwas Unverständliches. Dann sanken seine Schultern nach unten. Er hatte begriffen, dass sich seine Kolonie in den Händen rücksichtsloser, wenn nicht sogar skrupelloser Menschen befand und er nichts dagegen tun konnte.

Der hat vermutlich die Halme auf seinem Zierrasen einzeln nummeriert, und sobald er seine Parzelle betritt, stehen die stramm, dachte Schweers und bedankte sich bei ihm. »Hier ist meine Karte. Sollte Ihnen oder jemand anderem aus Ihrem Verein etwas in Bezug auf Ihr ehemaliges Mitglied einfallen, informieren Sie mich bitte per E-Mail oder telefonisch. Ach, bevor ich das vergesse: Bitte machen Sie eine Liste der Mitglieder, in der Sie die direkten Nachbarn markieren und schicken mir diese bitte bis spätestens morgen früh an meine E-Mail-Adresse.«

Herr Albers nickte abwesend, warf einen verzweifelten Blick auf den Weg und die Hecken der Parzellen der Umgebung, als würde er sie in ihrer jetzigen Perfektion nie mehr wiedersehen, und zog schließlich zögernd und sich mehrfach umdrehend ab.

»Na, da hat aber jemand Angst um die Unversehrtheit seiner Kolonie. Fehlt nur noch, dass er Fotos vom Zustand der Hecken und der Wege macht, um uns später nachzuweisen, was wir alles zerstört haben. Das Schicksal seines ehemaligen Mitglieds hingegen scheint ihn nicht zu interessieren.« Melnik schüttelte den Kopf.

»Wenn er ihn nicht näher gekannt hat, ist nur ein Fremder gestorben.« Schweers hob ein Bein über das Tor und stellte es auf der anderen Seite auf einer Gehwegplatte ab. »Hast du die Überzieher von heute Morgen eingesteckt? Hab ich vergessen.«

Melnik nickte. »Können wir uns vor der Laube anziehen. Wir sollten aber auf den Platten bleiben, falls die Spusi Fußspuren in den Rabatten findet und sichern will.«

Jetzt war es an Schweers zu nicken, der auch sein anderes Bein über das Törchen hob und in Richtung Laube losging. Melnik folgte ihm.

Das Gebäude hatte an seiner Rückseite keine Fenster. Die beiden Kommissare sahen, wie der Weg auf eine kleine Hecke zulief und dann dahinter verschwand. Sobald man das Strauchwerk umrundet hatte, öffnete sich der Blick auf den Fluss und die auf der anderen Seite liegenden Weiden, auf denen Kühe grasten. Linker Hand lag die eigentliche Laube, die mit ihrer Rückseite zum Törchen zeigte. Auf der Vorderseite waren zwei Fenster. Über eine Stufe betrat man eine überdachte Terrasse, die an das Gartenhäuschen grenzte und an deren Längsseite eine Tür das Innere der Laube vor den beiden Beamten verbarg. Auf der gegenüberliegenden Seite führte ein Plattenweg zu einem Steg. Das unbebaute Gelände war mit Rasen bedeckt. Vor den Hecken zu den Grundstücksnachbarn waren Blumen gepflanzt worden. *Die Strauchreihen zu den Nachbarn sind bestimmt zwei Meter hoch. Das ist ein nettes Versteck mit einer fantastischen Aussicht über den Fluss. Die Anrainer kann man höchstens hören.* »Gibt es auf der Geeste Schiffsverkehr?«, fragte Schweers seinen Kollegen, der sich die Details des Grundstücks einzuprägen schien.

»Meines Wissens fahren hier nur Sportboote lang. Ich kann mich aber täuschen. Sollte das wichtig werden, kann Hansen das recherchieren.« Melnik drehte sich einmal um die eigene Achse und deutete auf die hohen Hecken: »Wenn man sich mit seiner Lautstärke zurückhält, kann man hier völlig unbeobachtet jede Menge Zeit verbringen.«

Schweers hatte seinen Notizblock aus der Tasche gezogen und ergänzte seine Liste.

- *Albers schickt Liste mit Namen der Nachbarn des Opfers.*
- *Hansen soll recherchieren, wer hier langgefahren ist.*

Dann antwortete er Melnik: »Das habe ich mir auch grade gedacht. Übrigens – die Idee mit den Sportbooten hatte der Kollege Petersen auch schon. Rück mal die Überzieher für die Schuhe raus.« Schweers hatte demonstrativ einen Fuß auf die Stufe zur Terrasse gestellt.

Melnik zog zwei Paar der hellblauen Plastikdinger aus der Tasche seines Parkas und gab eins davon an Schweers weiter. Nachdem sie ihre Schuhe eingepackt hatten, betraten sie die Terrasse und begaben sich Richtung Eingangstür der Laube. Melnik reichte Schweers ein paar Latexhandschuhe, die er selber bereits angezogen hatte, und drückte erst dann die Klinke zur Eingangstür herunter. Die Tür ließ sich öffnen.

»Ups, die ist gar nicht abgeschlossen.« Melnik warf einen Blick ins Innere der Hütte.

»Jemand zu Hause?«, wollte Schweers wissen.

»Nein, die Bude ist leer, bis auf die Möbel. Alles ordentlich. Ein Tisch mit vier Stühlen, von denen zwei ein wenig zurückgesetzt sind, als wären sie als Letztes benutzt worden. Auf der linken Seite ein Ecksofa mit ein paar Kissen, rechts eine kleine Küche mit einer Spüle und zwei Hängeschränken.«

Melnik machte Platz, so dass Schweers eintreten konnte.

»Wieso ist die Hütte nicht abgeschlossen? Wieso haben wir keinen Schlüssel für die Laube gefunden? Wo ist das Handy des Toten?« Schweers runzelte die Stirn und ging vor bis zur Küchenzeile.

»Auf dem Abtropfblech stehen zwei Schnapsgläser auf dem Kopf. Offenbar gespült, aber dann zum Trocknen stehengelassen? Vielleicht hat da jemand keine Zeit mehr gehabt? Und hier steht eine angebrochene Flasche Grappa.« Schweers öffnete die Türen der Hängeschränke und begann, Geschirr hin und her zu schieben, um bis in die hinteren Ecken schauen zu können. Dann nahm er die Tassen heraus und schaute nach, ob irgendetwas dort versteckt war. Melnik hatte sich zu einer kleinen Anrichte begeben, die rechts vom Eingang stand, und durchsuchte dort die Schubladen. Schweers, mittlerweile mit der Küchenzeile fertig, hatte sich auf den Fußboden gekniet und heruntergebeugt, um unter das Ecksofa schauen zu können.

»Na, was haben wir denn da?« Melnik drehte sich um und verfolgte mit den Augen, wie Schweers sich auf Knien dem Ecksofa näherte und dann vorsichtig etwas darunter hervorholte und in die Höhe hielt.

»Da schau an, wenn das nicht der Schlüssel für die Laube ist! Und wieso liegt der unter dem Sofa?« Schweers legte die Stirn in Falten. »Ich würde sagen, hier stimmt etwas nicht!« Er erhob sich mit dem Schlüssel in der Hand. »Ich schätze, Hansen muss die Spurensicherung informieren. Wie siehst du das?«

Anstelle einer Antwort zeigte Melnik auf sein Handy.

»Moin, ich bin es. Wir brauchen die Spurensicherung hier in der Kolonie, Parzelle vierzehn. Ich schicke dir den Standort, dann müssen wir Herrn Albers nicht weiter beanspruchen und beunruhigen. Der hat Angst, dass die Kollegen ihm die Rabatten kaputtfahren.«

Auf der Gegenseite wurde gelacht und gesprochen. Schließlich hielt Melnik den Daumen in die Höhe. »Okay, wir warten hier«, er legte auf und sah Schweers an. »Die sind praktisch schon unterwegs.«

»Ich denke, wir sollten uns draußen umsehen? Wenn der Tote am Steg ins Wasser gelassen wurde, haben der oder die Täter vielleicht dort Spuren hinterlassen. Hier drinnen sieht es nicht nach einem Kampf aus. Es sei denn, der Täter hat alles wieder in Ordnung gebracht, bevor er gegangen ist.«

Melnik verließ die Laube. Schweers folgte ihm. Dort, wo die Terrasse endete und über eine Stufe in einen Plattenweg überging, blieben beide stehen.

»Siehst du das?« Schweers war in die Hocke gegangen und zeigte mit dem Finger auf eine helle Stelle eines Terrassenbrettes, die sich von der dunklen Patina des restlichen Holzes abhob.

»Das sieht für mich aus wie eine Art Schleifspur.«

»Das denke ich auch. Möglicherweise findet die Spurensicherung ja irgendetwas, was dann mit dem Material des verbliebenen Schuhs verglichen werden kann.«

- *Schleifspur auf Terrasse in Kolonie muss untersucht werden.*

Schweers betrat den Plattenweg und ging langsam in Richtung Steg, dabei genau den Bereich links und rechts des Weges betrachtend.

»Da haben wir noch etwas.« Schweers ging ein bisschen weiter, damit Melnik sehen konnte, worauf er deutete.

»Eine Fußspur! Davon können die Kollegen einen Abdruck machen und uns dann etwas über Größe und Typ des Schuhs sagen. Wenn ich mich recht erinnere, hatte die Sohle unseres Toten kein auffälliges Profil. Der Treter, der hier gestanden hat«, Melnik deutete nach unten, »hat aber deutliche Umrisslinien. Könnte ein Sportschuh gewesen sein.«

- *Sohlenabdruck neben Fußweg zum Steg untersuchen lassen.*

Schweers nickte und setzte seinen Weg in Richtung Steg fort. »Lass uns mal weitersuchen.« Auf dem Steg angekommen, blickte er in den grauen Schlamm des leeren Flussbetts. »Sieht aus, als hätten wir Niedrigwasser.«

»Dir bleibt aber auch gar nichts verborgen«, Melnik konnte sich ein Grinsen nicht verkneifen und zeigte nach unten auf die Vorderkante des Steges. »Da schaut ein kleiner Nagel raus und daran hängt was. Das sieht frisch aus.«

Schweers beugte sich herunter, um die Stelle zu begutachten. »Das kann sich die Spurensicherung gleich anschauen und sichern. Ich vermute, der Tote wurde in der Laube mit einem Elektroschocker betäubt, bis hier zum Steg getragen und ins Wasser gelassen. Offenbar war der Tote für den oder die Mörder so schwer, dass er einmal mit dem Fuß von der Gehwegplatte abgerutscht ist und diese Spur hinterlassen hat. Das Opfer konnte man nicht vom Steg direkt ins Wasser werfen, wenn man Lärm vermeiden wollte. Man hat den Mann deshalb über die Stegkante rutschen lassen, und dabei ist ein Stückchen Stoff am Nagel hängen geblieben. Das Ganze hat abends oder zumindest bei eingeschränkten Lichtverhältnissen stattgefunden. Sonst hätten er oder sie diese kleinen Spuren vielleicht selbst gesehen und beseitigt.«

- *Stoffrest am Steg untersuchen lassen.*

»Guter Punkt. Und wir müssten wissen, wann in den letzten paar Tagen Hochwasser war. Ich gehe davon aus, dass der Täter nicht das Risiko eingehen konnte, den Mann betäubt in den Schlick rutschen zu lassen und abzuhauen. Das Opfer hätte ja aufwachen können. Ich vermute, er hat Giordano ins Wasser gelassen und dann so lange festgehalten, bis er sicher sein konnte, dass er tot war. Das konnte er aber nur machen, wenn zu diesem Zeitpunkt Hochwasser war. Bei Niedrigwasser hätte er ihn mit dem Kopf in den Schlamm drücken müssen. Geht vermutlich auch. Dann siehst du aber selber aus wie Sau und hinterlässt jede Menge Spuren.«

»Hört sich logisch an. Wir hatten ja schon besprochen, dass Hansen diese Hochwasserinformationen zusammensuchen soll.«

Schweers nickte.

Das Geräusch eines sich nähernden Autos führte dazu, dass beide simultan den Kopf in Richtung Weg drehten. Zu sehen war nichts, aber es handelte sich vermutlich um die Spurensicherung, die vor der Laube vorfuhr.

»Ich gehe zum Eingang und zeige den Kollegen den Weg«, sagte Melnik. Schweers folgte ihm langsam. *Täter und Opfer müssen sich gekannt haben. Die Parzelle ist derartig versteckt, das kann kaum ein Zufall sein. Und jemanden, den ich nicht kenne, lass ich doch nicht einfach in die Laube hinein.* Schweers schüttelte in Gedanken versunken den Kopf.

Kurz danach kam Melnik mit den Kollegen der Spurensicherung hinter der Hecke hervor und zeigte ihnen die entsprechenden Stellen in der Laube, auf der Terrasse, die Fußspur und den Stofffetzen, den sie am Steg gefunden hatten. Die Kollegen grüßten kurz und machten sich dann an die Arbeit.

»Ich schätze, dann können wir gehen, oder?« Schweers blickte Melnik an.

»Den Bericht sollen wir morgen bekommen. Einschließlich Analyse des Schuhprofils, der Schleifspur und des

Stofffetzens. Wir können gleich zum Geschäftspartner des Toten fahren. Auf die Art lerne ich mal das ›Haus des Glücks‹ von innen kennen«, antwortete Melnik, drehte sich um und ging los, nachdem Schweers zustimmend genickt hatte.

Um kurz vor fünfzehn Uhr sperrte Lukas Simek seinen Rechner und machte sich auf den Weg zur Besprechung. Es ging um das neue Programm für Auszubildende. Da er in diesem Jahr davon freigestellt war, interessierte ihn das Ganze nicht, und er hatte nichts beizutragen. Seine Anwesenheit war dennoch gewünscht.

Während die Präsentation des Personalreferenten über die neuen Richtlinien der Ausbildung seinen Lauf nahm, klinkte Simek sich mental aus und ließ den Freitagabend der vergangenen Woche noch mal vor seinem inneren Auge ablaufen. Er war richtig sauer gewesen, daran konnte er sich gut erinnern. Die Forderung von Bernardo Giordano war schlicht unverschämt. Obwohl sein Risiko kein bisschen gestiegen war, wollte er einen größeren Anteil. *Wieso wird der gierig? Reicht ihm sein Jaguar nicht mehr? Muss es ein Maserati sein? Ist ihm seine Wohnung nicht mehr groß genug?* Sie hatten sich, wie so häufig, abends in Bernardos Laube verabredet. Simek hatte gewusst, dass der Geschäftsführer des ›Haus des Glücks‹ mit ihm über die Erhöhung seines Anteils hatte reden wollen. Und ihm war klar gewesen, dass er das auf keinen Fall zulassen konnte. Er wusste, dass er ihm eine Lektion erteilen musste, würde Bernardo auf einer Erhöhung seines Anteils bestehen.

Es war bis zum Abend trocken geblieben. Simek hatte sich seine dunklen Jogging-Klamotten passend zu den Armanis angezogen und war mit dem Auto bis in die Nähe der Kolonie gefahren. Vom Parkplatz neben der Arbeitsagentur war es nur ein Katzensprung bis zum Kleingartengelände.

Da die Kita und das Jobcenter um diese Uhrzeit geschlossen waren, erwartete er keine neugierigen Blicke. Und als Jogger gekleidet würde er kaum auffallen, da in der Ecke jede Menge Läufer ihrem Sport nachgingen. Er hatte sein Auto abgeschlossen und lief langsam los in Richtung Geestheller Damm, wechselte dort auf den Fahrradweg, der auch als Fußweg genutzt wurde und direkt am Rand der Kolonie entlang führte. Dann nahm er den ersten Weg links in die Kleingartenanlage hinein. Knapp fünf Minuten später war er am Ziel. Er ging durch das Tor, das sich wie immer ohne zu quietschen öffnen ließ, und blieb einen Moment stehen. Er lauschte, konnte aber nichts hören, kein leises Gemurmel, das die Anwesenheit irgendwelcher Leute auf den Nachbargrundstücken verraten hätte.

Dann war er bis zur Terrasse gegangen und von dort zur Eingangstür der Laube. Es war kein Licht aus den Fenstern gedrungen. Bernardo hatte irgendwann mal dicke Vorhänge vor die Scheiben gehängt und sogar die Wände der Laube isoliert, so dass man draußen nichts hörte, wenn man drinnen nicht gerade anfing zu schreien. Er hatte die Tür leise geöffnet und war eingetreten. Bernardo war schon dort gewesen. Zwei Schnapsgläser standen auf dem Tisch. Die Flasche mit dem Grappa wartete wie immer in der Küche. Es war ein Ritual zwischen den beiden gewesen, auf die jeweilige Abrechnung einen Grappa zu trinken. Sie hatten sich begrüßt wie alte Freunde, wissend, dass sie sich wechselseitig in der Hand hatten. Würde der eine untergehen, würde er den anderen mit in die Tiefe reißen. Den ersten Grappa hatten sie schweigend getrunken. Dann hatte Bernardo mit seinem Lamento begonnen. Der Steuerberater hätte deutlich gemacht, dass es zunehmend schwieriger würde, unplausible Einnahmen so zu verstecken, dass es nicht auffalle und sein Komplize im Finanzamt mehr Geld sehen wolle und er selber deshalb einen höheren Anteil benötigen würde und so weiter und so weiter.

Simek hatte sich das alles in Ruhe angehört, sich ein wenig gesträubt und dann zögernd zugestimmt. Als der Casinobesitzer aufstand, um die Flasche mit dem Grappa zu holen, in dem Glauben, er hätte sich mit Simek geeinigt, hatte der ihm den Taser in den Nacken gehalten und abgedrückt. Wie ein nasser Sack war sein Opfer zusammengesunken. Er hatte gewusst, dass sein Opfer für ihn nicht zu schwer sein konnte. Deshalb hatte es keine Probleme gegeben, ihn hochzuheben und über den Steg geräuschlos ins Wasser gleiten zu lassen. Über den Wasserstand an dem Abend hatte er sich vorher informiert. Danach war er zurück in die Laube gegangen, hatte die beiden Schnapsgläser gespült und auf das Abtropfblech der Spüle gestellt. Die Stühle ließ er, wie sie waren. Beim Hinausgehen machte er das Licht aus und wollte die Tür zur Laube abschließen, konnte aber den Schlüssel nicht finden. Die Zeit, ihn zu suchen, hatte er nicht. So zog er die Tür nur zu und verließ die Parzelle, nachdem er nochmals gelauscht hatte. Es war nichts zu hören. Er war selber erstaunt, wie glatt letztlich alles gegangen war.

Plötzliches Klatschen holte ihn zurück in die Sitzung. Der Referent hatte seinen Vortrag beendet. Simek klatschte mit. Es war Feierabend. Er ging zurück in sein Büro, schaltete seinen Computer aus und fuhr zum Seamen's Club.

Bis zum Casino war es ebenfalls nicht weit. Melnik parkte den Wagen auf der Taxispur. Die Fahrt hatte knappe zehn Minuten gedauert. Ein Taxifahrer stieg sofort aus seinem Auto und wollte protestieren. Sein Protest erstarb in dem Moment, in dem Melnik das Blaulicht mit dem Magnetfuß aufs Autodach stellte.

»So, wir können.« Melnik zeigte auf die Fassade des Casinos.

Schweers warf einen Blick auf das Gebäude. *Das Ding ist bestimmt geschlossen. Das sind doch Aktivitäten, die eher im*

Dunkeln ablaufen, dachte er, als er vor der Eingangstür ankam. ›Von elf bis Mitternacht geöffnet‹, las er auf dem Schild mit den Öffnungszeiten. *Wie man sich täuschen kann.* »Hier kann man Haus und Hof schon ab elf Uhr verspielen«, sagte er und zeigte auf das Schild.

»Nicht zu glauben!« Melnik schüttelte den Kopf und stemmte sich gegen die Drehtür, um in das Innere zu gelangen. Schweers machte es ihm nach und stand kurz danach im Eingangsbereich, in dem die Altersprüfung durch einen Mitarbeiter des Casinos durchgeführt wurde.

Peter Melnik präsentierte seinen Dienstausweis. »Und das ist mein Kollege, Herr Schweers. Wir müssten mit Herrn Stöver sprechen.«

»Augenblick, ich rufe in seinem Büro an, um festzustellen, ob er überhaupt im Hause ist.« Der junge Mann hatte schon einen Telefonhörer am Ohr.

»Herr Stöver, hier sind zwei Herren von der Polizei, die Sie gerne sprechen möchten.« Auf der anderen Seite wurde gesprochen. »Das kann ich Ihnen nicht sagen, das wollen die Herren direkt mit Ihnen besprechen.« Auf der anderen Seite wurde erneut gesprochen. »Ja, die Ausweise habe ich kontrolliert.« Der junge Mann nickte, als ob sein Chef das durchs Telefon sehen könnte. »Ja, mache ich.« An die beiden Kommissare gewandt: »Eine Sekunde bitte, ich hole eben eine Kollegin vom Service. Die wird Sie zu Herrn Stöver bringen. Ich muss am Eingang bleiben, um die Kontrollen durchzuführen«, sagte er und verschwand.

Schweers sah sich um. An den Wänden standen Spielautomaten. Davor saßen Leute, starrten gebannt auf bunte, rotierende Rollen und fütterten die Dinger immer wieder mit Jetons, die es an einem Tresen zu kaufen gab. *Das sieht mir aber nach einer einsamen Beschäftigung aus. Wenn ich so weit bin, dass ich stundenlang vor so einer Maschine sitze, hoffe ich, dass mir jemand den Gnadenschuss gibt.* Peter Melnik, der sich ebenfalls umschaute, schüttelte den Kopf. Ihm schienen ähnliche Gedanken durch den Kopf zu gehen.

Nach kurzer Zeit kam der Kontrolleur mit einer Mitarbeiterin wieder, die den Auftrag hatte, die beiden Besucher zum Chef zu bringen. Gehorsam folgten die Beamten ihr durch die Räumlichkeiten bis zu einer Tür im hinteren Teil des Casinos, an deren rechter Seite eine Klingel und eine Videokamera installiert waren. Offenbar wollte man wissen, wer dort vor der Tür stand, bevor sie geöffnet wurde. Die junge Dame drückte auf den entsprechenden Knopf und schaute in die Kamera, bis das bekannte Summen ertönte und die Tür sich zu einem kleinen Flur hin öffnete, von dessen rechter Seite zwei Türen abgingen. Eine zu den Toiletten und eine weitere in eine Teeküche, wie man der Beschilderung entnehmen konnte. Auf der anderen Seite waren ebenfalls zwei Türen. Die erste war mit dem Wort ›Archiv‹ beschriftet, und die zweite führte in ein größeres Büro.

»Guten Tag, die Herren. Mein Name ist Stöver, Barne Stöver. Was verschafft mir die Ehre?«

Vor ihnen stand ein jovial wirkender Mittvierziger im Anzug mit weißem Hemd und dunkler Krawatte, der unverbindlich lächelte. Der Haaransatz war schon deutlich nach hinten gewandert, und mit seiner randlosen Brille hätte er der Privatkundenberater einer kleinen Bank oder Verkäufer bei einem Herrenausstatter sein können.

»Guten Tag, Herr Stöver, mein Name ist Schweers, und das ist mein Kollege Melnik. Haben Sie einen Moment Zeit für uns?«

Herr Stöver machte mit seiner rechten Hand eine einladende Bewegung in Richtung seines Büros. »Bitte sehr, treten Sie ein, mein Geschäftspartner ist noch nicht gekommen, daher haben wir ausreichend Sitzplätze zur Verfügung für uns drei. Möchten Sie etwas trinken? Kaffee oder«, Stöver blickte auf eine Uhr, die an der Wand hing, »ein Bier? Es ist ja bereits nach Feierabend.«

»Danke für das Angebot, aber nein, wir sind noch nicht im Feierabend angekommen«, antwortete Schweers.

Der Geschäftsführer nickte der jungen Dame zu, signalisierend, dass sie nicht mehr gebraucht würde, worauf sie sich umdrehte und die drei Herren alleine ließ.

Barne Stöver drehte sich ebenfalls um und ging zurück. Der Raum wurde von einem großen Schreibtisch beherrscht, an dem sich gegenüberliegend zwei Arbeitsplätze befanden. Genau genommen handelte es sich um eine vier Meter lange, anderthalb Meter breite, vollmassive Platte aus hellem Ahorn, die an ihren vier Ecken auf Bisleys ruhten. Mit einer schmalen Seite stand die Platte vor einer Natursteinwand. Vor der anderen Schmalseite stand ein Besucherstuhl. In der Mitte standen zwei Monitore, deren Kabel durch die Tischplatte zu einer Zentraleinheit führten. An den Wänden hingen verschiedene Drucke zeitgenössischer Kunst, die dem Büro einen modernen, aber seriösen Touch gaben. Beleuchtet wurde das gesamte Ensemble durch jede Menge LED-Spots, die beliebig ausgerichtet werden konnten.

Ihr Gastgeber ging zu einem Bürostuhl und setzte sich, dabei auf den gegenüberliegenden Platz und den Besucherstuhl am Kopfende deutend. »Bitte, nehmen Sie Platz, meine Herren. Was kann ich für Sie tun?«

Nachdem Schweers sich Stöver gegenüber gesetzt hatte, eröffnete er das Gespräch. »Wir haben leider eine schlechte Nachricht für Sie, Herr Stöver. Heute Morgen wurde Ihr Geschäftspartner, Herr Giordano, tot aus der Geeste geborgen. Nicht weit vom Fähranleger nach Nordenham.«

Stövers Lächeln erstarb, seine Augen weiteten sich, und sein Mund öffnete sich ein wenig, als wollte er etwas sagen. Dann bewegten sich seine Augenlider und die Mundwinkel nach unten, er schien durch Schweers hindurchzusehen.

»Das ist in der Tat eine schlechte Nachricht. Also …, mein Partner ist ein guter Schwimmer, soweit ich aus seinen

Erzählungen weiß. Ich verstehe das nicht. Aber ist da nicht Baden verboten wegen des Schiffverkehrs? Mein Gott, das ist ja praktisch gegenüber von meiner Garage. Ich wohne in einem der Häuser da. Und ich dachte, Sie wären wegen dieses alten und unhaltbaren Vorwurfs der Geldwäsche wieder hier.« Stövers Augen wanderten rastlos zwischen den beiden Beamten hin und her.

»Herr Stöver, leider müssen wir davon ausgehen, dass es sich nicht um einen Unfall handelt. Wie es aussieht, ist Ihr Partner nicht freiwillig aus dem Leben geschieden.«

Stöver kniff Lippen und Augen zusammen und zerbrach den Bleistift, den er in den Händen gehalten hatte, bevor er antwortete. »Wollen Sie sagen, Sie suchen einen Mörder?«

»Das ist korrekt. Daher interessiert uns, ob Sie von Feinden Ihres Partners wissen und sich vorstellen können, wer von diesen Personen ihn so gehasst hat, dass er oder sie ihn umbringen wollte.«

Der Geschäftsführer sah Schweers an: »Wissen Sie, wenn Sie ein Casino betreiben, leben Sie davon, dass andere Menschen ihr Geld an Sie verlieren. Und nicht alle unsere Kundinnen und Kunden nehmen das sportlich. Aber die allermeisten gehen nach ein paar Stunden frustriert. Kommen wieder, lassen erneut ihr Geld hier und werden manchmal zu Stammkunden. Die allermeisten geben dem Casino keine Schuld, sondern ihrem Schicksal. Aber für einen schlechten Verlierer, also jemanden, der dem Casino die Schuld gäbe, wäre ich doch ebenfalls eine Zielscheibe, oder?«

Schweers nickte. »Da haben Sie Recht, aber Sie leben und Bernardo Giordano nicht mehr. Vielleicht gibt es jemanden, mit dem nur Ihr Partner vor Kurzem eine Auseinandersetzung oder etwas Ähnliches gehabt hat?«

Stöver sah auf die Uhr, die an der Wand hing, nahm vom Schreibtisch eine Briefklammer und bog diese in verschiedene Formen. »Also, davon hätte ich sicherlich etwas mitbekommen. Das hätte er mir erzählt. Wir arbeiten ja schon seit einigen Jahren zusammen.«

»Und da sind Sie sich sicher? Er hat nichts dergleichen erzählt oder in einem Nebensatz beiläufig erwähnt?«

Stöver legte die verbogene Klammer weg, richtete seinen Krawattenknoten und sah auf den Boden. »Nein, nichts.«

Schweers machte sich eine weitere Notiz.

- *Stöver lügt! Hansen soll ihn durchleuchten.*

»Wie ist seine Nachfolge geregelt? Ich meine, was passiert in so einem Fall? Bekommen oder suchen Sie einen neuen Partner oder eine neue Partnerin? Kennen Sie jemanden, der von seinem Tod profitiert?« Melnik, der am Kopfende des Tisches saß, hatte sich vorgebeugt und sah Stöver direkt an.

»Seine Geschäftsanteile gehen an seine Erben. Allerdings habe ich Vorkaufsrecht, falls die Hinterbliebenen seinen Anteil verkaufen wollen. Um es deutlich zu sagen, da Ihre Frage ja dahin zielt: Ich habe nichts von seinem Tod, wenn man davon absieht, dass ich die genannte Option habe.«

»Kennen Sie die potentiellen Erben denn oder wissen Sie, um wen es sich handelt?«

»Mir ist nicht mal bekannt, ob er überhaupt Familie hier hat. Seine Eltern sind vor Jahren, nachdem sie Rente bekamen, wieder zurück nach Italien gegangen. Ich habe keine Ahnung, wohin genau oder ob sie noch leben. Geschwister hatte er nicht, soweit ich weiß.« Stöver zuckte mit den Schultern.

»Was können Sie uns denn über sein Privatleben erzählen? Freunde, Freundin, Stammkneipe, Hobbys?« Peter Melnik hatte sich zurückgelehnt und die Beine übereinandergeschlagen.

Schweers fiel auf, dass der Geschäftsführer inzwischen die Finger ineinander verschränkt und auf den Schreibtisch gelegt hatte. Seit dem Wechsel des Themas hatte er sich beruhigt.

»Von seinem Privatleben weiß ich gar nichts, auch wenn das komisch klingt. Wir waren keine Freunde im engen Sinne. Er hat vor Jahren einen Geschäftspartner gesucht, da er das Geschäft allein nicht wuppen konnte. Ich hatte Geld aus einer Erbschaft, das angelegt werden wollte. So sind wir zusammengekommen. Ich habe ihn damals unter die Lupe genommen und versucht, möglichst viel über ihn herauszufinden von wegen Italiener und Mafia und so. Man weiß ja nie. Leichen im Keller habe ich nicht gefunden, und er war damit einverstanden, einen Vertrag durch einen Notar meines Vertrauens ausarbeiten zu lassen. Den hat er damals zwar von seinem eigenen Rechtsanwalt überprüfen lassen, war dann aber letztlich einverstanden. Wir hatten damit eine rein geschäftliche Verbindung, und da ich der Betriebswirt von uns beiden bin und auch die Buchhaltung mache, hätte er mich kaum besch …«, Stöver korrigierte sich, »ich meine betrügen können. Wir haben Geschäftliches und Privates auch nie vermischt.«

Melnik lehnte sich zurück und sah Schweers an.

»Ist das hier der Platz, an dem Herr Giordano gesessen hat?« Schweers deutete auf die Tischfläche vor sich.

»Ja, das ist korrekt. Und die beiden Bisleys, die an den Ecken auf Ihrer Seite unter der Platte stehen, waren ebenfalls seine.«

Schweers nickte und begann, den ihm am nächsten stehenden Schubladenschrank zu durchsuchen. Er fand die üblichen Büromaterialien. Keinerlei persönliche Dokumente. Melnik, der sich dem anderen Schränkchen gewidmet hatte, sah seinen Kollegen an und schüttelte den Kopf.

»Hat Herr Giordano private Unterlagen in einer Akte hier im Büro?«

Stöver, der die Durchsuchung mit Interesse beobachtet hatte, verneinte. »Da wir regelmäßig tagsüber oder zumindest vormittags öfter zu Hause sein konnten, war es uns immer möglich, private Dinge dort zu erledigen.«

Oliver Schweers, der mit seiner Suche fertig war, nickte. »Hast du weitere Fragen?«, Schweers blickte seinen Kollegen an, der den Kopf schüttelte. »Herr Stöver, vielen Dank für Ihre Zeit. Sollten sich doch noch Fragen ergeben, melden wir uns. Falls Ihnen etwas einfällt, rufen Sie mich bitte an.« Schweers reichte dem Partner des Toten seine Visitenkarte über den Schreibtisch.

»Das will ich gerne tun.« Herr Stöver stand aus seinem Sessel auf und ging zum Ausgang des Büros. »Finden Sie alleine hinaus?«

»Das dürfte kein Problem sein.« Melnik und Schweers verabschiedeten sich. Auf dem Rückweg sahen sie erneut hauptsächlich Spielerinnen, die fasziniert auf die bunten, rotierenden Rollen dieser einarmigen Banditen starrten. In regelmäßigen Abständen steckten sie Münzen in die Maschinen und drückten irgendwelche Knöpfe, die zwischendurch aufleuchteten. Ab und zu hörte man ein metallisches Klappern, wenn ein Automat begann, den Gewinn auszuspucken, gefolgt von entzücktem, leisem Jubeln.

»Was meinst du?« Schweers hatte sich seinem Kollegen zugewandt, als sie beide wieder im Auto saßen.

Melnik, der nachdenklich zum ›Haus des Glücks‹ rübergeblickt hatte, drehte sich um. »Der verbirgt etwas. Als er nach potentiellen Feinden gefragt wurde und das verneinte, log er.«

Schweers nickte. »Das war mehr als deutlich. Vielleicht finden wir ja was auf dem privaten Rechner des Toten, sobald wir den Zugang dazu haben. Aber für heute ist erst mal Feierabend, würde ich sagen. Können wir erst zum Wasserschout fahren? Da steht doch mein Fahrrad.«

»Kein Problem.« Melnik ging zur Fahrerseite des Dienstwagens und wollte schon einsteigen, als er feststellte, dass Schweers ihm gefolgt war.

»Was gibt's?«

»Peter, ich schlage vor, wir machen einen Deal.« Oliver Schweers sah seinem neuen Kollegen mit ernstem Blick in die Augen. »Wenn du während des Dienstes getrunken hast und wir zu zweit unterwegs sind, fahre ich. Im Gegenzug halte ich die Schnauze, was deinen Alkoholkonsum angeht.«

Melnik bekam einen roten Kopf und öffnete den Mund, um zu antworten. Überlegte sich dann aber offenbar seine Antwort und senkte den Blick.

Schließlich sah er wieder auf und sagte: »Du hast recht.« Er gab Schweers den Autorschlüssel, ging zur anderen Seite des Autos und setzte sich auf den Beifahrersitz. Dann nahm er ein Zigarillo aus der Packung, das er sofort anstecken wollte. Er zögerte jedoch, hielt den braunen Stengel hoch und zeigte ihn Schweers.

Oliver Schweers nickte grinsend und sagte: »Aber Fenster auf!«

Fünf Minuten später saß Schweers schon wieder auf seinem Rad und fuhr zum Hausboot. Er musste sich beeilen. Es war mittlerweile achtzehn Uhr geworden, und in einer Stunde war er mit seinem neuen Kollegen im ›Quartier 159‹ verabredet.

Während der Fahrt zu seinem Zuhause wurde Schweers von dem erneuten Regen durchnässt. Erfreulicherweise hatte er mittlerweile Landstrom und konnte den Heizlüfter anschmeißen. Der Regen geriet schnell in Vergessenheit. Auf der Positiv-Seite seiner Bremerhaven-Bilanz konnte er seinen Liegeplatz im ›Neuen Hafen‹ verbuchen. In direkter Nähe zu den Duschen, Toiletten und den Waschmaschinen für die Liegeplatzinhaber. Erfreulich war ebenfalls die Nähe zum Bistro, wenn ihm zum Feierabend mal der Sinn nach einem Bier oder Wein stand und er keine Lust hatte, auf dem Boot etwas zu trinken.

Schweers zog seine nassen Sachen aus. Nur in Unterhose, Socken und T-Shirt ging er nach Achtern, griff sich einen Kleiderbügel und hängte Jacke und Hose darüber. Den Bügel mit seinen Klamotten positionierte er so, dass der warme Luftstrom des Gebläses die Sachen in kurzer Zeit trocknen würde.

Er hielt einen Moment inne und lauschte. Es fehlte etwas. Er ging ans Fenster und schaute nach draußen. Der Regen hatte nachgelassen. Seine Armbanduhr zeigte ihm an, dass er sich nicht beeilen musste. Er hatte ein wenig Zeit, um über seine ersten Tage in Bremerhaven nachzudenken. *Auf der Negativ-Seite habe ich diesen permanenten Regen und den Wind und dann den Kollegen mit dem komischen Vornamen, Melf. Melf Petersen, der Mann mit dem eher spröden Charme. Auf der Haben-Seite mein neuer Kollege und Partner, Peter Melnik. Das scheint ein netter Kerl zu sein, der aus seinem Herzen keine Mördergrube macht. Eine ehrliche Haut, schätze ich, bin mir aber nicht sicher, ob seine Leber es bis zur Pensionierung schafft. Immerhin haben wir einen Kompromiss, was das Fahren mit den Dienstwagen angeht. Mal sehen, wie der heutige Abend in der Kneipe verläuft. Der Liegeplatz hier in der Marina, mitten im Stadtzentrum, ist gleichfalls nicht von schlechten Eltern. Und über den Kollegen Hansen kann ich mir bisher kein Urteil bilden. Da muss ich ein wenig Geduld haben. Möglicherweise ergibt sich morgen eine Gelegenheit für das erste Kennenlernen. Eine weitere, unbekannte Größe ist meine neue Chefin. Die werde ich nächste Woche das erste Mal treffen und näher kennenlernen, wenn sie von ihrer Fortbildung zurück ist. Sollte die zu schwierig sein, ist es gut, dass ich meinen alten Liegeplatz in der Marina Oberwinter nicht verkauft habe. Ein Zurück ist also gesichert.*

Schweers nahm sich vor, mindestens einen Monat zu warten, bevor er eine Entscheidung darüber treffen wollte, ob er in Bremerhaven blieb. *Die Stadt soll eine reelle*

Chance bekommen, dachte er und warf erneut einen Blick nach draußen. Er bemerkte, dass die Hafenmeisterin ihm seine Post in den kleinen improvisierten Briefkasten am Boot gesteckt hatte. Das hatte er übersehen, als er nach Hause gekommen war. Er öffnete die Tür am Niedergang und griff in das Kästchen, um die Post herauszunehmen. *Das sieht wie Werbung aus*, dachte er, als er wieder im Boot war und an seinem kleinen Schreibtisch saß. Er nahm den Brieföffner und schlitzte den Umschlag auf. Heraus kamen eine Broschüre und ein Schreiben. ›Liebe Schwestern und Brüder im Glauben‹. Er las nicht weiter, sondern warf Schreiben, Broschüre und Umschlag in den Papierkorb. *Ich glaube, ich spinne.* Die Kirche sollte ihn in Ruhe lassen. Wie kamen die überhaupt dazu, ihm unaufgefordert Werbung zu schicken. Er holte das Schreiben wieder aus dem Papierkorb und legte es auf den Schreibtisch. Morgen würde er dort anrufen und unmissverständlich klarmachen, dass er keinerlei Werbung von einem Laden haben wolle, dessen Mitglieder Kinder sexuell missbrauchen konnten, ohne Gefahr laufen zu müssen, von ihren Mitbrüdern dafür bestraft zu werden. Auch wenn er schon lange aus der Kirche ausgetreten war, die Skandale der letzten Zeit hatten ihm deutlich gemacht, dass die Kirche, insbesondere die katholische, deutlich mehr Dreck am Stecken hatte, als er jemals erwartet hätte. Zwar zahlte er seitdem keine Kirchensteuer mehr, aber der deutsche Staat subventionierte die Kirche ja noch bei Kirchentagen und anderen Gelegenheiten aus Steuermitteln. *Ich wollte mich doch über die Kirche nicht mehr so viel aufregen*, dachte er, nahm seinen Blick von dem Schreiben auf die Seite und griff nach seinem Handy. *Wie heißt der Laden, in dem mich Melnik treffen will?* Den Zettel mit der Adresse hatte er in der Tasche seiner nassen Hose. Er stand auf und holte ihn heraus: ›Quartier 159‹, in der ›Alten Bürger‹. Er startete sein Suchprogramm auf dem Smartphone und gab ›Quartier 159‹ ein. *Aha, das gibt es also tatsächlich. Adresse: Bürgermeister-Smidt-Straße 159.* Er tippte auf ›Route‹ und markierte den Fußgänger in der App. *Okay, das sind ja wirklich nur zehn Minuten zu Fuß, dann habe ich ein bisschen Zeit. Es ist jetzt halb sieben.* Er ging in seine kleine Küche, machte sich ein paar belegte Brote und aß. Parallel warf er einen Blick auf seine gesammelten Notizen.

- *Handy des Toten fehlt am Fundort*
- *Hansen soll Tidendaten zusammenstellen und herausfinden, ob Sportfischer auf der Geeste unterwegs waren*
- *IT-Forensik über den Mac des Toten informieren*
- *Hansen soll Kalender des Toten auswerten*
- *Kein Handy in der Wohnung, aber Handynummer aus dem Vertrag*
- *Hansen soll Verbindungsdaten besorgen*
- *Albers (Kolonie) schickt Liste mit Namen der Nachbarn des Opfers*
- *Schleifspur auf Terrasse in Kolonie muss untersucht werden - Bericht der Spusi abwarten*
- *Sohlenabdruck neben Fußweg zum Steg untersuchen lassen. Ebenfalls Spusi*
- *Stoffrest am Steg untersuchen lassen. Spusi*
- *<u>Stöver lügt!</u> Hansen soll Hintergrund durchleuchten und am besten Giordano auch gleich*

Schweers ließ den Tag Revue passieren und überlegte, ob er irgendetwas Wichtiges übersehen hatte, aber ihm fiel nichts ein. Hansen würde einiges zu tun bekommen. Er klappte sein Notizbuch zu, stand auf, zog sich an und machte sich auf den Weg. Es hatte inzwischen komplett aufgehört zu regnen, und selbst der Wind war eingeschlafen.

Nachdem er die geschwungene Fußgängerbrücke passiert hatte, lag linker Hand das Hotel, das dem gleichen Eigentümer gehörte wie das Bistro und das Boardinghouse, neben dem er mit seinem Hausboot lag. An ein paar Häuserblocks vorbei kam rechts die grüne Klappbrücke, die den ›Kaiserhafen‹ vom ›Neuen Hafen‹ trennte. Er folgte der Schleusenstraße bis zur Bürgermeister-Smidt-Straße und bog links ab. Hier traf er auf ein Flair, das ihn an das Kreuzberg der Achtzigerjahre erinnerte. Damals war er öfter in Berlin gewesen. Er passierte den ein oder anderen Schnellimbiss, eine Fußballkneipe und einen Unverpacktladen. Selbst an zwei Galerien kam er vorbei. Ein bisschen weiter voraus sah er auf der rechten Seite die Leuchtreklame des ›Quartier 159‹, wo er mit seinem Kollegen verabredet war. Die Gaststätte befand sich in einem Gebäude mit einer roten Häuserfront, die schon von Weitem durch ihre Werbung für eine lokale Biersorte auffiel. *Von der Marke habe ich noch nie gehört, hoffentlich schmeckt es einigermaßen.* Schweers, der eher an Kölsch gewöhnt war, trat ein. Innen herrschte eine offenbar entspannte Atmosphäre, wenn man aus der Jazzmusik, die leise im Hintergrund lief, auf das Publikum schließen konnte. Die Wände bestanden aus rohen, roten Ziegelsteinen, die – bis auf wenige Stellen – vom Putz befreit worden waren. Das gab dem gesamten Etablissement einen seit einiger Zeit in Mode gekommenen Vintage-Look. Dazu lieferten die Kristallkronleuchter an der Decke ihren unübersehbaren Beitrag, genauso wie die Kunstdrucke an den Wänden mit Schwarz-Weiß-Motiven Bremerhavener Häuserfronten aus einer besseren Zeit. Dominiert wurde der Gastraum von einer L-förmigen Theke, hinter der ein Weinkühlschrank und rechts davon ein Regal mit diversen härteren Alkoholika und Gläsern unterschiedlichster Zweckbestimmung stand. Ein Mann mit graumelierten Haaren, der Schweers' Alter haben könnte, kümmerte sich um die Gäste an der Theke und an den verschiedenen Tischen, die in den zwei Gasträumen verteilt waren. Von Letzteren war nur einer mit einer kleinen Gruppe belegt. Peter Melnik saß mit dem Rücken zum Fenster an der Schmalseite der Theke und hatte das unvermeidliche Glas Rotwein vor sich. *Sein Markenzeichen*, dachte Schweers. In der Hand hatte er sein Handy, auf dessen Bildschirm er offenbar etwas gefunden hatte, das seine Aufmerksamkeit fesselte. Als Schweers das Lokal betrat, wurde es einen Moment still, und die Köpfe der wenigen anwesenden Gäste drehten sich in seine Richtung, bis sein Kollege ihm von der Theke aus zuwinkte. Offenbar galt er damit als Insider, denn die bis dahin interessierten Blicke wandten sich wieder von ihm ab.

»Moin. Problemlos hergefunden?«

»Moin, und ja, zehn Minuten zu Fuß.« Schweers setzte sich links neben Melnik an die Längsseite der Theke auf einen der Hocker, nachdem er seinen Parka ausgezogen und aufgehängt hatte. Dann warf er einen Blick in die Karte und entschied sich dafür, eines der lokalen Biere zu probieren. *Mal sehen, ob die so gut sind wie unsere Biere zu Hause*, dachte er.

»Könnte ich bitte ein Bier vom Fass bekommen?« Der Herr hinter der Theke nickte. »Groß oder klein?«

»Klein, bitte!«

Nachdem Schweers bestellt hatte, sah er sich ein wenig um. Schweers deutete auf das Schaufenster im Rücken seines neuen Kollegen. »Was war das eigentlich früher mal hier? Eine Kneipe, die ein Schaufenster zur Straße hat, ist ja eher ungewöhnlich.«

Melnik drehte sich kurz um und sagte an Schweers gewandt: »Meines Wissens war hier früher mal ein Friseursalon. Aber bevor das Quartier aufgemacht hat, waren hier schon andere Kneipen.«

»Das wird nicht das einzige Gebäude sein, das im Laufe der Zeit eine andere Zweckbestimmung bekommen hat. Beim Wasserschout war das ja ebenfalls so.«

»Das stimmt. Wenn du zum Fischereihafen fährst, kannst du ehemalige Fabrikhallen sehen, in den heute Cafés und Restaurants sind. Das hat sich alles im Laufe der Zeit verändert. Früher gab es in Bremerhaven sogar eine Kutterflotte. Neben Krabben wurden Fische gefangen, die hier verarbeitet wurden. Geblieben ist ein einziger kleiner Krabbenkutter, der noch raus fährt. Alles andere an Fisch wird zugeliefert und dann hier verarbeitet.«

»Und von den ganzen Werften sind nur drei oder vier übrig geblieben, wenn ich nichts Falsches gelesen habe«, ergänzte Schweers.

»Ich glaube, die Zahl stimmt«, bestätigte Melnik.

Schweers' Pils wurde mit den Worten ›wohl bekomms‹ serviert.

»Na dann prost.« Schweers nahm sein Glas und stieß mit Melnik an, dessen Weinglas in der großen Hand fast vollständig verschwand.

»Ebenfalls prost.«

»Und wo kann man heute Arbeit finden, wenn man welche sucht? Es dürften ja einige Arbeitsplätze weggefallen sein, wenn Fischerei und Werftindustrie sich so verkleinert haben.«

»Wohl wahr. Mein Vater hat damals noch Glück gehabt. Aber viele sind auf der Straße gelandet. Alternative Arbeitsplätze kamen erst einige Jahre später. Hauptsächlich im Tourismussektor. Aber auch die Hochschule sucht immer wieder mal Leute. Die ganzen Hafenbecken brauchte man nicht mehr für die Berufsschifffahrt, also hatte man Platz für eine große Marina im ›Neuen Hafen‹. Drum herum entstanden moderne Wohnungen und Hotels. Dann das Auswandererhaus und das Klimahaus und das Outlet-Center und natürlich der Fischereihafen mit seiner Fischverarbeitung«, schloss Melnik.

Bevor Schweers den Faden aufgreifen konnte, hörte er hinter sich eine Stimme und spürte eine große Hand auf seiner Schulter: »Nicht zu vergessen und mindestens genauso wichtig ist das Alfred-Wegener-Institut, in dem ein großer Teil der Forschung rund um den Klimawandel läuft, deren Ergebnisse dann in den verschiedenen Klimamodellen Anwendung finden.«

Als er sich überrascht umdrehte, blickte er in das breit grinsende Gesicht des Gerichtsmediziners, der die Hand von Schweers' Schulter nahm und sich an dessen andere Seite setzte.

»Moin, Kai, mach mir mal bitte ein großes Pils, damit ich mit dem neuen Kollegen ordentlich anstoßen kann.«

Der Mann hinter der Theke begrüßte den neuen Kunden, der offenbar ebenfalls zu den Stammkunden zählte, nickte und bewegte sich Richtung Zapfhahn.

»Sag mal, Peter«, Schweers hatte sich Melnik zugewandt, »wer ist dieser Sabbelkopp, der sich da ohne zu fragen neben mich gesetzt hat?«

Peter Melnik musste lachen, und Melf Petersen stimmte lauthals ein. »Eins zu eins, Herr Schweers. Da Sie offenbar Humor haben, dürfen Sie mich ab jetzt Melf nennen. Einverstanden?«

Schweers drehte sich zum Gerichtsmediziner und sagte lächelnd: »Ich nehme die Entschuldigung an, du kannst mich Oliver nennen.«

Der Rest des Abends verlief so harmonisch, wie er begonnen hatte. Schweers hatte im Kopf eine Liste von Sehenswürdigkeiten, die er in seiner Freizeit würde besuchen können. Was das Wetter anging, hatte man ihm wenig Hoffnung machen können. Er würde regenfeste Kleidung benötigen. Schirme würden den permanenten Wind nie lange überleben. Und es sei im Schnitt immer so um die fünf Grad kälter als in der Region, aus der er käme. Das würde aber durch die Warmherzigkeit der hiesigen Menschen mehr als wiedergutgemacht.

Vielleicht bleibe ich dennoch, dachte er, als er durch den Regen, der wieder mal eingesetzt hatte, nach Hause ging. Dort angekommen, wiegte ihn später das leise Trommeln der Regentropfen auf dem Dach seines Bootes in den Schlaf.

»Da vorne ist ein Parkplatz«, Susanne Koopmann deutete auf das Hinweisschild am rechten Rand der Autobahn, »da können wir wechseln.«

»Ist da eine Toilette?« Tonis zusammengezogene Augenbrauen machten deutlich, dass es dringend war, wie Martin Koopmann im Rückspiegel sah. Die Pause würde ihnen guttun. Nach fast zwei Stunden Fahrt waren alle Glieder steif. Er setzte den Blinker, zog den Wagen auf die Verzögerungsspur und rollte bis zu einem Parkplatz neben den Toiletten. Kaum stand das Auto, hörte er das vertraute Klicken von Sicherheitsgurten, die gelöst wurden und sich wieder aufrollten. Dann öffnete sich die Schiebetür, und die drei Mädchen gingen in Richtung des Sanitärgebäudes. Seine Frau und er selber folgten, nachdem er den Wagen abgeschlossen hatte. Bisher hatte das Wetter gehalten, und nach einem Blick an den Himmel vermutete Koopmann, dass das so bleiben würde. Er sah auf seine Armbanduhr. Es war fünfzehn Uhr. Noch mal zwei Stunden Fahrt, wenn nichts dazwischen kam. Als er von der Toilette zurückkam, saß seine Frau auf dem Fahrersitz, und Antonia war auf ihrem Platz in das Bilderbuch mit den Einhörnern vertieft.

»So, es geht weiter.« Greta und Eva, beide in ihre sozialen Medien auf den Handys vertieft, sahen auf und bewegten sich in Zeitlupe in Richtung Auto. Offenbar hatten sie nicht alle wichtigen Details ihrer jeweiligen Situation in der Kürze der Zeit mit ihren Freundinnen teilen können. Greta machte schnell ein Selfie mit der Landschaft im Hintergrund. *Schon bezeichnend, was heute für Jugendliche wichtig ist*, Koopmann schüttelte den Kopf.

»Würdet ihr uns die Gnade erweisen und wieder einsteigen? Wir möchten weiterfahren.«

Er dirigierte die beiden wie zwei bockige Schafe zum Auto und schloss die Tür, bevor er selber auf den Beifahrersitz kletterte.

»Alle angeschnallt?«, kam die Frage seiner Frau, die sich bekreuzigte, den Motor startete, rückwärts aus der Parklücke herausmanövrierte und auf die Autobahn fuhr. Auf der Rückbank war wieder Ruhe eingekehrt. Martin Koopmann schüttelte innerlich den Kopf. Das häufige Bekreuzigen hatte seine Frau, selbst nachdem sie zum Protestantismus konvertiert war, nie abgelegt. Er blickte aus dem Fenster und war mit seinen Gedanken allein.

Auf dem Weg zu einem neuen Lebensabschnitt dachte er über seine Vergangenheit nach: Mit fünfundzwanzig hatte er seine Ausbildung beendet. Zwei Jahre später hatte er Susanne kennengelernt. Sie wollte schon früh konvertieren und evangelische Pastorin werden, aber ihre Eltern waren dagegen gewesen und hatten sich durchgesetzt. Sie wurde Lehrerin für katholische Religion. Der einzige Kompromiss, zu dem Vater und Mutter bereit gewesen waren. Dass sie später doch noch konvertierte, hatten ihre Eltern ihr lange nicht verziehen. Ihm selber war damals klargeworden, dass er keine andere Wahl haben würde, als eine Frau zu heiraten, wollte er seiner Berufung weiter folgen. Das war sein Zugeständnis gewesen. Heute war er auf dem Weg zur zweiten Arbeitsstelle seines Berufslebens. Noch mal zwanzig Jahre weiter und er wäre Rentner und wahrscheinlich Opa. Dann hätte er den größten Teil seines Lebens ein Doppelleben geführt und fast fünfundvierzig Jahre lang seine Frau belogen und natürlich auch betrogen. Jedoch nicht aus freien Stücken, sondern weil ihn die Kirche so weit gebracht hatte, rechtfertigte er sich immer wieder vor sich selbst. Er überlegte, ob er sich schuldig fühlen sollte. Horchte in sich hinein, fühlte aber nichts dergleichen, wie schon bei anderen Gelegenheiten. Der Beruf des Pastors war im wahrsten Sinne seine Berufung gewesen. Er hatte Gutes tun wollen, und da bot sich die Kirche als Arbeitgeber an. Das wäre heute nicht mehr der Fall, gestand er sich ein. Dass es früher aus kirchlicher Sicht keine schwulen Pastoren hatte geben dürfen, machte ihn noch immer regelrecht wütend. Eine Position der Amtskirche, die weiterhin die Ursache vieler Übel war.

Seine sexuelle Orientierung war ihm erst relativ spät bewusst geworden. Als Jugendlicher hatte er sich nie die Frage gestellt, ob er homosexuell sein könnte. Er hatte über die dummen Witze gelacht, die seine Freunde auf dem Schulhof gemacht hatten, wie alle anderen. Er war mit dem Strom geschwommen, weil das am einfachsten gewesen war. Selbst wenn er zu diesem Zeitpunkt bereits gewusst hätte, dass er schwul war, hätte er das sicher nicht bekannt gegeben. Das wäre der helle Wahnsinn gewesen. Allein die Vorstellung, wie man ihn gemobbt hätte, rief in ihm Übelkeit hervor. Für den Rest seiner Zeit auf der Schule wäre er die Witzfigur gewesen, mit der keiner mehr etwas zu tun hätte haben wollen. Seine damaligen Freunde hätten garantiert nicht zu ihm gehalten. In dieser Hinsicht waren Kinder gnadenlos.

Er erinnerte sich an ein Gespräch während des späteren Studiums mit einem ebenfalls homosexuellen Kollegen, der aber leider in festen Händen war. Mit Tränen in den Augen hatte dieser ihm von seinem Outing berichtet. Das damit verbundene Mobbing wäre für ihn kaum zu ertragen gewesen, und er hätte mit Suizid zu kämpfen gehabt. Nach dieser Leidensgeschichte seines Kommilitonen war Koopmann froh, dass er sich selbst nicht geoutet hatte, damals.

Obwohl es – rein theoretisch – interessant gewesen wäre, zu sehen, wie sich seine Eltern, speziell sein Vater, verhalten hätten. Seine liberale Fassade wäre garantiert zusammengebrochen. Wie hätte er seinen Freunden erklärt, dass der eigene Sohn schwul ist. Hätte er zu vorgerückter Stunde weiter über die Schwulenwitze seiner Freunde gelacht? Vermutlich hätte er als erstes Angst davor gehabt, seine führende Rolle im lokalen Sprengel der Christlich Demokratischen Union zu verlieren, der er seit Jahrzehnten völlig kritiklos verfallen war. Und es wäre sonntags nach der Kirche für ihn am Stammtisch in der Kneipe schwierig geworden. Vermutlich hätten sich diejenigen durchgesetzt, die darauf beharrten, dass schließlich die Bibel ausschlaggebend sei, und dort stünde geschrieben, dass Homosexualität ein Gräuel sei. Ende der Diskussion. Man hätte seinem Vater vermutlich vorgeschlagen, den ja offensichtlich kranken Sohn in eine spezielle Behandlung zu geben, aus der er dann als geheilter Heterosexueller herausgekommen wäre. Martin Koopmann würgte instinktiv.

»Ist dir schlecht?« Susanne Koopmann war nicht entgangen, dass sich die Gesichtsfarbe ihres Mannes in ein blasses Grau verwandelt hatte.

»Ja, ein wenig, geht aber schon wieder besser.« Seine Übelkeit war zu offensichtlich, als das es Sinn gemacht hätte, sie abzustreiten. Als routinierter Lügner wusste er, wann es keinen Sinn machte.

»Was ist denn los? Hast du was Falsches gegessen?«

»Ich glaube, es ist die Fahrerei. Damit hatte ich als Kind schon Probleme, und mir wurde manchmal schlecht. Ich glaube, es ist der Geruch von warm werdender Plastikverkleidung im Auto.«

Susanne Koopmann nickte verständnisvoll und widmete sich wieder dem Verkehr auf der Autobahn.

Der Pastor sah aus dem Seitenfenster auf die vorbeihuschende Landschaft. Seine Frau hatte erfreulicherweise keine ausgeprägte Libido. In den Anfangsjahren ihrer Ehe war sie beruflich häufig eingespannt und abends oft müde. Sex gehörte für sie offenbar in die Kategorie ›vorgeschriebener Vollzug der Ehe‹, so wie sie insgesamt eher lustfeindlich oder vielleicht sogar asexuell war, wie er einmal im Internet recherchiert hatte. Während ihrer drei Schwangerschaften hatte sie kein gesteigertes Interesse an Sex geäußert. Manchmal hatte er schon vermutet, dass seine Frau lesbisch wäre, dies aber vor sich selber nicht eingestehen könnte. Sie hatten nie über dieses Thema gesprochen, er hatte seine Ruhe vor ihr gehabt und seine sexuellen Bedürfnisse anderswo befriedigen können. Es gab immer irgendwelche Seminare oder sonstige kirchliche Veranstaltungen, wo er auf Gleichgesinnte traf. Schließlich hatten alle Schwulen in der Kirche das gleiche Problem. Daher war er letztlich Teil einer verschworenen Gruppe geworden, deren Mitglieder ihre sexuellen Fantasien ausleben konnten, ohne sich zurücknehmen zu müssen. Innerhalb der Kirche gab es deshalb irgendwann Gerüchte. So etwas ließ sich auf Dauer nicht verheimlichen. Jeder hatte davon gehört. Hinter vorgehaltener Hand wurde darüber geflüstert, aber niemand redete offen darüber. Damit war allen gedient. Es gab keinen Skandal, alles lief innerhalb der eigenen Wände diskret ab, und für ihn und die anderen schwulen Pastoren war es die einfachste Möglichkeit, sexuelle Orientierung und Berufung unter einen Hut zu bringen. Es war der berühmte zehn Zentner schwere Elefant, der im Raum stand und den alle krampfhaft versuchten zu ignorieren. Schwierig wurde es allerdings, wenn zwei sich ineinander verliebten und dann Eifersüchteleien aufkamen. So etwas konnte schnell aus dem Ruder laufen und zu hässlichen Szenen führen.

Im Grunde hatte er bisher unglaubliches Glück gehabt, wenn er darüber nachdachte. Seine Frau ließ ihn in Ruhe, und in Bremerhaven würde sich schon was ergeben. Susanne schien glücklich damit zu sein, gottgefällig zu leben, was ihn jedes Mal innerlich lachen ließ. Zwar war er der Pastor, aber sie war definitiv die Frommere von ihnen beiden. Während sie im Laufe der Jahre frommer wurde, entfernte er sich parallel dazu immer weiter vom Glauben, der Kirche und ihren Institutionen. *Schon komisch,* dachte er und musste unwillkürlich grinsen.

»Was gibt's zu lachen?«, fragte Susanne, die gerade einen Blick in den rechten Außenspiegel geworfen hatte, um nach einem Überholvorgang wieder auf die rechte Spur zu wechseln.

»Garnichts. Ich freue mich schlicht auf den neuen Job, die Herausforderungen, eine neue Umgebung und eine neue Wohnung, das ist alles.«

Gut, dass Susanne keine Gedanken lesen kann. Dann hätte ich ein echtes Problem. Sie ist zwar einfach gestrickt, aber was sie machen würde, wenn sie wüsste, was sie nicht weiß, …? Wahrscheinlich betete sie zunächst und bäte den Herrn für mich um Vergebung. Aber danach würde sie mich rausschmeißen. Auf jeden Fall würde sie sich von mir trennen. Allein schon, weil sie die neugierigen Fragen ihrer Freundinnen nicht lange ertragen könnte. Und Toni, Eva und Greta? Für die beiden Älteren bräche eine Welt zusammen. Toni würde es nicht verstehen. Wie sollte ich ihr auch erklären, dass die Kirche mich letztlich zu diesem Leben zwingt. Die würde mich natürlich auch vor die Tür setzen. Wäre ich nur schwul, man würde mich wahrscheinlich einfach versetzen. Schwul sein, sich zusätzlich outen und offen mit einem männlichen Partner zusammenleben war für die protestantische Kirche heute nicht mehr unmöglich. Schwul sein, sich outen, aber mit einer Frau verheiratet zu sein und Kinder zu haben – das wäre vermutlich ein klarer Rauswurf, da machte er sich keine Illusionen. Koopmann merkte, dass er sich im Kreis drehte und keine Lösung für sein Problem in Sicht war. Er würde so weitermachen müssen wie bisher.

Simek parkte sein Auto wie immer zwischen dem Klub und dem Containeraussichtsturm. Auf dem Bolzplatz war nichts los, wie er sehen konnte. Es war zu kalt, speziell für die Philippinos, die den größten Teil der Mannschaften ausmachten und die es eher warm liebten. Wenn Engländer oder Russen dort waren, konnte schon mal im Winter Fußball gespielt werden.

Er drückte die Eingangstür auf und ging in den Aufenthaltsraum, um zu sehen, ob bereits jemand da war. Unterwegs traf er auf Frau Mälzer, die für die Mission die Ehrenamtlichen betreute und deren Einsätze koordinierte.

»Moin, Antje, alles okay?«

»Hallo, Lukas, ja. Keine besonderen Vorkommnisse. Es ist noch niemand da«, sie schaute auf ihre Armbanduhr, »Ist ein wenig zu früh. Willste 'nen Kaffee?«

»Danke, gute Idee. Ich hab ja Zeit. Mein Dienst fängt erst in zwei Stunden an.«

»Dann komm, wir gehen in den Minishop, da steht die Thermoskanne. Ist frisch aufgebrüht.«

Simek machte seit einigen Jahren ehrenamtlich den Bordbesuchsdienst der Seemannsmission und war deshalb und wegen seiner Tätigkeit als Zöllner eine im Hafen bekannte Person. In der Seemannsmission war man ihm dankbar für sein Engagement, das seit geraumer Zeit anhielt und eine konstante Größe darstellte. Man konnte sich auf ihn verlassen, und das war wichtig. Zu Anfang hatte er deutlich gemacht, dass er den Bordbesuchsdienst machte, um den Seeleuten ein wenig Abwechslung zu bieten und nicht, weil er gläubig war. Im Gegenteil, er war vor einigen Jahren aus der Kirche ausgetreten. Das hatte den Pastor zwar nicht erfreut, aber es schadete auch nicht, wenn ein Betreuer nicht in die Kirche ging. Einmal hatte der Theologe Lukas in brüderlichem Ton angesprochen, um herauszufinden, warum er aus der Kirche ausgetreten war. Lukas hatte sich bis auf wenige

Zentimeter genähert, ihm genau in die Augen geschaut und leise gesagt: »Das wollen Sie nicht wissen, glauben Sie mir.« Dem Pastor war ein Schauer über den Rücken gelaufen. Er hatte instinktiv begriffen, dass er unwissentlich extrem vermintes Gelände betreten hatte, entschuldigte sich schnell und beteuerte, dass es ihm leid täte. Und es ginge ihn ja auch wirklich nichts an. Mit gesenktem Blick hatte der Geistliche sich umgedreht und war gegangen.

»Warte mal eben. Oh, deine eigene Tasse steht in der Maschine. Hier, nimm diese mal ausnahmsweise.« Antje, die hinter den Tresen im Minishop gegangen war, hatte einen Pott Kaffee vor ihn gestellt. »Hier ist Milch«, sagte sie und legte zwei kleine Plastikdöschen mit Kondensmilch neben seine Tasse.

Simek ließ die Milch in seinen Kaffee laufen. »Was gibt es Neues? Irgendwelche Schiffe, von denen ich nichts weiß und die Betreuung benötigen?«

»Na, hör mal. Wenn jemand über einlaufende Schiffe Bescheid wissen sollte, dann doch wohl deine Kolleginnen und Kollegen vom Zoll, oder?«

»Ja, da hast du Recht. Aber im Ernst, was gibt's Neues?« Lukas Simek nahm einen Schluck aus seiner Tasse.

»Mensch, das hätte ich fast vergessen, ist aber für dich nicht wichtig.«

»Lass hören«, unterbrach Simek.

»Übermorgen tritt der neue Pastor seinen Dienst an.«

»Das interessiert mich tatsächlich nicht wirklich. Was ist mit dem bisherigen Pastor los? Geht der in Rente, oder hat der einen anderen Posten bekommen?«

»Rente«, war die kurze Antwort. »Am kommenden Montag machen wir eine kleine Abschiedsfeier für ihn. Du bist eingeladen, aber ich vermute mal, du wirst nicht kommen.«

Lukas Simek nickte und nahm wieder einen Schluck Kaffee aus seiner Tasse.

»Morgen Vormittag stellt Martin Koopmann sich hier kurz vor, so heißt der Neue.«

Simek begann zu husten. Er hatte sich bei der Nennung des Namens am Kaffee verschluckt. Nachdem der Hustenanfall vorbei war, fragte er noch immer heiser: »Wie heißt der Neue?«

»Martin Koopmann«, sagte Antje, dabei den Nachnamen des neuen Pastors betonend und betrachtete Simek besorgt. »Wieder alles okay? Ich dachte schon, du erstickst. Kennst du den?«

»Nein, woher sollte ich? Ich kannte mal jemanden mit dem Namen Martin, und da der Vorname nicht so häufig vorkommt, hatte ich in dem Moment eine unangenehme Assoziation, das ist alles. Der Nachname sagt mir nichts.«

»Na ja, der fängt übermorgen an. Bin mal gespannt. Neue Besen kehren bekanntlich gut, obwohl ich nicht wüsste, warum hier gekehrt werden müsste«, sagte Antje und nahm einen tiefen Schluck aus ihrer Kaffeetasse. »Welches Schiff hast du nachher?«

»Den Namen muss ich nachschauen, aber es ist ein Containerschiff, das vorne an der Stromkaje liegt«, sagte Simek mit nachdenklichem Blick. »Sag mal, liegt im Salon hinten eine Tageszeitung? Ich hatte bisher keine Zeit zum Lesen.«

»Ja klar, liegt alles wie immer aus. Ich füll mal die Kühlschränke auf, bevor die ersten kommen.«

Simek nickte, nahm seinen Kaffee und ging in den Salon. So nannten sie den großen Raum, der durch seine Möbel wie ein Wohnzimmer wirkte.

Verdammt, verdammt, dass mich dieser Name nach all den Jahren immer noch aus dem Konzept bringt, dachte Simek, nachdem er sich im Salon in eine Ecke gesetzt hatte, die ein wenig Privatsphäre bot. *Allmählich müsste ich doch mal darüber hinweg sein.* Er nahm die ›Nordsee-Zeitung‹, die oben auf dem Stapel lag, in die Hand und schlug sie auf, konnte sich jedoch nicht auf die Buchstaben vor ihm konzentrieren.

Das alles ist jetzt siebzehn Jahre her, aber manchmal wache ich immer noch in Schweiß gebadet auf und habe Herzrasen, auch wenn das in den letzten Jahren besser geworden ist. Hätte ich mich Fenja nicht anvertraut und ihr alles erzählt, wäre ich verrückt geworden und lebte heute nicht mehr, so wie Klaus. In der Kirche hat sich in den ganzen Jahren trotz immer neuer Skandale, die ans Tageslicht gekommen sind, diesbezüglich nichts verändert.

»Lukas, einen zweiten Kaffee?«

Lukas Simek wurde aus seinen Gedanken gerissen und drehte sich kurz um. »Danke, nein«, rief er zurück.

Wenn wieder mal ein Artikel zum Thema Missbrauch durch Geistliche in der Zeitung stand, hatte er nachts Alpträume. Das letzte Mal lag ein paar Monate zurück. Es ging um das Erzbistum Köln, wo ein – selbst in der eigenen Gemeinde umstrittener – Erzbischof das Regiment führte. Wegen dessen Haltung im Zusammenhang mit der Aufarbeitung von Missbrauchsfällen hatte der Papst ihm fünf Monate Auszeit in Rom verordnet. Die Begründung: Der Erzbischof benötige Zeit zur Einkehr. Lukas Simek war eher der Meinung, der Erzbischof benötige Prügel, und zwar nicht zu knapp, wie er seiner Frau mitteilte. Beide waren sich darin einig, dass der Erzbischof Teil des Problems und nicht Teil der Lösung sei. Drei Nächte nacheinander hatte er Schlafstörungen und Alpträume als Resultat des Artikels.

Auch die Evangelische Kirche gehörte in die Reihe der Schuldigen, wie er aus eigener Erfahrung wusste. Wären seine Eltern damals nicht auf die günstigen Jugendfreizeiten der Kirche angewiesen gewesen, wäre alles anders gekommen, da war er sich sicher. Schließlich schüttelte er die dunklen

Gedanken von sich ab und fokussierte seinen Blick auf die vor ihm liegende Zeitung, um auf andere Gedanken zu kommen.

Um kurz vor neunzehn Uhr kam das Shuttle und brachte eine kleine Gruppe von Seeleuten, die in den Klub wollten. Das gleiche Shuttle brachte ihn zu dem Schiff, für das er heute eingeteilt war. Einer dieser Containerriesen war sein Ziel. Er war angemeldet. Oben angekommen, begrüßte er die Wache und trug sich in das Wachbuch ein. Man meldete ihn per Funk auf der Brücke an und bat jemanden zu kommen, um Simek abzuholen. Zwei Minuten später kam ein Crewmitglied, trug seinen kleinen Rucksack für ihn und brachte ihn in die Messe für die Mannschaft.

Dort saßen fünf Seeleute und standen auf, als er den Raum betrat. Er ging um den Tisch herum und begrüßte jeden mit Handschlag. Danach setzte er sich hin und nahm den Rucksack entgegen, den man für ihn getragen hatte. Diesmal hatte er es ausschließlich mit Menschen von den Philippinen zu tun, wie er aus der Anmeldung wusste. Er kannte keines der Mannschaftsmitglieder, die vor ihm saßen. Es passierte oft genug, dass er den einen oder anderen wiedersah, da die meisten Schiffe ja festgelegte Routen fuhren, was dazu führte, dass die Mannschaften manchmal innerhalb von Monaten mehrfach in Bremerhaven waren. *Im letzten halben Jahr war ich nachlässig. Wenn jemand sich eine Übersicht meiner Dienste anschaut, wird er feststellen, dass es sich meistens um die gleichen Transporter handelt, die ich besuche. Das darf nicht sein. Ich muss häufiger auf ein Schiff, auf dem ich nie war,* dachte er und zog aus seinem Rucksack den Philippine Daily Inquirer und den Sun Star. Beide Tageszeitungen kamen aus der Heimat seiner Besucher. Die Augen der Seeleute begannen zu leuchten, und sofort tauschten die Anwesenden

sich in Tagalog, einer von zwei Amtssprachen der Philippinen, aus. Er schob die Zeitungen über den Tisch, ein Zeichen
dafür, dass dies ein Geschenk war. Dann wechselten alle zu
Englisch, und das Gespräch drehte sich um die langen Monate fern von der Familie, die anderen Häfen, die man besucht und dass man seit mehreren Wochen keinen Landgang
gehabt hätte. In Bremerhaven würde man drei oder vier Tage
liegen und dürfe auch von Bord gehen. Der Kapitän habe ihnen zwei Tage freigegeben. Lediglich zum Stauen müsse man
mindestens zwei Leute von der Mannschaft an Bord haben,
um den Staumeister zu unterstützen, aber da könne man sich
abwechseln. Man wisse von anderen Matrosen, dass es in der
Nähe des Hafens einen Supermarkt gäbe, wo man günstig
Schokolade bekommen könne, und ob es eine Möglichkeit
gäbe, den zu besuchen.

Er beantwortete alle Fragen und verteilte eine Broschüre
mit den Öffnungszeiten des Klubs. Als er erklärte, dass es
im Klub freies WLAN gab und auch diverse Möglichkeiten,
Sport zu treiben, war die Freude groß, und sofort wurde für
den nächsten Tag das Shuttle gebucht. Die Seeleute tauten
immer weiter auf, und es dauerte nicht lange, bis man gemeinsam lachte und Scherze machte. Nach einer guten Stunde erklärte Lukas Simek, dass das Shuttle ihn unten erwarte.
Man würde sich ja morgen Abend im Klub wiedersehen und
vielleicht eine Runde Billard spielen. Alle nickten höflich
und verabschiedeten sich von ihm.

Einer der Anwesenden brachte ihn wieder zur Gangway
zurück, wo die Bordwache ihn aus dem Besucherbuch aus-
trug. Die anderen Matrosen waren ihm gefolgt und standen
winkend an der Reling, als er das Schiff verließ. Er war müde
und wollte nur noch eine Kleinigkeit essen und ins Bett. Als
er auf der Rückfahrt an der Zollkontrollstelle ›Rotersand‹
vorbeikam, grüßte er seine Kollegen, die ihn erkannten. Er
fragte per Handzeichen an, ob man ihn kontrollieren wol-

le. Es wurde breit gelächelt, und man winkte ihn durch, wie immer. Einmal hatte ein neuer Kollege, der von Frankfurt nach Bremerhaven versetzt worden war, ihn angehalten und wollte das Auto durchsuchen. Er war ausgestiegen und hatte nur den Kopf geschüttelt. Ein anderer Kollege hatte gesehen, was los war und daraufhin dem Neuen erklärt, wen er angehalten hatte. Seitdem hatte auch der Neue ihn nur noch durchgewunken. *So gehört sich das*, dachte er grinsend.

KAPITEL 2, DIENSTAG

Schweers betrat sein Büro um kurz nach halb neun. Schreibtisch und Stuhl standen so, wie sein Vorgänger sie hinterlassen hatte. Für seinen nassen Parka fand er eine Garderobe hinter der Tür. Ein Ficus neben dem Fenster fristete ein eher trauriges Dasein. *Der hätte den Regen, durch den ich gefahren bin, eher gebraucht,* dachte Schweers und machte sich auf die Suche nach einer Teeküche. Fündig geworden, füllte er dort die kleine Gießkanne, die sein Vorgänger auf dem Fenstersims seines Büros zurückgelassen hatte. An der Kühlschranktür hing eine Liste mit Namen. In den Spalten rechts davon als Überschriften die Worte Kaffee, Wasser, Cola. Schweers stand nicht dort. Er war der Neue im Revier. *Ich muss Peter fragen, wer die Liste führt,* dachte er, während er die Gießkanne mit Wasser füllte.

»Moin, mach bei mir die Striche, bist eingeladen«, hörte er die Stimme seines neuen Kollegen, Peter Melnik, hinter sich. »Jonas hängt nächste Woche eine neue Liste aus. Bis dahin«, er zeigte auf die Zeile mit seinem Namen, »machst du Striche bei mir.«

»Guten Morgen und vielen Dank. Das kann ich gebrauchen. Ohne Kaffee bin ich um diese Uhrzeit nicht vernehmungsfähig«, erwiderte Schweers, nahm die inzwischen gefüllte Gießkanne aus dem Waschbecken und stellte sie auf den Fußboden.

»Wo sind denn die Tassen? Hat jeder seine eigene?«

»Die Tassen sind da oben im Hängeschrank. Du kannst dir aber deine eigene mitbringen, habe ich auch gemacht.«

Schweers öffnete die Tür des Hängeschrankes und nahm sich eine Tasse heraus. Verziert war sie mit der hiesigen Begrüßung für alle Tageszeiten und Lebenslagen.

Ich sollte mich an das ›Moin‹ gewöhnen, sinnierte er und nahm die Kanne aus der Maschine, um sich selber einzuschenken.

»Wir müssen gleich zur Leichenschau!«, sagte Schweers mit einem Blick auf seine Armbanduhr, nachdem er den ersten Schluck Kaffee getrunken hatte.

»Genau, Wurster Straße, fünf Minuten mit dem Auto?« Peter Melnik hielt eine Tasse in der Hand, die der Spruch zierte: Heute trinke ich mal Kaffee, um meine Leber zu überraschen.

Schweers musste grinsen. *Wahrscheinlich ist deine Leber tatsächlich überrascht.* Laut sagte er: »Gib mir zehn Minuten. Will den Ficus gießen und zumindest einen kurzen Blick in die Mails werfen, bevor wir fahren.«

»Kein Problem.« Melnik nickte zustimmend. »Ich komme in einer halben Stunde vorbei und hol dich ab.«

Schweers bedankte sich, nahm Tasse und Gießkanne und ging über den Flur zu seinem Büro, wo er erst dem geerbten Bäumchen Wasser gab und sich dann an seinen Schreibtisch setzte und den Computer startete.

Nachdem der Rechner lief, warf er einen Blick in seine E-Mails, um zu sehen, was es Neues oder Dringendes gab. Die Leute von der Informationstechnik wollten wissen, wann er mal eine halbe Stunde Zeit habe. Seine Zugänge zu verschiedenen internen Systemen und Datenbanken müssten freigeschaltet werden.

Schweers fragte sich, warum diese Systeme von Bundesland zu Bundesland unterschiedlich sein mussten. Er schickte den Kollegen eine kurze Antwort, dass er voraussichtlich so um elf Uhr von der Leichenschau zurück im Büro sei.

Eine Mail vom Personalrat enthielt eine Einladung, sich dort vorzustellen. Das würde man mit allen neuen Kolleginnen und Kollegen machen. Eine gute Idee, wie er fand. In Bonn hatte der Personalrat mit dafür gesorgt, dass sein rechtsnationaler Vorgesetzter vor dem Richter und dann im Knast gelandet war.

Die letzte Mail war von der Personalabteilung, die Passfotos von ihm wollte. Er erinnerte sich daran, dass Melf und Peter gestern Abend gesagt hatten, es gäbe nicht weit vom Quartier auf der anderen Straßenseite ein Geschäft, in dem er die Fotos machen lassen könnte, und machte sich in Gedanken eine Notiz, dort bei nächster Gelegenheit vorbeizugehen.

Laut Information von Peter Melnik vom gestrigen Abend gab es auch in Bremerhaven vereinzelte, nach rechts tendierende Kolleginnen und Kollegen. Aber bisher sei kein systemisches Problem erkennbar. Dem hatte Melf Petersen zugestimmt. *An der Front mache ich mir aber lieber selber ein Bild*, dachte er, als es an der Tür klopfte und Peter eintrat.

»Sollen wir?«

»Ich sperre nur kurz den Rechner.« Schweers machte den berühmten Affengriff, stand auf und nahm seinen Parka vom Haken der Garderobe.

»Willst du das alles so lassen oder was umstellen?« Peter Melnik deutete auf das Arrangement von Schreibtisch und Regalen. »Ich kann gerne mit anfassen, wenn du so weit bist.«

»Das ist nett, vielen Dank. Ich muss mal ein paar Tage hier verbringen und mich dann entscheiden, ob ich was verändern will. Vermutlich schon, da ich gerne bei der Arbeit nach draußen schaue. Nächste Woche kann ich dazu mehr sagen.«

Peter Melnik nickte und ging vor Richtung Auto. Schweers verschloss sein Büro und folgte ihm.

Beim Auto angekommen, startete Schweers die Karten-App auf seinem Smartphone, um die Strecke verfolgen zu können. Kurze Zeit später erreichten sie das Gebäude des Gesundheitsamts, in dem offenbar die Rechtsmedizin untergebracht war. Die Suche nach einem Parkplatz fiel aus, da reichlich vorhanden. *Auch das ist deutlich anders als in Bonn,* dachte Schweers, der sich daran erinnerte, dass man manchmal nur mit dem Blaulicht auf dem Dach das Fahrzeug stehen lassen konnte, da weit und breit kein regulärer Parkplatz zu finden war.

Das Gesundheitsamt hatte man in einem Altbau untergebracht. Schweers folgte Melnik in den Sektionssaal, in dem drei Obduktionstische nebeneinanderstanden. Auf einem der Tische lag Bernardo Giordano, beziehungsweise das, was von ihm übrig war.

Bei der Betrachtung des mitgenommen aussehenden Körpers ihres Opfers suchte ihn erneut ein unangenehmes Gefühl in der Magengegend heim. Der Tisch aus Edelstahl, auf dem das blutverschmierte Werkzeug des Pathologen lag, machte es nicht besser. Auf einem Regal an der Wand standen alle möglichen Gläser, in denen menschliche Organe in einer Flüssigkeit schwammen, um für die Nachwelt irgendeinen Zweck zu erfüllen. Hinter sich hörte er das Übliche »Moin«. Unverkennbar das Organ von Petersen. Fast gleichzeitig kam das »Moin« als Antwort von ihm und Melnik, der sich ebenfalls nach der Stimme umgedreht hatte. Der Gerichtsmediziner kam in Gummischlappen und grünem Kittel aus einem Nebenraum auf sie zu. In der Hand hatte er ein Klemmbrett, auf dem sich vermutlich seine Notizen befanden, die er später in Berichtsform gießen musste.

»Ich habe gestern Nachmittag mit der Obduktion angefangen. Heute Morgen bin ich früher gekommen, um fertig zu sein, bevor ihr hier aufschlagt«, sagte er, während er um den Seziertisch herumging. »Ich habe den Leichnam systematisch untersucht. Die Geruchsuntersuchung hat keine Anhaltspunkte für Alkohol, Bittermandeln oder Knoblauch ergeben. Letzteres könnte ein Hinweis auf E 605 sein. Alles negativ. Keine Hinweise auf eine Barbiturat-Vergiftung.« Petersen machte eine Geste mit der Hand, die den ganzen

Körper des Toten umfasste. »Es gibt keinerlei Narben von früheren Schnitt- oder Stichverletzungen, abgesehen von einer Narbe, die von einer Blinddarmoperation herrührt. Sollte er irgendwelche Drogen genommen haben, hat er sie jedenfalls nicht gespritzt. Also keine Injektionsstellen an den üblichen Stellen, auch nicht in der Zunge oder unter dem Präputium.«

»Unter dem was?« Oliver Schweers hatte die Stirn in Falten gelegt.

»Der Nichtlateiner nennt das Ding Vorhaut«, kam als Antwort.

»Ach du Scheiße.« Melniks Augenbrauen produzierten ein unübersehbares großes V auf seiner Stirn. »Wie krass ist das denn?«

Petersen grinste: »Manche spritzen unter die Fingernägel!«

Jetzt lief es Schweers kalt den Rücken herunter: »Mannomann, ich dachte, das ist eine Foltermethode, und die quälen sich freiwillig? Kaum vorstellbar.«

Der Gerichtsmediziner zuckte mit den Schultern, als sei so etwas nicht ungewöhnlich. Er hatte offenbar schon in schlimmere menschliche Abgründe geschaut. »Der Schädelknochen ist unversehrt. Keine Schlagverletzungen oder Kontakt mit einer Schiffsschraube. Die Augäpfel fehlen, das waren vermutlich Krabben. Möwen können es nicht gewesen sein, da Tote im Wasser nicht auf dem Rücken liegen und die hiesigen Möwen nicht tauchen können.« Petersen lachte laut über seinen eigenen Witz, ging zum Kopfende des Tisches und deutete auf den Hals des Toten: »Keine Anzeichen dafür, dass unser Opfer erwürgt wurde. Wie ich vermutet hatte, ist der Tote ertrunken. Ich habe im Übrigen auch keine Abwehrverletzungen gefunden. Das alles in Kombination mit den kleinen, rötlichen Punkten im Nacken bestätigt meine Ausgangsthese, dass der Mann mit einem Elektroschocker betäubt und dann ins Wasser gelassen wurde. Und zwar von jemandem, den er gekannt haben muss.«

Schweers machte sich eine Notiz.

- *Täter und Opfer kannten sich vermutlich, da keine Abwehrverletzungen.*

»Kannst du etwas zum vermutlichen Todeszeitpunkt sagen?« Schweers hatte sich gegen den Seziertisch, der hinter ihm stand, gelehnt.

Petersen konsultierte seine Unterlagen. »Unter Berücksichtigung des Zustands der Leiche, insbesondere der Haut, würde ich sagen am Freitag vergangener Woche. In den Abendstunden. Meines Wissens hatten wir da einen hohen Wasserstand.«

Melnik nickt zustimmend: »Das könnte durchaus zu den Spuren passen, die wir auf dem Laubengrundstück gefunden haben.«

»Den vollständigen Bericht bekommt ihr im Laufe des Tages per Mail. Ich lasse eine toxikologische Untersuchung machen. Die dauert aber ein bisschen, Ergebnisse reiche ich nach. Fragen, die Herren?« Der Mediziner schaute die beiden Kommissare auffordernd an, bekam aber nur Kopfschütteln zu sehen. »Dann angenehme Verrichtung und bis demnächst mal wieder. Hier oder im Quartier. Ich verabschiede mich.«

Schweers und Melnik bedankten sich und verließen ebenfalls den Sektionssaal. Beide waren froh, draußen wieder frische Luft atmen zu können.

»Zurück ins Büro?«

Die Frage von Melnik, der sich ein Zigarillo angesteckt hatte, war eher rhetorisch gemeint, aber Schweers nickte dennoch. Die beiden Kollegen gingen schweigend zum Auto und fuhren zurück in Richtung Dienststelle. Schweers hatte sein Fenster geöffnet, um dem Rauch des Zigarillos weitestgehend zu entkommen. Seinen kritischen Blick auf Melniks qualmenden Stinker hatte dieser mit einem Achselzucken und einem tiefen Lungenzug quittiert und den Wagen gestartet. *Das ist wohl nicht zu verhandeln.* Schweers stöhnte innerlich.

»Ich schlage vor, wir arbeiten uns erst mal durch die Berichte durch, die schon vorliegen, und stimmen dann das weitere Vorgehen ab. Einverstanden, Peter, oder hast du eine bessere Idee?«

Melnik schüttelte den Kopf: »Was anderes können wir momentan nicht machen.«

»Ich gehe heute Mittag mit Jonas Hansen essen. War seine Idee. Ist eine gute Möglichkeit, sich kennenzulernen.«

Melnik nickte nur, »ich bin anderweitig verabredet, sonst würde ich mitkommen«, und konzentrierte sich auf den Verkehr, der auf der Hafenstraße manchmal etwas chaotisch war. Kurze Zeit später standen sie wieder auf dem Parkplatz des Kommissariats und gingen in ihre jeweiligen Büros.

Schweers entsperrte seinen Rechner und sah diverse E-Mails mit Anlagen, die er durcharbeiten musste, bevor es zur Pressekonferenz ging.

»Einen schönen guten Tag, Frau Maelzer, liebe Kolleginnen und Kollegen. Ich habe den Tag, an dem ich mich Ihnen vorstellen darf, herbeigesehnt. Morgen ist es so weit: Ich trete meine neue Stelle in der Seemannsmission Bremerhaven endlich an.« Martin Koopmann sah einem nach dem anderen in die Augen und fuhr dann fort. »Bisher kenne ich nur Frau Maelzer, aber es wird ja in den kommenden Tagen und Wochen genug Zeit geben, jeden von Ihnen persönlich kennenzulernen. Ich habe lange gehofft, irgendwann einmal eine Stelle wie diese hier zu bekommen. Pastor einer Seemannsmission zu sein, ist etwas Besonderes. Man hat erheblich mehr Abwechslung als in einer normalen Gemeinde. Da diese Stellen begehrt sind, fühle ich mich privilegiert, hier mit Ihnen gemeinsam den Austausch mit Menschen aus vielen unterschiedlichen Kulturen pflegen zu können. Darauf freue ich mich. Ich beende an dieser Stelle meine kurze Rede, einmal, um Sie nicht zu langweilen und zum anderen, weil Frau Maelzer angekündigt hat, mit mir einen kleinen Rundgang zu machen und mir dabei nach und nach jeden einzelnen von Ihnen vorzustellen. Vielen Dank für Ihre Aufmerksamkeit.« Koopmann nickte seinen Zuhörern mit dem Kopf zu und blickte Frau Maelzer an, als Zeichen dafür, dass er das Wort an sie abgeben wollte.

»Lieber Pastor Koopmann, herzlichen Dank für Ihre freundlichen Worte. Ich denke, ich spreche für alle, wenn ich Ihnen sagen darf, dass auch wir uns darauf freuen, mit Ihnen zusammenzuarbeiten. Sie und Ihre Familie sind ja erst gestern in Bremerhaven angekommen und haben die erste Nacht im Havenhostel verbracht. Sie kennen Bremerhaven deshalb noch nicht, aber wir sind sicher, dass Sie sich hier schnell einleben und wohlfühlen werden. Die Menschen hier sind offenherzig und im Gegensatz zu dem, was man uns nachsagt, überhaupt nicht stur. Als Hafenstadt könnte man sich so ein Verhalten gar nicht leisten. Wir leben von und mit den Besuchern aus aller Herren Länder harmonisch zusammen. Insofern kommt von uns allen hier von Herzen ein herzliches Willkommen.« Frau Maelzer nickte ihren Kolleginnen und Kollegen unauffällig zu, und man begann zu klatschen. »Und jetzt, Herr Pastor, beginnen wir mit dem Rundgang, wenn Sie mir folgen wollen.« Antje Maelzer deutete mit dem Arm die Richtung an, die sie einzuschlagen gedachte, und beide gingen gemeinsam los. Die zurückbleibenden Kolleginnen und Kollegen zerstreuten sich und gingen an ihre jeweiligen Arbeitsplätze. Zuerst zeigte sie das sogenannte Wohnzimmer, in dem die Seeleute freien Zugang zum Internet bekamen und wo alle möglichen fremdsprachlichen Zeitungen auslagen. Danach folgten der Minishop und der Raum, in dem sich das Poolbillard und die Tischtennisplatte befanden. Zum Schluss zeigte sie ihm die kleine Kapelle, die für Andachten und Gottesdienste vorgesehen war. »Hier haben wir kostenlose Bibeln in einer Reihe von unterschiedlichen Sprachen. Da müssen wir wieder welche nachbestellen, fällt mir dabei ein.« Antje Maelzer blickte ihren neuen Vorgesetzten fragend an, der zustimmend nickte, was sie als Zeichen dafür interpretierte, weiterzumachen. »In der kommenden Woche kommt die Morning Star mal wieder nach Bremerhaven. Die haben schon per Mail angefragt, ob Sie einen Gottesdienst auf dem Schiff feiern können. Ich habe zugesagt, ohne Sie gefragt zu haben, weil unser bisheriger Pastor das auch immer getan hat. Ich hoffe, das war in Ihrem Sinne?« Frau Maelzer schaute ihn aus den Augenwinkeln an und begann zu lächeln, als Koopmann die Hände vor seiner Brust faltete und langsam nickte.

»Aber selbstverständlich, Frau Maelzer. Dafür bin ich doch hier. Das können wir gerne so weiter handhaben, wie Sie das mit meinem Vorgänger gemacht haben.« Frau Maelzer nickte lächelnd und mit einem Augenaufschlag, von dem Koopmann nicht sicher war, wie er den einordnen sollte.

»Übernehmen Sie das Diensthandy Ihres Vorgängers oder sollen wir im Internet, auf den Broschüren und auf dem Briefpapier eine neue Nummer angeben und dann neu drucken?«

»Nein, die Nummer kann gleich bleiben. Es kann nur sein, dass ich ein neues Gerät benötige. Ansonsten würde ich mich gerne in den ersten Tagen der nächsten Woche immer wieder mal beim Kaffee in aller Ruhe mit Ihnen über die Unterschiede zwischen der Seemannsmission, dem Seemannshotel, dem Seamen's Club und dem Bordbesuchsdienst unterhalten. Auf diese Weise lerne ich jeden Tag ein wenig dazu. Wäre das auch in Ihrem Sinne?«

Frau Maelzer senkte errötend Kopf: »Das tue ich natürlich sehr gerne, Herr Pastor, und herzlichen Dank für Ihr Vertrauen.«

»Das freut mich. Ich habe hier das Foto, um das Sie mich gebeten hatten, für das Schwarze Brett.«

»Ach ja, wenn Sie mir bitte folgen wollen, das Brett hängt im Foyer.« Frau Maelzer lief dienstbeflissen sofort los, so dass Martin Koopmann fast Mühe hatte, ihr zu folgen. Sie stoppte erst in der kleinen Eingangshalle, wo sie auf das nicht zu übersehende Brett deutete, das an der Wand hing. »Ich habe unser Organigramm mit den jeweiligen Arbeitsbereichen nachempfunden.« Frau Maelzer deutete auf eine Zeichnung oben links auf dem Brett im Format DIN A3, auf der kleine Rechtecke den Platz markierten, der für die Fotos der Mitarbeiter reserviert war. Sie nahm Martin Koopmann das Foto aus der Hand und platzierte es mit einer dünnen Nadel an der Spitze der Hierarchie.

»Sehr schön!«, Frau Maelzer lächelte entrückt, »die anderen Fotos kommen auch noch.«

Na, die ist offenbar schon mit sehr kleinen Dingen glücklich zu machen, dachte Martin Koopmann mit gerunzelter Stirn. *Und die wird mir innerhalb kurzer Zeit mit ihrem devoten Gehabe auf den Senkel gehen. Hoffentlich bin ich mit ausreichend Langmut gesegnet.*

»Gefällt Ihnen das Foto?« Dass diese Frage die Gefahr barg, Frau Maelzer in unkontrolliertes Schwärmen zu bringen, merkte er an dem hochroten Kopf, den seine Gesprächspartnerin sofort entwickelte, und fuhr mit einem Blick auf seine Armbanduhr schnell fort: »Ich muss jetzt aber auch los. Der Umzugswagen dürfte inzwischen angekommen sein, und ich möchte meine Frau nicht damit allein lassen. Es kommen vier Packer mit, und wenn die anfangen zu fragen, wo soll das hin und wo soll dies hin, ist man besser zu zweit. Andernfalls sieht man sich nachher in der Situation, selber alle möglichen Dinge in die richtigen Räume transportieren zu müssen.«

»Sie haben da sicher sehr viel Erfahrung, Herr Pastor. Ich bin nicht so häufig umgezogen, wissen Sie.« Frau Maelzers Blick löste sich nur widerwillig vom Foto ihres neuen Seelsorgers.

»So, so. Wie oft denn, Frau Maelzer?«

»Noch nie«, antwortete die Angesprochene leise.

Na, das kann ja heiter werden. »Ich fahr dann jetzt los. Wir sehen uns morgen früh wieder, nehme ich an.«

»Selbstverständlich, Herr Pastor.«

»Auf Wiedersehen und bis morgen. Noch einen angenehmen Tag.« Koopmann nahm schnell seinen Mantel, der an der Garderobe im Foyer hing, vom Haken, ging zu seinem Auto und machte sich auf den Weg nach Hause, wo seine Frau und der Einzug in ihr neues Heim auf ihn wartete. *Die würde jeden Pastor sofort heiraten, der ihr einen Antrag macht. Mit der darf ich mich nicht alleine in einem Raum aufhalten. Benedikt würde sagen, die ist heiß wie Frittenfett,* dachte er unterwegs und musste bei der Erinnerung an seine damalige Liebschaft lächeln. *Wo dieses liebenswerte kleine Luder wohl jetzt sein Unwesen treibt, würde mich interessieren. Sobald ich ein wenig Zeit habe …*

Schweers fand in seinem Eingang diverse Mails mit weitergehenden Informationen zu seinem Fall. Der Bericht der uniformierten Beamten, die die Nachbarn Giordanos befragt hatten, hing als Anlage daran. Er war kurz, nur ein Absatz, wenn man den notwendigen formalen Kram des Formulars beiseiteließ. Niemand hatte etwas Ungewöhnliches gesehen oder gehört.

Es machte kurz Piep und er sah, dass Hansen, der Kollege, der im Hintergrund wirbelte und mit dem er heute

Mittag essen gehen würde, eine Mail geschickt hatte. Es waren die Daten mit den Informationen über die Wasserstände der Geeste der letzten Tage. *Danach zu urteilen, hat es am vergangenen Freitagabend Hochwasser gegeben. Genau gesagt hat es um fast genau siebzehn Uhr Niedrigwasser gegeben. Danach läuft das Wasser für sechs Stunden auf. Um zehn Uhr abends war es dann fünf Stunden lang aufgelaufen*, dachte Schweers. *Laut Hansen hat der Wasserstand ausgereicht, um das Opfer mühelos in den Fluss gleiten zu lassen.*

Die nächste Mail kam herein, wieder von Hansen. Er hatte mit der Revierzentrale Kontakt aufgenommen, um herauszufinden, welche Sportschiffer auf dem Fluss unterwegs gewesen waren. Die Kollegen dort konnten ihm nur diejenigen nennen, deren Boote über ein automatisches Identifizierungssystem verfügten, weil nur dieses System es erlaubte, die Schiffsbewegungen zurückzuverfolgen. Hansen hatte jeden einzelnen dieser Bootseigner kontaktiert. Keiner hatte etwas gesehen. *Wäre ja auch zu schön gewesen*, dachte er. *Der Kollege ist effektiv. Da kann man nicht meckern.* Schweers erinnerte sich, dass sie sich zwar zum Essen verabredet hatten, aber das Wo und Wann fehlte. Er griff zum Telefonhörer.

»Hansen, Polizei Bremerhaven«, hörte er den Kollegen, der nach dem zweiten Klingeln abgenommen hatte.

»Schweers hier«, antwortete er.

»Ach, Herr Schweers, Moin. Was kann ich für Sie tun?«

»Ich habe eine Nachfrage. Mich interessiert, wo wir heute essen gehen wollen und wann wir uns treffen.«

»Haben Sie denn ein Ziel im Kopf? Ein Restaurant oder die Kantine? Wonach ist Ihnen?«, kam die Rückfrage von Hansen.

»Ich kenne bisher lediglich den Wasserschout und das ›Quartier 159‹, wobei Letzteres kein Restaurant ist.«

»Dann schlage ich vor, wir gehen ins ›Olympische Feuer‹, wenn Sie griechisches Essen mögen?«

»Das ist völlig in Ordnung. Haben Sie schon eine Uhrzeit im Kopf?«, fragte Schweers zurück.

»Ich würde sagen, wir treffen uns um zehn vor zwölf unten vor dem Haupteingang. Ich reserviere uns einen Tisch.«

»So machen wir das. Bis später.« Schweers legte den Hörer auf und wandte sich erneut seinem Bildschirm zu. Er hatte gesehen, dass wieder eine Mail eingegangen war.

Der Bericht der Spurensicherung war gekommen. Man hatte das Handy des Toten auf der Parzelle zwischen zwei Sträuchern am Rand des Weges zum Steg gefunden und an die IT-Forensiker gegeben, die dabei waren, das Passwort zu knacken. Darauf würde er warten müssen, aber man hatte ihm den Namen und die Kontaktinformationen des entsprechenden Kollegen dazugeschrieben, wissend, dass er neu in der Dienststelle war. Dann ging es zum Schuhabdruck. Der gehörte zu einem speziellen und teuren Sneaker der Marke ›Armani‹ und hatte die Größe dreiundvierzig. Schweers lehnte sich in seinem Stuhl zurück und dachte nach. *Damit kann der Schuh einer Frau oder einem Mann gehören,* dachte Schweers und beugte sich wieder über den Bericht, nachdem er sich eine Notiz zu den Schuhen gemacht hatte. Er las weiter. Sollten während der weiteren Ermittlungen passende Schuhe gefunden werden, könne man anhand von Restspuren an den Sohlen mit ziemlicher Sicherheit sagen, ob es sich um den Schuh handelt, der den Abdruck hinterlassen habe. Der Abrieb an der Schleifspur stamme eindeutig vom Schuh des Toten. Als letzten Punkt fand sich im Bericht die Aussage, dass die am Steg gefundenen Fasern mit dem Material identisch waren, aus dem die Hose des Toten geschneidert worden war. Damit stand der Tatort unwiderruflich fest. Auf der folgenden Seite las Schweers, dass sich von den in der Hütte gefundenen Fingerabdrücken keiner in der Datenbank wiedergefunden hatte. Also auch hier kein Hinweis auf potentielle Täter. *Allmählich ist guter Rat teuer.* Schweers hatte sich grübelnd in seinem Stuhl zurückgelehnt. *Es bleiben die Verbindungsnachweise, der Kalender des Toten und eventuelle Verwandte. Der Typ muss doch Freunde gehabt haben, oder saß der jeden Abend allein vorm Fernseher und ging früh schlafen. Gibt's doch gar nicht sowas.* Schweers schüttelte bei dem Gedanken langsam den Kopf und schaute auf seine Uhr. Es war fast Viertel vor zwölf, er musste zum Haupteingang gehen, wollte er Hansen nicht warten lassen.

Am Haupteingang angekommen, war niemand zu sehen. Schweers ging bis zu einem Ende des Gebäudes, um nachzusehen, ob jemand dort wartete, als er hinter sich eine Stimme hörte.

»Herr Schweers?«

Schweers drehte sich um: »Ja! Herr Hansen?« Er sah sich einem hageren, jungen Mann mit kurzen dunklen Haaren gegenüber, der immense Koteletten hatte, die bis zum Kieferknochen reichten und sich fast vorne am Kinn berührten. In der schwarzen Hornbrille steckten dicke Gläser, die Hansens Augen unnatürlich groß aussehen ließen.

»Richtig.« Der neue Kollege kam auf Schweers zu und hielt ihm eine Hand zur Begrüßung hin.

Hansen deutete mit einem Arm in die Richtung, die zum Restaurant führte, und die beiden Männer liefen gemütlich los.

»Wie hat Bremerhaven Sie denn bis jetzt behandelt?«, eröffnete Hansen das Gespräch.

»Wenn man vom doch recht häufigen Regen mal absieht, gut«, antwortete Schweers lächelnd. »Gestern Abend war ich im ›Quartier 159‹ mit den Kollegen Melnik und Petersen. Das ist eine nette Kneipe, die Sie vermutlich kennen, und ich wohne auf meinem Hausboot im ›Neuen Hafen‹. Das Boot habe ich aus Oberwinter, südlich von Bonn, mit zwei

Freunden hierhin gebracht. Was die Wohnsituation angeht, musste ich mich deshalb nicht eingewöhnen. Sind Sie denn ein echter Bremerhavener?«

»Das bin ich. Ich komme aus Lehe, einem eher ärmeren Stadtteil. Mein Vater war auf einer der hiesigen Werften tätig.«

»Das haben Sie und Kollege Melnik gemeinsam, wenn ich das richtig in Erinnerung habe. Und warum sind Sie zur Polizei gegangen und nicht auch zu einer Werft?«

»Die Arbeit auf einer Werft ist nicht ungefährlich. Mein Vater hat einen Finger bei einem Arbeitsunfall verloren und dabei noch Glück gehabt, dass es nicht die ganze Hand wurde. Danach hat meine Mutter ihm unmissverständlich klargemacht, dass sie nicht will, dass der eigene Sprössling einem derartigen Risiko ausgesetzt wird und durchgesetzt, dass ich studieren konnte.«

Jonas Hansen hatte angehalten und auf den Knopf für die Fußgängerampel gedrückt, vor der sie haltgemacht hatten. Sie standen am Ernst-Reuter-Platz. Schräg gegenüber lag das Restaurant, auf das er mit dem rechten Arm deutete.

Schweers nickte. »Ich dachte, dass man dann etwas studiert, das mit Seefahrt im weitesten Sinne zu tun hat, wenn man schon an der Küste groß geworden ist und nicht in einer Werft arbeiten will.«

Die Ampel wurde grün, und beide setzten ihren Weg fort.

»Das hätte sich angeboten, aber ich war als Kind schon immer fasziniert von Computern und habe deshalb Informatik und Philosophie studiert, was mein Vater nie verstanden hat. Zu Anfang hat er mir sogar einmal vorgeschlagen, Theologie zu studieren. Aber das war, bevor das mit meiner Schwester passiert ist. Jedenfalls habe ich nach dem Studium und drei Jahren bei einem Softwareentwickler bei der hiesigen Polizei als Quereinsteiger angefangen. Zunächst bei den IT-Forensikern, habe dann aber mal vertretungsweise bei Mord und Totschlag das Backoffice gemacht und daran derartig Gefallen gefunden, dass ich geblieben bin, als sich die Gelegenheit ergab.« Am Restaurant angekommen, drückte Hansen die Tür auf und ging hinein. Er nickte dem Kellner zu, der ihn zu kennen schien und steuerte auf einen Tisch am Fenster zu, wo er sich hinsetzte.

Schweers folgte und setzte sich ihm gegenüber. »Sie sind hier bekannt?«, fragte er, da Hansen sich im Restaurant bewegte, als sei er zu Hause.

»Ja, in der Tat. Aber die Stadt ist klein. Sie werden sehen, dass man Sie nach kurzer Zeit begrüßt wie einen Stammkunden, wenn Sie zweimal im selben Etablissement waren«, sagte Hansen grinsend.

Schweers nickte, weil ihm das Gefühl nicht unbekannt war. »Warum wollte Ihr Vater denn, dass Sie Theologie studieren? Das geht mich natürlich nichts an, und wenn Sie nicht darüber reden wollen, ist das völlig okay. Ich finde es bemerkenswert, dass ein Werftarbeiter möchte, dass sein Sohn Theologie studiert.«

»Das kann ich verstehen.« Hansens Stirn hatte sich in Falten gelegt. »Es ist kein Geheimnis und mittlerweile einige Zeit her. Meine Eltern sind sehr gläubig, müssen Sie wissen, und haben versucht, mich und meine kleine Schwester entsprechend zu erziehen. Jeden Sonntag in die Kirche, kein Sakrament wurde ausgelassen, ich musste Ministrant werden und so weiter. Bei mir hat das alles nicht so verfangen, aber bei meiner Schwester total. Das ging so weit, dass sie ins Kloster wollte, sehr zum Entzücken von Vater und Mutter. Nach einem Jahr war sie wieder zurück, völlig verstört, und sie ging nicht mehr in die Kirche. Meine Eltern haben versucht, herauszufinden, was passiert ist. Sie wollte nicht reden. Auch nicht mit mir, obwohl wir uns früher fast alles erzählt haben. Wir kamen nicht an sie heran. Es war wie verhext und hat sehr wehgetan. Sie wollte sich nicht helfen lassen.

Irgendwann war sie dazu bereit, sich in psychotherapeutische Behandlung zu begeben. Auch das half nicht. Die verordneten Tabletten nahm sie irgendwann nicht mehr. Dann fing sie an, heimlich Drogen zu nehmen. Um das zu finanzieren, ging sie bald auf den Strich. Alles kam Schlag auf Schlag, innerhalb von ein paar Monaten. Zu dem Zeitpunkt konnte man noch nicht sehen, dass sie schwanger war. Nach drei Monaten war sie am Ende und redete eines Abends mit mir, nachdem sie genug getrunken hatte.« Hansen nahm seine Brille ab und rieb sich die Augen.

»Hören Sie, Herr Hansen. Sie müssen mir das nicht erzählen. Vielleicht sollten wir das Thema wechseln?« Schweers tat es leid, seinem jungen Kollegen die Frage gestellt zu haben, aber Hansen winkte ab, setzte sich seine Brille wieder auf und fuhr fort.

»In dem Kloster, in dem meine kleine Schwester als Novizin angefangen hatte, vermittelte die Äbtissin gegen Bezahlung die jungen Frauen an einen Priester, der auf diese Weise seine sexuellen Bedürfnisse befriedigen konnte. Ich fragte mich, wie kann so etwas funktionieren? Seitdem habe ich mich mit Glaube, Religion und Kirche intensiver befasst, weil ich verstehen wollte, was man meiner Schwester und damit meiner Familie angetan hatte. Eigentlich ist es ganz einfach. In der katholischen Kirche gibt es einerseits das Gebot des Gehorsams gegenüber einem Priester und andererseits das Gebot der Keuschheit. Beides gilt für Nonnen und natürlich auch für Novizinnen, sobald diese ein Gelübde abgelegt haben. Der betroffene Priester erinnerte meine Schwester an ihre Pflicht, ihm gegenüber gehorsam zu sein. Den Bruch des Keuschheitsgelübdes könne sie ihm ja beichten, und damit wäre alles wieder gut. Dann wurde sie schwanger. Das beichtete sie dem gleichen Priester, und kurz darauf wurde sie von der Äbtissin öffentlich des Klosters verwiesen, da sie ihr Gelübde gebrochen habe. Eine Möglichkeit, ihre Geschichte zu erzählen, bekam sie nicht. Sie geriet in einen Gewissenskonflikt, aus dem sie nie wieder heraus kam. Am Tag nach unserem Gespräch ließ sie das Kind abtreiben. Drei Tage darauf nahm sie sich das Leben mit einer Überdosis.

Anfangs war ich am Boden zerstört und machte meinen Eltern Vorwürfe dafür, meine Schwester und mich christlich erzogen zu haben, man könne ja sehen, wozu die Kirche fähig sei und so weiter. Dann war ich so weit, den Priester und die Äbtissin auf meine Art zur Rechenschaft zu ziehen. Aber ich hatte keine Beweise und hätte für meine Eltern alles noch schlimmer gemacht, als es eh schon war. Die waren auch am Boden zerstört. Einerseits fiel es ihnen schwer, zu verstehen, dass die verehrte Kirche so etwas zulassen konnte, andererseits konnten sie nicht glauben, dass die eigene Tochter sich das alles ausgedacht hatte. Schließlich wollten sie auch keine Obduktion. Und, ob sie es glauben oder nicht, meine Eltern gehen weiter zur Kirche. Ich bin sofort ausgetreten und will mit dieser Institution und ihren Vertretern nichts mehr zu tun haben. Für mich sind das Verbrecher. Sollte ich Ihnen, Herr Schweers, damit zu nahegetreten sein, tut mir das leid, ich werde mich aber nicht für Aussagen und Meinung entschuldigen.« Jonas Hansen lehnte sich zurück und sah seinen neuen Vorgesetzten an.

Schweers erwiderte den Blick seines Gegenübers und nickte. »Herr Hansen, das tut mir ehrlich leid für Sie und Ihre Eltern. Und Sie sind mir keinesfalls zu nahegetreten. Ich habe selber kein Verhältnis zur Kirche. Für mich ist fast jede Religion ein Geschäftsmodell, das eine Männerherrschaft über andere, insbesondere Frauen, zementiert und eine Gruppe Herrschender davon profitieren lässt. Ich habe es eher mit der Wissenschaft als mit dem Glauben.«

Sein Gesprächspartner nickte, wie es schien erleichtert.

Die Servicekraft, die sich bisher im Hintergrund gehalten hatte, kam, begrüßte Jonas Hansen und nickte Schweers zu. Beide gaben ihre Bestellung auf. Als sie wieder ungestört waren, sah Hansen auf und setzte das unterbrochene Gespräch fort: »Was mich immer wieder wütend macht, ist die Tatsache, dass Priester oder Pastoren häufig mit all diesen Sachen davonkommen, ohne belangt zu werden. Die Kirche hat selbst offensichtlich kein Interesse an einer Aufklärung oder Offenlegung dieser Missstände. Gleichzeitig sehe ich, dass Leute wie meine Eltern trotz all dieser Vorfälle weiter ihre Kirchensteuern bezahlen und damit diese kriminelle Organisation am Leben halten.« Hansen schüttelte ungläubig den Kopf.

Schweers zuckte mit den Schultern »Dass das bei dem, was Sie mit Ihrer Schwester erlebt haben, besonders schmerzt, kann ich verstehen. Was mich zusätzlich ärgert, ist die Tatsache, dass aus Steuergeldern – und die zahlen wir ja beide – kirchliche Events subventioniert werden. Oder dass seit 1803 sogenannte Staatsleistungen in Höhe von heute ungefähr 500 Millionen Euro jedes Jahr an die Kirche gehen. Aus diesem Topf werden übrigens auch die Bischöfe bezahlt. Und so ein Bischof bekommt ungefähr 8.000 Euro Grundgehalt! Nicht schlecht, oder?«

Hansen nickte. »Ich weiß. Auch wenn man aus der Kirche ausgetreten ist, zahlt man durch seine Steuern weiterhin dafür, dass es sich sogenannte Würdenträger gut gehen lassen können.«

Jonas Hansen unterbrach sich selber, da die Servicekraft die Getränke brachte.

Schweers trank einen Schluck seines Mineralwassers und sah seinen jungen Kollegen wieder an: »Ich frage mich manchmal, ob es nicht eine Handhabe gegen diesen Missbrauch unserer Steuergelder gibt. Wer immer dieses ganze Brimborium bezahlen will, soll das tun. Aber wer nicht an diesen Hokuspokus glaubt, sollte auch nicht dafür bezahlen müssen, finde ich. Ich meine, in der Kirche steht ein erwachsener Mann in einem fantasievoll bestickten Umhang und behauptet, er verwandelt Wein in Blut und Brot in Fleisch. Die Anwesenden glauben das Ganze und essen es dann.« Schweers trank einen weiteren Schluck Mineralwasser. »Wenn ich mich auf das Vorderdeck meines Hausbootes stelle, ein Glas mit Rotwein in die Höhe halte und den zuschauenden Touristen erzähle, dass ich den Wein jetzt in Blut verwandeln werde, würde man mich für verrückt erklären. Aber der gleiche Tourist, der mich für verrückt erklärt hat, geht am Sonntag in die Kirche, und dort glaubt er das Ganze. Da frage ich mich schon manchmal, wer denn hier bitte verrückt ist. Liegt es vielleicht nur daran, dass es einmal in der Kirche behauptet wird und ein anderes Mal auf einem ›ungesegneten‹ Boot?«

Hansen nickte zustimmend und musste grinsen.

Schweers lächelte ebenfalls bevor er fortfuhr: »Aber wir sollten das Thema wechseln und zu beruflichen Dingen kommen, was meinen Sie? Vielleicht haben Sie ja bereits Informationen für mich.«

»Da haben Sie Recht.« Hansen nickte, holte einen kleinen Notizblock aus der Tasche und begann zu erläutern: »Ich habe mir den Kalender des Toten vorgenommen, aber nichts Auffälliges finden können. Ich bringe Ihnen das Ding heute Nachmittag vorbei, oder soll ich ihn dem Kollegen Melnik ins Körbchen legen? Ich finde, es sollte ein zweites Paar Augen einen Blick drauf werfen, ich könnte ja etwas übersehen haben.«

»Bringen Sie ihn zu mir rüber. Ich habe keine Ahnung, wie viel Peter Melnik zu tun hat, und ich will ihn nicht überlasten.«

»Gut. Dann habe ich mir die Berichte der Beamten angeschaut, die ich gebeten hatte, sich mit den direkten Lauben-Nachbarn des Toten zu unterhalten. Von sieben Pächtern, deren Parzellen in der unmittelbaren Nachbarschaft liegen, waren am vergangenen Freitag lediglich drei in ihren Gärten. Diese wurden alle befragt. Nach eigenen Aussagen waren aber alle drei schon spätestens um neunzehn Uhr wieder zu Hause. Keiner hatte etwas gehört oder gesehen. Wohl auch, weil man sich in die kleinen Häuschen zurückgezogen hatte. Es war zu kalt, um lange draußen zu sitzen.«

»Meinen Sie, es macht Sinn, die anderen Vier auch noch zu befragen?« Schweers machte ein zweifelndes Gesicht bei der Frage, weil er selber nicht daran glaubte.

»Ich vermute eher nicht. Wir können uns das ja für später aufheben, für den Fall, dass wir keinerlei Hinweise irgendwelcher Art finden«, antwortete Hansen.

»Einverstanden. Konnten Sie sonst was herausfinden?«

Hansen konsultierte seinen Notizblock. »Ich habe mir die Verbindungsnachweise des Toten besorgt und dann mit der Mitgliederliste der Laubenkolonie verglichen: Keine Übereinstimmungen. Ich habe mir erlaubt, die Listen zu scannen. Dann lasse ich den Text per OCR erkennen. Zuletzt wird das Ganze in eine Datenbank überführt, mit der wir in Zukunft die Listen nach Namen oder Telefonnummern durchsuchen lassen können, ohne dass wir immer wieder händisch alles anschauen müssen.«

»Aha!«, Schweers schaute skeptisch. »In Bonn hatten wir so etwas nicht.«

»Ach so«, Hansen grinste, »habe ich vergessen. In Bonn können Sie sowas nicht haben. Das habe ich selber mal programmiert, am Wochenende. Erleichtert die Arbeit ungemein. Ich hasse Routinen, die man Maschinen machen lassen kann.«

»Das klingt faszinierend«, Schweers musste grinsen. »Und was zum Teufel ist OCR, bitte?«

»Texterkennung durch den Computer. Wenn ich eine Liste in Papierform bekomme, scanne ich die, der Computer erkennt den gedruckten Buchstaben und danach das Wort oder die Zahl. Erst dann kann ich das Ganze in eine Datenbank überführen und bei Bedarf von der Maschine durchsuchen lassen.«

»Das ist eine ausgesprochen gute Idee. Meine Anerkennung.« Schweers war beeindruckt. »Ich vermute, eine Belobigung steht noch aus?«

»Schlimmer, man wollte mir verbieten, die Software auf den Dienstrechner zu spielen und zu benutzen, da es sich nicht um ein zugelassenes Programm handelt. Also habe ich einen alten Laptop von zu Hause mitgebracht und mache diese Arbeit damit. Und da wir alles, was das Programm findet, händisch überprüfen, ist das narrensicher.« Hansen stellte sein Wasserglas auf die Seite, da das Essen kam.

Schweers hatte die Augenbrauen zusammengezogen: »Das heißt, dass wir in Zukunft jede Telefonnummer oder jeden Namen, der mit unserem Fall zusammenhängt, dort einspeisen können, um zu sehen, ob es Querverbindungen gibt, die wir nicht kennen?«

»Richtig!« Hansen nahm sein Besteck in die Hand und sah Schweers fragend an.

Der blickte zurück und antwortete: »Guten Appetit. Und Sie sind eingeladen! Keine Widerworte. Wenn der Staat schon nicht dazu in der Lage ist, sich bei Ihnen offiziell zu bedanken, will ich das zumindest tun, auch wenn eine Einladung zum Essen dafür eigentlich nicht ausreicht.«

Während des Essens unterhielten sie sich über Schweers Erfahrungen in Bonn und seine bisherigen Fortschritte mit den digitalen Medien.

Hansen lobte ihn für seine Aufgeschlossenheit: »Leider sind nicht alle Kollegen so fortschrittlich wie sie. Auch bei uns gibt es noch einige, die sich bei der Benutzung von Smartphones regelrecht widerspenstig verhalten.«

»Es ist letztendlich wohl auch eine Frage der Generation. Viele wollen sich nicht mehr anpassen«, entgegnete Schweers und stellte mit Blick auf sein Handy fest: »Ich schätze, wir müssen allmählich zurück ins Büro.«

Hansen nickte. »Ich habe übrigens bisher nichts Interessantes über den Geschäftspartner des Toten herausgefunden. In den üblichen Quellen taucht er nicht auf, ist auch nicht vorbestraft. Ich bin momentan dabei, an eher unüblichen Orten zu suchen. Zum Beispiel habe ich den Berufsverband der Casinobetreiber kontaktiert, vielleicht gibt es da etwas. Sobald ich alles zusammenhabe, bekommen Sie die gesammelten Werke. Ich hoffe, morgen so weit zu sein. Bin halt auf Zulieferungen angewiesen.«

Schweers bedankte sich und signalisierte der Servicekraft, dass er zahlen wolle. Kurz danach machten sich die beiden Kollegen wieder auf den Weg zum Kommissariat.

»Das hätte ich fast vergessen.« Hansen war stehen geblieben und sah Schweers an. »Ich habe eine Liste aller Schuhgeschäfte in Bremen, Bremerhaven, Oldenburg, Cuxhaven und der jeweiligen Umgebung angefertigt und dort nachgefragt, ob sie Sneaker der Marke ›Armani‹ führen. Sobald ich mehr weiß, melde ich mich.«

»Herr Hansen, ich würde sagen, es ist gut, dass Sie nicht bei der Informatik hängen geblieben, sondern bei uns gelandet sind.«

Hansen lächelte erfreut und bekam ansatzweise einen roten Kopf.

»Könnten Sie mir bitte ihre bisherigen Ergebnisse in Stichworten per Mail zuschicken? Ich bastle daraus einen Sprechzettel für mich und den Staatsanwalt. Den Zettel muss ich vorher mit dem Pressesprecher abstimmen. Für sechzehn Uhr dreißig ist eine Pressekonferenz angesetzt.«

»Das ist kein Problem. Geben Sie mir fünfzehn Minuten, nachdem ich wieder im Büro bin.«

Schweers nickte. »Ach, noch eine Sache. Ich würde gerne zum Du wechseln, wenn das für Sie okay ist?«

Hansen lächelte. »Sehr gerne, ich heiße Jonas.«

»Und ich Oliver.«

Die beiden reichten sich die Hände und verabschiedeten sich voneinander.

Oliver Schweers setzte sich an seinen Schreibtisch und sah sich erneut in seinem neuen Büro um. Früher oder später würde er auf das Angebot von Melnik zurückkommen und sein Büro ein wenig umstellen. Vielleicht gab es Mittel im Budget des Kommissariats, um die eher angestaubten Möbel gegen neuere auszutauschen. Dafür würde er aber mit seiner Chefin reden müssen, die erst in der kommenden Woche wieder da sein würde. Bis dahin konnte er noch überlegen, was er gerne austauschen würde. Er startete seinen Computer, um die Stichworte für die Pressekonferenz zusammenzuschreiben.

Beim Blick in seine Mails sah er, dass Petersen seinen Bericht geschickt hatte. Den würde er erst lesen müssen, falls sich doch etwas Neues ergeben haben sollte. Es stellte sich heraus, dass er im Wesentlichen recht gehabt hatte. Bestätigen konnte er die Vermutung mit dem Elektroschocker. Allerdings gab es keine Möglichkeit, ein bestimmtes Gerät mit einer speziellen punktuellen Verbrennung in Verbindung zu bringen. Es sei denn, man würde DNA des Toten daran finden. Schweers legte den Bericht in die Handakte für den Fall. *Aber immerhin sind Todesursache und Tatort klar.*

Sein Rechner meldete sich. Die Mail von Jonas Hansen, die die Ergebnisse seiner bisherigen Recherchen zusammenfasste, war gekommen. Er sah, dass er den Text nahtlos übernehmen konnte und war nach einer halben Stunde mit allem fertig. Den Sprechzettel schickte er an den zuständigen Staatsanwalt und den Pressesprecher, mit dem Hinweis, für Rückfragen zur Verfügung zu stehen. Die verbleibende

Zeit bis zur Konferenz verbrachte er damit, sich das Organigramm des Kommissariats zu Gemüte zu führen. Auch wenn er sich nicht alle Namen würde merken können, an den einen oder anderen würde er sich sicherlich erinnern.

Fünfzehn Minuten später wollte Schweers sich auf den Weg zur Pressekonferenz machen, als ihm einfiel, dass er keine Ahnung hatte, wo die Polizei in Bremerhaven diese Konferenzen abhielt. Er griff zum Telefonhörer und rief Hansen an, der sich nach dem zweiten Läuten meldete und ihm erklärte, wo der Saal im Stadthaus 1 in der gleichen Straße zu finden war. *Schwein gehabt, dann kann ich ja doch pünktlich sein*, dachte Schweers und machte sich auf den Weg.

Dort angekommen, begrüßte er Staatsanwalt und Pressesprecher und stellte sich kurz vor. Beide bedankten sich für die Stichpunkte, die Schweers im Vorfeld geschickt hatte, hießen ihn in der Stadt willkommen und hofften auf gute Zusammenarbeit. Schweers nickte und setzte sich. Vor sich sah er drei Reihen von Stühlen für die Journalistinnen und Journalisten und wunderte sich, wie viele Zeitungen es in Bremerhaven geben sollte. Er hatte bisher lediglich von der ›Nordsee-Zeitung‹ gehört. Der ›Weser-Kurier‹ galt als bremenlastig und wurde von Lokalpatrioten eher mit einem Naserümpfen bedacht. Scheinbar ähnelte das Verhältnis zwischen Bremen und Bremerhaven dem zwischen Köln und Düsseldorf. *Also ewige Konkurrenz*, dachte Schweers und schüttelte im Geiste den Kopf. Bisher war nur ein Journalist anwesend, und in fünf Minuten sollte es losgehen. Kurz vor Beginn kamen zwei weitere Pressevertreter, von denen einer eine Kamera mit einem riesigen Objektiv vor sich her trug. Nachdem die beiden sich gesetzt hatten, eröffnete der Pressesprecher die Konferenz, stellte den Staatsanwalt und Schweers als neuen ermittelnden Hauptkommissar vor und gab dann das Wort weiter. Der Staatsanwalt umriss den Sachverhalt, gab jedoch kein Täterwissen bekannt. Schweers hatte in den Stichworten Fakten wie die Tatwaffe und den Typ Schuh, den man hatte identifizieren können, rot markiert und darum gebeten, diese Details nicht bekannt zu geben, da ansonsten der Täter die Schuhe und die Tatwaffe entsorgen würde. Zwar bestand diese Gefahr auch, wenn die Utensilien genannt würden, aber so wähnte sich der Täter in diesen Punkten vielleicht in Sicherheit. Und ein paar teure Schuhe würde man möglicherweise nicht entsorgen, wenn man nicht musste. Als Schweers selber an der Reihe war, ergänzte er das eine oder andere und machte deutlich, dass der Tatort zweifelsfrei die Gartenkolonie war. Hinweise aus der Bevölkerung seien willkommen. Die gesamte Veranstaltung war nach einer knappen Stunde vorbei. Es war mittlerweile kurz nach fünf, und er beschloss, nur noch seinen Computer herunterzufahren und Feierabend zu machen. Hinweise aus der Bevölkerung waren vor Veröffentlichung der Artikel am kommenden Morgen nicht zu erwarten.

Lukas Simek parkte sein Auto und lief zum Eingang des Seamen's Club. Er war müde. Fast den ganzen Tag hatte er vor dem Computerbildschirm verbracht und Papierkram erledigt, den er für seinen Kollegen mit erledigen musste. Dem ging es offenbar im Urlaub gut, wie das Foto zeigte, das er geschickt hatte. Den heutigen Bordbesuchsdienst würde er am liebsten ausfallen lassen. Aber sein Image als zuverlässiger Ehrenamtlicher war ihm wichtig und Gold wert. Seine gute Reputation im Hafen sorgte dafür, dass er praktisch nie kontrolliert wurde, und wenn, dann oberflächlich und der Form halber. Er ging durch das Eingangsfoyer direkt bis in den kleinen Shop, um mit Antje Maelzer einen Kaffee zu trinken, bevor er sich zum Schiff bringen lassen würde.

»Moin, Lukas, des Tages Last und Mühen getragen?«, wurde er von der Koordinatorin der Ehrenamtlichen begrüßt.

»Gut, dass es dich gibt. Leider sind nicht alle so zuverlässig wie du. Und lange nicht jeder nimmt den Bordbesuchsdienst so ernst.« Antje Maelzer betrachtete ihn wohlwollend, als sie das sagte.

»Meinst du?«, Simek schaute fragend zurück. »Den Eindruck habe ich nicht. Und mein Gott, das ist ein Ehrenamt, und man hat ja keine wirkliche Verantwortung, die einem auf die Füße fallen könnte oder für die man eine Berufshaftpflichtversicherung benötigen würde.«

»Nein, das nicht. Aber man hat doch eine gewisse Verantwortung für die Seeleute, die mit diesen Besuchen ja die Hoffnung verbinden, mal wieder was aus der Heimat zu hören und im Rahmen eines Gottesdienstes des Herren Nähe zu spüren. Eine gewisse Verpflichtung, die Erwartungen dieser Christen zu erfüllen, verspüre ich schon. Schließlich geht es um das Seelenheil der Matrosen!«

Antje Maelzer war mal wieder pastoral unterwegs. Sie wäre gerne Pastorin geworden, war aber in der Schule nicht weit genug gekommen, was sie täglich mehrfach bereute. Sie fühlte sich von Gott berufen und benahm sich häufig so. In ihrer Gegenwart verkniff sich Simek Kommentare über die Kirche, auch wenn es ihm schwerfiel. Verstehen konnte er einen derart unkritischen Umgang mit dem Laden aus gutem Grund nicht.

»Da hast du bestimmt Recht. Wie ist denn der neue Pastor so?«, versuchte Simek Antje Maelzer auf ein anderes Thema zu lenken.

»Ach ja, den hast du ja noch gar nicht kennengelernt. Der war gestern hier und hat sich vorgestellt. Macht einen netten Eindruck. Ist aber nur kurz hier gewesen, da der Möbeltransporter vor der Tür zur Wohnung oder zum Haus stand und er dort hin musste. Will im Wesentlichen alles beim Alten lassen. Hat er jedenfalls gesagt. Zumindest vorläufig, nehme ich an. Er hat übrigens sein Foto im Flur am Schwarzen Brett auf der Teamübersicht angebracht. Dann weißt du, wie er aussieht.« Antje bekam glänzende Augen, während sie vom neuen Pastor sprach.

»Ist der alleine hier oder mit Familie?«

»Er ist verheiratet und hat drei Töchter.« Der Glanz aus Frau Maelzers Augen war verschwunden.

Simek konnte sich ein Grinsen nur schwer verkneifen. Sie hatte die Hoffnung immer noch nicht aufgegeben, sich mal einen Pastor zu angeln. »Na dann werde ich ihn ja in den kommenden Tagen kennenlernen. Ich denke, ich mache mich mal auf den Weg.« Er zeigte auf seine Armbanduhr, um anzudeuten, dass er zum Shuttle musste.

»Du schuldest mir immer noch ein aktuelles Foto von dir, fürs Schwarze Brett!«

»Oh, gut, dass du mich erinnerst«, erwiderte Simek. »Habe ich zu Hause, bringe ich im Laufe der Woche mit.«

Antje Maelzer nickte zufrieden und Simek tippte sich an die Stirn, bevor er Richtung Ausgang ging. Im Vorbeigehen warf er einen Blick auf das Foto des Pastors und erstarrte in seiner Bewegung. Sein Blutdruck stieg an, sein Kopf wurde rot. Aufsteigende Magensäure verätzte ihm die Speiseröhre. Sein reflexhaftes Einatmen beförderte einen Teil der Säure vom Mund in die Luftröhre und erreichte seine Bronchien. Das Ergebnis war ein krampfartiger Hustenanfall, der ihn fast umgeworfen hätte und Antje Maelzer sofort auf den Plan rief.

»Mein Gott, was ist denn mit dir los?« Frau Maelzer hielt Simek fest und schlug ihm mit der flachen Hand immer wieder auf den Rücken.

Der hatte sich inzwischen mit den Händen auf seinen Knien abgestützt. Die Abstände, in denen er krampfartig zuckte und röchelte, wurden länger. Schließlich konnte er sich wieder aufrichten und normal atmen. Sein Kopf war immer noch hochrot und in seinem linken Auge war ein Äderchen geplatzt.

Antje Maelzer hatte damit aufgehört, seinen Rücken zu malträtieren und sah ihn stattdessen fragend an.

»Ich habe mich verschluckt! Ist dir das noch nie passiert?«, fragte er sichtlich verärgert zurück und versuchte, dabei möglichst nicht in Richtung Schwarzes Brett zu schauen.

»Verschluckt habe ich mich durchaus schon mal. Aber das gerade war ja wohl etwas heftiger. Ich hatte das Gefühl, du ziehst deine Lunge auf Links«, war die erschrockene Reaktion von Antje Maelzer auf seine aggressive Antwort.

Simek hielt seinen Blick gesenkt, damit man seine Tränen nicht sah. Es war alles wieder da. Der Traum, von dem er geglaubt hatte, er hätte ihn erfolgreich verdrängt. Erinnerungen, die er hoffte, endgültig begraben zu haben. Der Schmerz, die ganze Scham, alles war wieder da, als wäre es erst gestern gewesen. Schließlich wischte er sich über die Augen, schüttelte den Arm ab, den Antje Maelzer immer noch helfend um ihn gelegt hatte, und verließ den Seamen's Club ohne ein weiteres Wort. An der Haltestelle angekommen, nahm er eine kleine Flasche Wasser aus seinem Rucksack, spülte seinen Mund aus und trank etwas, um seine brennende Speiseröhre von der Magensäure zu befreien. Er hatte jetzt Wichtigeres zu tun und musste sich konzentrieren. Im Seamen's Club blieb eine verwirrte Antje Maelzer zurück, die eine Seite von Lukas Simek kennengelernt hatte, die ihr bisher unbekannt war.

Schweers nahm das Bügelschloss vom Fahrrad und machte sich auf den Weg nach Hause. Eine Viertelstunde später stand er vor der Klappbrücke und beobachtete die ›Hein Mück‹, die mit ein paar Touristen aus dem Kaiserhafen zurückkam. *Wahrscheinlich verbringe ich vor dieser Brücke wartend genauso viel Zeit wie ich in Bonn vor Bahnschranken gestanden habe,* dachte er. Auf der anderen Seite angekommen, waren es erneut fünf Minuten bis zu seinem Hausboot. Er grüßte die Hafenmeisterin, stellte sein Rad ab und ging an Bord. Sofort fühlte er sich zu Hause. Er zog seine Jacke und die Schuhe aus und setzte sich in seinen Lesesessel. *Mal sehen, was ich an Neuigkeiten habe,* dachte er und griff nach seinem Laptop. Abgesehen von zwei Rechnungen gab es nichts Wichtiges, und er aktivierte wieder den Ruhemodus. Dann fiel sein Blick auf das Schreiben der Kirche, das er gestern auf den Schreibtisch gelegt hatte. *Da wollte ich ja anrufen*, dachte er und griff zum Handy.

»Gemeindebüro der Evangelischen Kirche, was kann ich für Sie tun?«, hörte er nach zweimaligem Klingeln eine männliche Stimme.

»Guten Tag, Schweers mein Name. Ich glaube nicht, dass Sie für mich etwas tun können, genau deshalb rufe ich an. Ich habe gestern in meinem Briefkasten ein Schreiben von Ihnen gefunden, obwohl ein Aufkleber deutlich darauf hinweist, dass ich keine Werbung erhalten möchte.«

»Entschuldigung, Herr Schweers, aber wir verschicken keine Werbung«, wurde er von der anderen Seite unterbrochen. »Sie sprechen vermutlich von unserem Gemeindebrief, nicht wahr?«

»Wie immer Sie das Dokument nennen, das Sie mir geschickt haben, für mich ist das Werbung, und ich möchte das nicht bekommen.« Schweers Stimme war anzuhören, dass er nicht erbaut war.

»Aber Herr Schweers, es besteht kein Grund zur Aufregung, wirklich nicht. Sie sind vermutlich neu in Bremerhaven, und wir verstehen es als unsere Aufgabe, neuen Bürgern unserer Stadt eine brüderliche Hand zu reichen. Es ist unsere Pflicht, Ihnen die Möglichkeit zu bieten, sich uns anzuschließen und Ihre Sorgen mit uns zu teilen. Wir tun das quasi im Auftrag Gottes. Das verstehen Sie doch sicherlich?« Schweers hatte während der Ausführungen seines Gesprächspartners den Kopf geschüttelt und dabei den Kormoran beobachtet, der wieder auf dem hinteren Teil des Steges seine Flügel trocknete.

»Ich kann verstehen, dass Sie an diesen Kram glauben, Sie verdienen ja Ihr Geld damit. Ich teile Ihren Glauben aber nicht, wenn Sie verstehen, was ich damit sagen will? Also ...«

Schweers kam nicht weiter, sondern wurde erneut unterbrochen. »Sie können doch den Auftrag Gottes, den ich in mir spüre, nicht auf das rein Materielle reduzieren. Das wäre zu kurz gegriffen. Es geht um Ihr Seelenheil! Das werden Sie ohne den Glauben an Gott nicht erreichen, glauben Sie mir.«

Schweers' Gegenüber schien zur Höchstform aufzulaufen, während er selber spürte, wie er langsam, aber sicher wütend wurde.

»Vielleicht möchten Sie ja mal bei uns vorbeischauen? Dann können wir in aller Ruhe gemeinsam bei einer Tasse Kaffee darüber reden, wie wir eine Lösung für Ihr Problem finden. Sie trinken doch Kaffee, oder?«

Jetzt reichte es Schweers endgültig. »Sagen Sie mal, haben Sie sich in letzter Zeit mal selber zugehört? Geht's noch? Ich ...«. Schweers' Gegenüber räusperte sich und wollte etwas sagen.

»Wagen Sie es nicht, mich erneut zu unterbrechen«, Schweers sah sich genötigt, diesem Versuch gleich einen Riegel vorzuschieben. »Ich habe kein Problem, und selbst wenn ich eins hätte: Wie kommen Sie darauf, dass ich mit einer mir völlig unbekannten Person darüber sprechen würde? Ein letztes Mal für Sie zum Mitschreiben: Nehmen Sie mich aus dem Verteiler für Ihre Drucksachen, egal, wie die Dinger heißen. Sollte ich noch einmal irgendetwas von Ihnen oder Ihrer Kirche im Briefkasten finden, bekommen Sie Post von meinem Rechtsanwalt. Haben Sie das verstanden? Und damit ist unser Gespräch beendet.«

Schweers legte auf, bevor er sich eine weitere seelsorgerische Antwort anhören musste und ging kopfschüttelnd zum Kühlschrank, um sich ein Bier zu holen. *Was ist das für ein Arschloch*, dachte er. »Kommen Sie vorbei, und wir reden über Ihr Problem«, äffte er seinen Gesprächspartner leise nach. *Sowas Impertinentes habe ich lange nicht mehr erlebt. Er handle im Auftrag Gottes. Ich hätte ihn bitten sollen, mir eine Kopie von Gottes Auftrag zuzuschicken und die Stelle, an der mein Name steht, zu markieren. Dieser Idiot. Leute gibt's ... Ich dachte, wir würden mittlerweile im zwanzigsten Jahrhundert leben.*

Schweers war wieder an seinem kleinen Schreibtisch angekommen, nahm den Gemeindebrief, zerriss ihn und warf ihn in den Papierkorb. Dann nahm er einen tiefen Schluck aus seiner Bierflasche, stupste seine Computermaus an, um den Bildschirmschoner zu beenden und warf einen erneuten Blick auf seine E-Mails. Es war nur noch ein letzter Newsletter von den kritischen Polizisten eingegangen. Das Abo hatte er beendet, nachdem er festgestellt hatte, dass diese Gruppe sich in Richtung Querdenker bewegt hatte und völlig aus der Kurve geflogen war. Er warf einen Blick nach draußen und dann auf seine Uhr. Er beschloss, etwas zu essen und danach eine Runde um das Hafenbecken zu drehen. Der Himmel sah so aus, als könnte er es schaffen, einmal trocken drum herum zu kommen.

Heute war Simek auf einem RoRo-Schiff mit dem Namen ›Morning Star‹ angemeldet, das regelmäßig in Bremerhaven festmachte. Es bediente die Route London – Barcelona – Kolumbien – Bremerhaven. Es tauchte praktisch einmal im Monat auf, und jedes Mal wurde der Bordbesuchsdienst gewünscht. Die Mannschaft kam schlecht vom Schiff, da das Ent- und Beladen der RoRo-Schiffe mit

Autos immer die Anwesenheit des größten Teils der Crew erforderte, da jedes Fahrzeug einzeln gelascht werden musste, damit es in schwerer See nicht verrutschte. Er konnte das blau-weiße Ungetüm schon von Weitem sehen. *Manchmal ist bei diesen Monstern nicht einmal ersichtlich, wo vorne oder hinten ist*, dachte Simek, als sich das Shuttle der Gangway näherte. Oben standen schon einzelne Mitglieder der Crew und winkten ihm zu, nachdem er ausgestiegen war. Er hatte wieder philippinische und eine russische Tageszeitung mitgebracht. Eines der Crewmitglieder kam aus Russland. Oben angekommen, wurde er von der anwesenden Crew begrüßt, und nachdem er sich in das Besucherbuch eingetragen hatte, nahm der Russe ihm wie immer den Rucksack ab, und die Gruppe marschierte gemeinsam los in Richtung Messe. Das russische Crewmitglied kam als Letztes herein und gab ihm seinen Rucksack wieder. Lukas Simek öffnete ihn und entnahm die mitgebrachten Zeitungen, die die übliche Reaktion auslösten. Der Russe nahm die für ihn gedachte Zeitung dankend entgegen und legte unauffällig drei Finger einer Hand auf die Tischplatte. Lukas Simek nickte unauffällig. *Diesmal drei Kilo. Sehr schön.*

Da Simek die Seeleute kannte, kam man schnell ins Gespräch über verschiedene Themen, die seit dem letzten Besuch passiert waren und von allgemeinem Interesse waren. Es wurde angekündigt, dass diesmal der Aufenthalt etwas länger dauern würde, da es ein technisches Problem gäbe, für dessen Lösung man auf ein Ersatzteil warte, das aber erst in ein paar Tagen geliefert werde. Die Crew könne deshalb diesmal in den Seamen's Club kommen. Simek fragte, ob Interesse bestünde, bei einem Karaoke-Wettbewerb mitzumachen. Die Begeisterung war groß, und man begann sofort damit, Wetten abzuschließen. Schließlich kündigte Simek an, heute nicht so lange bleiben zu können, da er noch einen Abendtermin habe. Es wurde Verständnis geäußert, und er telefonierte mit dem Shuttle-Service, um abgeholt zu werden. Kurze Zeit später saß er schon wieder in seinem Auto, den Rucksack neben sich, und war auf dem Weg Richtung Zollstation ›Rotersand‹.

»Kommst du wieder vom Bordbesuchsdienst?«, wollte der Kollege, der ihn an die Seite gewunken hatte, wissen.

»Richtig. Willst du das nicht auch mal ausprobieren?«, fragte Simek zurück.

»Ach, ich weiß nicht. Dabei geht doch viel Zeit drauf, und ich freue mich auf den Feierabend, nachdem ich mir hier den ganzen Tag die Beine in den Bauch gestanden habe.«

»Das kann ich verstehen. Ich habe anfangs auch nur mal reinschnuppern wollen, und jetzt mache ich das Ganze regelmäßig. Die Seeleute freuen sich halt immer riesig, wenn du da mit einer Zeitung in der jeweiligen Landessprache auftauchst. Du bringst ein Stückchen Heimat für die Leute an Bord.«

»Da hast du sicherlich Recht, aber ich kann meinen inneren Schweinehund nicht überwinden.« Sein Kollege schaute auf, da sich von hinten ein Lastkraftwagen näherte, der offenbar etwas verzollen oder anmelden wollte. »Und, hast du was zu verzollen?«, fragte er Simek grinsend.

»Na klar, drei Kilo Koks, wie immer«, antwortet Simek, ebenfalls grinsend. Sein Kollege klopfte lachend auf das Autodach und sagte zum Abschied: »Dann gute Fahrt und bis morgen.«

Simek winkte kurz und gab Gas, um für das nachfolgende Fahrzeug Platz zu machen.

Tja, wenn du wüsstest, Kollege, dachte er, als er über die Kreuzung fuhr und dann rechts die Auffahrt zum Parkplatz des Supermarktes nutzte, nur um gleich wieder links abzubiegen, in die Marcusstraße, die ihn hinter ein altes Lagerhaus brachte. Er hielt auf Höhe einer Stahltür an, nahm das Paket aus seinem Rucksack und stieg aus dem Auto. Es war niemand zu sehen, der ihm Aufmerksamkeit schenkte. Er öffnete die Stahltür mit einem Schlüssel, der für das Sicherheitsschloss passte, legte das Paket hinein und verschloss die Tür wieder. Er stieg in sein Fahrzeug, fuhr weiter bis zur Rudloffstraße und von dort Richtung Geestemünde, nach Hause.

Das Paket würde einen netten Profit abwerfen. *Die Arbeit als Zöllner hat unbestreitbare Vorteile,* dachte er grinsend. Dann fiel ihm wieder das Foto des Pastors ein, und er wurde wütend. Das Problem würde er lösen müssen, und zwar ein für alle Mal. Vorher musste er aber etwas anderes erledigen.

M artin Koopmann entsperrte sein Handy und rief das kleine Programm auf, mit dem er Textnachrichten verschicken konnte.

> Guten Morgen, Benedikt! Stimmt diese Nummer noch?

Martin Koopmann widmete sich wieder dem Entwurf seiner Predigt, die er vorbereitete. Er wollte versuchen, zu Benedikt Obermüller, einem Kollegen, den er schon länger kannte und mit dem er einmal eine kurze, aber dafür wilde Affäre gehabt hatte, wieder Kontakt aufzunehmen. *Mal sehen, ob er immer noch in Geestland in der Nähe dieses Klosters wohnt,* dachte er, nahm seinen Kugelschreiber wieder in die Hand und schrieb weiter, ... *die von uns Christen so häufig benutzte Formel ›im Namen des Vaters‹, liebe Gemeinde, ist also die ursprüngliche Taufformel und geht einher mit dem Übergießen des Täuflings mit Wasser. Was viele nicht wissen, liebe Brüder und Schwestern: Das Kreuz kam als Zeichen erst später dazu, da es ursprünglich als Schandmal galt. Doch was bedeutet das heute für uns? ...*

Pling. Sein Handy hatte sich gemeldet. Er legte seinen Stift an die Seite. Auf dem Display sah er eine Textnachricht und war sofort erregt.

> Ich glaube es nicht, du Schlawiner! Was machst du, wo bist du, können wir uns sehen?

Koopmann musste grinsen. Er konnte sich lebhaft vorstellen, was seinem Chatpartner durch den Kopf ging.

> Ich bereite eine Predigt vor, wie man das als fleißiger Pastor so macht. Ich bin nach Bremerhaven umgezogen. Die Seemannsmission ist meine neue Arbeitsstelle.

> Die Seemannsmission! Das ist ja wunderbar. Dann sind wir nicht weit auseinander. Ist das nicht die Stelle, wo die süßen kleinen Seemänner ›betreut‹ werden wollen? Du hast es wirklich faustdick hinter den Ohren! Aber ehrlich, ich gönne es dir. Treib es nur nicht zu wild!!!

> Du kannst auch nur an das Eine denken. Du änderst dich wohl nie?

> Warum sollte ich. Ich genieße das Leben in vollen Zügen mit wenig Arbeit, bei vollem Gehalt.

Und ich kann mich vor Terminen kaum retten.

Tja, Augen auf bei der Stellenwahl!

Wie hast du es geschafft, einen derartig ruhigen Job zu bekommen?

Das ist eine lange Geschichte, die erzähle ich, wenn ich dir in deine braunen Augen schauen kann!

Das klingt ja geheimnisvoll. Du sagst, dass wir nicht weit auseinander sind. Heißt das, dass du immer noch in Geestland, in der Nähe dieses Klosters wohnst?

Ja, das stimmt. Ich lebe alleine und bin sowas von ungebunden! Wann kommst du? Ich könnte dich auf andere Gedanken bringen.

> Gib mir ein wenig Zeit. Ich bin ja erst
> seit zwei Tagen hier. Ich melde mich.
> Versprochen!

> Ich freu mich!!

Koopmann lächelte und sah aus dem Fenster. Wie es aussah, würde er seine alte und vor allem unkomplizierte Liebschaft wieder aufleben lassen können. Er lächelte immer noch, als er aus seinem Tagtraum zurück zur Rohfassung seiner Predigt fand, den letzten Satz seines Entwurfes erneut las und dachte, *wenn der durchschnittliche Gläubige, egal welcher Konfession, irgendwann herausfindet, was sich im Verborgenen hinter den dicken Türen von Kirchen abspielt, bekommt das Kreuz bald seine ursprüngliche Bedeutung als Schandmal zurück!*

Lukas Simek parkte sein Auto in der Deichstraße und schlenderte langsam zu Fuß in Richtung Casino. Er sah sich ein paar Mal unauffällig um, konnte aber kein bekanntes Gesicht entdecken. Am Taxistand entlang in Richtung Theater bog er vorher links ab auf die ›Karlsburg‹ und vor dem ›Caspar-David‹ in den Hinterhof des Häuserblocks. Das Casino betrat er durch den Hintereingang, der sich nach seinem Klingeln geöffnet hatte.

»Hallo, Barne, wie geht es dir?«, fragte er grinsend und mit leicht ironischer Stimme den eher schmächtigen Geschäftspartner von Bernardo Giordano, der ihm die Tür geöffnet hatte.

»Danke, gut«, antwortete sein Gegenüber, ohne ein Zittern der Stimme verhindern zu können.

»Willst du mich nicht einladen, in dein Büro zu kommen, oder sollen wir hier in diesem ungemütlichen Flur stehen bleiben?«

»Nein, nein, ich meine natürlich ja, bitte, lass uns ins Büro gehen«, Stöver beeilte sich, dem Wunsch von Lukas Simek nachzukommen und ging voraus. »Nimm doch Platz«, Stöver deutete auf den leeren Stuhl seines toten Geschäftspartners.

Lukas Simek ging langsam durch das Büro zum Schreibtisch des Toten, während er sich umsah, als sei er zum ersten Mal dort.

»Ich sehe dieses Büro jetzt durch ganz andere Augen«, Simek setzte sich und richtete den Bildschirm, der bis vor vier Tagen von Bernardo Giordano genutzt worden war, so aus, dass er seiner Sitzhöhe entsprach. Dann justierte er die Neigung des Bürostuhls und der Rückenlehne. Schließlich rückte er die Tastatur des Computers zurecht, so dass er sie zum Schreiben bequem erreichen konnte. »Weißt du, dass es extrem wichtig ist, richtig vor dem Bildschirm zu sitzen und auch den Bürostuhl ergonomisch korrekt auszurichten? Sonst versaut man sich den Rücken und die Augen. Und gerade im Alter will man das ja nicht, oder?«

Barne Stöver hatte die Augenbrauen zusammengezogen und nickte irritiert.

»Und wir wollen ja alle alt werden, nicht wahr, die Rente genießen, lange Urlaub machen …« Diesen Satz sagte Simek sehr leise, während er Stöver tief in die Augen blickte. »Leider war Bernardo das ja nicht vergönnt. Sehr schade, nicht wahr? So plötzlich und unerwartet aus dem Leben gerissen zu werden.«

Stöver war blass geworden, rückte mit zitternden Händen seine rote Krawatte zurecht und beeilte sich, erneut zu nicken. Eine Ahnung beschlich ihn.

Die Nachricht hat seinen Empfänger klar und deutlich erreicht, dachte Simek und machte ein ernstes Gesicht. »Aber lass uns über etwas Erfreulicheres reden. Ich spiele mit dem Gedanken, in das Geschäft hier einzusteigen. Meinst du, das wäre möglich? Glaubst du, ich könnte Bernardos Stelle übernehmen? Mich hier einkaufen? Würde dir das gefallen?«

Simek hatte kurz ernsthaft mit dem Gedanken gespielt, sich in das ›Haus des Glücks‹ einzukaufen, als stiller Teilhaber. Natürlich zu einem sehr guten Preis. Es wäre eine gute Gelegenheit, Geld zu waschen. Aber letztlich hatte er die Idee nicht weiter verfolgt, da Derartiges notariell bestätigt und damit nachverfolgbar geworden wäre. Die Verflechtung wäre zu gefährlich gewesen. Aber das wusste sein Gegenüber natürlich nicht.

Stöver wurde noch blasser und musste sich vernehmlich räuspern. Ihm war klar, was Simek hören wollte und dass er keine andere Wahl hatte. »Sicher würde das gehen. Warum sollte das nicht möglich sein.« Auf seiner Stirn hatte sich ein Schweißfilm entwickelt. Er nahm seine randlose Brille ab und tupfte sie mit zitternder Hand mit einem Papiertaschentuch trocken.

»Barne, das finde ich total nett von dir, dass du mir das zutraust und auch möglich machen würdest. Wirklich sehr nett, dein Angebot. Ich werde darüber nachdenken, ernsthaft darüber nachdenken. Aber sei bitte nicht enttäuscht, wenn ich das Angebot ablehne. Schließlich bin ich ja Beamter. Und seinen Beamtenstatus gibt man nur auf, wenn man gute Gründe dafür hat, nicht wahr. Ich brauche Bedenkzeit. Das verstehst du doch? Kann ich in der Zwischenzeit davon ausgehen, dass wir so weitermachen können wie bisher mit Bernardo?«

Stöver beeilte sich, zu nicken. Ihm war schlecht. Simek hatte ihn in der Hand. Und der Mann war zu vielem fähig, wie er wusste.

»Ich nehme an, wir bleiben bei dem Preis, den ich mit Bernardo vereinbart hatte, bevor ihn dieses Unglück ereilte?«

»Aber selbstverständlich«, brachte der Geschäftsführer leise krächzend über die Lippen und tupfte sich erneut den kalten Schweiß von der Stirn.

Simek lächelte, stand auf, ging zur Bürotür und sah Stöver nochmals an. »Es freut mich, dass wir uns verstehen. Einen angenehmen Abend und bis bald. Ich finde allein hinaus.« Er tippte sich zum Abschied an die Stirn und verließ das Casino. Die Straße war leer. Er ging zu seinem Auto zurück und fuhr nach Hause. Dort angekommen, ging er sofort ins Bett, ohne Fenja zu stören, die schon tief und fest schlief. Er war müde, aber auch zufrieden. *Ein Problem weniger,* dachte er.

Stöver blieb in seinem Büro zurück. Er war völlig durchgeschwitzt, öffnete den Knoten seiner Krawatte und den obersten Knopf seines Hemdes. Er verfluchte den Tag, an dem Simek ihm das Foto gezeigt und gefragt hatte, ob er sich eine Zusammenarbeit mit ihm vorstellen könne. Falls nicht, würde er die Fotos seiner Frau zuschicken und darüber hinaus öffentlich machen. Obwohl er seitdem keinen Alkohol mehr trank und auch nie mehr bei einer Prostituierten gewesen war, war seine Gastritis mittlerweile chronisch. Er verzog das Gesicht vor Schmerzen, öffnete die oberste Schublade seines Bisleys und nahm eine Magentablette heraus, die er langsam zerkaute. Seine Magenschmerzen ebbten ab, als die Tablette anfing zu wirken und seine Magensäure nach und nach neutralisierte. *Wie komme ich da bloß wieder heraus, ohne wie Bernardo zu enden?*

Aua. Das tut so weh. Das Böse ist wieder da. Erhalte ich meine Strafe? War ich ungehorsam? Habe ich ein Gebot gebrochen? Ich bin mir nicht sicher. Aber so muss es sein. Strafe folgt immer auf Ungehorsam. Gottes Strafe! Jetzt muss ich gehorsam sein, sonst hört es nicht auf. Ich beiße die Zähne zusammen, um nicht zu schreien. Ein leises Stöhnen kommt über meine Lippen. Er mag das gerne, mein Stöhnen. Manchmal hilft es. Es geht dann schneller bei ihm. Er ist schneller fertig. Ich bin schneller erlöst, der Dämon schneller wieder weg. Nicht immer, aber manchmal. Ich muss leise schluchzen. Es tut so weh. Ich versuche, leise zu stöhnen, ohne dabei zu schluchzen. Ich muss mich zusammenreißen. Mein Kopf sinkt auf meine Brust. Ich hoffe, er ist bald fertig. Ich denke an Klaus. Mir kommen die Tränen. Wir gehen oft zusammen angeln. Manchmal fangen wir etwas. Wir sitzen stundenlang am Ufer und schauen auf den Schwimmer, unter dem an einer dünnen Nylonschnur ein Haken hängt mit einem Köder. Manchmal ein Stückchen Käse, ein wenig Weißbrot oder ein Regenwurm. Wir reden nicht. Wir sind stumm, wie die Würmer, die sich um den Haken winden, auf den wir sie aufgespießt haben. Ein blitzendes Stück Stahl mit einem Widerhaken, das wir ihnen durch die Gedärme schieben. Auch sie können sich nicht wehren. So fühle ich mich jetzt, wie ein wehrloser, auf einen Haken aufgespießter Wurm. Ich will schreien, habe es aber geschafft, den Schrei in ein Stöhnen zu verwandeln. Weinen muss ich trotzdem. Ja, ich weiß, leise, ganz leise. Trotzdem nicht gut. Gar nicht gut. Er mag das nicht. Die anderen könnten fragen, warum ich geweint habe, wenn sie meine roten Augen sehen. Was soll ich dann sagen. Ich trockne mir die Augen mit den Ärmeln meines Hemdes. Martin ist fertig. Er zieht mir die Unterhose und die Hose hoch. Er tätschelt mir den Kopf. Ich drehe mich nicht um. Ich weiß, dass ich jetzt gehen darf. Ich weiß, dass ich nichts sagen darf. Ich weiß, dass man mir nicht glauben würde. Ich habe gelernt: Ein Pastor ist gut, immer, ohne Ausnahme. Ein Pastor kann nicht böse sein, nie. Er kann dafür sorgen, dass ich in den Himmel komme, wenn ich ihm gehorche. Ein Pastor kommt immer in den Himmel, sagt mein Vater. Deshalb will ich auf keinen Fall in den Himmel. Das kann ich meinem Vater nicht sagen. Die Hölle zieht mich an. Ich muss alles tun, damit ich die Hölle komme. Nur dort treffe ich keinen Pastor.

Drei Stunden, nachdem Simek ins Bett gegangen war, wachte er in Schweiß gebadet wieder auf. Sein Traum war wiedergekommen. Jahrelang war alles gut gegangen. Irgendwann hatte er wieder durchschlafen können, ohne irgendwelche Medikamente. Er warf einen Blick auf seinen Wecker. Es war kurz nach 2:00 Uhr morgens. Ihm kamen die Tränen. *Bitte nicht. Ich will das nicht alles noch einmal durchleben. Albträume, Schlaflosigkeit, völlige Übermüdung bis zur Arbeitsunfähigkeit, extreme Konzentrationsunfähigkeit. Alles nur über Medikamente in den Griff zu bekommen. Dann irgendwann Absetzen der Pillen in der Hoffnung, ohne klarzukommen. Eine Woche geht es gut, dann ein Rückfall. Erneuter Griff zu den Pillen, die helfen, ruhiger zu werden. Wieder schlafen können. Dann erneut Psychotherapie, da ich die Pillen nur über Rezept bekommen kann. Am schlimmsten die Blicke der Kollegen, die sich fragen, was mit mir los ist.*

Das Bettlaken klebte an seinem Körper, das Kissen war nass vom Schweiß. Der Regen klatschte bei jeder Böe gegen die Scheibe des Schlafzimmerfensters. Wind aus Süden. Er hoffte, es würde langsam wärmer werden. Er drehte seinen Kopf zur Seite. Von seiner Frau sah er nur den Hinterkopf und ihre blonden Haare. Ihr Anblick allein beruhigte ihn. Sie atmete regelmäßig, sie schlief tief. Gut. Er hatte ihr nicht erzählt, dass er Martin auf dem Foto wiedererkannt hatte. Das würde er beim Frühstück machen. Sie kannte seine Geschichte als Einzige. Wenn sie nicht gewesen wäre, gäbe es ihn heute nicht mehr. Mit viel Geduld hatte sie ihm klargemacht, immer und immer wieder, dass er keine Schuldgefühle haben müsse. Er konnte sich nicht mehr erinnern, wie viele Gespräche er mit ihr über dieses Thema geführt hatte. Langsam, fast unmerklich, aber nach jeder Diskussion wurden seine Selbstvorwürfe weniger. Sie begannen, sich zu verändern, durchliefen eine Art Metamorphose. Am Ende war aus Schuld Wut geworden. Und jetzt, nachdem er das Foto seines Peinigers gesehen hatte, war sein Wunsch nach Rache wieder neu aufgeflammt. Etwas, von dem er jahrelang nur hatte träumen können. Er hatte die Hoffnung nie aufgegeben, dass dieser Tag kommen würde, so unwahrscheinlich es schien, nachdem sie in den Norden gezogen waren. Was nie verschwunden war, war die Angst davor, dass sein Traum wiederkommen würde.

Er seufzte leise und drehte sich auf die linke Seite, vorsichtig, um Fenja nicht zu wecken. Dann trocknete er die Tränen, die seinen Blick verschleiert hatten. Nun war genau das passiert. Und das machte ihn wieder wütend. Damals, als Kind, hätte ihm niemand geglaubt. Schon die leiseste Kritik am Pastor wäre mit Prügel bestraft worden. Die Monstrosität dessen, was Martin mit ihm machte, wäre völlig undenkbar gewesen. Es hätte das Weltbild seiner Eltern aus den Angeln gehoben. Er wusste, diesen Traum würde er nur loswerden, wenn er dessen Ursache beseitigte. Er war kein hilfloses Kind mehr. Er hatte gelernt, sich zu wehren. Und er hatte keine Skrupel. Mit diesen Gedanken schlief er wieder ein.

KAPITEL 3, MITTWOCH

Martin Koopmann war später aufgestanden, als es seiner Routine entsprach. Sein Rücken schmerzte. Er war es nicht gewohnt, Möbel von einem Raum in den nächsten zu schleppen oder Regale zu befestigen mit Schrauben, die in Dübel geschraubt werden mussten, nachdem man dafür Löcher in die Wand gebohrt hatte. Überhaupt war der Umgang mit Werkzeug nichts für ihn. Er hatte sich aber trotzdem aus dem Bett gequält, nachdem ihm klar geworden war, dass seine Schmerzen nicht weggehen würden, wenn er liegen blieb.

Seine Frau war schon vor einer halben Stunde aufgestanden. Notgedrungen, da sie mit den drei Mädchen zur Schule musste. Erfreulicherweise waren das Gymnasium und die Grundschule für die kleine Toni gleich um die Ecke. Die drei würden später alleine hinlaufen können.

Er drehte sich um und verließ seine Position vor dem Fenster, wo er die letzten fünf Minuten gestanden hatte, um seinen Bandscheiben die Möglichkeit zu geben, ohne Hektik die ihnen angestammten Positionen einzunehmen, bevor er unter die Dusche ging. Er stank wie ein nasser Fuchs und wollte an seinem ersten Tag keinen schlechten Eindruck machen.

Zwanzig Minuten später stand er in der Küche, die halbwegs zivilisiert aussah. Das meiste war eingeräumt, und den Kühlschrank hatte er am Vorabend angeschlossen. Gestern war sogar eingekauft worden. Sie hatten die drei Deerns geschickt, wie man im Norden sagte. Es gab einen Supermarkt, der vierundzwanzig Stunden geöffnet war.

Die Kaffeemaschine tat, was sie tun sollte, und er machte es sich auf dem gewohnten Küchenstuhl bequem, um einen Blick in die Ausgabe der ›Nordsee-Zeitung‹ zu werfen, die sie abonniert hatten. Die erste Überschrift, die ihm ins Auge sprang, handelte davon, dass es noch nie so viele Kirchenaustritte gegeben hatte wie im laufenden Jahr. Er wollte sich schon zurücklehnen, da er davon ausgegangen war, dass hier die katholische Kirche gemeint war. Als er weiterlas, musste er sich korrigieren, das galt offenbar auch für die evangelische Kirche. Er runzelte die Stirn und fragte sich, ob er sich Gedanken machen müsste, was sein monatliches Gehalt anging, schob den Gedanken aber an die Seite. Bis der Kirche das Geld ausging, war er vermutlich lange pensioniert oder hatte bereits das Zeitliche gesegnet. Die ganzen Skandale und wie die Chefs damit umgingen waren schuld an dieser Austrittswelle. *Ein gutes Beispiel, wie man es möglichst nicht machen sollte, kann man in Köln finden. Ein völlig instinktloser Bischof,* dachte er grinsend. *Aber wieso lassen die sich auch alle erwischen. Ich verstehe es nicht. Mit so etwas muss man geschickter umgehen.* Er war stolz darauf, dass man ihn nie erwischt hatte, aber auch froh darüber, dass ihm die Lust an kleinen Jungen vergangen war. Das war mittlerweile alles verjährt.

Koopmann horchte auf. Die Kaffeemaschine gab die typischen Geräusche von sich und signalisierte, dass sie fast fertig war. Er setzte er sich mit der gefüllten Tasse in der Hand wieder hin und las weiter. *Die Probleme in Bremerhaven scheinen sich im Wesentlichen um alles zu drehen, was mit Hafen und Werften zu tun hat und mit Drogen und deren Schmuggel. Hätte ich mir ja denken können. Ist halt eine Hafenstadt.* Er legte die Zeitung weg, nachdem er auch die letzte Seite gelesen hatte, und begann damit, sich einen Überblick über die Routine in der Seemannsmission zu verschaffen und sich auf den Tag vorzubereiten. Er schaute in die Papiere, die ihm sein Vorgänger hinterlassen hatte. Irgendwo gab es so etwas wie eine Übersicht. Als er sie gefunden hatte, notierte er sich einzelne Stichpunkte.

1 Religions- und Konfirmandenunterricht;
2 Sitzungen mit dem Kirchenvorstand;
3 Aufgaben in der Diakonie;
4 Aufgaben für den Ökumenischen Kranken-
   und Altenpflegeverein;
5 die Gottesdienste auf den Schiffen vorbereiten;
6 Religionsunterricht;
7 Hochzeiten, Taufen und Beerdigungen
   vorbereiten.

Dann nahm er sich seinen Kalender zur Hand und begann damit, einzelne Termine einzutragen. Einiges wiederholte sich wöchentlich oder monatlich. Fünfundvierzig Minuten später wurde ihm klar, dass er in Bremerhaven mehr zu tun haben würde als auf seiner vorherigen Stelle. Allerdings würde er versuchen, das ein oder andere, das er nicht zwingend selbst machen musste, zu delegieren. *Frau Maelzer wird ein dankbares Opfer sein*, dachte er und musste bei dem Gedanken grinsen. Derartig gut gelaunt packte er seine Sachen zusammen und machte sich auf den Weg, um mit Antje Maelzer über die Details der Planung zu sprechen. Das bot gleichzeitig die Möglichkeit, vorsichtig hervorzuheben, dass er ihr mehr zutrauen würde, als bisher in ihre Verantwortung gefallen war. Sie würde sich geehrt fühlen.

Den ersten Teil der Nacht hatte er so schlecht geschlafen wie seit Jahren nicht mehr. Das Böse war wiedergekommen und hatte ihn nicht mehr loslassen wollen. Seine Frau hatte gemerkt, dass irgendetwas nicht stimmte und hatte beim Frühstück gefragt, was denn los sei. Er erzählte ihr von dem Foto, auf dem er seinen ehemaligen Peiniger wiedererkannt hatte. Sie hatte genickt und ihn angeschaut. Was er zu tun gedenke. Er hatte mit den Schultern gezuckt, aus dem Fenster gesehen und gesagt, er würde dieses Problem ein für alle Mal auf seine Art lösen. Sie hatte verstehend genickt und dann damit begonnen, den Tisch abzuräumen. Es gab nichts mehr zu sagen.

Simek war zur Arbeit gefahren, wie immer. Der Kollege, mit dem er sich das Büro teilte, war immer noch im Urlaub. So hatte er das kleine Reich für sich, und es war niemand da, der ihn mit Fragen löchern konnte. Er war mit Routinetätigkeiten beschäftigt, als das Telefon ihn aus seinen Gedanken riss. Sein Vorgesetzter wollte wissen, ob ihm beim Import dreier Container mit Waren chinesischen Ursprungs etwas aufgefallen sei. Der Importeur schien Druck zu machen. Er fragte nach den Nummern der Bills of Lading und wurde sofort fündig. Er hatte alle drei Container zur speziellen Durchleuchtung angemeldet. Das Ganze würde etwas dauern. Sein Chef schien zufrieden und legte wieder auf. Einmal aus seinen Gedanken geholt, schaltete Simek das Radio an. Er versuchte, sich auf seine Arbeit zu konzentrieren, als um Punkt elf Uhr die Nachrichten angekündigt wurden. Mit halbem Ohr hörte er zu, während er weiter an seinen Vorgängen auf dem Computerbildschirm arbeitete. Er wurde hellhörig, als er eine Meldung über eine Polizeikontrolle der vergangenen Nacht hörte. Auf der Autobahn 27, an der Anschlussstelle Bremerhaven-Zentrum, hatte man einen Fahrer und sein Fahrzeug aus dem Verkehr gezogen. *Nichts Besonderes, passiert immer wieder, dass man irgendwelche Idioten mit ihren aufgemotzten röhrenden Karren anzählt und die Autos gleich konfisziert. Geschieht ihnen recht.* Doch der Bericht ging weiter. Es war von Fahren ohne Fahrerlaubnis und unter Drogeneinfluss die Rede. Die Details des Berichts machten ihn stutzig. Simek nahm seine Hände von der Tastatur, lehnte sich zurück und holte ein spezielles Handy aus seiner Tasche. Fünf Minuten später hatte er Gewissheit. *Verdammte Scheiße. Wie oft habe ich diesen Idioten gewarnt, stoned Auto zu fahren. Wie oft hat Fenja mich davor gewarnt, mit Junkies zusammenzuarbeiten.* Lukas Simek sah aus dem Fenster. *Jetzt habe ich zwei Probleme.*

Oliver Schweers stand vor dem Fenster seines Büros und sah nach draußen. Hansen hatte ihm den Kalender des Toten am Dienstagnachmittag vorbeigebracht, aber auch er hatte nichts Auffälliges entdecken können. Wie es aussah, handelte es sich um Geschäftstermine mit Steuerberater und Rechtsanwalt sowie immer wieder mal mit der Firma, die die Reinigung des Casinos durchführte oder mit der Bank. Um neun Uhr dreißig wollten seine beiden Kollegen kommen. Sie ermittelten jetzt seit zwei Tagen. Es war Zeit, sich einen Überblick zu verschaffen und die Ergebnisse nebeneinanderzulegen. Bisher hatten sie keinen erfolgversprechenden Ermittlungsansatz. Der Bericht der Spurensicherung hatte letztlich nur das bestätigt, was Peter und er vermutet hatten. Aufschlussreich war der Sohlenabdruck eines Schuhs der Marke ›Armani‹. Das kam seines Wissens nicht so häufig vor. Es blieb abzuwarten, ob die Schuhgeschäfte, die Hansen kontaktiert hatte, eine Spur liefern würden.

Schweers schreckte aus seinen Gedanken auf, als es an der Tür klopfte.

»Herein!«

»Moin«, klang es ihm zweistimmig entgegen. Peter Melnik und Jonas Hansen kamen herein.

»Moin, Kollegen. Setzt euch«, Schweers deutete auf den kleinen Tisch, der an der Wand zum Nachbarbüro stand und um den herum drei Stühle standen. »Ich hoffe, dass wir am Ende der heutigen Sitzung einen Schritt weitergekommen sind und einen Ermittlungsansatz haben, der uns der Lösung dieses Rätsels ein Stückchen näher bringt.«

Seine Kollegen nickten.

»Wer möchte anfangen?«

Melnik sah auf, und Schweers signalisierte sein Einverständnis.

»Ich versuche mal eine Zusammenfassung dessen, was wir haben. Die Spuren in der Laube und auf dem Grundstück bestätigen den Tatort. Die Tide stand zum Zeitpunkt der Tat so hoch, dass man den Toten gut ins Wasser lassen konnte. Unabhängig davon, ob der gefundene Sohlenabdruck theoretisch einem Frauenschuh entstammen könnte, muss die Leiche von einer kräftigen oder zwei durchschnittlich gebauten Personen über die Terrasse zum Steg und von dort ins Wasser gebracht worden sein.«

»Das wäre in der Tat denkbar«, bestätigte Hansen stirnrunzelnd und machte sich eine Notiz. Dann fuhr er fort.

»Da die Tide hoch stand, hätte theoretisch die Besatzung eines vorbeifahrenden Bootes etwas sehen können. Habe ich überprüft, Fehlanzeige.«

»Hat Herr Albers die Liste mit den Nachbarn des Opfers geschickt?«, wollte Schweers wissen.

»Ja, hat er, und ich habe die Namen und die Telefonnummern alle in meine kleine Datenbank eingepflegt, aber kein Treffer«, antwortete Hansen sofort. »Peter, das weißt du noch nicht. Da der Sohlenabdruck von einem Schuh der Marke ›Armani‹ stammt und deshalb nicht so häufig verkauft wird, habe ich gestern alle Schuhgeschäfte der weiteren Umgebung kontaktiert. Mit ein bisschen Glück finden wir über diesen Weg ja den Träger – oder die Trägerin – des Schuhs.«

»Gute Idee, Jonas«, nickte Melnik zustimmend.

»Ja, einmal das, und zum anderen sind diese Schuhe ziemlich teuer.«

»Okay, heißt wir suchen einen Mann oder eine Frau, der oder die zu den Besserverdienenden gehört?«

Hansen nickte: »Oder jemanden, der ein Faible für teure Schuhe hat. Es gibt ja Leute, die wollen mehr scheinen, als sie sind. Geben viel Geld für spezielle Klamotten aus und sparen dafür an anderer Stelle.«

Schweers nickte. »Von der Schleifspur auf der Terrasse wissen wir, dass es sich um Sohlenabrieb vom Schuh des Toten handelt. Das bringt uns nicht weiter. Der Stoffrest am Steg stammt ebenfalls vom Opfer.«

»Die Forensik hat das Passwort des Mac geknackt und mir den Rechner hingestellt.« Melnik warf einen Blick auf seine Notizen. »Ich habe nichts gefunden, von dem ich sagen würde: verdächtig. Jede Menge Mails, hauptsächlich geschäftlicher Natur. Der Tote hat erfolgreich Geschäftliches und Privates getrennt. Es gibt lediglich eine Datei, die mir aufgefallen ist. Die besteht aus drei Spalten. Links ein Datum, gefolgt von einem Betrag, und rechts davon wieder ein Betrag, der in allen Fällen um 30 Prozent geringer ausfällt. Kann jemand von euch damit etwas anfangen?«

Schweers und Hansen sahen sich an und schüttelten fast synchron den Kopf. »Das kann alles Mögliche bedeuten. Wir könnten Herrn Stöver danach fragen, aber ich fürchte, der wird uns nichts sagen. Wie weit sind wir mit den Hintergründen des Toten und seines Partners?« Schweers hatte bei der Frage Hansen angeschaut.

»Es handelt sich um zwei völlig unbeschriebene Blätter. Die haben nicht mal Punkte in Flensburg. Ich habe die Verbindungsdaten aus dem Handy des Toten eingepflegt, kein Treffer. Was die Kontakte des Opfers angeht, die ich im Handy gefunden habe: Niemand kann sich vorstellen, wer den Toten umgebracht haben könnte. Laut seines Bekanntenkreises hatte der Mann keine Feinde. Von all seinen Kontakten wohnt übrigens keiner in Bremerhaven. Die kommen alle aus dem Umland. Der ein oder andere war schon mal zum Grillen im Garten des Toten, das war es aber auch schon. Was sie gemeinsam haben, ist, dass alle Golf spielen.«

»Nun ja, einen Feind muss er gehabt haben, wie wir wissen. Sonst wäre er jetzt ja nicht tot. Und wir haben gesehen, dass Stöver bei der Beantwortung genau dieser Frage gelogen hat. Zumindest hat er uns nicht alles erzählt, da bin ich sicher.«

Melnik nickte und sah Hansen an: »Du hättest sehen müssen, wie nervös er bei der Frage wurde. Er hält irgendetwas zurück. Dem ging der Arsch auf Grundeis. Ich frage mich nur, warum. Hat er selber etwas mit dem Mord zu tun? Profitiert er vom Tod seines Geschäftspartners? Oder kennt er den Mörder und deckt ihn oder sie?«

Jonas Hansen verdrehte die Augen angesichts der Kraftausdrücke seines Kollegen.

»Ich glaube, so kommen wir nicht weiter!« Schweers sah frustriert in die Runde. »Wenn wir davon ausgehen, dass das Opfer den oder die Täter gekannt haben muss, dann muss es logisch zwingend jemand aus seinem Bekanntenkreis oder jemand mit Geschäftsbeziehungen zu ihm gewesen sein. Auf Letzteres deutet die Reaktion seines Geschäftspartners. Wir müssen mehr über Stöver herausfinden. Und über das ›Haus des Glücks‹ vielleicht auch? Was anderes fällt mir momentan nicht ein.«

»Ich kann mir ja den Computer des Toten auch mal vornehmen«, bot Hansen an. Schweers nickte.

»Peter, kannst du dir den Kalender auch mal anschauen, vielleicht fällt dir ja irgendetwas auf?«

Melnik nickte: »Und ich rede mal mit unseren Leuten von der Wirtschaft. Möglicherweise haben die ja was über diese Spielhölle, von dem wir nichts wissen.«

Schweers nickte: »Das ist eine gute Idee. Ich gehe noch mal zum ›Haus des Glücks‹ und rede mit den Leuten dort, ohne dass deren Chef das mitbekommt. Vielleicht gibt es ja Stammkunden, die auffällig sind. Leute, die viel verloren haben. Spielsüchtige, sowas in der Art.« Schweers blickt auf seine Liste. Die meisten Punkte waren durchgestrichen. Er zählte sechs offene, und nicht alle waren wirkliche Spuren. Wenn sich jetzt nichts ergab, war guter Rat teuer.

- *Rückmeldung der Schuhgeschäfte?*
- *Stöver lügt!*
- *Täter und Opfer kannten sich vermutlich, da keine Abwehrverletzungen.*
- *Täter können theoretisch auch zwei Frauen gewesen sein?*
- *Was bedeutet die Tabelle? Ist sie wichtig?*
- *Haben die Kollegen der Wirtschaftskriminalität etwas über das ›Haus des Glücks‹?*

Bis zur Mittagspause hangelte Lukas Simek sich durch seine Vorgänge und schaffte die Hälfte. Um kurz vor zwölf Uhr legte er ein paar abgeschlossene Anträge in seinen Ausgangskorb und machte sich auf den Weg in die Kantine. Er brauchte dringend eine Unterbrechung und ein wenig Ablenkung. Er nahm sein Tablett mit dem Bratfisch, den er sich am Tresen geholt hatte, und setzte sich zu ein paar seiner Kollegen, die es früher in die Mittagspause geschafft hatten. Seine Hoffnung, hier auf andere Gedanken zu kommen, wurde herb enttäuscht. Einer seiner Berufskameraden hatte am Vorabend im Fernsehen eine Sendung gesehen, in der es um Kindesmissbrauch in den USA gegangen war. Ein dortiger Pastor war wegen sexueller Übergriffe und Vergewaltigung Minderjähriger zu 220 Jahren Haft verurteilt worden. Jetzt fordere eine Petition seine Freilassung, da er mittlerweile geheilt sei, wie die Unterzeichner der Eingabe behaupteten. Die Diskussion unter den Kollegen war emotional. Simek hörte zu, ohne sich zu beteiligen.

»Auch solche Leute haben doch irgendwann ihre Schuld getilgt, oder?«

»Und wenn so ein Typ rückfällig wird? Du kannst ja mal versuchen, dem Vater zu erklären, dass man sich halt getäuscht hat und sein Sohn deshalb leider vergewaltigt wurde. Was meinst du, was der mit dir macht?«

»Solche Menschen kann man nicht resozialisieren. Für immer wegsperren und Schlüssel in die Weser.«

»Besser ist lebenslang Arbeitslager. So sind die zumindest nützlich.«

»Alles zu teuer. Schrotflinte in den Arsch und fertig.«

»Mann Leute, wir sind doch nicht mehr im Mittelalter. Nach Abbüßung der Haftstrafe in die Sicherungsverwahrung. Das nenne ich zivilisiert.«

»In meiner Familie hat es einen Fall von Kindesmissbrauch durch einen Onkel gegeben. Seitdem plädiere ich dafür, Tierversuche einzustellen und an deren Stelle Kinderschänder zu nehmen. Ich kenne das kleine Mädchen, und mir kommen bis heute die Tränen, wenn ich daran denken muss, was dieses Tier der Kleinen angetan hat. Sollte der jemals wieder freigelassen werden, werde ich persönlich für Gerechtigkeit sorgen.«

»Leute, wer kennt das Sprichwort: Wo die Opfer zu Richtern werden, beginnt die Barbarei?«

Der letzte Kommentar eines Vorgesetzten, der mit am Tisch saß, führte dazu, dass die Kollegen ruhiger wurden. Simek aß in Ruhe weiter. Er musste sich zusammenreißen, um sich nicht in die Diskussion einzubringen. Da seine eigene Wunde wieder aufgerissen worden war, hätte er sich in der Hitze der Debatte verplappert. Seine Scham saß so tief, dass er genau das um jeden Preis verhindern wollte. Er konnte aber nicht verhindern, dass sein Kopf vor Zorn rot anlief, als er sich die Argumente der Kollegen anhören musste, die Verständnis für Menschen äußerten, die aus ihrer Sicht krank waren. Allerdings war diese Fraktion in der Minderheit. Die eindeutige Mehrheit seiner Kollegen hielt die Maximalstrafe von fünfzehn Jahren plus Sicherungsverwahrung für nicht ausreichend. Dem konnte er durchaus zustimmen.

Seine Kollegen waren nach und nach gegangen. Als Simek letztendlich auch mit seinem Mittagessen fertig war, machte er sich wieder auf den Weg zu seinem Büro. Er war der Lösung seiner Probleme keinen Deut nähergekommen. Dann durchzuckte ihn aber doch ein Gedanke. Möglicherweise konnte er zwei Fliegen mit einer Klappe schlagen. Es gab vielleicht eine Möglichkeit, aus seinen Problemen ein Geschäftsmodell zu machen. Er blieb einen Moment im Gang stehen und dachte nach. Dann begann er zu lächeln und ging in deutlich besserer Laune weiter zu seinem Büro.

D as Wetter schien zu halten. Schweers hatte sich auf sein Fahrrad gesetzt und war auf dem Weg zum ›Haus des Glücks‹. Irgendetwas musste sich ergeben. Er hatte auf keinen Fall vor, seine Karriere in Bremerhaven mit einem ungelösten Mord zu beginnen.

Die Ampel an der Ecke Hafenstraße und Lloydstraße zeigte Rot, so dass Schweers absteigen musste. Er wollte wieder aufsteigen, als sein Handy klingelte.

»Schweers, mit wem spreche ich?«

»Ich bin's, dein Vater, erkennst du meine Stimme nicht einmal mehr?« Wenn er etwas nicht gebrauchen konnte, dann war es ein Anruf seines saufenden Vaters.

»Was willst du? Ich arbeite, und ich hatte dich gebeten, mich währenddessen nicht anzurufen.« Schweers war instinktiv laut geworden. Ein vorbeilaufender Fußgänger sah ihn irritiert an.

»Ich weiß, aber mir geht es nicht gut«, kam die weinerliche Antwort.

»Dann geh zum Arzt. Oder hast du nichts mehr zu saufen, und deshalb geht es dir nicht gut?«, fragte Schweers emotionslos zurück.

»Wie soll man von Hartz IV leben können? Das reicht vorne und hinten nicht.«

»Es reicht nicht für den ganzen Schnaps, den du permanent säufst, wolltest du wohl sagen. Und dafür habe ich keine Zeit. Wende dich doch an deine faschistischen Freunde von der Deutschen nationalen Alternative. Sollen die dir helfen. Ich lege jetzt auf.«

Schweers legte auf und stellte sein Handy leise. Sein Vater schaffte es immer wieder, ihn sauer zu machen. Gut, dass er nicht mehr in dessen Nähe wohnte. Jetzt musste der Alte selbst sehen, wie er aus seinem Dilemma herauskam. Schweers verdrängte das Problem und schwang sich wieder auf sein Fahrrad. Am ›Haus des Glücks‹ angekommen, schaute er auf seine Uhr. Es war fast Mittagszeit. Er erinnerte sich an ein kleines asiatisches Restaurant an der Fährstraße, das er bei einem Spaziergang in der Stadt gesehen hatte. Dort fuhr er hin, um zu essen. Es hatte zwar eher den Charakter eines Imbisses, aber das störte ihn nicht. Von dort konnte er den Eingang des Spielsalons beobachten, und darauf kam es an. Er ging hinein, setzte sich an einen der Tische am Fenster, bestellte etwas zu essen und beobachtete den Eingang des Casinos. Zunächst passierte nichts. *Mitten in der Woche und um zwölf Uhr ist scheinbar nicht die Zeit, in der die Leute Haus und Hof verspielen,* dachte er. Aber kaum war er mit seinem Essen fertig, öffnete sich die Tür des Etablissements und der junge Mann, der die Einlasskontrolle machte, kam heraus und steckte sich eine Zigarette an. Schweers, der schon bezahlt hatte, stand auf, verließ das Restaurant und überquerte die Straße.

»Guten Tag, Herr Peters«, sprach er den Mitarbeiter des Casinos an und zeigte dabei seinen Dienstausweis.

»Moin«, kam eine eher misstrauische Antwort zurück.

»Erinnern Sie sich? Ich war am Montag schon einmal hier, gemeinsam mit einem Kollegen.«

Sein Gesprächspartner streifte die Asche seiner Zigarette an dem dafür vorgesehenen Behältnis ab und sah Schweers an. »Stimmt, jetzt wo Sie das sagen, erinnere ich mich. Man sieht in diesem Job so viele unterschiedliche Menschen, dass es schwerfällt, sich jedes Gesicht zu merken. Was kann ich für Sie tun? Ich habe nicht viel Zeit, der Chef sieht es nicht gerne, wenn ich hier vor der Tür zu lange stehe und rauche.«

»Das kann ich verstehen. Aber es ist doch eh nichts los, oder?« Schweers hatte sich entspannt an die Säule gelehnt, die vor dem Eingang des Casinos stand. »Außerdem wird er eine Ausnahme machen, wenn er weiß, dass Sie die Polizei bei ihren Mordermittlungen unterstützen.«

»Ja, kann sein. Aber ich kannte Herrn Giordano ja kaum. Ich hatte meistens mit Herrn Stöver zu tun.« Der Gesichtsausdruck des jungen Mannes hatte sich von misstrauisch zu skeptisch gewandelt. Er zog ein wenig hektisch an seiner selbstgedrehten Zigarette.

»Sie kennen aber doch sicher den einen oder anderen Kunden oder eine Kundin, die hier regelmäßig aufschlägt, nicht wahr?« Schweers hielt sein Gegenüber mit den Augen fest. »Was sind das für Leute, die ins Casino gehen und dort spielen?«

»Das sind Menschen wie Sie und ich. Viele Hausfrauen dabei, die für ein oder zwei Stunden vor den Automaten sitzen. Meistens tagsüber.«

»Was kommen sonst für Leute? Irgendwelche, die auffallen, die regelmäßig viel verlieren? Lassen Sie sich doch die Würmer nicht so aus der Nase ziehen.« Schweers näherte sich seinem Gesprächspartner ein paar Zentimeter.

»Der Chef hat uns verboten, darüber zu reden. Das sei nicht gut fürs Geschäft, hat er uns eingebläut. Die müssten sich auf Diskretion verlassen können.«

»Das ist ja ehrenwert«, Schweers war wieder ein wenig zurückgetreten, um den Druck etwas zu lockern, »aber hat er

Ihnen verboten, mit der Polizei zu reden? Ich kann Sie auch mitnehmen aufs Revier, und wir unterhalten uns dort, wenn Ihnen das lieber ist?«

»Nein, nein, so war das nicht gemeint.« Onno Peters beeilte sich, den Eindruck, den er gemacht hatte, zu korrigieren. »Ich will keinen Stress. Weder mit meinem Chef noch mit der Polizei.«

»Na, sehen Sie. Mit mir bekommen Sie schon keinen Ärger. Erzählen Sie mir einfach, wie so ein durchschnittlicher Tag im ›Haus des Glücks‹ aussieht, und dann nennen Sie mir den oder die Namen von Kunden, die sauer waren, weil sie viel verloren haben, und schon sind Sie mich los.«

Schweers' Gesprächspartner drehte sich erneut zur Eingangstür des Casinos um und seufzte. »Also normalerweise kommen tagsüber, so kurz nach dem Mittag, die ersten Stammkunden für die Spielautomaten. Sind viele Hausfrauen darunter, man glaubt es nicht. Aber das ist alles nur Kleinvieh. Die verlieren mal fünfzig, mal hundert Euro und gehen frustriert. Viele schwören, nie wiederzukommen. Die meisten kommen aber doch wieder.« Der Mann lehnte sich ein wenig zu Schweers hinüber und fuhr leiser fort: »Einige der Stammkunden kommen allerdings durch den Hintereingang und verlassen das Casino auch wieder so. Die sehe ich erst, wenn sie schon drin sind.«

Schweers runzelte die Stirn. »Interessant. Wo ist der denn?«

»Wenn Sie dahinten links abbiegen, kommen Sie ein wenig weiter auf den Zugang zu einem Hinterhof, der zwischen den Blöcken liegt. Da ist der Hintereingang und gleichzeitig der Notausgang.«

Schweers dachte an seinen Besuch zurück und erinnerte sich an die grünen Notausgangsleuchten, auf die er nicht weiter geachtet hatte. Aber die Tatsache, dass das Casino einen zweiten Eingang hatte, war vielleicht eine wichtige Information. Man würde sehen.

»Da kommen dann aber nur Stammkunden rein, ver-mute ich, oder?«

»Genau. Bei allen anderen muss ja das Alter per Ausweis festgestellt werden.«

»Wie geht ihr Chef denn mit Leuten um, die spielsüchtig sind und sich um Haus und Hof spielen?«, wollte Schweers wissen.

»Normalerweise ist da jeder selber seines Glückes Schmied, sagen die Chefs. Solange jemand Geld zum Spielen hat, ist es seine Entscheidung, was er damit macht. Es hat mal eine Situation gegeben, da lief das Ganze anders. Da kam der Ehemann einer Frau, die immer wieder verloren hat, aber trotzdem weiterspielen wollte. Das war so ein Typ mit ziem-lich dicken Armen. Der hat mit Giordano gesprochen und ihm und mir ein Bild seiner Frau gezeigt. Die hat dann Haus-verbot bekommen«, und in verschwörerischen Ton setzte er hinzu: »Sonst hätten der Chef und ich mächtig was auf die Omme bekommen. Der Typ war zum Fürchten. So ein Riese wie Ihr Kollege.«

Schweers musste unwillkürlich grinsen. »Und sonst gab es keinerlei ungewöhnliche Vorfälle? Ich kann das nicht glauben«, hakte Schweers mit fragendem Blick nach.

»Wie gesagt, das sind alles eher kleine Fische hier. Die Summen, die verloren werden, sind nicht riesig. Deshalb gibt es nicht so oft Stress. Er gibt nur einen, der öfter mal gewinnt. Wie ich gehört habe durchaus schon mal vierstellig. Den habe ich länger nicht mehr spielen sehen. Aber der wäre dann ja nicht sauer auf das Casino, sondern eher dankbar, würde ich vermuten.«

Schweers wurde hellhörig, auch wenn sich hieraus erst-mal kein Motiv ergeben würde. Man wusste nie, welche Fak-ten dazu kommen konnten, die daraus dann plötzlich ein Motiv machten. »Um wen handelt es sich dabei? Kennen Sie die Person?«

»Ich hatte einmal Dienst, als er da war und einen üppigen Gewinn mit nach Hause nehmen konnte. Das ist einer von denen, die eher hinten reinkommen. Ich glaube, der Mann heißt Simek. Mehr weiß ich nicht.«

»Können Sie den Mann beschreiben?«

»Puh …, so Mitte, Ende dreißig. Dunkle Haare, dunkler Vollbart, sportliche Figur. Eine Brille habe ich nicht gesehen. Macht einen gepflegten Eindruck und war so hipstermäßig, modisch gekleidet, besonders die Schuhe sahen nicht billig aus. Mehr fällt mir nicht mehr ein. Reicht das?«

Schweers sah seinem Gegenüber in die Augen, nickte und zog eine Visitenkarte aus seiner Tasche. »Für den Moment reicht das.« Er blickte auf die Visitenkarte in seiner Hand. »Sie kennen das ja aus Fernsehkrimis. Wenn Ihnen noch etwas einfällt, rufen Sie mich an, okay?«

Sein Gegenüber nickte und steckte die Karte in sein Hemd, um dann mit Geschick eine weitere Zigarette zu drehen.

»Ach …«, Schweers war stehen geblieben und drehte sich nochmals um, »Ihr Chef muss von diesem Gespräch ja nicht unbedingt etwas erfahren, nicht wahr?«

Onno Peters runzelte die Stirn, nickte dann aber langsam und steckte seine Zigarette an.

»Vielen Dank und noch einen angenehmen Tag.« Schweers wartete die Antwort nicht ab, sondern ging zu seinem Fahrrad zurück, um wieder zur Dienststelle zu fahren. Im Büro angekommen, sah er in der Akte nach der Telefonnummer von Barne Stöver, nahm den Telefonhörer und begann zu wählen, legte den Hörer aber wieder auf, bevor die Verbindung zustande kam, und dachte nach. Dann stand er auf und ging zum Büro von Peter Melnik, das durch eine Glastür mit dem von Hansen verbunden war.

»Kollegen, …« Schweers hatte laut gesprochen, um die Aufmerksamkeit von beiden zu bekommen, »können wir uns kurz zusammensetzen?«

Jonas Hansen nickte, schickte seinen Rechner in den Ruhezustand, stand auf und lehnte sich an den Rahmen der Zwischentür. Peter Melnik hatte die Augenbrauen gehoben und sah Schweers an. Letzterer hatte sich auf den Besucherstuhl vor dem Schreibtisch gesetzt.

»Ich komme vom Casino zurück. Peter, du erinnerst dich an den jungen Mann, der die Ausweise der Casinobesucher kontrollieren soll?«

Melnik nickte.

»Ich war mit dem Mittagessen durch, als der junge Mann aus dem Casino kam und vor der Tür eine Zigarette rauchte. Ich bin gleich hin und habe ihn ein wenig ausgefragt, nach Leuten, die beispielsweise verloren haben und deshalb mit dem Laden im Clinch liegen. Alles Fehlanzeige. Bemerkenswert sind aber zwei Dinge. Erstens, das Casino hat einen Hintereingang, durch den Stammkunden, die nicht gesehen werden wollen, Zugang zum Casino haben. Zweitens gibt es einen Kunden, einen Herrn Simek, der regelmäßig oder zumindest häufiger bis zu vierstellige Beträge gewinnt. Allerdings ist er schon länger nicht mehr gesehen worden.«

»Der würde aber kaum die Kuh schlachten, die er melken kann. Was wäre sein Motiv?«

»Die Frage kann ich nicht beantworten. Aber wir haben momentan keine andere Spur, und ich finde es ungewöhnlich, dass jemand in einem Casino regelmäßig vierstellige Beträge gewinnt.« Schweers hatte ›in einem Casino‹ deutlich betont. »Casinos leben davon, dass deren Kunden verlieren!«

Melnik nickte langsam. »Auch wieder wahr. Vielleicht denken wir in die falsche Richtung. Ich habe zwischenzeitlich mit den Kollegen von der Wirtschaft geredet. Die haben zwar nichts Aktuelles, was das Casino betrifft, hatten aber mal den vagen Verdacht der Steuerhinterziehung und Geldwäsche.«

Schweers seufzte und wollte schon einen weiteren Punkt in seinem Notizheftchen streichen, als er es sich anders überlegte.

»Ohne den Kollegen von der Wirtschaft nahetreten zu wollen, meint ihr, es macht Sinn, sich den Komplex Geldwäsche noch mal anzuschauen? Und sei es nur, um ihn besser zu verstehen und damit eventuelle Zusammenhänge zu unserem Mordfall nicht zu übersehen?« Schweers schaute seine Kollegen mit hochgezogenen Augenbrauen an, da er sich selber nicht sicher war, ob es Sinn machte, darin Zeit zu investieren.

Hansen nickte. »Da kann ich mich drum kümmern. Solange wir keine andere Spur haben, sollten wir nichts außer Acht lassen. Ich besorge mir die Akte von den Kollegen und schau mal nach, ob ich was Interessantes finden kann.«

»Sehr gut«, sagte Schweers. »Danke.«

»Ich habe übrigens gerade mal den Namen Simek und Bremerhaven in die Suchmaschine eingegeben«, Hansen war an seinen Arbeitsplatz zurückgekehrt und nahm den Faden wieder auf. »Die meisten Sachen sind unbrauchbare Werbung. Es gibt aber einen Treffer bei der Seemannsmission.«

»Bei der Mission, zeig mal her.« Schweers ging um Hansens Schreibtisch herum und schaute auf den Bildschirm. »Also, der Beschreibung von Herrn Peters nach könnte das der Mann sein.« Schweers warf einen Blick in seine Notizen und sah dann wieder auf den Bildschirm. »Mitte, Ende dreißig. Dunkle Haare, dunkler Vollbart, sportliche Figur, modisch gekleidet«, Schweers blickte auf, »und insbesondere die Schuhe sind dem Mitarbeiter aufgefallen. Das seien immer teure Dinger gewesen!«

Jonas Hansen sah mit gerunzelter Stirn auf und nickte. »Die Kleidung könnte passen. Die Schuhe kann man auf dem Foto nicht sehen. Die Fotos mit den Namen der Mitarbeiter sind im Übrigen erst seit heute auf der Website. Wir haben Glück.«

»Und was macht der bei der Seemannsmission?«, wollte Melnik wissen, der sich in seinem Bürostuhl zurückgelehnt und die Hände hinter dem kahlen Kopf verschränkt hatte. »Ich meine, das ist doch so ein christlicher Verein. Solche Leute gehen nicht in Spielcasinos oder bringen andere um, nicht wahr?«

Jonas Hansen blickte auf. »Ich traue einem Mitglied einer Kirche so ziemlich alles zu. Man muss sich doch nur die Leute anschauen, die zu Terroristen werden und mordend durch die Lande ziehen.«

»Ja, aber das sind doch keine Christen«, antwortete Melnik sofort, ohne seine gemütliche Sitzhaltung aufzugeben.

»Es ist völlig egal, ob wir über Christen oder irgendeine andere Religion sprechen. Die tun sich alle nichts, wenn es darum geht, die eigene Macht zu erhalten. Abgesehen davon hatten wir vor nicht allzu langer Zeit einen Bürgerkrieg in Irland, wo sich Katholiken und Protestanten im Namen des Vaters gegenseitig abgeschlachtet haben.« Jonas Hansen war sichtlich nicht dazu bereit, so schnell seine Position aufzugeben.

»Okay, ich gebe mich geschlagen«, Peter Melnik beugte sich vor und legte seine Arme auf den Schreibtisch. »Was macht der Typ denn nun bei der Seemannsmission? Ist der Sozialarbeiter oder Pastor oder sowas?«

»Nein, der macht beim sogenannten Bordbesuchsdienst mit.« Hansen blickte auf seinen Bildschirm. »Das scheint ein Ehrenamt zu sein. Was der sonst so macht, womit der sein Geld verdient, steht hier nicht.«

»Und was ist der Bordbesuchsdienst?«, wollte Melnik wissen. »Lass dir doch nicht alles aus der Nase ziehen.«

»Wie der Name schon sagt, werden die Matrosen an Bord ihrer Schiffe besucht, wenn sie es wünschen. Es gibt auch die Möglichkeit, den Pastor zu bitten, an Bord eine Messe zu feiern.« Hansen hatte sich wieder seinem Bildschirm zugewandt.

»Verstehe ich nicht«, mischte Schweers sich ein. »Wenn ein Pastor eine Messe feiert, ist das doch kein Ehrenamt mehr.«

»Richtig, es gibt beides. Einmal die Betreuung der Mannschaft durch Ehrenamtliche, die an Bord gehen und sich mit den Leuten austauschen. Die bringen dann Tageszeitungen mit, die aus den Ländern kommen, aus denen die Matrosen stammen. Was die sonst machen, kann ich nicht sagen. Es gibt auch einen Geistlichen, dessen Job darin besteht, die Schäfchen bei der Stange zu halten.«

Schweers musste lachen. »Ich vermute mal, der Pastor versteht seinen Job anders, als du ihn beschrieben hast.«

»Schätze ich auch. Aber ich kann diese verlogene Bande schlicht nicht ausstehen.«

Melnik konnte sich ein Grinsen nicht verkneifen. »Vermutlich trifft deine Stellenbeschreibung durchaus zu.«

»Sagt unsere Datenbank etwas zu Vorstrafen?«, wollte Schweers von Hansen wissen.

»Laut Website der Mission heißt er mit Vornamen Lukas.« Hansen gab die Daten in die polizeiliche Datenbank. »Keine Einträge.« Er begann erneut zu tippen und drückte die Entertaste. »Wohnt laut Melderegister in Geestemünde in der Köperstraße.« Hansen machte eine Kopie der Adresse und schickte die Datei an seine beiden Kollegen. Dann gab er die Daten in seine selbst programmierte Datenbank ein. »Na, wie finde ich das denn.«

Melnik und Schweers wurden sofort aufmerksam und sahen zu ihrem Kollegen herüber, der konzentriert auf seinen Bildschirm blickte.

»Jetzt spann uns nicht so auf die Folter, mein Kardiologe hat mir geraten, mich nicht aufzuregen.« Melnik sah seinen Kollegen auffordernd an.

»Laut meiner Datenbank gibt es eine Übereinstimmung der Adresse. Lukas Simek wohnt unter der gleichen Adresse wie eine Fenja Bartelsen. Und die hat eine Parzelle in der Laubenkolonie gepachtet, in der unser Opfer sein Ende gefunden hat. Bevor ihr fragt, ich schaue mal, ob wir was über die Dame haben.«

Hansen tippte wieder los. Zwei Minuten später: »Nichts in POLAS.« Das Tippen begann erneut: »Aha, wenn man nachschaut, wer unter der Adresse gemeldet ist, findet man eine Fenja Simek, geborene Bartelsen. Das ist also die Ehefrau des Mannes, der regelmäßig Geld im ›Haus des Glücks‹ gewinnt und ein Faible für teure Schuhe hat.« Jonas Hansen sah seine beiden Kollegen über seinen Bildschirm hinweg an.

Schweers hatte die Stirn gerunzelt: »Komisch, warum pachtet die Dame die Parzelle unter ihrem Mädchennamen?«

Peter Melnik sah Oliver Schweers an und spielte mit seinem Bleistift: »Wenn wir einen Durchsuchungsbeschluss hätten, könnten wir in seine Wohnung. Aber bei den paar Indizien können wir uns das abschminken.«

»Jonas, wie siehst du das?« Oliver Schweers blickte in Richtung Hansen.

»Das sehe ich auch so. Nur wenn eines der Schuhgeschäfte zurückmelden würde, dass Lukas Simek genau den Schuh gekauft haben sollte, der über die bekannte Sohle verfügt, könnten wir uns Hoffnung auf einen Durchsuchungsbeschluss machen.«

Die drei Kollegen sinnierten einen Moment vor sich hin, bis Hansen den Blick von seinem Bildschirm löste und seine Kollegen fragte: »Wie wäre es, wenn ich zur Seemannsmission fahre und mich über die Anforderungen an das Ehrenamt informiere? Ich könnte ja durchblicken lassen, dass ich Interesse hätte, dort mitzuarbeiten.«

Melnik und Schweers sahen sich an. Dann ergriff der Letztere das Wort: »Die Idee ist gut, aber auch gefährlich. Dazu kommt, dass wir für den Einsatz als verdeckter Ermittler vorher die Zustimmung unseres Staatsanwaltes benötigen.«

»Na ja. Müssen wir das denn so hoch hängen? Letztlich könnte sich Jonas ja jederzeit für ein Ehrenamt interessieren, ohne dass der Staatsanwalt hierfür eingeschaltet werden müsste.« Melnik hatte seine Stirn in Falten gezogen und legte seinen Bleistift in die dafür vorgesehene Schale.

»Das stimmt natürlich. Aber dann würde er vermutlich nicht verschweigen können, dass er bei der Polizei arbeitet, oder?« Schweers sah seinen Mitarbeiter an.

»Er kann ja sagen, dass er im öffentlichen Dienst arbeitet. Da macht er dann was mit Computern oder so. Damit würde er nicht lügen.«

»Oliver, komm schon. Ich passe auf mich auf, und die Erklärung ist tatsächlich nicht schlecht. Beweisen, dass ich mit Computern umgehen kann, fällt mir nicht schwer. Ich lass mich ja in nichts hineinziehen. Ich will nur ein paar Details über den Mann herausfinden.« Jonas Hansen sah Oliver Schweers an.

»Wohl ist mir bei der Sache nicht, aber wir können es versuchen«, stimmte Oliver Schweers schließlich zu.

In seinem Büro dachte Lukas Simek weiter über seine Idee nach und kam zu dem Schluss, dass er mit seiner Lösung tatsächlich zwei Fliegen mit einer Klappe schlagen könnte. Er war sich sicher, dass er die Fotos noch hatte. Sie mussten im Keller sein. Er hatte sie nie weggeworfen, obwohl Fenja ihn mal darum gebeten hatte, damit er dieses Kapitel endgültig schließen könne. Er hatte irgendwann von jedem Foto eine Kopie gemacht. Die Originale würde er zusätzlich mit dem Handy fotografieren. Dann könnten sie ruhig verblassen, er hätte immer noch die digitale Kopie gespeichert. *Martin Koopmann, du wirst mir aus der Hand fressen und buchstabengetreu genau das machen, was ich von dir verlange. Du wirst Angst davor haben, alles zu verlieren. Du wirst dir*

Sorgen um deine Töchter machen. Du wirst befürchten, in den Knast zu wandern, und du wirst Angst vor dem haben, was die harten Jungs im Knast mit dir machen werden.

Der Rest seines Bürotages verging wie im Flug. Lukas Simek freute sich darauf, seinem ehemaligen Peiniger gegenüberzustehen. Dessen Gesicht zu sehen, wenn er den Spieß genüsslich umdrehte. Zuzuschauen, wie sich das Verstehen langsam in Koopmanns Gesicht schlich und ihm die Konsequenzen klar wurden, wenn er nicht gehorchte. Lukas Simek lächelte immer noch, als er sein Büro abschloss und zu seinem Auto ging, um zum Seamen's Club zu fahren. Vorher würde er aber kurz zu Hause vorbeifahren, die Fotos und ein spezielles Handy holen.

» Hallo, jemand zu Hause?« Hansen stand im Foyer des Seamen's Club und suchte eine Person, der er erklären konnte, warum er gekommen war. Er hatte sich bewusst nicht vorher angemeldet. *Das passt besser zu meiner Legende. Habe mich spontan entschieden einfach mal vorbeizuschauen und will herausfinden, ob das hier etwas für mich ist*, dachte er, als ihm von weiter hinten aus dem Gebäude eine Frauenstimme antwortete. »Hier hinten! Kommen Sie ruhig, ich beiße nicht.«

Hansen machte sich auf den Weg in Richtung der Stimme, die ihn gerufen hatte.

Aus dem Augenwinkel nahm er rechts von sich ein schwarzes Brett wahr, auf dem oben links ein paar Fotos hingen. Es handelte sich um das Team des Klubs, wie er lesen konnte. *Heute ist ja alles in Teams organisiert. Wir sind alle Teamplayer geworden, selbst wenn wir keine sind und nicht einmal wissen, was das ist.* An der Spitze stand ein Pastor. Darunter eine Frau mit dem Titel ›Koordinatorin und rechte Hand des Pastors‹. Da dies die einzigen Fotos waren, gehörte die Stimme, die er gehört hatte, möglicherweise der Frau auf dem Foto, die die rechte Hand des Pastors war.

Der nächste Raum, den er betrat, sah aus wie ein kleiner Verkaufsraum mit einer Reihe von Regalen neben Kühlschränken mit unterschiedlichen Getränken und zu kühlenden Lebensmitteln. Rechts vom Eingang sah er einen kleinen Tresen, und dahinter stand die Person, zu der die Stimme gehören musste. »Guten Tag, Frau Maelzer.« Hansen hatte sich auf den Weg in Richtung Tresen gemacht. »Mein Name ist Hansen, Jonas Hansen.«

»Kennen wir uns, oder woher haben Sie meinen Namen?«, Frau Maelzer machte große Augen.

»Nein, aber ihr Foto hängt am Schwarzen Brett im Foyer.«

»Ach ja, stimmt. Die meisten Besucher nehmen das nicht wahr. Was kann ich denn für Sie tun, Herr Hansen?«

»Nun, ich bin per Zufall über die Website der Seemannsmission gestolpert und habe mich gefragt, ob so ein Ehrenamt auch etwas für mich ist.« Hansen war am Tresen angekommen und schob seine große schwarze Hornbrille wieder ein wenig zurück, da sie Gefahr lief, von seiner Nase zu rutschen.

»Kann ich Ihnen einen Kaffee anbieten?«, kam die Rückfrage, nachdem Frau Maelzer ihren Blick von den irritierend großen Koteletten ihres Besuchers losgerissen hatte.

»Danke, gerne.«

Die Stellvertreterin des Pastors drehte sich zur Kaffeemaschine um und machte sich dort zu schaffen. »Haben Sie denn schon mal eine ehrenamtliche Tätigkeit ausgeübt?«, fragte sie Hansen, während sie ihn über ihre linke Schulter anschaute.

»Da muss ich passen. Ist das denn eine Voraussetzung, wenn man hier helfen will?«

»Nein, nein. Nur dann muss man nicht viele Worte über das Wesen des Ehrenamtes verlieren, da Ihnen das ja schon bekannt wäre.«

»Ach so. Ich glaube nicht, dass ich zu diesem Thema mehr Informationen benötige. Ich habe mich ein wenig eingelesen, und mein Vater arbeitet ehrenamtlich in der Schiffergilde am ›Neuen Hafen‹. Über die Schiene bekomme ich zusätzlich das eine oder andere mit.« Hansen hatte sich an den Tresen gelehnt.

Frau Maelzer drehte sich wieder um und stellte eine Tasse mit dampfendem Kaffee vor ihn hin. »Milch, Zucker?«

»Nein, danke, ich trinke schwarz.«

»Was machen Sie beruflich, wenn ich fragen darf?«, Antje Maelzer sah die gerunzelte Stirn ihres Besuchers und ergänzte: »Das ist insofern interessant für uns, um zu sehen, wo wir Sie am besten einsetzen können. Oder haben Sie schon eine Vorstellung, nachdem Sie sich unsere Website angeschaut haben?«

»Nun, ich arbeite in der Verwaltung des Magistrats und kann ganz gut mit Computern umgehen. Ich dachte, dass die Seeleute hin und wieder Probleme mit ihren privaten Rechnern haben, die ich für sie lösen könnte. Das wäre umsonst, und die Betroffenen müssten nicht nach jemandem in der Stadt suchen. Meinen Sie, so ein Angebot würde von den Seeleuten angenommen?«

Antje Maelzer, die dabei war, sich Notizen zu machen, sah auf. »Oh ja. Ich denke, das ist ein hochinteressantes Angebot. So etwas hatten wir bisher nicht. Besser kann Ihnen da aber Herr Simek weiterhelfen. Der koordiniert die Einsätze der Ehrenamtlichen für den Bordbesuchsdienst und ist selber regelmäßig an Bord der unterschiedlichen Schiffe. Er betreut eigentlich alle Schiffe, hat sich aber auf die RoRo-Autotransporter spezialisiert, wenn man das so sagen kann. Die fahren immer die gleichen Routen, und die Mannschaften sind meistens dieselben. Er kennt die Bedürfnisse der Seeleute besser als ich. Eigentlich müsste er«, sie schob mit einer Hand den Ärmel ihrer Jacke zurück und sah auf ihre Uhr, »jeden

Augenblick hier eintreffen. Er ist ausgesprochen zuverlässig!«, ergänzte sie mit einem bedeutsamen Blick auf ihren Gast.

»Dann dürfte er die meisten Seeleute auf den RoRo-Schiffen ja fast alle persönlich kennen, oder?«, Hansen lachte ein wenig bei dieser Frage, um sie witzig klingen zu lassen.

»Ja, das ist möglicherweise so«, gab Frau Maelzer lächelnd zurück.

»Meinen Sie, ich könnte mal mit ihm sprechen?« Jonas Hansen versuchte, einen interessierten Eindruck zu machen.

»Das sollten Sie auf jeden Fall. Normalerweise bringt er ein wenig Zeit mit. Er arbeitet ja hier im Hafen als Zöllner, hat es also nicht weit bis hierher.«

Das ist ja interessant, der Mann ist Zöllner. Gut zu wissen.
»Haben Sie hier im Hause auch Computer und eine Internetanbindung, die ab und zu gewartet werden müssten?«

»Ja, natürlich. Das ist vermutlich einer der wichtigsten Gründe, warum die Seeleute uns so gerne besuchen. Hier haben sie die Möglichkeit, per Videostreaming, oder wie das heißt, mit ihren Familien zu sprechen.«

»Oh, là, là, dann muss die Verbindung aber sehr gut sein.« Jonas Hansen nickte.

»Das ist wohl auch so, wie ich immer wieder höre. Ich habe davon keine Ahnung.«

Hansen zeigte auf den Router, der in einer Ecke der Theke stand und dessen LEDs permanent unauffällig blinkten: »Da ist ja Ihre Verbindung ins Internet.«

»Ja, genau. Das Ding heißt Router oder so.« Frau Maelzer wollte schon zu weiteren Erläuterungen ansetzen, als in einem Zimmer hinter ihr ein Telefon läutete. »Einen Moment, ich bin gleich wieder da.«

»Lassen Sie sich Zeit«, erwiderte Jonas Hansen, wartete, bis Frau Maelzer im Nebenraum verschwunden war und mit jemandem am Telefon sprach. Dann machte er einen kurzen

Schritt in Richtung Router, nahm das Gerät, drehte es um und machte schnell mit seinem Handy ein Foto vom Aufkleber auf der Rückseite. Eine Sekunde später stand er an seiner ursprünglichen Stelle an der Theke und hatte sein Smartphone wieder in die Tasche gesteckt. Er hoffte, dem Foto die Zugangsdaten zum Router entnehmen zu können. Sollte das gelingen, könnte er sich über diesen Umweg den Zugang zu den dort eingeloggten Rechnern verschaffen. Man konnte nie wissen, wozu so etwas gut sein konnte. Frau Maelzer redete immer noch mit jemandem.

»Das war unser neuer Pastor«, sagte Frau Maelzer mit glänzenden Augen, nachdem sie zurück an den Tresen gekommen war.

»Neuer Pastor?«, Jonas Hansen runzelte die Stirn.

»Ja, seit zwei Tagen.«

»Der Vorherige ist in Rente gegangen?«

»Genau. Mit fast siebzig Jahren!«

»Der Neue ist jünger?«

»Oh ja!« Frau Maelzer lächelte.

»Muss man in der Kirche sein, wenn man hier ehrenamtlich arbeiten will?«

Frau Maelzer blickte Hansen an: »Nein, muss man nicht. Wird aber gerne gesehen, warum?«

»Interessiert mich lediglich. Könnte ja sein, dass ich hier nichts machen kann, weil ich nicht in der Kirche bin.«

Im Hintergrund hörte man, wie sich die Eingangstür zum Klub öffnete. Antje Maelzer schaute erneut auf ihre Armbanduhr: »Das wird Herr Simek sein.«

Hansen hörte Schritte, die sich näherten. Dann kam ein Mann durch die offenstehende Tür herein. Ein Meter und achtzig groß, athletisch gebaut, schwarze Haare, die an den Schläfen grau wurden, dunkler Vollbart, gepflegt. Sein Erscheinungsbild passte nicht so recht zu den Räumen der Seemannsmission: Die Lederjacke wirkte hochwertig und stellte einen Kontrast zu der hellen Cargohose dar, die Sportschuhe waren dezent. Hansen konnte darauf allerdings nicht das Markenlogo erkennen, das er durch seine Recherchen im Kopf hatte. *Trotzdem sehen die Sneaker sehr teuer aus. Mein Fall wären sie nicht*, dachte er. Simek trat neben Hansen, lehnte seinen Rucksack, der im Gegensatz zu seiner Kleidung eher heruntergekommen aussah, an den Tresen und blickte auf.

»Moin, Antje, wie geht es dir?«, begrüßte er Frau Maelzer freundlich und nickte Hansen zu. »Irgendwelche besonderen Vorkommnisse?«

»Moin, Lukas, nein, nichts Besonderes. Es hat sich auch keine Crew angekündigt. Wenn nicht unangekündigt jemand kommt, wird das heute ein ruhiger Abend. Dabei fällt mir ein, ich muss ja das Passbild von dir noch am Schwarzen Brett aufhängen. Das Bild, das wir auf der Website gepostet haben, ist zu groß. Bleibst du länger?«

»Ich würde mich nur gerne dem neuen Pastor vorstellen und dann verabschieden, wenn eh nichts los ist. Ich hoffe, der ist hier?«

»Ja, ich kann ihm Bescheid sagen, dass du da bist. Aber vorher würde ich dir gerne Herrn Hansen vorstellen. Der hätte Interesse, im Bordbesuchsdienst mitzuarbeiten. Hättest du Zeit, um ihm was zu erzählen, damit er genug Informationen hat, um eine Entscheidung zu treffen, ob das was für ihn ist oder nicht?«

Lukas Simek wandte sich Hansen zu und gab ihm die Hand: »Moin, Herr Hansen, erfreut Sie kennenzulernen.«

»Guten Tag, Herr Simek.«

»Sie interessieren sich für den Bordbesuchsdienst? Sollen wir uns da vorne hinsetzen? Antje, kann ich einen Pott Kaffee mitnehmen?«, fragte er an Antje Maelzer gewandt, die immer noch hinter der Theke stand, und deutete auf die Tasse, die vor Jonas Hansen dampfte.

Eine Minute später hatte auch Simek eine Tasse Kaffee in der Hand, und die beiden Männer gingen in Richtung einer kleinen Sitzgruppe, die unterhalb eines Fensters in einer Ecke des Raumes stand und voller Zeitungen lag.

»Wie sind Sie denn auf uns, heißt auf die Seemannsmission gestoßen?«, wollte Lukas Simek wissen.

»Über das Internet. Ausgelöst wurde mein Interesse, so banal wie das klingt, dadurch, dass ich regelmäßig diesen blauen Kleinbus mit dem Logo der Mission in der Stadt gesehen habe. Irgendwann habe ich dann im Internet nachgeschaut, worum es sich dabei handelt, und bin auf der Website der Mission gelandet.«

»Und warum soll es der Bordbesuchsdienst sein?«, wollte Lukas Simek wissen.

»Nun ja, ich hatte Frau Melzer schon erklärt, dass ich ganz gut mit Computern umgehen kann. Und da dachte ich mir, dass es von Interesse für Matrosen sein könnte, jemanden in der Mission ansprechen zu können, der ihnen den Rechner umsonst reparieren oder aktuelle Software aufspielen kann. Vielleicht einen Virenscan machen oder so etwas. Oft ist das ja das einzige Gerät, über das Seeleute den Kontakt zu ihrer Familie herstellen können.«

»Ja, das stimmt, auch wenn jetzt mehr und mehr Smartphones dafür genutzt werden.« Simek sah Hansen an: »Was machen Sie beruflich, wenn ich fragen darf?«

»Ich bin im öffentlichen Dienst tätig«, antwortete Jonas Hansen kurz, um herauszufinden, ob seinem Gegenüber das ausreichen würde.

»Was machen Sie denn da genau?«, *nicht dass ich mir da eine Laus in den Pelz setze,* dachte Lukas Simek bei seiner letzten Frage.

»Ich arbeite in der Finanzverwaltung des Magistrats«, hielt er seine Legende aufrecht, »und habe da im Wesentlichen mit der Datenverarbeitung zu tun.«

»Aha! Machen Sie das schon lange?« Simek nahm sich vor, Erkundigungen über Jonas Hansen einzuziehen.

»Seit …, einen Moment«, Hansen tat so, als würde er nachdenken, »das dürften jetzt schon bald sieben Jahre sein. Ist das wichtig?«

»Nein, überhaupt nicht, lediglich Neugier.«

Hansen nickte verständnisvoll und fragte zurück: »Und was machen Sie beruflich? Ich habe mitbekommen, dass Sie beim Zoll sind. Habe aber keine Ahnung, was das bedeutet. Stelle ich mir interessant vor. Schmuggler jagen und sowas.«

Simek grinste: »Ja, das glauben viele. Leider ist es eher Papierkram und Bildschirmarbeit in der Zollabfertigung. Für die bösen Jungs gibt es eine spezielle Abteilung.«

»Ach so, das wusste ich nicht. Dann sind Sie gar nicht im Hafen unterwegs, so mit Spürhunden, und durchsuchen verdächtige Container?«

»Doch, doch. Ich bin schon im Hafen unterwegs, aber nicht den ganzen Tag. Wenn es verdächtige Container gibt, die durchsucht werden müssen, weil beispielsweise beim Röntgen etwas verdächtig aussieht, dann durchsuche ich schon mal mit Kollegen die Waren, die sich darin befinden.«

»Das heißt, den größten Teil des Tages sitzen Sie eher im Büro mit Ihren Kollegen, und nur bei Bedarf werden Sie gerufen, um etwas physisch zu überprüfen?«

Simek nickte.

»Sie müssen im Hafen ja bekannt sein wie ein bunter Hund, wenn Sie beruflich und dann noch ehrenamtlich hier unterwegs sind«, sagte Jonas Hansen, leise lachend, um vom ernsthaften Hintergrund seiner Frage abzulenken.

»Die Zöllner kennen sich natürlich alle untereinander. Aber«, Simek schaute auf seine Uhr, »ich wollte mich noch kurz bei unserem neuen Pastor vorstellen und würde ihn ungern verpassen. Der sollte schließlich wissen, wer hier so herumspringt, und ich möchte ihn kennenlernen. Was halten

Sie davon, wenn Sie morgen um diese Zeit wiederkommen und wir gemeinsam mal ein Schiff besuchen? Bitte geben Sie mir kurz Ihren Perso, damit ich davon eine Kopie machen kann. Dann besorge ich Ihnen einen vorläufigen Zugang zum Zollbereich.«

Hansen kramte in seiner Tasche und holte seinen Personalausweis heraus.

»Ich bin sofort wieder da«, sagte Lukas Simek und verschwand. Kurz darauf hörte Hansen das typische Geräusch, das entstand, wenn ein Kopierer seine Arbeit verrichtete.

Simek kam mit einer Kopie in der Hand zurück, gab Hansen seinen Ausweis und sagte: »Ich kann nicht garantieren, dass es morgen schon mit dem Zugang zum Hafen klappt, aber wir können es zumindest versuchen.«

Hansen nickte. »Kann ich verstehen. Ich komme morgen wieder und dann werden wir sehen.«

Die beiden Männer verabschiedeten sich voneinander. Auf dem Weg nach draußen hörte Hansen, wie Simek Antje Maelzer darum bat, dem neuen Pastor Bescheid zu sagen, dass er da sei und sich gerne vorstellen würde.

»Herr Koopmann?«, Frau Maelzer lief durch die Räume des Seamen's Club auf der Suche nach ihrem Vorgesetzten. Sie fand ihn im hinteren Teil des Gebäudes. Martin Koopmann saß in einem Sessel und blickte von der ›Nordsee-Zeitung‹ auf, deren Lektüre er morgens nicht hatte beenden können. Sein Blick blieb an der fülligen Statur seiner Stellvertreterin hängen.

»Frau Maelzer, was kann ich für Sie tun?«, fragte er lächelnd.

»Entschuldigung, dass ich störe, aber der Herr Simek, der die Freiwilligen für den Bordbesuchsdienst koordiniert, würde Sie gerne kennenlernen. Hätten Sie ein wenig Zeit für ihn?«

Koopmanns Lächeln erstarb, und er wurde leichenblass. »Wer bitte möchte mich sprechen?«

Statt einer Antwort fragte Antje Maelzer besorgt: »Ist Ihnen nicht gut, Herr Pastor?«

Koopmann richtete sich im Sessel auf, drückte sein Rückgrat durch und schüttelte den Kopf: »Nein, nein. Das sind nur die Nachwehen einer Grippe, die sich bemerkbar machen. Wo ist Herr Simek denn?«

Erst fragt er nach dem Namen, und dann wiederholt er ihn. Was ist los mit unserem Pastor, dachte Frau Maelzer und sagte laut: »Herr Simek ist vorne, soll ich ihn holen?«

Martin Koopmann nickte zustimmend: »Schicken Sie ihn einfach her, ja?«

»Mach ich«, Antje Maelzer schickte sich an, den angekündigten Besucher zu holen, ohne ihren sorgenvollen Gesichtsausdruck abzulegen. Martin Koopmann blieb mit seinen Gedanken allein zurück.

Die Vergangenheit holt mich ein. Lukas Simek, ist er es tatsächlich? Mein Gott, wie lange ist das her. Zehn Jahre, oder sogar schon länger? Ja, siebzehn Jahre. Es war kurz, bevor ich Susanne kennengelernt und mich entschieden hatte, eine Frau zu heiraten. Dann sind wir weggezogen.

Der Pastor blickte aus dem Fenster. Er hatte nicht mehr mit Lukas reden können, obwohl er wusste, wie wichtig es gewesen wäre. Er hoffte, dass Lukas das Geschehene nicht falsch verstanden hatte. Wahrscheinlich machte er sich völlig unnötig Sorgen. Er war sich schon damals nicht sicher gewesen, in welche Richtung die sexuelle Orientierung seines Schützlings deutete. Oder war da nur der Wunsch der Vater des Gedankens? Auf seiner Stirn bildete sich eine steile Falte. Dann war ihm klar geworden, dass, selbst wenn Lukas schwul sein sollte, er ihn dennoch vergewaltigt hatte. Egal, aus welcher Perspektive er die Geschichte betrachtete. Die Unsicherheit, was bei einem Wiedersehen passieren würde, hatte ihn seitdem nie verlassen. Im Laufe der Jahre verblassten Erinnerung und Angst und verschwanden in einem immer dicker werdenden Nebel. Der Wind der Nordsee hatte den Dunst weggeblasen. Die Vergangenheit lag wieder deutlich vor ihm. Insgeheim hoffte er immer noch, dass Lukas Simek schwul und Single war und etwas Unkompliziertes, Unverbindliches suchte.

Martin Koopmann hörte Schritte im Flur. Dann sah er tatsächlich seinen Schützling von früher im Durchgang zum Minishop stehen und stand auf.

Aus dem kleinen Jungen von damals ist ein ausgewachsener Mann geworden. Stattlich, würde ich sagen. Kräftig, um nicht zu sagen muskulös! Oha, er sieht gut aus. Dunkelhaarig, Cargohosen von Boss, Lederjacke von ›Armani‹ und darunter ein rosafarbener Pullover, unter dem sich die Muskeln abzeichnen. Lukas ist immer noch eine Sünde wert, dachte Koopmann, während sich ein Lächeln in seinem Gesicht stahl und er ein leichtes Kribbeln in den Lenden verspürte.

Auch Simek musste lächeln, als er Martin Koopmann sah, auch wenn das Lächeln seine Augen nicht erreichte. *Bieder gekleidet, wie man es von einem Pastor erwarten kann. Schwarzes, aus der Form gelaufenes Sakko einer unbekannten Marke, weißes Hemd, dunkelgraue Bundfaltenhose, schwarze Schuhe und dunkle Hornbrille. Eine schwarze Krawatte als Krönung. Pastoren scheinen eine Allergie gegen Farben zu haben. Oder sie sind immerzu auf dem Weg zu irgendeiner Beerdigung.*

Simek ließ sich Zeit. Antje Maelzer war in ihrem Büro und dort mit der Buchhaltung beschäftigt. Sie würde nicht stören. Er schlenderte betont langsam in Richtung der Sitzgruppe, vor der sein ehemaliger Pastor und Betreuer stand. Betreuer war damals die offizielle Bezeichnung für seinen Vergewaltiger gewesen. Als noch schlimmer empfand er den Begriff Seelsorger. Er schüttelte angesichts dieses Zynismus innerlich den Kopf.

Er war irgendwann ausgetreten, verfolgte aber aus eigener Betroffenheit heraus die Diskussionen um die Skandale der großen christlichen Kirchen und die Scheinheiligkeit, mit der das Führungspersonal immer wieder gebetsmühlenartig den unverbrüchlichen Willen zur lückenlosen Aufklärung und Wiedergutmachung wiederholte. Lächerlich, dachte er, absolut lächerlich. Innerhalb der Kirchen konnten die Schuldigen auf die pastorale Milde ihrer Vorgesetzten bauen. Dazu mussten sie ihre Fehltritte bereuen und, sofern sie katholisch waren, zusätzlich beichten. Damit war das Problem für die Kirche gelöst. Besonders hilfreich war es, wenn der direkte Dienstvorgesetzte oder jemand in der Hierarchie selber eine Leiche im Keller hatte und dies in eingeweihten Kreisen bekannt war. Außerhalb der Kirche waren die meisten Fälle strafrechtlich verjährt. *Wenn ich daran denke, dass eine Steuerschuld nach zehn Jahren verjährt, sexueller Missbrauch hingegen schon nach fünf, könnte ich kotzen. Dieses Glück wird Martin nicht haben. Er weiß es nur noch nicht. Hallo, Martin, Strafe und Wiedergutmachung betreten jetzt dein Leben.*

»Guten Tag, Herr Pastor, wir haben uns ja lange nicht gesehen!«

Simek ergriff die verschwitzte Hand, die Koopmann ihm entgegenhielt, und drückte sie kräftig, bis er die Schmerzen im Gesicht seines Gegenübers sehen konnte. »Wie geht es Ihrer Frau und Ihren, wie ich höre, drei Töchtern? Respekt! Ich muss gestehen, dass ich erstaunt war, als man mir sagte, Sie seien mit einer Frau verheiratet. Sind Sie nicht mehr schwul? Vielleicht sind Sie ja auch bisexuell? Oder Sie ficken alles, was kommt, einschließlich kleiner Jungs?«

Simek musste nach seinem letzten Satz leise lachen und ließ die Hand des Pastors wieder los, der mittlerweile ein hochrotes Gesicht bekommen hatte.

»Guten Tag, Lukas«, stammelte Martin Koopmann mit heiserer Stimme. Er öffnete und schloss seine schmerzende

Hand. Seine Gedanken überschlugen sich. Er fühlte sich bedroht. Und er hatte keine Ahnung, woher Simek wusste, dass er schwul war. »Sag mal, wie redest du denn mit mir?«

Lukas Simek zog die Augenbrauen zusammen: »Ich erwarte, von Ihnen gesiezt zu werden. Ich bin jetzt kein kleiner Junge mehr. Haben Sie das verstanden?«

»Selbstverständlich, natürlich«, stammelte Martin Koopmann, dessen Gesicht erneut rot anlief.

»Na, geht doch«, reagierte Lukas Simek und ließ sich in einem der Sessel nieder. »Und ansonsten rede ich so mit Ihnen, wie es mir passt. Verstanden?«

»Mein Gott, warum denn so aggressiv?« Koopmann massierte seine lädierte Hand weiter.

Simek schaute nach draußen. Er schien nachzudenken. »Ach, wissen Sie, Herr Pastor«, das Wort Pastor betonte er auf eine ironische Art, »das ist eine lange Geschichte. Eine Geschichte, von der Sie nur das Vorwort kennen. Bei Gelegenheit erzähle ich Ihnen mehr davon. Heute habe ich nicht sehr viel Zeit. Sie sind neu in der Stadt und sicher mitten im Umzugsstress. Ich habe allerdings, nachdem ich sah, dass Sie der neue Seelsorger sind, in einem alten Umzugskarton gekramt. Und siehe da, ich fand tatsächlich Fotos aus der Zeit, in der Sie als Betreuer in der Gemeinde tätig waren, in der ich aufwuchs. Als Sie sich noch um mein seelisches Wohlergehen kümmern durften. Ich glaube, der Begriff Betreuer war der richtige, oder?« Lukas Simek sah Koopmann bei diesen letzten Worten fragend an.

Der Pastor wurde blass. Er war inzwischen völlig verunsichert. Er fragte sich, worauf der Junge von damals hinaus wollte.

»Was sind das für Fotos, von denen Sie sprechen?«, fragte Koopmann vorsichtig, nichts Gutes ahnend.

»Gedächtnisstützen«, sagte Lukas Simek und zog einen Umschlag aus seiner Jackentasche, den er Koopmann reichte.

»Schauen Sie rein«, forderte er den Pastor auf und nickte ihm aufmunternd zu. Koopmann zögerte instinktiv, holte dann aber mit leicht zitternden Händen die Aufnahmen aus dem Umschlag. Als ihm klar wurde, was sich auf den Fotos befand, schob er den Stapel schnell wieder zurück. Mit blassem Gesicht drehte er sich schnell um und vergewisserte sich, dass sonst niemand im Raum war.

»Was soll das?«, flüsterte er kaum hörbar Simek zu.

»Was soll was?«, antwortete Simek in normalem Tonfall.

»Mein Gott, leise, bitte!«, Koopmann hatte eine Hand gehoben, als ob er damit die Lautstärke seines Gesprächspartners dämpfen könnte.

Simek behielt seinen normalen Ton bei und ignorierte die Panik in der Stimme des Pastors.

»Wieso leise? Und wieso rufen Sie nach Gott? Meinen Sie, Gott wird Ihnen helfen? Und davon abgesehen, Sie haben doch nichts zu verbergen, oder? Ich nehme mal an, dass Ihre Frau, wie heißt sie noch mal …, ach ja, Susanne. Also, dass Susanne weiß, dass Sie schwul sind, oder? Und Ihre Töchter doch auch? Herr Pastor, ich gehe davon aus, dass die drei modern erzogen werden. Die fänden das sicher toll, wenn sie ein paar dieser Fotos auf ihren Social-Media-Accounts finden würden, die sie dann mit ihren neuen Freundinnen teilen könnten. Zeigen Sie doch die Bilder nochmal. Ich wette, Antje Maelzer fände die Fotos – ich sage mal – aufschlussreich. Soll ich sie kurz holen?«

Simek tat so, als würde er losgehen wollen, um Frau Maelzer zu holen, wurde aber von Koopmann am Ärmel festgehalten.

»Bitte nicht, Lukas! Warum tust du das?« Koopmann hatte Tränen in den Augen stehen.

Simek schaute Koopmann in die Augen und dann auf dessen Hand, die den Ärmel seiner Jacke festhielt.

»Nicht anfassen, Herr Pastor. Wir sind nicht auf einer Jugendfreizeit, ich bin keine dreizehn Jahre mehr, und ich kann mich wehren. Ich würde Ihnen sehr wehtun. Und nach allem, was Sie mir angetan haben, habe ich keinerlei Hemmungen, glauben Sie mir. Außerdem hatten wir uns auf das förmliche Sie verständigt, wenn ich Sie daran erinnern darf.«

Koopmann verstand die Anspielung, ließ den Ärmel der Lederjacke sofort los und schaute auf den Fußboden.

»Entschuldigung, tut mir leid, soll nicht wieder vorkommen«, flüsterte er. »Aber, mein Gott, das ist so viele Jahre her. Und überhaupt, woher haben Sie diese Fotos?« Er schaute erneut nervös in Richtung des Durchgangs.

»Stimmt, das ist jetzt neunzehn Jahre her. Neunzehn lange Jahre, ohne dass eine Wiedergutmachung erfolgt wäre. Sofern in einem derartigen Fall eine Wiedergutmachung überhaupt möglich ist. Denn Kinder, die vergewaltigt wurden, tragen – neben den körperlichen Schmerzen – seelische Schäden davon. Und die sind nicht immer heilbar, wie Sie wissen. Schließlich sind Sie Seelsorger, nicht wahr?«

Lukas Simek hatte seine Stimme gesenkt, da er kein Interesse daran hatte, dass die Verfehlungen des neuen Geistlichen der Seemannsmission zu schnell das Licht der Öffentlichkeit erblickten. Der Mann sollte sein Aktivposten werden.

»Die Fotos, woher ich die habe? Das kann ich Ihnen sagen. Auf den Fotos können Sie sehen, wie Sie den elfjährigen Klaus ficken, nicht wahr.«

Koopmann zuckte zurück: »Sagen Sie doch nicht sowas.«

Simeks Gesicht verdunkelte sich: »Wie würden Sie das denn nennen?«

Koopmann rang nach Worten. Er suchte nach einer Antwort, aber seine Stimme versagte. Er senkte den Kopf und schwieg.

»Sie scheinen nicht kapiert zu haben, in welcher Situation Sie sich befinden. Ihre Gesamtlage hat sich gerade grundsätzlich verändert. Ihre Zeit, Buße zu tun, hat begonnen.

Und ich bestimme, wie diese Sühne aussehen wird. Ab sofort läuft das wie folgt: Wenn ich rede, haben Sie die Fresse zu halten. Sobald ich Sie auffordere, etwas zu sagen, dürfen Sie reden. Habe ich mich klar ausgedrückt?«

Koopmann war erneut das Blut in den Kopf geschossen. Er nickte.

»Eine weise Entscheidung. So gefallen Sie mir.« Simek lächelte. »Also, wo waren wir stehen geblieben? Ach ja, Sie ficken den kleinen Klaus, und zwar gegen seinen Willen. Wie nennt man das noch mal?« Lukas Simek sah Koopmann auffordernd an. »Ich höre und ich warte ungern.«

»Vergewaltigung?«, flüsterte sein Gegenüber leise fragend mit gesenktem Kopf.

»Sehr richtig, Herr Pastor! Sie haben aber etwas vergessen. Klaus war minderjährig, und er war ein Schutzbefohlener! Das traf beides im Übrigen auch auf mich zu. Unsere Eltern dachten, wir seien in guten Händen bei Ihnen, einem Mann der Kirche. Und Klaus war mein Freund, wie Sie wissen. Er hat mir erzählt, was Sie gerne auf den Jugendfreizeiten mit ihm gemacht haben. Und er wusste umgekehrt, was Sie mit mir gemacht haben, wenn sich die Gelegenheit bot.« Simek merkte, wie er wütend wurde, und hielt einen Moment inne. Dies war nicht der Moment, die Kontrolle über seine Impulse zu verlieren. Er atmete langsam ein und wieder aus, bis er sicher war, seine Emotionen wieder unter Kontrolle zu haben. Dann fuhr er fort: »Ich hatte mich mit Klaus abgestimmt. Wir hatten einen Plan. Als Sie ihn dann das nächste Mal einbestellten, hatte ich mich bereits dort versteckt. Ich habe mit einer kleinen Digitalkamera Fotos gemacht. Leider konnte man mit diesem Gerät nicht filmen, sonst hätten wir jetzt bewegte Bilder mit leisen Schmerzensschreien. Das wäre eindrucksvoller gewesen, oder was meinen Sie? Obwohl, … Ihr Gesicht ist doch gut zu erkennen, oder? Meinen Sie, auf den Fotos kann man erahnen, wie alt das Objekt ihrer Begierde ist? Oder sollte ich lieber sagen, wie jung?« Simek zitterte vor Wut. Seine Augen waren zusammengekniffen. Die Hände zu Fäusten zusammengepresst, die Knöchel zeichneten sich weiß ab. *Jetzt bloß nicht ausflippen, Lukas. Reiß dich zusammen.*

Koopmann hielt den Kopf weiter gesenkt und versuchte, seine Tränen zu unterdrücken: »Ich habe damals geglaubt, dass Klaus und Ihnen gefällt, was wir zusammen gemacht haben.«

Simek verfiel vor Wut in das vertrauliche Du, ohne dabei laut zu werden: »Sag mal, bist du vollkommen bescheuert? Willst du mich verarschen? Du hast uns gequält und geglaubt, uns gefällt das? Warum haben Klaus und ich denn immer geweint, wenn du uns vergewaltigt hast? Nein, sag nichts, sonst werde ich richtig sauer. Und bevor ich es vergesse, Klaus hat sich mittlerweile umgebracht, du Arschloch! Sicherlich weil er deine Vergewaltigungen so vermisst hat. Er hat sich über Jahre hinweg selber die Schuld gegeben. Dachte, das sei Gottes Strafe für irgendeine Verfehlung gewesen. Sowas kann eine christliche Erziehung nämlich mit einem kleinen Jungen machen.«

Koopmann war bleich geworden: »Oh mein Gott, das wusste ich nicht, das tut mir unendlich leid.« Ihm schien zu dämmern, dass der Abgrund, in den er schaute, tiefer war, als er gedacht hatte. Er wischte sich eine Träne aus dem Auge.

»Es kommt besser. Bevor er sich umgebracht hat, hat er mir ein paar Informationen zukommen lassen. Er hat dich eine ganze Zeit verfolgt und beobachtet, ohne, dass du das mitbekommen hast. Daher weiß ich, dass du schwul bist! Deshalb wird sich dein Leben jetzt etwas ändern. Die gute Nachricht für dich ist, du kannst deine Verfehlungen teilweise wiedergutmachen. Du kannst Buße tun, sozusagen aktiv bereuen, was du Klaus und mir angetan hast.« Simek lehnte sich langsam zurück und sah seinem ehemaligen Peiniger in die Augen. Ihre Rollen hatten sich in ihr Gegenteil verkehrt.

Plötzlich klopfte es hinter ihnen. Beide drehten sich ruck-artig um. Das Klopfgeräusch kam von Frau Maelzer, die im Durchgang stand und auf das Türfutter geklopft hatte, um sich bemerkbar zu machen: »Ich geh dann jetzt. Ist schon spät. Oder werde ich noch gebraucht?«, fragte sie mit hoch-gezogenen Brauen. *Die beiden sehen aus, als hätte ich sie mit den Fingern im Marmeladenglas erwischt,* dachte sie. *Wenn die sich nicht von früher kennen, fresse ich einen Besen.*

Koopmann räusperte sich: »Nein, ich habe ja einen Schlüssel. Wir sind hier auch bald fertig. Herr Simek hat mir ein paar Anekdoten aus dem Bordbesuchsdienst erzählt. Das ist so faszinierend, dass wir die Zeit aus den Augen verloren haben.«

Verarschen kann ich mich selbst, dachte Frau Maelzer und lächelte. »Gut, dann bin ich weg. Es ist sonst niemand mehr da. Ich schließe hinter mir ab. Einen angenehmen Feiera-bend Ihnen beiden.«

Antje Maelzer drehte sich um und machte sich auf den Weg zu ihrem Auto. Koopmann und Simek blieben allein zurück und hörten, wie nach kurzer Zeit die Eingangstür ins Schloss fiel. Dann konnten sie beobachteten, wie ihre Kolle-gin am Fenster des Klubhauses vorbei zu ihrem Auto ging. Es regnete wieder. Lukas Simek schaute auf seine Armbanduhr. Es war spät. Er wollte auch nach Hause.

An Martin Koopmann gewandt sagte er: »Hören Sie mal zu, Herr Pastor, wir machen das in Zukunft so: Ich sage Ih-nen, was Sie erledigen müssen, und Sie machen das dann. Und, wichtig: Keine Diskussionen, Widerworte oder Fragen. Sie machen, was ich sage, und alles wird gut. Haben Sie das verstanden?«

Koopmanns hatte die Augenbrauen zusammengezogen: »Wie meinen Sie das?«

»Sind Sie schwer von Begriff? Sie machen, was ich Ihnen sage! Welches dieser sechs Worte verstehen Sie nicht?«

»Warum sollte ich das tun?« Koopmann versuchte, einen Rest Selbstachtung zu bewahren.

»Weil du ein schwuler Kinderschänder bist und nicht möchtest, dass das bekannt wird? Meinst du, das wäre eine angemessene Antwort auf deine Frage?« Simek gefiel das Gefühl der Macht, die er seinem früheren Peiniger gegenüber ausüben konnte.

»Und wenn ich mich weigere?« Koopmann lief im Raum auf und ab. Er hatte große Schwierigkeiten mit der Wendung, die das Schicksal für ihn bereitgehalten hatte. Bis vor einer knappen Stunde hatte er gedacht, dass er seinen Traumjob gefunden hatte. Ja, sogar kurz gehofft, dass Simek selber schwul und auf der Suche nach einer geheimen Beziehung war. Man hätte an die Vergangenheit anknüpfen, sich bei ihm treffen können, ohne dass Susanne etwas davon mitbekam. Die Realität sah anders aus. Ihm wurde klar, dass er in einer ausweglosen Situation war. Sein Gehirn weigerte sich noch, diese Tatsache anzuerkennen.

Er wurde durch Simeks Stimme in die Realität zurückgeholt. »Dann passieren zwei Dinge«, sagte er und versetzte dem Pastor mit voller Kraft einen Schlag mit der Faust in die Magengrube.

Der Pastor klappte wie ein Taschenmesser zusammen und kämpfte röchelnd damit, sein Gleichgewicht nicht zu verlieren.

»Das war Erstens. Zweitens gehen Umschläge mit eindeutigen Fotos an deine Frau, deine Töchter, an die Seemannsmission, an die Presse, deine Vorgesetzten und an die Staatsanwaltschaft. Jeweils begleitet von einem kurzen erläuternden Text. Wie findest du das?«

Koopmann hatte sich mittlerweile wieder halbwegs aufgerichtet und hielt sich mit den Händen seinen Bauch. Er war blass und sah Simek an. Tränen standen in seinen Augen: »Warum tun Sie das?«

»Ich will, dass Sie von jetzt an Angst haben.«

Koopmann wusste, dass er verloren hatte. Er senkte den Blick und ließ seinen Tränen freien Lauf. Er würde gehorchen. Brach er diese Regel, musste er mit Schmerzen rechnen. Gewalt war etwas, das er nur aus der Theorie kannte. Als Pastor verstand er sich als ein natürliches Mitglied der Friedensbewegung. In seinem Beruf hielt man die andere Wange hin, wie es so schön hieß. Die Lust dazu war ihm gründlich vergangen. Sein Magen hatte sich von dem Schlag noch nicht wieder erholt.

»Hören Sie auf zu flennen, das ist ja peinlich.« Simek öffnete den Rucksack, den er seit seiner Ankunft im Seamen's Club an einem Schulterriemen trug, und holte ein Handy hervor, das er auf den Couchtisch legte, vor dem sie standen.

»So, Herr Pastor, in Zukunft werden Sie mit mir über dieses Handy kommunizieren. Sollte ich Sie nicht persönlich sehen können, bekommen Sie hierüber ihre Instruktionen. Verstanden? Außer Ihnen darf niemand wissen, dass Sie so ein Gerät haben. Ihrer Frau können Sie ja sagen, das sei ein Diensthandy.«

»Wozu ist das nötig?« Martin Koopmann betrachtete das Handy voller Misstrauen. »Ich habe ein Smartphone. Sie können meine Nummer haben und mich darüber erreichen. Dann muss ich kein zweites Gerät mit mir herumschleppen«, bot der Pastor an.

Simek gab Koopmann einen leichten Klaps auf den Hinterkopf, wie bei einem ungezogenen Kind. »Sie haben es immer noch nicht verstanden. Das ist hier keine Talk-Show, und wir sind auch nicht bei ›Wünsch dir was‹. Ich sage das jetzt ein letztes Mal: Ich mache die Ansagen, Sie hören zu und machen dann, was ich sage. Das möchte ich nicht noch einmal wiederholen müssen.«

Der Pastor zuckte kurz zusammen, zog den Kopf zwischen die Schultern, nickte und steckte das Mobiltelefon ein. Simek lächelte zufrieden: »Mir ist ein Mitarbeiter weggebrochen, der Botengänge erledigt hat. Das werden Sie in Zukunft für mich erledigen. Es handelt sich um kleinere Päckchen, die in eine Einkaufstüte passen. Keine körperlich schwere Arbeit. Diese Päckchen holen Sie an einem Ort ab, den ich Ihnen nennen werde, und bringen sie an einen anderen Ort, den ich Ihnen ebenfalls nennen werde. Wann Sie das jeweils zu erledigen haben, teile ich Ihnen auch mit. In der Regel wird das eher abends sein. Da Sie ein Auto haben, ist das alles kein Problem für Sie. So, habe ich etwas vergessen?« Den letzten Satz hatte Simek an sich selbst gerichtet. Er dachte nach. Schließlich wandte er sich wieder dem Pastor zu: »Haben Sie das verstanden?«

Koopmann hatte kein gutes Gefühl. Was für Päckchen sollten da transportiert werden? Und wieso abends? Warum brachte er diese Päckchen nicht selber zu ihren jeweiligen Adressaten, oder zur Post? *Nichts davon ist koscher. Martin, am besten du nickst und stellst keine Frage. Sonst fängst du dir wieder eine ein.* Koopmann nickte.

»Nur für den Fall, dass Sie meinen, einen Blick in ein Paket werfen zu müssen. Ich schicke den Adressaten immer ein Foto der Verpackung, und ich bekomme eine Rückmeldung, ob alles unversehrt angekommen ist. Mehr müssen Sie nicht wissen.«

Der Pastor nickte erneut und putzte sich die Nase, die immer noch lief.

Simek sah seinen neuen Kurier an: »Ich werde jetzt nach Hause fahren. Ich melde mich, sobald ich den ersten Auftrag für Sie habe. Vermutlich so in ein oder zwei Tagen. Einen angenehmen Feierabend, und grüßen Sie ihre Frau und Ihre Töchter von mir. Bei Gelegenheit können Sie mich den Damen ja mal vorstellen.«

Der Pastor riss die inzwischen rot geränderten Augen auf. Allein der Gedanke, den Mann, der problemlos sein ganzes

Leben zerstören könnte, zu sich nach Hause einzuladen, trieb ihm kalten Schweiß auf die Stirn.

Simek verließ leise lachend den Seamen's Club. Er machte sich auf den Weg nach Hause.

Pastor Koopmann schloss zehn Minuten später die Eingangstür zu seiner neuen Wirkungsstätte ab, nachdem er sich das Gesicht mit kaltem Wasser gewaschen hatte, und ging gesenkten Kopfes zu seinem Auto. Den Regen, der wieder eingesetzt hatte, nahm er nicht wahr. Das neue Mobiltelefon wog schwer in seiner Jackentasche. Bei jedem Schritt erinnerte es ihn daran, dass er ein Problem hatte.

»Hallo, Fenja, ich bin es. Sorry, ist später geworden als gedacht.« Simek stellte seinen kleinen Rucksack auf den Stuhl im Flur und ging weiter in die Küche, wo er seine Frau rumoren hörte.

Fenja Simek stand in der Küche und säuberte Garnelen, die sie für das Abendessen vorbereitete. Ihr Mann öffnete den Kühlschrank und holte eine Flasche Prosecco heraus.

»Gibt es was zu feiern? Du grinst so unverschämt.« Sie warf ihre blonden Haare mit einer schnellen Kopfbewegung wieder über die Schultern zurück, putzte die letzte Garnele und wusch sich die Hände, bevor sie sich an den Küchentisch setzte, an dem ihr Mann mit zwei Gläsern wartete.

»Prost, mein Schatz.« Beide stießen an und tranken einen Schluck.

Fenja Simek sah ihren Mann an: »Erzähl!«

»Ich hatte dir vor einiger Zeit erzählt, dass die Mission einen neuen Pastor erwartet. Einen gewissen Martin Koopmann. Der Name sagte mir nichts. Der ist vorgestern in der Stadt angekommen und hat sich gestern Vormittag im Klub vorgestellt, als ich Dienst hatte. Gestern Abend war ich zum Bordbesuchsdienst und deshalb kurz vorher im Klub. Da sehe ich am Schwarzen Brett ein Foto des neuen Pastors und muss fast kotzen.«

»Davon hast du mir gar nichts erzählt«, warf seine Frau vorwurfsvoll ein.

»Stimmt, das musste ich selbst erst verdauen. Aber jetzt kommt's: Martin Koopmann heißt eigentlich, halt dich fest: Martin Mayer! Der hat mit der Heirat den Namen seiner Frau angenommen. Deshalb hat mir der Name vorgestern nichts gesagt, und sein Foto hing da noch nicht am Schwarzen Brett.« Lukas Simek lehnte sich zurück und erfreute sich an der Überraschung, die sich auf dem Gesicht seiner Frau abzeichnete.

»Ist nicht wahr. Der ist mit einer Frau verheiratet? Ich dachte, der sei schwul?«

»Das ist auch so. Der hat nicht nur geheiratet, der hat sogar drei Töchter! Und das alles zur Tarnung, stell dir das mal vor.«

Fenja Simek schüttelte den Kopf: »Du meinst, weil die Kirche ihn sonst nie Pastor hätte werden lassen?«

»Genau«, Simek nickte und hob sein Glas, um mit seiner Frau anzustoßen, »und hinzu kommt, dass wir nun etwas wissen, was weder seine Familie noch sein Arbeitgeber weiß, und was ihn um Familie und Existenz bringen kann, wenn es bekannt werden sollte.«

Auch Fenja begann zu grinsen, als sich ihr die Möglichkeiten auftaten, die dieses Wissen mit sich brachte: »Ja klar, wenn die Öffentlichkeit erfährt, dass er schwul ist und in seiner Anfangszeit als angehender Pastor kleine Jungs vergewaltigt hat, ist er seine Frau, seine Töchter und seinen Job los. Aber … strafrechtlich ist das alles verjährt! Der Staatsanwalt würde nichts machen!«

»Ich weiß, ich weiß. Macht aber nichts, ich habe einen Plan. Ich war heute im Klub, um mich vorzustellen und mit ihm zu reden. Bei der Gelegenheit habe ich dem Seelsorger ein paar Fotos gezeigt. Er hat anfangs herumgezickt, schließlich aber begriffen, dass er seine Familie und seinen Job verliert, wenn er nicht macht, was ich ihm auftrage. Das kommt wie gerufen. Unser Kurier ist ja ausgefallen und wird bis auf Weiteres nicht zur Verfügung stehen. Dieser Idiot ist wieder mal zugekifft gefahren und dabei erwischt worden. Ich brauche also einen Neuen. Und, wer bietet sich da an?«

Simek grinste seine Frau an und trank einen Schluck, bevor er fortfuhr: »Du verstehst, was ich meine?«

Seine Frau nickte lächelnd. »Gute Idee. Als Pastor ist er praktisch völlig unverdächtig. Hinzu kommt, dass er, im Gegensatz zu unserem alten Kurier, weder säuft noch kokst, noch irgendwelche Drogen nimmt, hoffe ich zumindest. Und der hat vermutlich relativ flexible Arbeitszeiten, die er sich zudem einteilen kann. Heißt, der kann auch mal zu ungewöhnlichen Zeit Päckchen verteilen.«

»Gut erkannt!« Jetzt war es Simek, der lächelte.

Fenja hob ihr Glas und stieß erneut mit ihrem Mann an.

»Oliver, bist du das?«

Schweers, der an der Theke im ›Quartier 159‹ saß, blickte von seinem Handy auf, dem er die aktuelle Wettervorhersage für den morgigen Tag entnommen hatte. Die Stimme kam ihm vage bekannt vor. Er legte sein Handy auf den Tresen und drehte sich um. Eine schlanke, dunkelhaarige Frau stand vor ihm. Die Haare schulterlang und auf der Nase eine randlose Brille. Sie lächelte ihn an, und die dabei entstehenden Grübchen halfen seiner Erinnerung auf die Sprünge.

»Kerstin?«, Schweers machte große Augen.

»Richtig!« Die Angesprochene schlug ihm vertraulich auf die Schulter. »Jetzt musst du fragen, was ich hier mache, bevor ich dir die gleiche Frage stelle. Ist hier frei?« Sie deutete auf den Barhocker neben Schweers.

»Oh, Entschuldigung, ja, bitte nimm doch Platz«, stammelte Schweers, der beim Versuch, den Hocker für seine Bekannte zurechtzurücken, sein Handy fast mit dem Elbogen im Spülbecken der Theke versenkte. Als er nach Bremerhaven gezogen war, hatte er nicht damit gerechnet, dort irgendjemanden zu treffen, den er aus seiner Jugend kennen würde. *Und dann treffe ich Kerstin, ausgerechnet Kerstin. Die Kerstin, die es immer wieder geschafft hat, mich in Verlegenheit zu bringen. Am liebsten dann, wenn meine Kumpels als Zeugen alles mitbekommen konnten und sich dann über meinen roten Kopf minutenlang kaputtlachten,* dachte er.

»Bist du hier nur zu Besuch oder auf einem Seminar? Oder wohnst du sogar hier im Norden?« Kerstin hatte sich hingesetzt und auf ihre unnachahmliche Art dem Barmann, der am anderen Ende der Theke beschäftigt war, gestikulierend klargemacht, dass sie gerne ein Bier trinken würde. Erst als sie sah, dass ihre Bestellung in Angriff genommen wurde, wandte sie sich ihm wieder zu und stupste ihn am Oberarm vertraulich an. »Nun komm schon, erzähl!«

»Ich wohne nicht nur im Norden, sondern hier in Bremerhaven! Allerdings erst seit knapp einer Woche. Und du?«

»Ist nicht wahr. Echt jetzt? Du bist aus Bonn weggezogen? Unglaublich. Ich hätte geschworen, dass du in Bonn eine Ausbildung machst, dort bis zur Rente arbeitest und dann ins Grab steigst. Aber offensichtlich habe ich mich getäuscht.« Kerstin Krupp schlug spielerisch mit der Faust auf die Theke.

»Wie kommst du darauf? Habe ich damals auf dich einen derart unbeweglichen Eindruck gemacht?«

»Ja! Du warst so schüchtern. Es reichte schon, dich anzusprechen, und du bekamst einen roten Kopf vor Verlegenheit.« Der Barmann stellte das bestellte Bier vor Kerstin auf die Theke.

»Das stimmt. Du hast es aber auch immer darauf angelegt, mich in peinliche Situationen zu bringen. Oder täusche ich mich da?«

Die Gesichtsfarbe seiner alten Schulkollegin bekam eine leicht rötliche Farbe, während sie einen Moment lang intensiv einen imaginären Punkt an der Wand betrachtete und am Ärmel ihres Pullovers zupfte. »Kann schon sein. War aber nicht böse gemeint, Pubertät halt. Bist du noch sauer deswegen?«

»Aber nein, das ist so lange her und die Tatsache, dass ausnahmsweise du jetzt mal rot geworden bist, entschädigt mich vollständig«, erwiderte Oliver Schweers grinsend und hob sein Glas, um mit seiner Gesprächspartnerin anzustoßen.

Kerstin hob ebenfalls ihr Glas und prostete Oliver Schweers zu: »Dann stoßen wir auf einen Neuanfang in Bremerhaven an?«

Er nickte und nahm den Faden wieder auf: »Dann erzähl mal. Sag bloß, du wohnst auch in Bremerhaven und wenn ja, was machst du hier?«

Kerstin hatte ihr Glas wieder auf die Theke gestellt. »Ich bin direkt nach dem Abi nach Bremerhaven gekommen, fürs Studium. Ich wollte gegen den erklärten Willen meiner Eltern Meeresbiologie studieren. Die meinten, das sei eine brotlose Kunst. Ich solle mich lieber für BWL oder sowas einschreiben. Jura hätten sie auch akzeptiert.«

»Aber du hast dich nicht beirren lassen?«

»Nein, habe ich nicht. Besänftigt hat sie letztlich die Tatsache, dass Bremerhaven ausgesprochen günstig ist. Wohnung und Lebenshaltungskosten sind im Vergleich zu anderen Städten niedrig. Deshalb musste ich den beiden nicht so heftig auf der Tasche liegen. Und ich habe zwischendurch gearbeitet, in den Ferien. In der Fischverarbeitung bekommst du immer einen Job.«

»Was sind das für Tätigkeiten? Fischstäbchen schnitzen oder sowas?«, fragte Oliver Schweers scherzhaft.

»Genau, wer als Erstes einen Container voll hat, hat gewonnen! Nein, ernsthaft, da gibt es einträgliche Jobs.«

»Und nach dem Studium? Arbeit, Heirat, Kinder?«

»Arbeit ja. Aber vorher habe ich promoviert. Seitdem bin ich am AWI, dem Alfred-Wegener-Institut, in der Forschung.«

»Das klingt spannend, muss ich sagen. Da können wir uns ja bei Gelegenheit mal intensiver austauschen.« Schweers interessierte sich schon seit einiger Zeit für das Thema, auch ein Grund für seine politische Affinität zu den Grünen.

»Können wir gerne machen. Was Heirat angeht, ist die kurze Antwort ein Ja, wobei die Scheidung nur zwei Jahre später kam, und Kinder gab es keine. Sonst wäre ich vermutlich alleinerziehende Mutter geworden.«

»Das ist wohl ein häufiges Schicksal«, nickte Schweers. »Tut mir leid.«

»Das ist schon in Ordnung. Bin halt um eine Erfahrung reicher geworden. Wie mein Ex im Übrigen auch. Wir hatten auch keinen Rosenkrieg oder sowas. Zwei Menschen, die mit ihrem jeweiligen Job verheiratet und nicht kompromissbereit genug sind. Das geht nicht zusammen. Als er dann von der Staatsanwaltschaft Oldenburg ein Angebot bekam, ich aber hier beim AWI bleiben wollte, war das Ende eingeläutet.« Kerstin zuckte mit den Schultern. »Aber was machst du denn hier? Soweit ich weiß, bist du doch nach dem Abi in Bonn geblieben, oder? Ich habe dann leider den Kontakt dorthin verloren. Nicht nur zu dir, sondern zu den meisten Leuten von damals.«

»Ich war auf der Hochschule der Polizei. Nach der Ausbildung blieb ich in Bonn. Heute bin ich Kriminalhauptkommissar.«

»Schau an, schau an. War nicht dein Onkel bei der Polizei in Bonn?«

»Genau, der hat mich letztlich davon überzeugt, Polizist zu werden. Ich war die ganzen Jahre in Bonn und bin erst seit einer Woche bei der Kripo hier in Bremerhaven.«

»Und wie sieht es bei dir mit Heirat und Kindern aus?« Kerstin hatte wieder ein schelmisches Lächeln im Gesicht.

»Weder noch«, auch Schweers musste unwillkürlich wieder lächeln. »Als Polizist hast du zum Teil derartig unkontrollierbare Arbeitszeiten, dass es schwierig ist, eine Partnerin zu finden, die dafür Verständnis hat.« Schweers war bei diesem letzten Satz ernst geworden.

»Soso, das klingt ja spannend«, meinte seine Gesprächspartnerin mit zusammengekniffenen Augen und leicht geneigtem Kopf.

»Genau so hast du mich früher immer in Verlegenheit gebracht«, sagte Schweers und sah Kerstin dabei an. *Ich bin heute nicht mehr so schüchtern wie damals*, dachte er, ihren Blick dabei festhaltend.

»Und früher hättest du jetzt einen roten Kopf bekommen«, erwiderte sie lachend.

Im Laufe des weiteren Abends kamen sich die beiden näher und tauschten ihre Kontaktdaten aus. Eine lockere Verabredung im Laufe der Woche oder am kommenden Wochenende beendete das zufällige Treffen. Schweers fing an, sich in Bremerhaven wohl zu fühlen.

»Guten Abend, Martin.« Die Stimme von Susanne Koopmann tönte ihm aus der Küche entgegen, wo sie das Abendessen vorbereitete. »Es ist spät geworden. Wolltest du nicht früher wieder hier sein?«

Ja, das wäre ich in der Tat gerne, dachte Koopmann, zog seine Jacke aus und hing sie an die Garderobe, die bereits dort stand, wo sie stehen sollte. *Zumindest der Umzug hat geklappt,* dachte er bitter. Er war müde. Anders müde als nach einem harten und langen Arbeitstag. Aber er würde Susanne antworten müssen. Er würde tun müssen, als sei alles wie immer oder zumindest wie erwartet. Alles im grünen Bereich, wie man zu sagen pflegte. Alles in Ordnung, selbst wenn nichts in Ordnung war. *Reiß dich zusammen, Martin Koopmann,* dachte er und sagte laut: »Ja, es ist später geworden als geplant. Einer von diesen ehrenamtlichen Helfern wollte sich vorstellen, und das hat länger gedauert.«

»Macht nichts. Essen ist gleich fertig. Hast du Hunger?«, kam es verständnisvoll aus der Küche zurück.

Koopmann horchte in sich hinein und stellte fest, dass er tatsächlich etwas essen könnte, trotz der nervlichen Anspannung, durch die er zuletzt gegangen war und obwohl ihm der Unterleib durch den Faustschlag wehtat.

»Ja, ich habe einen Bärenhunger«, rief er zurück in Richtung Küche. »Wo sind die Ladys?« Normalerweise wurde er von irgendeiner Art Lärm begrüßt, dessen Ursprung bei den Töchtern zu suchen war. Entweder Musik oder laute Unterhaltung oder Streit.

»Die sind auf ihren Zimmern und richten sich ein. Toni will übrigens am Wochenende in den Zoo mit einem von uns. Sie will wissen, ob es dort ein Einhorn gibt.«

Koopmann ging in die Küche zu seiner Frau und tat, als sei alles wie immer. »Wie war dein Tag?«

»Anstrengend«, antwortete Susanne, während sie eine Zwiebel für den Salat zerkleinerte, den es zum Abendessen geben sollte. Mit dem Handrücken schob sie sich die Brille wieder auf den Nasenrücken zurück. »Habe unsere Drei zu den Schulen gebracht. Die sind nah bei. Keine muss einen Bus nehmen, geht alles zu Fuß oder mit dem Fahrrad.«

»Ich fürchte, das wird bis auf Weiteres an dir hängenbleiben. Es gibt alle möglichen Aktivitäten, die sich um die

Mission ranken, und ich habe bisher keine Ahnung, an welchen dieser Sachen ich persönlich teilnehmen muss und was ich delegieren kann.« Koopmann hielt es für angezeigt, frühzeitig deutlich zu machen, dass er beruflich mehr eingespannt sein würde als bisher und seine Familie daher mit häufigeren Abwesenheiten rechnen musste.

Susanne blickte ihren Mann an: »Wenn sich das nicht vermeiden lässt, dann ist das Gottes Wille. Und den sollten wir nicht hinterfragen, nicht wahr?« Sie widmete sich wieder ihrem Salat.

Koopmann nickte und schwieg. *Dieses gottgefällige Geschwafel kann ich bald nicht mehr hören. Erfreulicherweise haben wir getrennte Schlafzimmer. Schnarchen kann eine Gnade sein,* dachte er. Er nutzte sein Zimmer gleichzeitig als Büro, da er immer viel Papierkram zu Hause erledigen konnte. In den letzten Jahren hatte er zunehmend mehr Zeit allein dort verbracht als im gemeinsamen Wohnzimmer. Man lebte wunderbar nebeneinander her. Aus Sicht seiner Frau war das alles Gottes Wille und deshalb gut, so wie es war. »Da hast du Recht. Nach allem, was ich bisher mitbekommen habe, kann es durchaus auch abends mal später werden. Außerdem werden ab und zu Gottesdienste auf den Schiffen sein.«

»Das ist doch schön!« Susanne war mit der Zubereitung des Salates fertig und nahm die Schüssel in die Hand. »Kannst du bitte den Tisch decken? Ich habe Geschirr und Besteck aus den Kartons ausgepackt und auf den Tisch im Esszimmer gestellt.«

Martin Koopmann nickte und folgte seiner Frau in das Esszimmer. Die Mädels hatten schon gegessen, wie seine Frau ihm mitgeteilt hatte. Den Tisch, die Stühle und die Anrichte hatten die Möbelpacker in das Esszimmer hineingetragen. Seine Frau hatte vieles ausgepackt, wie man an den leeren auseinandergenommenen Kartons sehen konnte. Martin Koopmann stellte zwei Teller an freie Plätze auf dem

Tisch, legte das Besteck dazu und setzte sich gedankenverloren auf den Stuhl am Kopfende und sah aus dem Fenster. Lukas Simek ging ihm nicht aus dem Kopf. *Wenn meine Annahme richtig ist, dass Lukas Simek von mir verlangt, Drogen zu transportieren, und ich das tue, dann mache ich mich strafbar. Danach bin ich erpressbarer als jetzt schon.* Koopmann schüttelte bei seinem letzten Gedanken den Kopf. Das kam für ihn nicht in Frage.

»Martin? Martin?«, die Stimme seiner Frau erreichte ihn aus der Ferne, wie es schien, dabei saß sie neben ihm. »Was ist los? So in Gedanken habe ich dich ja noch nie gesehen.«

»Entschuldigung, Susanne, ich bin total müde und mir gehen jede Menge Sachen durch den Kopf. Ich glaube, nach dem Essen gehe ich direkt in mein Zimmer und mache mir Notizen. So bekomme ich das aus dem Kopf und kann dann später vernünftig schlafen.«

»Das klingt sinnvoll.« Susanne schien mit der Erklärung zufrieden zu sein, griff nach dem Salatbesteck und bediente ihren Mann und dann sich selbst.

Sie sprach das Tischgebet, das sie zu jeder Mahlzeit vorbereitete. Dann aßen beide schweigend und in ihre jeweiligen Gedanken vertieft.

Nach dem Abendessen warf Susanne einen Blick auf ihren Mann und sagte: »Geh du nur schon auf dein Zimmer und mach die Notizen, von denen du eben gesprochen hast. Ich räume hier ab und packe alles in die Spülmaschine. Okay?«

»Das ist nett. Danke, Susanne.« Koopmann stand auf, gab seiner Frau einen flüchtigen Kuss auf die Stirn und ging hoch. Oben angekommen, stellte er fest, dass seine Frau sein Bett gemacht und auch einen großen Teil seiner Kleider in den Schrank und die Kommode gepackt hatte. Lediglich die Kartons mit seinen Büchern, Akten und sonstigen Unterlagen standen unberührt vor dem Regal und warteten darauf, eingeräumt zu werden. Er öffnete den Karton, von dem er wusste, dass er die Schreibutensilien enthielt und entnahm einen Notizblock. Einen Kugelschreiber hatte er immer in der Brusttasche seines Hemdes stecken. Beides legte er auf den Schreibtisch, damit es so aussah, als ob er gearbeitet hätte. Es bestand zwar keine Gefahr, dass seine Frau überraschend in sein Zimmer kam, diese Zeiten waren erfreulicherweise vorbei, aber man konnte ja nie wissen. In all den Jahren, in denen er jetzt schon ein Doppelleben führte, hatte er gelernt, vorsichtig zu sein. Koopmann legte sich auf sein Bett, ohne sich auszuziehen und dachte nach. Er konnte es drehen und wenden, wie er wollte. Es gab keinen Ausweg aus dieser Situation, es sei denn … Er wollte den Gedanken nicht zu Ende bringen. Ihm war klargeworden, dass er das Undenkbare hatte denken wollen. Er blickte in einen Abgrund und hatte das Gefühl, als würde ihn unweigerlich etwas in eine Tiefe ziehen, aus der er nicht mehr zurückkommen würde.

Er musste eingeschlafen sein und wachte auf, als er eine Tür und kurz danach leise Stimmen aus dem Nachbarzimmer hörte. Er brauchte etwas Zeit, um sich zu orientieren. Die Umgebung kam ihm unbekannt vor, bis er sich daran erinnerte, dass sie umgezogen waren. Das war sein neues Zimmer. Susanne war im Zimmer nebenan und hatte den Fernseher eingeschaltet. Das war die Tür, die er gehört hatte und die Stimmen, die er weiter hören konnte. Er entspannte sich ein wenig. Er rieb sich mit beiden Händen über die Augen, um den Schlaf zu verscheuchen, beschloss dann aber, sich auszuziehen und so ins Bett zu gehen, wie er war. Die Abendtoilette musste heute ausfallen. Er fühlte sich erschlagen und hatte zum ersten Mal Angst vor dem, was kommen würde und Angst davor, die Kontrolle über sein Leben zu verlieren.

KAPITEL 4, DONNERSTAG

Martin Koopmann war bei seiner zweiten Tasse Kaffee und las in der ›Nordsee-Zeitung‹. Die drei Mädchen waren aus dem Haus und auf dem Weg zur Schule. Sie würden keine elterliche Begleitung benötigen, war die einhellige Meinung der drei gewesen. Seine Frau hatte letztlich zugestimmt, setzte sich ebenfalls an den Frühstückstisch und sah ihren Mann an.

»Greta macht mir Sorgen, Martin.«

Koopmann runzelte die Stirn und legte die Zeitung auf den Tisch. »Warum, was ist los?«

»Sie stellt in letzter Zeit immer häufiger unseren Glauben infrage.«

»Na ja, sie ist jetzt siebzehn. Sie nähert sich dem Ende der Pubertät, die Hormone spielen verrückt. Das wird schon nicht so schlimm sein und geht bald wieder vorbei. Da bin ich sicher, mach dir keine Sorgen.« Koopmann dachte, damit sei das Thema erledigt und wollte die Zeitung schon wieder aufnehmen, als seine Frau den Kopf schüttelte.

»Ich fürchte, so einfach ist das nicht. Momentan hat unter den Schülern ihres Alters das Thema Missbrauch in der Kirche Konjunktur. Da müsse man mehr gegen tun und wie wir dazu stehen würden und so weiter.« Susanne rieb sich mit beiden Händen die Augen und lehnte sich zurück. »Außerdem will sie nicht mehr am Religionsunterricht teilnehmen.«

»Wie bitte?!« Martin Koopmann legte die Zeitung weg und sah seine Frau mit großen Augen an. »Das kommt nicht infrage, das Fräulein spinnt ja wohl. Ich nehme an, diese Flausen hast du ihr ausgetrieben?«

»Das ist leichter gesagt als getan. Willst du sie zwingen, wenn du sie nicht überzeugen kannst? Wie du weißt, bringt das nicht nur nichts, sondern führt eher dazu, dass sie bockiger wird.«

»Hat sie gesagt, warum sie nicht mehr teilnehmen will?«

»Sie sagt, es sei ihr zu gefährlich.«

»Was ist das denn für ein Quatsch, zu gefährlich?«

Susanne knetete ihre Hände. »Es muss neulich einen Fall von einem Priester gegeben haben, der Jugendliche missbraucht und dann zur Prostitution gezwungen hat. Davor hat sie Angst.«

»Das ist doch dummes Zeug und klingt nach einer Ausrede. Wo hat sie sowas überhaupt her?«

»Ich habe das recherchiert. Das ist leider kein dummes Zeug. Der Betroffene ist inzwischen abgeurteilt und im Gefängnis. Der ist schwul, hat Jungs missbraucht und sogar zur Prostitution gezwungen. Was es alles gibt, unglaublich, der Herr schütze uns.« Susanne bekreuzigte sich.

Koopmann bekam einen Hustenanfall und brauchte einen Moment, bevor er seine Fassung wiedererlangt hatte.

Seine Frau nickte ihm verständnisvoll zu. »Mir war im ersten Moment auch ganz schlecht.«

»Das war doch sicher bei den Katholiken, oder?« Koopmann hoffte, das Problem bei der seelsorgerischen Konkurrenz ansiedeln und damit das Thema beenden zu können.

»Ja, in diesem Fall stimmt das, aber glaub nicht, dass das bei Greta verfängt. Das Argument habe ich auch angeführt. Sie sagt, dass es bei den Protestanten genügend vergleichbarer Fälle gäbe, und wir sollten bloß nicht so tun, als ob uns das nichts anginge.«

»Wer setzt ihr sowas in den Kopf? Wann ist eigentlich Elternsprechtag?«

Susanne stand auf und ging bis zu einer Anrichte in der Küche, auf der ein Brief lag. »Das hat Greta gestern von der Schule mitgebracht. Einen Moment.« Koopmanns Frau las. »Hier steht, dass der Sprechtag kurz vor den Zeugnissen stattfinden soll.«

»Das ist zu spät«, erwiderte er. »Ich werde mit der Schule telefonieren und versuchen herauszufinden, was da schiefläuft.«

»Ich glaube nicht, dass das eine gute Idee ist. Wenn Greta mitbekommt, dass wir hinter ihrem Rücken mit ihren Lehrern reden, flippt sie völlig aus.«

Koopmann zögerte, warf die Hände in die Luft und nickte. Er kannte seine Tochter, hatte aber keine Idee, von wem sie das Temperament hatte, das sie manchmal an den Tag legte. Von ihm oder seiner Frau konnte es nicht kommen. »Was schlägst du vor?«

»Ich denke, wir werden mit ihr reden müssen. Am besten nur einer von uns, sonst fühlt sie sich gleich wieder benachteiligt, weil sie sich einer Übermacht gegenüber sieht. Ich schätze, du bist dran. Ich habe es ja schon probiert und auf Granit gebissen.« Susanne sah ihren Mann an.

»Einverstanden. Die Gelegenheit muss aber passen. Ich spreche sie an. Jetzt muss ich los.«

Koopmann stand auf, nahm seine Tasche und den Autoschlüssel. *Als hätte ich nicht schon genug Probleme.*

Man hatte seinen Vater in der Nähe des zentralen Busbahnhofs in den Grünanlagen gefunden. Mit dem Kopf im eigenen Erbrochenen, nicht ansprechbar, ohne Bewusstsein. Alkoholvergiftung. Er hätte an seinem Erbrochenen ersticken können, da Menschen in diesem Zustand ihre Reflexe nicht mehr kontrollieren können, hatte man ihm am Telefon in einem vorwurfsvollen Ton gesagt. *Was kann ich dafür*, dachte er und hatte den Kopf geschüttelt. Bei seinem Ex-Kollegen, Herbert, der ihn per Textnachricht informiert und die Telefonnummer des Krankenhauses weitergegeben hatte, hatte er sich schon bedankt. Man würde den Alten für vierundzwanzig Stunden unter Beobachtung halten und dann wieder entlassen. Ob er ihn abholen könne, hatte das Krankenhaus Schweers gefragt. Er teilte dem Hospital mit, dass er nicht mehr in Bonn, sondern in Bremerhaven arbeitete. Eine Abholung stand damit nicht mehr zur Debatte. *Ein weiterer großer Pluspunkt für diese Stadt,* dachte Schweers. Dann würde man ein Taxi rufen müssen, hatte die Dame am Telefon gesagt. Er hatte daraufhin geraten, sich vorher zu vergewissern, dass sein Vater genügend Geld für ein Taxi hat. »Oooh« war alles, was seinem Gegenüber dazu eingefallen war. Wie die Geschichte weitergegangen war, hatte er nicht mehr mitbekommen. Jedenfalls hatte sich seit einer Stunde niemand mehr bei ihm gemeldet. Er sah auf seine Uhr, steckte sein Handy in die Tasche und stand auf. Es war Zeit, zur Teambesprechung zu gehen.

»Moin. Haben wir etwas Neues in Erfahrung bringen können?« Schweers schloss die Tür hinter sich und setzte sich zu seinen beiden Kollegen an den Tisch. Melnik hatte rote Augen und sah müde aus. *Zu wenig Schlaf, zu viel Rotwein oder beides,* dachte Schweers und sah seinen anderen Kollegen an, der auf seinem Stuhl herumrutschte.

Hansen nickte. »Ich war gestern nach Feierabend in der Seemannsmission, um mich vorzustellen. Dort arbeitet eine Frau Maelzer, die die Ehrenamtlichen betreut und koordiniert. Sie ist laut Übersicht am Schwarzen Brett gleichzeitig die Stellvertreterin des Pastors. Der ist übrigens neu, erst seit zwei Tagen im Amt und heißt Martin Koopmann.

Diesen Lukas Simek habe ich auch kurz kennengelernt. Macht einen nicht unsympathischen Eindruck. Innerhalb der Mission ist er derjenige, der die Leute koordiniert, die beim Bordbesuchsdienst mitmachen. Er arbeitet beim Zoll. Sein Büro ist im Hauptgebäude am ›Rotersand‹.«

»Was ist ›Rotersand‹?«, wollte Schweers wissen.

»›Rotersand‹ ist eine Adresse. Du kennst doch den Supermarkt, hinten in der Kurve der Barkhausenstraße.

Praktisch gegenüber der Rückseite des Supermarktes liegt ein rotes Backsteingebäude. Das ist das Hauptzollamt, und die Adresse heißt halt ›Rotersand‹«, erläuterte Melnik für seinen neuen Kollegen.

»Verstanden«, Schweers nickte und blickte Hansen an. »Erzähl weiter.«

»Dadurch, dass er beim Zoll ist, hat er einen ISPS-Zugang zum Hafen.«

»Und was ist das jetzt schon wieder?«, fragte Schweers mit gerunzelter Stirn.

»Musste ich auch nachschlagen. Das ist der International Ship and Port Facility Security Code. Eine Zugangskarte, die die Türen zum Hafen öffnet. Wurde nach den Anschlägen auf das World Trade Center eingeführt und soll die Sicherheit verbessern. Der Zutritt ist jetzt nur noch bestimmten Personenkreisen möglich!«

»Als Zöllner hat er diesen Zugang sicher aus beruflichen Gründen. Außerdem wird er ja überprüft worden sein, bevor er verbeamtet wurde. Das ist bis jetzt nichts Ungewöhnliches, oder habe ich was übersehen?«

»Nein. Ich bin heute Abend mit Simek verabredet zum Bordbesuchsdienst. Gegebenenfalls ergibt sich dann etwas Brauchbares.«

»Nun gut, pass aber auf! Sonst noch was?« Schweers sah seine beiden Kollegen nacheinander an.

»Als ich ging, wollte Simek sich beim neuen Pastor vorstellen, um ihn kennenzulernen. Ach ja. Er hat eine Kopie von meinem Personalausweis gemacht. Braucht er für einen vorläufigen Zugang für mich zum Hafengebiet. Damit kann ich mich im Zollgebiet ausweisen.«

»Na, dann hoffen wir mal, dass deine Tarnung nicht auffliegt«, ergänzte Melnik grinsend. »Wahrscheinlich muss der jetzt nur deinen Namen im Internet eingeben und weiß danach alles von dir. Einschließlich der Tatsache, dass du bei der Polizei arbeitest. Das wäre dann das unrühmliche Ende deiner Zeit als Undercoveragent.«

»Oh, nein!«, Hansen grinste seinen Kollegen an, »von mir wird man im Internet nichts finden. Dafür habe ich gesorgt! Aber bevor ich es vergesse. Ich habe mir die Freiheit genommen und den Zugang zum Router im Seemannsheim kopiert. Ist möglicherweise überflüssig, aber so kann ich mich bei Bedarf in die dortigen Rechner ›einloggen‹«, Jonas Hansen machte mit den Fingern imaginäre Anführungsstriche in die Luft, »die diesen Zugang zum Internet nutzen. Soweit ich weiß, läuft alles dort über diesen einen Router.«

»Mit ›einloggen‹ meinst du reinhacken, oder?« Schweers hatte die Augenbrauen hochgezogen.

»Na ja, das wäre illegal, das andere klingt freundlicher«, sagte Hansen grinsend.

Schweers schüttelte langsam den Kopf. »Lass dich bloß nicht erwischen!« Dann blickte er Melnik an. »Und wir besuchen heute Nachmittag das Ehepaar Simek?«

»Genau! Mal sehen, was die zur Erhellung des Falles beitragen können.«

M artin Koopmann spürte ein Vibrieren in der Tasche seines Sakkos, das er nur unbewusst wahrnahm. Erst beim dritten Mal wurde ihm klar, dass die Störung von dem Handy kommen musste, das Lukas Simek ihm mitgegeben hatte. Sein Blutdruck stieg, kalter Schweiß bildete sich auf seiner Stirn, und seine Hände wurden feucht. Was würde sein Erpresser von ihm wollen? Er hatte ein paar Mal mit dem Gedanken gespielt, diese kleine verdammte elektronische Fußfessel, wie er sie nannte, an der tiefsten Stelle irgendeines der vielen Hafenbecken, die es hier zuhauf gab, zu versenken. Aber das war Wunschdenken, wie er wusste. Er vergewisserte sich, dass seine Bürotür geschlossen war, seufzte, griff zögerlich in die Tasche seines Sakkos und holte den Störenfried heraus.

Es war eine Textnachricht. Zumindest hatte er keinen Anruf verpasst.

> Ein Päckchen liegt an der Stelle, die auf dem beiliegenden Kartenausschnitt markiert ist. Es muss zwischen 13:30 Uhr und 14 Uhr abgeholt werden. Weitertransport nach Cuxhaven. Ablieferung dort zwischen 14:30 Uhr und 15 Uhr.

Es folgte ein Foto mit einem Kartenausschnitt und die Adresse in Cuxhaven.

Martin Koopmann lehnte sich zurück und schloss die Augen. *Das Abholen wird kein Problem sein, aber wie erkläre ich Susanne, dass ich nach Cuxhaven muss. Und was, wenn sie mitwill. Womöglich einkaufen oder sowas.* Koopmann seufzte laut bei diesen Gedanken. Er steckte das Handy wieder in die Tasche, rieb sich die Augen und ließ die Schultern hängen.

Oliver Schweers wollte diese Mittagspause alleine verbringen und dazu nutzen, einen kleinen Spaziergang rund ums Polizeigebäude zu machen. Letztlich spazierte er in Richtung Hafenstraße, wo er hoffte, einen Imbiss zu finden. Auf dem Weg dahin ging ihm seine gestrige Zufallsbegegnung nicht aus dem Kopf. Er gestand sich ein, ernsthaft erfreut darüber zu sein, Kerstin wiedergetroffen zu haben, auch wenn sie ihn früher eher nervös gemacht hatte. Aber das war lange her. Tanja Hartmann, die Gerichtsmedizinerin aus Bonn, bei der er gehofft hatte, eine engere Beziehung aufbauen zu können, hatte ihm kurze Zeit nach der Aufdeckung des Falles rund um die Stiftung mitgeteilt, sie hätte sich unsterblich verliebt. Allerdings nicht in ihn, sondern in jemand anderen. Er hatte nicht gefragt, in wen. Ihm reichte diese Ansage völlig. Er war kein Masochist. Möglicherweise kannte er denjenigen auch noch. Letztlich war das einer der Gründe gewesen, warum er aus Bonn wegwollte. Der zweite Grund war sein ewig besoffener, rechtsnationaler Vater, für den er sich nur schämen konnte. Die mitleidigen Blicke einiger Kollegen, wenn mal wieder ein Anruf kam und er ihn sturzvoll irgendwo abholen sollte, konnte er bald nicht mehr ertragen und bat um seine Versetzung.

Als man ihm dann eine Stelle in Bremerhaven anbot, zögerte er nicht lange, nachdem klar war, dass er sein Hausboot dorthin würde mitnehmen können.

Er war an der Hafenstraße angekommen und sah vor sich einen Imbiss. Zehn Minuten später saß er essend auf einer Bank und beobachtete den Verkehr vor sich. *Gegen eine Beziehung mit Kerstin spricht von meiner Seite nur meine Unsicherheit, ob ich in Bremerhaven bleibe oder nicht. Ich kann ihr nicht vorgaukeln, dass ich bleibe, ohne das entschieden zu haben. Das wäre nicht fair. Insbesondere, da ihre Ehe ja letztlich aus genau diesem Grund gescheitert ist … Wahrscheinlich mache ich mir zu viele Gedanken. Vielleicht hat sie auch gar kein Interesse an einer Beziehung?* Er beschloss, das Ganze langsam angehen zu lassen. Fünf Minuten später warf er Pappschale und Papierserviette in den Müll, holte sein Handy heraus und schickte ihr eine kurze Textnachricht.

> Hallo, Kerstin, solltest du am kommenden Samstag noch nichts vorhaben, könnten wir uns ja vielleicht treffen? Griechisch und danach Quartier? LG Oliver

Da die Angeschriebene auch berufstätig war, rechnete er nicht so bald mit einer Antwort. Er steckte sein Handy ein und machte sich auf den Rückweg zum Kommissariat, nachdem er auf die Uhr geschaut hatte. Er hatte mit Melnik vereinbart, Herrn und Frau Simek einen Besuch abzustatten.

Peter Melnik hatte Zigarillo rauchend mit dem Autoschlüssel in der Hand vor dem Gebäude auf ihn gewartet.

»Sag mal, musst du im Auto rauchen?«

Sein Kollege hatte irgendetwas Unverständliches als Antwort zwischen Zigarillo und Zähnen von sich gegeben. Da der braune Stengel schlicht weiter qualmte, erübrigte sich die Antwort. Zehn Minuten später waren sie am Ziel, ohne dass es Schweers gelungen war, auf der Strecke zwischen Auto und Eingangstür den Zigarrengestank wieder aus seiner Jacke zu verbannen.

»Moin, Frau Simek«, Melnik hielt seinen Dienstausweis vor die Kamera oberhalb der Sprechanlage. »Mein Name ist Melnik, und mein Kollege hier heißt Schweers. Wir sind von der Kriminalpolizei und würden uns gerne kurz mit Ihnen unterhalten.«

»Huch, die Kriminalpolizei? Worum geht es denn?«, kam die Rückfrage etwas krächzend aus dem Lautsprecher.

»Können wir das in Ihrer Wohnung besprechen?«, fragte Melnik zurück.

»Natürlich, Entschuldigung, zweiter Stock.« Der Türsummer ertönte, und die beiden Beamten betraten das Haus. Vor ihnen lag die Treppe, die sie in den zweiten Stock brachte. Gebäude, Eingang und Treppenhaus machten deutlich, dass hier keine armen Menschen wohnten. Im zweiten Stock angekommen, sahen sie am Ende des Flurs eine schlanke Frau mit schulterlangen blonden Haaren stehen. Sie trug eine dunkle Marlenehose mit einer cremefarbenen Seidenbluse, deren Nuance perfekt zu ihren manikürten Nägeln passte. Mit interessiertem Blick verfolgte sie die beiden Männer, die den Gang entlang auf sie zukamen.

»Könnte ich Ihre Ausweise noch mal sehen?«, wurden sie begrüßt, als sie an der Wohnungstür ankamen.

Beide hielten ihre Ausweise so, dass Fenja Simek sie in Ruhe studieren konnte.

Sie nickte und fragte: »Was kann ich für Sie tun, meine Herren, was verschafft mir die Ehre?«

»Können wir hineingehen?«, fragte Schweers zurück, der keine Lust hatte, im Flur stehen zu bleiben.

»Meinetwegen«, Frau Simek drehte sich um und ging vor, ohne zu warten, ob die beiden Beamten ihr folgen würden. Am Ende des Flures öffnete sich ihnen ein großer Raum, in dem sich das Wohnzimmer befand. Große Fenster erlaubten einen Blick auf den westlichen Teil des Weser Yacht Clubs und ließen gleichzeitig viel Sonnenlicht in den Raum, der modern möbliert war. Frau Simek steuerte auf eine Sitzecke zu, der gegenüber ein groß dimensionierter Flachbildfernseher aufgestellt war, zu dem eine Dolby-Surround-Musikanlage gehörte. *Da hat jemand Geld und zeigt es gerne*, dachte Schweers. *Die Möbel sehen teuer aus. Vielleicht hätte ich zum Zoll gehen sollen.*

»Bitte nehmen Sie doch Platz«, Frau Simek deutete auf die Sitzgruppe und nahm selber in einem einzelnen Sessel Platz, der neben einem Couchtisch stand.

Melnik setzte sich und eröffnete das Gespräch: »Frau Simek, Sie haben in der Laubenkolonie Geesthelle eine Parzelle gepachtet?«

Die Angesprochene runzelte überrascht die Stirn: »In der Tat, das habe ich. Deswegen sind Sie aber nicht hier, oder?«

»Das ist richtig. Können Sie mir erklären, warum Sie die Parzelle unter Ihrem Mädchennamen gepachtet haben?«

»Wozu wollen Sie das wissen, ist das wichtig? Vielleicht können Sie mir zuerst mal sagen, worum es überhaupt geht?« Frau Simek lehnte sich in ihrem Sessel zurück und kreuzte die Arme vor ihrer Brust. »Ich meine, Sie kommen hier unangemeldet hereingeschneit und wollen Antworten von mir, da könnten Sie mir doch zumindest sagen, worum es überhaupt geht.«

Schweers, der sich mittlerweile auch hingesetzt hatte, antwortete an Stelle von Melnik: »Sie haben sicherlich schon von dem Toten gehört, der vorgestern in der Geestemündung aus dem Wasser gezogen wurde, oder?«

»Ja, das habe ich. Was habe ich bitte damit zu tun?«

»Genau das versuchen wir herauszufinden.«

»Okay …«, Frau Simek blickte von Schweers zu Melnik und wieder zurück. »Und was kann ich zu dieser Geschichte Erhellendes beitragen? Ein bisschen mehr müsste ich schon wissen. Wer ist denn der Tote überhaupt?«

»Sagt Ihnen der Name Bernardo Giordano etwas?«

»Ja, in der Tat. Ich glaube, das ist ein Mitglied der Kolonie. Der Name ist ja kein gewöhnlicher norddeutscher, deshalb habe ich mir das gemerkt. Ich weiß aber nicht genau, welche Parzelle er hat. Wollen Sie etwa sagen, bei dem Toten handelt es sich um Herrn Giordano?«

»Wie gut kennen Sie Herrn Giordano denn?«, fragte Schweers weiter, der gehofft hatte, Frau Simek würde ihn anlügen.

Frau Simek wich seinem Blick für einen Moment aus und schaute auf den Boden, bevor sie wieder aufblickte. »Nicht wirklich gut. Ich habe ein oder zweimal bei einem vereinsinternen Kohlessen am gleichen Tisch gesessen wie er.«

»Haben Sie bei der Gelegenheit mitbekommen, ob einer Ihrer Tischnachbarn Herrn Giordano besser kannte? Hat er sich vielleicht mit irgendjemandem länger oder intensiver unterhalten als mit anderen?«

»Also …«, Frau Simek schien nachzudenken. »Ich glaube nicht. Zumindest ist mir nichts aufgefallen. Er hat mit einer der anwesenden Damen – sie saß ihm damals gegenüber – ein wenig geflirtet, würde ich sagen, aber das war nichts Ernstes.«

»Sie haben also mitbekommen, worüber gesprochen wurde, und Sie kannten die Dame?«, Schweers hoffte, zumindest einen Hinweis auf eine Person zu bekommen, die den Toten näher kannte.

»Nein, nein. Das waren Gesprächsfetzen, den Rest habe ich mir aus dem Gelächter und den Gesichtsausdrücken zusammengereimt. Und bei der Dame handelt es sich um die Ehefrau oder die Begleitung eines anderen Mitglieds, wie ich beobachten konnte. Jedenfalls ist die Dame zum Ende des Festes mit ihrem Mann zusammen gegangen.«

»Schade. Wissen Sie denn, was Herr Giordano beruflich macht?«, kam die nächste Frage von Schweers.

»Er hat bei einer anderen Gelegenheit erzählt, ich glaube, das war eine Weihnachtsfeier, dass er in diesem ›Haus des Glücks‹ in der Stadt arbeitet, eine Leitungsfunktion oder sowas?«, antwortete Frau Simek mit fragend hochgezogenen Augenbrauen und auf eine Bestätigung wartend.

»Das haben Sie richtig in Erinnerung.« Schweers war sich nicht sicher, ob Frau Simek ihre Unsicherheit, was ihr Erinnerungsvermögen betraf, lediglich spielte.

»War Ihr Mann bei diesen Feiern dabei?«

»Zur Weihnachtsfeier war mein Mann dabei. Beim Kohlessen konnte er nicht. Ich glaube, da hatte er Wochenenddienst.«

»Und kannte Ihr Mann Herrn Giordano besser als Sie?« Schweers war gespannt auf die Antwort, da er und seine Kollegen inzwischen die Bestätigung bekommen hatten, dass es sich bei dem Mann, der regelmäßig im Casino Geld gewann, um Lukas Simek handelte. Der Mitarbeiter des Casinos, mit dem Schweers gesprochen hatte, hatte ihn auf einem Foto wiedererkannt, das ihm ein Kollege aus dem Streifendienst gezeigt hatte.

»Nein, wie kommen Sie darauf? Mein Mann ist zwar ab und zu im Casino, aber dass er Herrn Giordano dort kennengelernt hat, hat er mir jedenfalls nie erzählt. Vielleicht sollten Sie ihm diese Frage selber stellen.« Frau Simek blickte Schweers selbstsicher in die Augen. *Entweder sie sagt die Wahrheit, oder die beiden haben geahnt, dass sie befragt werden,* dachte Oliver Schweers und nickte Fenja Simek zu. »Das werden wir, Frau Simek. Was macht Ihr Mann beruflich?«

»Mein Mann ist beim Zoll, also Beamter wie Sie, und jetzt im Dienst, ebenfalls wie Sie.« Frau Simek sah Schweers wieder direkt in die Augen: »Werden wir verdächtigt, irgendetwas mit dem Tod von Herrn Giordano zu tun zu haben?«

»Nein, nein. Aber Sie können mir sicher sagen, wo Sie am vergangenen Freitagabend gewesen sind, so zwischen achtzehn Uhr und vierundzwanzig Uhr?«

»Wir waren zu Hause. Mein Mann war nach seinem Feierabend noch zum Bordbesuchsdienst und entsprechend müde, als er nach Hause kam. Wir haben gegessen, Fernsehen geschaut und waren dann früh im Bett.«

»Bordbesuchsdienst?« Schweers schaute Frau Simek mit hochgezogenen Brauen an.

»Das ist eine ehrenamtliche Tätigkeit für die Seemannsmission. Eine Reihe unterschiedlicher Leute besuchen abwechselnd die Crews an Bord ihrer Schiffe. Oft können die Seeleute die Schiffe wegen kurzer Liegezeiten nicht verlassen. Bei der Gelegenheit bringen die Ehrenamtlichen dann Zeitungen mit und sowas.«

»Macht Ihr Mann das regelmäßig?«, fragte Schweers zurück.

»Das hängt davon ab, welche Schiffe im Hafen sind und ob die Crews an Bord bleiben müssen oder nicht. Die Crews der RoRo-Schiffe müssen oft an Bord bleiben, weil irgend-was mit den Autos gemacht werden muss, die geladen wer-den. Wenn Sie mehr Details benötigen, müssen Sie meinen Mann fragen.«

»Das werden wir machen, Frau Simek. Aber ich habe Sie richtig verstanden, dass Ihr Mann am vergangenen Freitag diesen Dienst versehen hat?« Fenja Simek nickte. »Können Sie mir sagen, von wann bis wann das am Freitag war?« Schweers sah draußen am Fenster den Mast eines Segelbootes wie von Geisterhand in Zeitlupe von links nach rechts wandern.

»In der Regel geht er direkt nach dem Dienst zur Mission, also so um siebzehn Uhr. Von dort dann auf ein Schiff. Zu-rück kommt er vielleicht anderthalb Stunden später. Manch-mal kann das aber länger dauern. Meistens ist er aber so um halb acht oder acht Uhr abends zu Hause.« Frau Simek hatte sich wieder zurückgelehnt und machte einen entspannten Eindruck. *Offenbar bewegt sie sich auf sicherem Terrain,* dachte Schweers.

»Ich vermute, außer Ihnen beiden kann das niemand bestätigen, oder?« Fenja Simek wich seinem Blick nicht aus, sondern nickte bestätigend langsam mit dem Kopf.

»Sie waren also in diesem Zeitraum nicht in Ihrem Gar-ten in Geesthelle?«, mischte sich Melnik wieder ein, der das Gespräch aufmerksam verfolgt hatte.

»Nein, tut mir leid, wenn ich Sie da enttäuschen muss. Allerdings entnehme ich Ihrer Frage, dass zu dem von Herrn Schweers genannten Zeitraum in der Kolonie etwas passiert sein muss, und ich vermute weiter, dass Herr Giordano in diesem Zeitraum dort ums Leben gekommen ist. Habe ich Recht, Herr Melnik?« Fenja Simek lächelte.

»Da haben Sie Recht. Das war wohl auch nicht mehr schwer zu erraten«, Melnik lächelte zurück und fuhr an-satzlos fort: »Gehört Ihr Mann eigentlich eher zu den Gewinnern oder den Verlierern im Casino?«

Fenja Simek lehnte sich langsam vor, legte ihre Arme jetzt vor sich auf ihre Oberschenkel und verschränkte die Finger ineinander: »Wie meinen Sie das, Herr Melnik?«

Die Frage ist nicht wirklich schwer zu verstehen. Sie versucht, Zeit zu gewinnen. Das Thema ist ihr unangenehm, dachte Melnik und beschloss, auf Frau Simek einzugehen: »Na ja, manche Leute gewinnen halt öfter und manche Leute verspielen Haus und Hof. Gehört Ihr Mann eher zur ersten Gruppe oder zur zweiten?«

»Ach so, verstehe. Dann würde ich sagen, er gehört eher zu den Gewinnern. Aber jetzt auch nicht permanent oder mit riesigen Summen. Es ist nicht so, dass er dauernd gewinnt.« Frau Simek hatte den Blick auf ihre Hände gesenkt und begonnen, an den Ärmeln ihrer Bluse zu zupfen.

»Und warum haben Sie die Parzelle unter Ihrem Mädchennamen gepachtet, da fehlt mir noch eine Antwort?«, Melnik ließ nicht locker.

»Mein Gott, Sie sind aber hartnäckig.« Fenja Simek spielte mit dem Ehering an ihrem Finger. »Das war in einer Periode, da lief es zwischen meinem Mann und mir nicht sonderlich gut. Unsere Beziehung stand auf der Kippe, und da dachte ich, … Na ja, ich wollte was Eigenes haben mit meinem eigenen Namen. Können Sie das verstehen?«

»Ja, das kann ich verstehen.« Peter Melnik fand die Erklärung zwar nicht überzeugend, hatte aber auch keine Idee, was er dagegenhalten sollte.

»Wann hat Ihr Mann denn das letzte Mal im Casino etwas gewonnen? Und, wenn wir schon dabei sind, wie viel?« Melnik hatte nicht vor, locker zu lassen.

Fenja Simek sah jetzt auf. Sie war noch ärgerlicher geworden, wie ihre Rückfrage zeigte: »Können Sie mir sagen, was das in Gottes Namen mit Ihren Ermittlungen zu tun haben soll? Bisher habe ich ja mitgespielt, aber so wie Sie fragen, fange ich an, mich zu wundern. Ist das immer noch eine

Zeugenvernehmung oder bereits ein Verhör, weil ich verdächtig bin?«

Melnik sah seinen Kollegen Schweers an, der unmerklich nickte und ergänzte dann mit Blick auf Frau Simek: »Sie haben recht, ich habe mich ein wenig vergaloppiert. Das tut mir leid.« Melnik hatte seinen Blick schuldbewusst gesenkt. »Ich muss Sie dennoch bitten, in den nächsten Tagen ins Kommissariat zu kommen, damit ein Kollege Ihre Aussage zu Protokoll nehmen kann.«

Fenja Simek nickte und sah Melnik mit zusammengekniffenen Augen an. »Das kann ich machen, aber ich überlege ernsthaft, ob ich nicht lieber einen Anwalt mitbringen sollte.«

»Das ist Ihnen überlassen, aber aus unserer Sicht nicht notwendig. Wir wünschen Ihnen noch einen angenehmen Tag.« Schweers stand auf, um zu gehen. Melnik machte es ihm nach, und Frau Simek führte die beiden Kommissare zur Wohnungstür. Zum Abschied nickte sie lediglich und schloss die Tür hinter ihnen. Ihr Gesicht hatte die anfängliche Freundlichkeit verloren.

Die beiden Beamten gingen zurück zu ihrem Auto. »Also mit dieser ehrenamtlichen Tätigkeit für die Seemannsmission scheint alles zu stimmen. Aber sobald die Fragen in Richtung ›Haus des Glücks‹ gehen, fängt sie an zu mauern. Und was die Tatzeit angeht, haben die beiden kein wirkliches Alibi, aber beweis mal das Gegenteil. Wir könnten höchstens Hansen bitten, mal zu schauen, ob es auf den möglichen Wegen von hier zur Kolonie Überwachungskameras gibt und die Simeks zufällig erfasst wurden. Aber das wäre ein Riesenzufall.« Schweers hatte die Tür des Autos offengelassen, da er befürchtete, sein Kollege würde sich wieder ein Zigarillo anstecken.

Dieser hatte das Fenster heruntergelassen und seinen Ellbogen auf den Rand gelegt. Er blickte mit zusammengekniffenen Augen nach draußen. »Ich denke, wir müssen uns dieses Casino mal genauer anschauen. Nein, falsch … Wir müssen versuchen herauszufinden, welche Beziehung es zwischen Lukas Simek und dem Casino gibt. Dass der dort gewinnt, seine Frau aber nicht sagen will, welche Summen, stinkt doch zum Himmel. Warum soll das verheimlicht werden, was ist daran so geheimnisvoll? Und wenn ich mich recht erinnere, hat der Typ, der da die Einlasskontrolle macht, doch von mehreren Gewinnen gesprochen, oder?«

»Da irrst du dich nicht. Das sehe ich genauso. Lass dir doch mal die Akten aus dem Wirtschaftsdezernat kommen, die damals im Zusammenhang mit Geldwäsche ermittelt haben. Vielleicht finden wir da ja einen Anhaltspunkt.«

»Mach ich«, Melnik nickte und startete den Wagen. »Zum Göttergatten von Frau Simek?«

Schweers nickte, schloss die Beifahrertür und lehnte sich auf dem Beifahrersitz zurück.

Jonas Hansens Schreibtisch war mit Zetteln übersät. Das Thema Geldwäsche war komplexer, als er gedacht hatte. Er saß seit zwei Stunden vor dem Bildschirm und recherchierte. Der Ausgangspunkt war immer schmutziges Geld. Das konnte Schwarzgeld sein, das man am Finanzamt vorbeischleusen wollte, oder es stammte aus Drogenhandel, Erpressung, Prostitution oder ähnlichen Geschäften. Das Ziel war immer, dieses Geld in den legalen Kreislauf zu bringen, so dass der illegale Ursprung des Geldes verschleiert wurde und nicht mehr zurückverfolgt werden konnte. So viel zur Theorie.

Hansen stützte seinen Kopf in die Hände und las weiter. Es gab drei Phasen der Geldwäsche. Die Erste wurde als ›Placement‹ bezeichnet. Gemeint war Geld, für das es keine Quittungen gab, wieder zu Buchgeld zu machen. Hierfür boten sich beispielsweise Casinos an. Hansen machte sich Notizen.

Ich habe 3.000 Euro mit Drogenhandel gemacht, die ich waschen will. Ich habe einen Deal mit dem Eigentümer des Casinos. Er gibt mir eine Quittung für einen Gewinn über 2.000 Euro, ohne dass ich gespielt habe. Die Quittung kostet mich 1.000 Euro. Aber jetzt kann ich 2.000 Euro auf ein Konto einzahlen, da ich die Herkunft des Geldes belegen kann. Die Quittung muss das Casino natürlich verbuchen. So eine Praxis ist kaum nachzuweisen, wenn man das Casino nicht verwanzt oder jemanden auf frischer Tat erwischt.

Eine weitere Möglichkeit bestand im Kauf hochwertiger Gebrauchtwagen, die man mit Bargeld bezahlen konnte. Wenn man das Fahrzeug dann kurz danach wieder verkaufte, konnte man sich den Betrag vom Käufer aufs Konto überweisen lassen und das Geld war sauber. Das klang ziemlich einfach. Interessant schien auch die Methode, das Geld in Beträge unter 10.000 Euro aufzuteilen und durch eine dritte Person auf ein Konto im Ausland überweisen zu lassen. Auch das schien eine sichere Sache zu sein. Aber nur, wenn man jemanden hatte, der die Überweisungen machte. Der Geldwäscher wollte ja nicht selber in Erscheinung treten. Der Einzahler konnte – um Fragen aus dem Weg zu gehen – eine fingierte Rechnung zur Bank mitnehmen. Es war heutzutage kein Problem, eine Rechnung für irgendwelche Beratungsleistungen aus dem eigenen Drucker zu holen. Wer wollte feststellen, ob diese Beratung jemals stattgefunden hatte.

Hansen fragte sich, ob so etwas nur in Deutschland möglich war. Der Presse hatte er entnommen, dass Deutschland als Geldwäscheparadies galt. Unter anderem deshalb, weil – im Zusammenhang mit Geldwäsche mit Immobilien – es offenbar genügend Notare gab, die von ihren Kunden Bargeld in Empfang nahmen und mit diesem Geld dann im Namen ihrer Kunden Immobilien kauften. Fragen seitens der Behörden konnten immer mit dem Hinweis auf die berufliche Schweigepflicht zurückgewiesen werden. *Tja, aber was hat das Ganze mit unserem Fall zu tun?* Jonas Hansen lehnte sich zurück. *Sollte es sich um Geldwäsche handeln, fehlt uns die ursprüngliche Quelle für das Geld. Selbst wenn Simek das Geld im Casino wäscht, müssten wir beweisen können, dass das Geld aus illegalen Aktivitäten stammt. Und wenn wir bei ihm kein Geld finden? Wo ist es dann hin? Eine Spur zu einem Notar haben wir auch nicht,* dachte Hansen und sortierte seine Notizzettel für die nächste Teamsitzung.

Martin Koopmann war von der Mission direkt zum Versteck gefahren, um das Päckchen abzuholen. Seine Frau hatte lediglich mit den Schultern gezuckt, als er ihr sagte, er müsse in einer Kirchenangelegenheit kurz nach Cuxhaven fahren. Er kam sich wie ein Krimineller vor und gestand sich ein, dass er genau das war. Selbst wenn er das Ganze nicht freiwillig machte. Das würde ihm vielleicht mildernde Umstände einbringen, aber damit hörte es vermutlich auf.

Während der Fahrt zum Versteck wäre er fast einem vor ihm fahrenden Auto an einer Ampelkreuzung hinten reingefahren, weil er vor Nervosität permanent in Rückspiegel und Seitenspiegel geschaut hatte, um zu überprüfen, ob er von der Polizei verfolgt wurde.

Am Versteck angekommen, stieg er aus seinem Auto und versuchte, möglichst unauffällig zu wirken, während er sich zum wiederholten Male umdrehte und nach potentiellen Verfolgern Ausschau hielt. Sein Verhalten grenzte an Paranoia, wie er wusste. Wer sollte ihn an die Polizei verraten? Lukas Simek sicherlich nicht. Zumindest würde das keinen Sinn ergeben.

Warum sollte er seinen neu gewonnenen Kurier sofort wieder ans Messer liefern? Erst als er sich sicher war, nicht beobachtet zu werden, nahm er mit zitternden Händen das Päckchen aus seinem Versteck, steckte es in eine mitgebrachte Plastiktüte, stieg wieder in sein Auto und legte die Tüte samt Inhalt unter den Beifahrersitz. Er schätzte das Päckchen auf ein paar Kilo Gewicht. Als er sich wieder anschnallte, war er nass vor Angstschweiß und hatte einen hochroten Kopf. *Wenn mich jetzt ein Polizist anspricht, kann ich mich nur mit hohem Blutdruck herausreden, wenn ich nicht einen Herzinfarkt bekomme,* dachte er. Neulich hatte er gelesen, dass man einen Dealer mit 1,4 Tonnen Kokain erwischt hatte, die einen Straßenverkaufswert von 39 Millionen Euro gehabt hätten. *Wenn ich das grob im Kopf umrechne, dürften fünf Kilo etwa 150.000 Euro wert sein. Unglaublich,* dachte er. Er lenkte sein Auto über den Parkplatz des Supermarktes auf die Barkhausenstraße, bog links ab und fuhr nach Süden Richtung Autobahn. Er musste sich ermahnen, nicht zu oft in den Rückspiegel zu schauen und vor allem nicht zu schnell zu werden. Zehn Minuten später erreichte er die Autobahn Richtung Cuxhaven und konnte Gas geben. Es war kaum Verkehr. Er beruhigte sich ein wenig, als er vor und hinter sich kein Auto mehr ausmachen konnte. Sein Navi wies ihm den Weg zu seinem Ziel in einem Industriegebiet vor Cuxhaven.

Er kam pünktlich an der angegebenen Adresse an, legte das Päckchen vor die Tür, klingelte an der einzigen Klingel, an der kein Name stand und fuhr davon, ohne darauf zu achten, ob jemand das Paket abholte. So lauteten seine Anweisungen, und er gedachte, sich daran zu halten.

Kaum war er wieder unterwegs, erreichte ihn eine neue Textnachricht über sein verschlüsseltes Handy. Er würde im Klub erwartet, es gäbe später einen neuen Auftrag. Er wurde wütend, dann schossen ihm Tränen in die Augen, so dass er langsamer fahren musste, weil er alles verschleiert sah. Seine

Nerven würden dies auf Dauer nicht durchhalten, das wusste er. Aber gleichzeitig war er weit von einer Lösung seines Problems entfernt.

Eine gute halbe Stunde später parkte er sein Auto wieder auf dem Parkplatz des Seamen's Club. Er blieb ein paar Minuten sitzen, um sich zu beruhigen. Im Klub angekommen, ging er direkt in sein Büro. Er musste eine Predigt vorbereiten und hoffte, dass ihn dies zumindest für einen kurzen Zeitraum von seinen Problemen ablenken würde.

Nachdem die beiden Beamten das Haus verlassen hatten und auf dem Weg zu ihrem Auto waren, nahm Fenja Simek ihr Handy vom Ladegerät und begann zu tippen.

> Lukas, du wirst es nicht glauben.
> Ich hatte gerade Besuch ... von der
> Kripo!

Ein paar Minuten später sah Frau Simek, dass ihr Mann die Nachricht gelesen hatte und anfing, eine Antwort zu tippen.

> Scheiße, was wollten die, woher haben
> die unsere Namen?

> Gute Frage. Es ging um Bernardo. Meinen Namen haben sie über die Kolonie herausgefunden. Aber keine Ahnung, woher sie den Namen Simek hatten. Ich bin da ja mit meinem Mädchennamen als Pächterin!

Was wollten die wissen?

In der Hauptsache ging es um Bernardo, wie gut wir den kennen und wo wir am Freitag zwischen achtzehn und vierundzwanzig Uhr waren. Ich habe gesagt, du warst beim Besuchsdienst so bis 20 Uhr, und danach waren wir zu Hause.

Sonst was Wichtiges?

Ja. Die wollten wissen, warum ich die Parzelle unter meinem Mädchennamen gepachtet habe.

Und, was hast du denen erzählt?

Ich musste improvisieren und habe erzählt, dass wir irgendwann mal kurz vor der Trennung gestanden haben und ich was Eigenes wollte, daher die Anmietung unter meinem Mädchennamen.

Und bevor ich das vergesse: Die wollten wissen, was du so im Casino gewinnst!

Fuck, dann haben die meinen Namen aus dem Casino, da bin ich sicher. Was hast du erzählt?

Nur, dass du eher zu denen gehörst, die auch mal gewinnen. Mehr habe ich nicht gesagt. Ich habe die beiden gefragt, was das denn mit ihrem Fall zu tun hat und ob ich einen Anwalt benötige. Das haben sie aber verneint und auch nicht mehr auf einer Antwort bestanden.

Okay, die kommen sicher auch zu mir.

Wäre komisch, wenn nicht. Ich gehe übrigens gleich zu der Peters, Geld einzahlen.

Ja, sehr gut. Wir sehen uns heute Abend.

Lukas Simek löschte die Unterhaltung und legte sein Handy auf den Schreibtisch. Seine Frau und er selber hatten sich angewöhnt, derartige Unterhaltungen sofort zu löschen, man wusste ja nie. Er richtete den Blick wieder auf den Bildschirm und widmete sich seiner Routine. Sollten die beiden kommen. Er war vorbereitet.

Oliver Schweers und Peter Melnik fuhren direkt zum Hauptzollamt ›Rotersand‹. Sie hofften, Lukas Simek dort anzutreffen und ihn nicht im Zollbereich suchen zu müssen. Einen Parkplatz fanden sie direkt neben der Zufahrt vor einem Nebengebäude des Zolls. Eigentlich waren die Plätze für Mitarbeiter des Zolls reserviert, aber Melnik stellte das magnetische Blaulicht auf das Autodach.

Der rote Backsteinbau lag direkt gegenüber eines großen Supermarktes, den Schweers selber für seine Einkäufe nutzte. Fünfzig Meter hinter dem Hauptzollamt war die eigentliche Kontrollstelle eingerichtet worden, an der gerade ein LKW hielt und der Fahrer seine Papiere präsentierte. Links davon ein eingezäunter Parkplatz für Neufahrzeuge, denen man nicht ansehen konnte, ob sie importiert waren oder exportiert werden sollten. Schweers konnte sich nur schwer vorstellen, welche Logistik hinter all diesen Warenbewegungen stecken musste, damit alles dort ankam, wo es hin sollte. Hundert Meter westlich und unübersehbar schwamm einer dieser riesigen Kolosse, in dessen Schlund tausende Autos verschwanden, wie er gelesen hatte.

Melnik, den der Autoumschlag im Hafen nicht mehr beeindruckte, war losgegangen, und Schweers beeilte sich, den Anschluss nicht zu verlieren. Der Eingang befand sich auf der Rückseite des Gebäudes. Nachdem sie das Haus betreten hatten, lag ein langer Flur vor ihnen, dem sie folgten. Links und rechts neben den Türen hing jeweils ein kleines Schild mit den Namen und Titeln der Mitarbeiterinnen und Mitarbeiter, die dort arbeiteten. Neben der dritten Tür auf der rechten Seite stand oben der Name eines anderen Mitarbeiters und darunter der Name Lukas Simek, Zollinspektor. Peter Melnik klopfte und öffnete die Tür, nachdem er ein ›Herein‹ gehört hatte.

Im Büro standen sich zwei Schreibtische gegenüber. Einer war verwaist, und hinter dem anderen saß der junge Mann vor einem Computerbildschirm, den Schweers auf dem Foto gesehen hatte und auf Mitte dreißig schätzte. Schwarzes Haar mit einem Seitenscheitel auf der linken Seite und ein Vollbart in gleicher Farbe, der kurz gehalten wurde, zierten ein freundliches Gesicht. Der Mann hinter dem Schreibtisch machte auf ihn einen sympathischen und gepflegten Eindruck. Auf der rechten Seite stand ein Eingangskorb für Post und daneben eine Schale mit Schreibgeräten. Vor dem Bildschirm lag eine offene Umlaufmappe, wie sie in Behörden üblich ist.

Lukas Simek schloss die vor ihm liegende Mappe, in der verschiedene Schriftstücke lagen, und stand auf: »Die Herren, was kann ich für Sie tun?«

Peter Melnik hatte seinen Dienstausweis gezückt: »Mein Name ist Peter Melnik und neben mir steht mein Kollege Oliver Schweers. Sie sind Lukas Simek?«

Der Gefragte sah die beiden Kommissare an und antwortete: »Das bin ich in der Tat. Bitte nehmen Sie Platz. Was kann ich für Sie tun?« Er deutete auf einen Besucherstuhl und den Bürostuhl hinter dem leeren Schreibtisch. »Ich habe Sie schon erwartet. Meine Frau hat mir erzählt, dass Sie bei ihr zu Hause waren.«

»Dann wissen Sie ja, worum es geht, nehme ich an?« Schweers war von der Offenheit des Mannes überrascht, aber das konnte alles Taktik sein, wie er aus Erfahrung wusste.

»Soweit ich verstanden habe, ermitteln Sie beide im Fall Giordano. Aber ich fürchte, mehr als meine Frau kann ich Ihnen auch nicht sagen.«

»Na dann erzählen Sie uns doch, woher Sie den Toten kannten?«, forderte Schweers auf, um gleich zum Punkt zu kommen. »Und wo Sie am vergangenen Freitag zwischen achtzehn und vierundzwanzig Uhr gewesen sind?«

»Meine Frau und ich waren abends zu Hause. Ich war vorher zum Bordbesuchsdienst und entsprechend müde. Nach dem Essen haben wir Fernsehen geschaut und waren dann früh im Bett.«

Schweers warf einen Blick in seine Notizen und stellte fest, dass die Antwort fast deckungsgleich mit der von Frau Simek war. *Entweder sagt er die Wahrheit oder die beiden haben sich gründlich abgestimmt.*

»Und Herrn Giordano kenne ich von einem Weihnachtsessen in der Laubenkolonie. Wir saßen damals am selben Tisch.«

»Ist das das einzige Mal, dass Sie Herrn Giordano getroffen haben?« Schweers hatte seinen Stift in die Hand genommen und wartete auf die Antwort.

»Nein, ich habe ihn ein weiteres Mal getroffen, als ich im Casino einen nicht alltäglichen Geldbetrag gewonnen hatte. Der wird dann von einem der Geschäftsführer persönlich ausgezahlt.«

»Wann war das genau, und wie viel haben Sie gewonnen?« Schweers ließ nicht locker.

»Das ist schon ein paar Wochen her. Und den genauen Betrag verrate ich ungern«, Lukas Simek hatte damit begonnen, seine Hände zu kneten.

»Das verstehe ich nicht«, sagte Schweers. »Was ist an dem Betrag so geheimnisvoll?«

»Das geht schlicht niemanden etwas an, und ich wüsste gerne, was die Höhe des Betrages mit dem Tod von Herrn Giordano zu tun hat?« Lukas Simek schien zu ahnen, dass die beiden Beamten für diese Frage keine plausible Erklärung hatten und lehnte sich in seinem Bürostuhl zurück. Die

Arme hatte er jetzt vor seiner Brust verschränkt. Seine bisherige joviale Zuvorkommenheit war vorüber.

»Gewinnen Sie öfter größere Geldbeträge im ›Haus des Glücks‹?«, übernahm Melnik das Gespräch.

»Nein, schön wäre es ja. Aber so viel Glück habe ich nicht.«

»Kennen Sie jemanden, der einen Grund hätte, Herrn Giordano zu töten? Oder wissen Sie, mit wem der Tote seine freie Zeit verbrachte? Namen von Freunden oder einer Freundin?«

»Oh, das tut mir leid, aber so gut kannte ich Herrn Giordano nicht. Da muss ich passen.«

Melnik nickte und sah zu seinem Kollegen herüber. Schweers schüttelte den Kopf.

»Nun gut, Herr Simek. Wir haben momentan keine weiteren Fragen. Bitte kommen Sie doch in den nächsten Tagen im Kommissariat vorbei, um das Protokoll zu unterschreiben. Einverstanden?«

»Selbstverständlich«, antwortete Lukas Simek und stand auf, um die beiden Kommissare zur Tür zu bringen und zu verabschieden. Als die Beamten gegangen waren, setzte Lukas Simek sich wieder hin und sah aus dem Fenster. *Die wissen, dass ich öfter den Laden mit einer größeren Summe verlassen habe. Ein Mitarbeiter muss was beobachtet haben. Oder Barne Stöver hat geredet? Unwahrscheinlich, der hat zu viel Angst. Wir hätten unsere Geschäfte schon deutlich früher außerhalb des Casinos machen sollen. Mist. Mit Stöver muss ich mich ab sofort woanders treffen. Die Laube von Bernardo fällt aus und Fenjas Parzelle ebenfalls. Stöver soll mir in Zukunft die Quittungen zum Parkplatz des Supermarktes bringen. Und er bekommt seinen Anteil von mir auch dort. Dann kann ich mit ihm im Casino oder in der Kolonie nicht mehr gesehen werden.*

Fenja Simek sah auf ihre Uhr. Es war halb vier. Sie ging ins Bad und schminkte sich. Wie immer legte sie Wert auf ein gepflegtes Äußeres, wenn sie aus dem Haus ging. Erst als sie mit ihrer Erscheinung zufrieden war, zog sie sich ihre Schuhe und einen passenden Mantel an, nahm die Handtasche, in die sie den Umschlag mit dem Geld legte, und ging zu ihrem Auto. Ihr Ziel lag in der Barkhausenstraße, wo sie gleich auf ihrer Seite der Fahrbahn einen Parkplatz fand. Sie wechselte auf die andere Straßenseite, wo ihre Notarin das Büro und im darüber liegenden Stock eine Wohnung hatte.

Dr. Nele Peters war selber an der Gegensprechanlage und öffnete die Tür, nachdem sie über die Videoanlage gesehen hatte, wer sie besuchte. Frau Simek nahm den Aufzug in den zweiten Stock. An der Tür zum Büro der Notarin klingelte sie ein weiteres Mal.

»Guten Tag, Frau Simek, wie geht es Ihnen, bitte kommen Sie herein.«

Nele Peters begrüßte ihre Klientin und machte eine einladende Handbewegung. Wie immer trug sie einen dunklen Hosenanzug und eine weiße Bluse. Die blonden Haare hatte sie heute hochgesteckt, was ihr ein strenges Aussehen verlieh. Gleichzeitig wirkte sie dadurch seriös, ein Gedanke, der bei Fenja Simek ein leichtes Lächeln auslöste.

»Bitte nehmen Sie Platz«, die Notarin deutete auf den Besucherstuhl vor ihrem Schreibtisch und setzte sich selber dahinter. »Was kann ich heute für Sie tun?«, fragte sie, steckte ein Taschentuch in ihre Hosentasche, schob eine Schublade ihres Schreibtisches langsam zu und klappte das vor ihr liegende Notebook zu.

»Sind Sie erkältet, Ihre Nase ist ganz gerötet?«, fragte Fenja Simek und holte einen Umschlag aus ihrer Tasche, den sie der Notarin über den Schreibtisch zuschob. »Ich benötige keine Quittung, mir reicht wie üblich der Kontoauszug vom Notaranderkonto.«

»Ich bin ein wenig angeschlagen, aber nicht ansteckend, kein Grund zur Sorge«, antwortete Nele Peters. »Über welche Summe reden wir diesmal?«

»9.500 Euro, wieder unterhalb der üblichen Grenze, wie immer«, Frau Simek lächelte bei ihren letzten Worten.

Nele Peters nahm das Geld aus dem Umschlag und zählte es mit leicht zitternden Händen. Die Notarin warf einen Blick auf die Quittung des Casinos, die ebenfalls im Umschlag war, nickte und legte beides zurück.

»Das kann ich morgen oder am Montag einzahlen. Der Kontoauszug kommt dann zum Monatsende. Hat Ihr Mann wieder mal Glück im Casino gehabt?«, diesmal musste die Notarin lächeln.

»In der Tat, er hatte erneut unverschämtes Glück. Das könnte in der kommenden Woche ein weiteres Mal passieren.« Fenja Simek bemerkte Reste einer weißen Substanz auf der Oberlippe ihrer Gesprächspartnerin und wollte sie schon darauf hinweisen, als sie innehielt. *Die geweiteten Pupillen, die gereizte Nase, diese Unruhe und dann das weiße Zeug ... Die Peters kokst! Die hat sich kurz vor unserem Termin eine Linie Schnee reingezogen,* dachte Fenja Simek und räusperte sich, als hätte sie sich verschluckt. Die Notarin nahm das kleine Päckchen und legte es in einen Safe, der in ihren Schreibtisch integriert war.

Nele Peters fragte sich zum x-ten Mal, woher die Simeks das Geld hatten, das sie im Casino wuschen. Irgendeine Schwarzarbeit, der Frau Simek nachging, konnte sie ausschließen, da sie sich nicht vorstellen konnte, was für eine Arbeit, selbst unversteuert, soviel Geld abwerfen würde. *Vielleicht geht die Simek ja auf eigene Rechnung auf den Strich oder bietet verwandte Dienstleistungen dieser Art an,* dachte sie. *Aber dann müsste sie schon einen vollen Terminkalender haben. Oder bei ihm läuft was nicht koscher. Er macht bei speziellen Dingen beim Zoll die Augen zu und winkt Container durch, die man intensiver kontrollieren sollte? Da wäre er nicht der Erste.* Die Notarin war klug genug, diese Frage nicht laut zu stellen. Stattdessen wechselte sie das Thema. »Wir haben bei unserem letzten Treffen über eine weitere Investitionsmöglichkeit gesprochen. Inzwischen sind hierzu die Unterlagen eingegangen, um die Sie mich gebeten hatten. Soll ich Ihnen diese neue Zweckgesellschaft vorstellen, von der Sie Anteile erwerben könnten, wenn Sie wollen?«

»Ja, bitte. Wir sind grundsätzlich aufgeschlossen.« Frau Simek lehnte sich zurück und sah die Notarin gespannt an.

Nele Peters, deren Hände sich beruhigt hatten, griff zu einer Mappe, die auf dem Schreibtisch lag, und holte ein Faltblatt heraus, das sie Fenja Simek hinschob. Eine zweite Broschüre, an die ein Zettel geheftet war, überflog die Notarin kurz.

Dann hob sie den Blick und sah ihre Klientin an. »Es handelt sich um eine Zweckgesellschaft mit Immobilienbesitz namens Real Estate New Livelihood. Die Firma residiert auf Vanuatu. Ich hatte ursprünglich etwas anderes auf den Cayman Islands im Auge, aber dort gibt es seit Neuestem eine engere Kooperation mit den Steuerbehörden der Europäischen Union. Ich bin davon ausgegangen, dass Sie das eher vermeiden wollen.«

Fenja Simek lächelte, sah, wie sich an der Nase der Notarin ein Tropfen bildete, und nickte.

Nele Peters fluchte innerlich, holte das Taschentuch aus ihrer Hosentasche, tupfte sich die Nase trocken und fuhr fort: »Dieser Firma gehört wiederum die Casa Nova GmbH in Grünwald bei München. Der wiederum gehören diverse Immobilien in Deutschland, unter anderem in Bremerhaven. Dieses Städtchen in Bayern ist eine kleine Steueroase mitten in unserer Republik.« Die Notarin schloss die vor ihr liegende Mappe und sah Fenja Simek an, die inzwischen in der Broschüre blätterte. »Können Sie sich vorstellen, dass das etwas für Sie wäre?«

Die Angesprochene hob den Blick: »Unser Name taucht nirgendwo auf?«

»Das ist richtig.«

»Aber der steht doch auf den Kontoauszügen des Notaranderkontos.« Fenja Simek sah die Notarin zweifelnd an.

»Das stimmt, aber das fällt unter die Verschwiegenheitspflicht von Rechtsanwälten und Notaren. Diese Informationen dringen nicht nach außen.«

»Und was ist mit der Casa Nova GmbH in München?«

»Eigentümer der Casa Nova in München ist die Real Estate New Livelihood mit Sitz auf Vanuatu. Ein deutscher Steuerfahnder müsste in Vanuatu nachfragen, wer der oder die Eigentümer der Real Estate sind. Er macht aber an der Stelle nicht mehr weiter, da er weiß, dass Vanuatu die Namen derjenigen, die ihr Geld in dieser Firma untergebracht haben, nicht herausgeben wird.«

Fenja Simek hatte die Augenbrauen gehoben: »Das hört sich sicher an. Könnten Sie auf Vanuatu ein Konto für uns eröffnen?«, Fenja Simek blickte aus dem Fenster. »Würde Vanuatu den Namen von Kontoinhabern an die deutschen Steuerbehörden herausgeben?«

Nele Peters musste sich erneut die Nase putzen. »Banken auf Vanuatu geben ihre Kundendaten ebenfalls nicht heraus. Und ein Konto kann man problemlos einrichten. Ich würde aber an Ihrer Stelle eine Firma auf Vanuatu eröffnen und das Geld auf das Firmenkonto überweisen. Wenn das Bankkonto auf Ihren Namen lautet, taucht der in den Papieren der Bank in Deutschland auf, von der die Überweisung veranlasst wurde. Wenn Sie verhindern wollen, dass Ihr Name auftaucht, sollten Sie das Geld nicht selbst überweisen. Das kann ich über das Notaranderkonto weiter für Sie machen, gegen die übliche Gebühr, wenn Sie einverstanden sind.«

Fenja Simek runzelte die Stirn: »Da haben Sie recht. Ist es kompliziert, dort eine Firma zu gründen?«

»Nein, das kann ich online machen. Soll die Firma auf Ihren oder den Namen Ihres Mannes eingetragen werden?«

Nele Peters hatte einen Notizblock vor sich auf den Schreibtisch gelegt und einen Stift in die Hand genommen. Sie sah ihre Klientin erwartungsvoll an.

»Bitte nehmen Sie meinen Namen dafür.« Fenja Simek schien sich in ihrer Rolle als zukünftige Geschäftsinhaberin schon einzurichten.

Die Notarin schien diese Antwort erwartet zu haben: »Ich gehe davon aus, dass der Name der Firma für Sie zweitrangig ist?«

Fenja Simek quittierte die Frage mit einem erneuten Nicken.

»Dann schaue ich mal nach, was so an Firmen zu haben ist. Einen Moment bitte.« Nele Peters klappte ihr Notebook wieder auf. Ihre Augen bewegten sich über den Bildschirm. Dann hielt sie inne und kniff die Augen zusammen. »Wie wäre es mit Marine Services International? Der Firmenname und eine dazugehörige Internetdomain sind zu haben. Ich regle das über eine Firma in Panama. Die pflegt einen Katalog von Firmennamen, aus denen man sich einen aussuchen kann. Das Firmenkonto würde ich bei der dortigen Standard Chartered einrichten, da die mit einer großen deutschen Bank als Referenzbank zusammenarbeitet.«

Fenja Simek nickte erneut.

Frau Peters notierte sich etwas. »Möchten Sie die üblichen Zugänge zu diesem Konto über das Internet?«

»Ja, gerne, das wäre hilfreich.«

»Dann werde ich das veranlassen. Ich schätze, morgen früh liegen die notwendigen Informationen vor. Da ich von Ihnen eine gültige Vollmacht habe, dürfte das alles schnell gehen.«

»Das klingt gut. Dann können wir das Konto schon morgen nutzen?« Fenja Simek sah die Notarin erwartungsvoll an.

»Ich denke, spätestens morgen Abend.«

»Wie ist eigentlich der Stand unseres Notaranderkontos?«

»Ähm …, eine Sekunde. Der Stand heute, ohne die Summe, die Sie eben mitgebracht haben, liegt bei 675.000 Euro. Das ist nur das Bargeld. Ihre Firmenanteile bewegen sich in einer ähnlichen Größenordnung.«

»Das ist erfreulich. Bitte überweisen Sie doch die gesamte Summe auf das neue Geschäftskonto bei der Standard Chartered auf Vanuatu.«

Nanu, wollen die sich etwa absetzen? »Selbstverständlich.« Nele Peters ließ sich nichts anmerken und schob den Notizblock an die Seite, als ihr ein weiteres Detail einfiel: »Ich weiß nicht, ob das für Sie von Interesse ist, aber es gibt die Möglichkeit, eine Staatsbürgerschaft für Vanuatu zu erwerben. Ich müsste mich nach dem Preis erkundigen. Seitdem die EU in letzter Zeit einige Länder davon überzeugen konnte, dem Datenaustausch über Finanzbewegungen zuzustimmen, ist die Zahl der Staaten, die, sagen wir mal diskreter sind, kleiner geworden. Diese Länder haben dann die Gunst der Stunde genutzt und die Preise für Dienstleistungen, wie Staatsbürgerschaften, angehoben.«

Fenja Simek hatte sich auf ihrem Stuhl nach vorne gelehnt und den Kopf auf die Hand gestützt.

Nele Peters, die sich wiederum zurückgelehnt hatte, wartete gespannt auf die Antwort. *Na, wenn die beiden jetzt in Erwägung ziehen, die Nationalität von Vanuatu anzunehmen, dann haben die aber so viel Dreck am Stecken, dass sie kurz davor sind zu türmen. Das muss mit der Geldwäsche zusammenhängen.*

»Das mit der Staatsbürgerschaft möchte ich erst mit meinem Mann besprechen. Ist es denn kompliziert, ein Visum für die Insel zu bekommen? Vielleicht machen wir mal dort Urlaub, um uns das Ganze anzusehen.« Fenja Simek hob die Broschüre wieder vom Boden auf, die ihr aus der Hand gefallen war, und blickte die Notarin unschuldig an.

»Nein, Sie bekommen bei der Einreise einen sogenannten Sichtvermerk in den Pass gestempelt. Bis zu dreißig Tage können Sie sich dann dort aufhalten. Das ist alles.«

»Das klingt unkompliziert. Ich werde mal mit meinem Mann reden. Würden Sie bitte herausfinden, was es kostet, einen Pass von Vanuatu zu kaufen?«

»Das kann ich machen. Hätten Sie meine Kostennote gerne elektronisch, oder sollen wir das wieder ohne Rechnung machen?«

»Ich ziehe Barzahlung vor. Lassen Sie mich wissen, was das kosten soll, und mein Mann oder ich kommen für die Bezahlung kurz vorbei. Einverstanden?«

Nele Peters nickte zustimmend, stand aus ihrem Sessel auf und brachte ihre Klientin zur Tür.

Dort drehte Frau Simek sich um, reichte der Notarin die Hand und sagte lächelnd: »Sie sollten sich schonen. Mit einer Erkältung darf man nicht spaßen. Nicht, dass die chronisch wird.«

Pastor Koopmann saß in seinem Büro im Seamen's Club und arbeitete konzentriert an der Vorbereitung einer Predigt. Plötzlich wurde seine Bürotür ohne Vorwarnung geöffnet. Es war kurz vor halb sechs, und Lukas Simek stand im Türrahmen. Ein kleiner Rucksack hing über seiner Schulter. Er drehte sich um und warf einen Blick links und rechts in den Flur, aber es war niemand zu sehen. Dann kam er vollends in das Büro des Pastors und schloss die Tür leise hinter sich. Ohne Begrüßung ging er bis zum Schreibtisch, stellte seinen Rucksack auf die dort vom Pastor ausgebreiteten Papiere und öffnete den Reißverschluss. Als er seine Hand wieder herausholte, hatte er drei dickere Umschläge darin, die er vor seinen Kurier hinlegte. Dann griff er in seine Hosentasche und legte einen kleinen Zettel auf den obersten.

»Fotografieren«, war alles, was er sagte, während er auf das Stückchen Papier zeigte.

Martin Koopmann zog sein Handy aus der Tasche, machte widerspruchslos ein Foto und sah Lukas Simek wieder an.

»In jedem der Päckchen sind 9.500 Euro. Mit diesen Päckchen gehen Sie morgen zu drei verschiedenen Banken. In jeder veranlassen Sie die Überweisung des Geldes auf das Konto, das auf dem Foto angegeben ist, das Sie gemacht haben. Verstanden?«

Martin Koopmann betrachtete den Zettel, der auf dem obersten Päckchen lag. Eine Firma mit einem englischen Namen, die auf Vanuatu residierte. Das war ein Steuerparadies, eine Insel, wie er wusste. Er schaute Lukas Simek an und sagte leise: »Das ist Geldwäsche, da spiele ich nicht mit. Es ist schon schlimm genug, dass ich Drogen transportiere. Wenn die Polizei mich erwischt, bin ich dran.«

»Dann wäre ich an Ihrer Stelle vorsichtig und würde mich nicht erwischen lassen!« Lukas Simek war ernst geworden. »Davon abgesehen haben Sie keine Wahl, und das wissen Sie. Also Schnauze halten und machen.«

»Mein Gott«, Koopmann war ernsthaft verzweifelt. »Ich habe für sowas nicht die Nerven. Sie sind solche Dinge gewohnt, aber ich werde schon bei dem Gedanken daran ganz unruhig, was mich der Bankangestellte fragen wird.«

»Nun gut, Sie lassen mir keine Wahl.« Lukas Simek fixierte seinen Gesprächspartner mit seinem Blick: »Wie alt war ich, als Sie mich vergewaltigt haben?« Lukas Simek ließ den Pastor nicht aus den Augen und beantwortete die gestellte Frage selber. »Richtig, ich war elf Jahre alt. Wie alt sind Ihre Töchter? Stellen Sie sich vor, ich mache mit einer von Ihren Töchtern das Gleiche, was Sie mit mir gemacht haben.«

Martin Koopmann bekam große Augen und verfiel in Schnappatmung, während ihm gleichzeitig die Tränen in die Augen schossen: »Das können Sie nicht machen, bitte«, brachte er nur stammelnd heraus.

»Ach ja? Wieso sollte ich das nicht können? Ich hatte einen ausgezeichneten Lehrer.« Lukas Simek schwieg einen Moment und betrachtete mit Interesse die Tränen in den Augen seines ehemaligen Peinigers. »Diese Situation ruft eine Erinnerung in mir wach. Klaus und ich weinten auch immer, wenn wir von Ihnen zurückkamen. Und ich habe Ihnen bisher nicht einmal richtig wehgetan.« Lukas Simek genoss für einen weiteren Augenblick den Anblick, der sich ihm bot. »Und meinen Sie, Sie schaffen es jetzt, das Geld einzuzahlen?« Lukas Simek zog den Reißverschluss seines Rucksacks wieder zu. »Wir treffen uns morgen. Dann geben Sie mir die Einzahlungsbelege. Kommen Sie nicht auf komische Gedanken, sonst widme ich mich Ihren Töchtern. Mit einer bin ich bereits über eine von diesen elektronischen Plattformen befreundet. Ganz schön naiv, die Kleine, aber hübsch. Ach, bevor ich es vergesse. Hier sind ein paar nette Bilder von Ihnen, bei der Arbeit.«

Lukas Simek legte drei Bilder auf den Schreibtisch, die den Pastor dabei zeigten, wie er das Paket mit den Drogen an der Adresse in Cuxhaven ablegte. Dann nahm er seinen Rucksack vom Schreibtisch und hängte ihn über die Schulter. »Und ich empfehle, das Foto mit der Adresse für die Überweisung auf dem Handy nach getaner Arbeit zu löschen.« Dann verließ er das Büro seines neuen Kuriers, ohne sich nochmals umzudrehen.

Koopmann blieb allein zurück. Er versuchte, sich die tränenden Augen zu trocken. Seinen Kopf hatte er in die Hände gestützt. Sein Taschentuch war nass, die Tränen liefen weiter, und seine Schultern zuckten, während er leise vor sich hin schluchzte.

Er verfluchte den Tag, an dem er entschieden hatte, Pastor zu werden. Er hatte sich damals mit einem Freund beraten, der ebenfalls schwul war und zu diesem Zeitpunkt durch die Ausbildung ging. Der hatte ihm das Pastorenleben schmackhaft gemacht. Ob man sich nun berufen fühle oder nicht, sei letztlich egal. Als Homosexueller könne man sich keinen besseren Schutzraum vorstellen als die Kirche. Und es gäbe jede Menge schwule Pastoren, die natürlich alle sexuelle Bedürfnisse hätten. Das klang schon paradox, wenn man sah, wie die Institution nach außen Homosexualität und gleichgeschlechtliche Ehe verdammte.

Das hatte sich seitdem nicht grundsätzlich geändert, auch wenn Teile, zumindest der Evangelischen Kirche, fortschrittlicher geworden waren. Hinzugekommen war inzwischen eine kaum mehr zu überblickende Zahl von aufgedeckten Missbräuchen an Kindern und Frauen. Selbst der Besitz von Kinderpornografie konnte kirchlichen Würdenträgern schon nachgewiesen werden. Inzwischen wurden immer häufiger Fälle von Kindesmissbrauch in Moscheen oder Koranschulen in Deutschland und der Türkei öffentlich. Studien zu Missbrauchsfällen funktionierten mittlerweile wie ein Besuch beim Arzt. Es wurde bei der Untersuchung nicht nur ein einzelnes Geschwür entdeckt. Man stellte fest, dass der Missbrauchskrebs aggressiv war und gestreut hatte. Eine kleine Operation zur Entfernung des Geschwüres würde nicht mehr reichen. Es musste mehr geschehen, als sich bei den Opfern zu entschuldigen und den Täter – nachdem er seine Sünden bereut und Besserung gelobt hatte – in den wohlverdienten Ruhestand in irgendein Kloster zu schicken. Aus den Augen, aus dem Sinn reichte nicht mehr. Den entstandenen Metastasen konnte man nur mit einer Chemotherapie beikommen. Die aber würde unerwünschte Nebenwirkungen haben. Es bestand die Gefahr, dass auch Führungspersönlichkeiten in Mitleidenschaft gezogen würden. Das aber waren mehr Nebenwirkungen, als die Kirche bereit war zu akzeptieren. *Und ich bin Teil dieses Sumpfes und*

deshalb in dieser ausweglosen Situation. Koopmann trocknete sich erneut die Tränen, versteckte die Umschläge in einer
Schublade seines Schreibtisches und sah aus dem Fenster. Er
würde morgen früh in jedem Fall erst zur Mission fahren,
bevor er den Auftrag erledigen konnte.

Jonas Hansen war zu früh, absichtlich. Er wollte Engagement zeigen. Das kam an bei der Koordinatorin für die
Ehrenamtlichen, und sie schlug ihm vor, sich die Außenanlagen mit den verschieden Sportmöglichkeiten anzuschau-
en. *Warum nicht,* dachte er und ging nach draußen, um sich
umzusehen. Er sah den kleinen Fußballplatz, der ebenfalls
die Möglichkeit für Basketball bot, und ging über einen plat-
tierten Weg weiter bis zur Ecke des Gebäudes. Dort waren
aber ausschließlich Beete angelegt und bepflanzt.

Er wollte schon weitergehen, als sein Blick auf eine Person hinter den Fenstern fiel. Der Mann war in einem – wie
es schien – hitzigen Gespräch mit einer anderen Person, die
er aber nicht sehen konnte. *Das muss der neue Pastor sein.
Laut Lageplan am Schwarzen Brett ist das sein Büro.* Hansen
konnte beobachten, dass der Pastor einen hochroten Kopf
hatte, und es sah so aus, als ob er sich die Tränen trocknete.
*Warum sonst würde man sich die Augen mit einem Taschen-
tuch abtupfen,* dachte er. Dann sah er, wie kurz der Arm des
Gesprächspartners erschien und einen kleinen Rucksack
vom Schreibtisch nahm. Der Kopf des Pastors folgte dem
Besucher mit dem Rucksack. Dann drehte der Pastor den
Kopf und sah aus dem Fenster, so dass Hansen sich hinter die
Hausecke zurückzog. Der Besucher war offenbar gegangen.

Er ging schnell zurück zum Fußballplatz. Es musste niemand wissen, dass er den Pastor beobachtet hatte. Er schaute auf seine Uhr. Es war Zeit, wieder hereinzugehen. Lukas
Simek, mit dem er heute den Bordbesuchsdienst gemeinsam

machen sollte, konnte jeden Moment auftauchen. Er ging zurück in Richtung der Glastür, durch die er das Gebäude verlassen hatte. Als er vor der Tür stand, sah er einen Rucksack, der ihm so bekannt vorkam wie derjenige, der ihn über der Schulter trug.

»Guten Tag, Herr Simek.«

Der Angesprochene drehte sich erstaunt um und steckte das Handy, dem bis zu diesem Moment seine Aufmerksamkeit gegolten hatte, mit einer hektischen Bewegung in die Hosentasche: »Guten Tag, Herr Hansen. Wo kommen Sie denn so plötzlich her? Ist das Ihr Auto, draußen auf dem Parkplatz?«

»Wenn Sie den Skoda meinen, ja, das ist meiner. Ich komme vom Fußballplatz beziehungsweise von den Außenanlagen. Frau Maelzer meinte, ich sollte mir das Gelände mal ansehen, um einen Eindruck davon zu bekommen, was man hier alles mit den Seeleuten machen kann.«

»Und, was sagen Sie?« Lukas Simek hatte die Überraschung verdaut.

»Nicht schlecht, würde ich sagen. So einen Bolzplatz hätte ich als Kind gerne gehabt.«

»Hätte mir damals auch gefallen.« Lukas Simek schaute auf seine Armbanduhr. »Wir sollten uns allmählich auf den Weg machen. Nicht, dass das Shuttle ohne uns fährt.«

Martin Koopmann war nach Hause gefahren. Sein letztes Gespräch mit Simek, den er jetzt beim Bordbesuchsdienst wusste, steckte ihm in den Knochen. Er hatte Angst vor dem Auftrag, den er morgen ausführen musste. Und er hatte sich mit Greta, seiner Ältesten, verabredet, um über die Missbrauchsskandale der Kirche zu sprechen. Sein Gespräch mit Greta, die mit dem Handy am Ohr vor ihm saß, war durch ein Telefonat, das offenbar für sie wichtig war, unterbrochen worden. Er war über eine erste Frage noch nicht hinausgekommen. Mit Simek im Kopf hatte er Schwierigkeiten, sich auf das Gespräch zu konzentrieren. Insgeheim hatte er damit gerechnet, dass dieses Thema irgendwann für seine Töchter wichtig werden würde. Schließlich waren sie die Kinder des Repräsentanten einer Organisation, die alles dafür tat, dass diese Verfehlungen nicht das Licht der Öffentlichkeit sahen. Die Tatsache, dass die katholische Kirche deutlich stärker betroffen war als die eigene Fraktion, war kein Trost. *Die ganze Moraltheologie der Organisation gehörte auf den Müllhaufen der Geschichte. Nur leider kann ich das nicht öffentlich und schon gar nicht meinen Töchtern oder Susanne sagen,* dachte er, als Greta endlich auflegte.

»Was heißt denn bitte Flausen in den Kopf gesetzt? Unser Ethiklehrer hat uns angeboten, ein Thema unserer Wahl zu besprechen. Bei der Abstimmung hat sich eine Mehrheit in der Klasse für ›Missbrauch in der Kirche‹ gefunden. Ich hätte ja lieber über zivilen Ungehorsam gesprochen, konnte mich aber nicht durchsetzen.« Greta sah ihren Vater an. »Und ich habe vor, im Ethikunterricht zu bleiben und nicht wieder in den Religionsunterricht zurückzukehren.«

Schade, dass mein Töchterchen sich in ihrer Klasse nicht hat durchsetzen können, dachte Koopmann, *zu Hause gelingt ihr das leider immer öfter.* »Und warum wollten deine Mitschüler ausgerechnet über dieses Thema reden?«

»Na sag mal, Papa, liest du keine Zeitung? Es gibt doch kaum einen Tag, an dem nicht irgendein Skandal der Kirche durch die Presse geht«, war die prompte Antwort. »Das kann doch nicht an dir vorbeigehen. Schließlich ist dein Arbeitgeber auch betroffen!«

»Ja, das stimmt, aber nur am Rande. Das ist eher ein Problem der katholischen Fraktion. Das Zölibat …« Koopmann kam nicht weiter. Greta hatte lauthals angefangen zu lachen, so dass ihm seine Worte im Hals stecken blieben.

Als sie wieder ernst wurde, sagte sie missbilligend: »War ja klar, dass das kommen würde. Papa, das ist voll scheiße. Du weißt genau, das das nicht stimmt. Vielleicht gibt es bei den Katholen zahlenmäßig mehr Fälle sexuellen Missbrauchs, aber das Prinzip ist doch bei allen Kirchen das Gleiche. Pastoren und Priester nutzen ihre Machtposition aus, um sich sexuelle Befriedigung zu verschaffen. Und wie ich neulich gelesen habe, gilt dass das auch für den Islam. Wer weiß, wie viele andere Kirchen das gleiche Problem haben, aber besser im Vertuschen sind.«

»Möglicherweise hast du da recht. Kirchliche Würdenträger sind halt auch nur Menschen. Und du darfst nicht vergessen, dass die Kirche viel Gutes tut und bewirkt«, antwortete Koopmann seiner Tochter, wissend, dass er damit das Thema nicht vom Tisch bekommen würde. *Das Schlimme ist, dass ich letztlich keine Rechtfertigung finden werde, weil es keine gibt.*

»Diese sogenannten Würdenträger halten sich aber für was Besseres! Für Menschen, die sozusagen im Auftrag Gottes handeln und als sein Stellvertreter vor Ort verzeihen dürfen. Nachdem sie vorher dafür gesorgt haben, dass es auch Sünden gibt, damit man etwas hat, das man dann großzügig verzeihen kann.«

»Sag mal, wo liest du solche Sachen?«, Koopmann schüttelte ungläubig den Kopf.

»Bücher! Papa, es gibt – jenseits der Bibel sollte ich vielleicht sagen – Bücher von Wissenschaftlern, die sich mit solchen Themen befassen.«

Koopmann war voller Bewunderung für seine Älteste. *Greta ist offenbar dabei, sich unabhängig von mir und Susanne eine eigene Meinung zu bilden. Die Tatsache, dass ihr Freigeist sie unweigerlich von der Kirche und ihrem christlichen Glauben entfernte, müsste ich eigentlich bedauern. Aber ich freue mich darüber.* »Aus Büchern! Also nicht aus den asozialen Medien?«

»Papa, du bist voll peinlich. Für wie blöd hältst du mich. Natürlich nicht. Auch das haben wir im Ethikunterricht gelernt. Unser Lehrer hat uns mal vorgeführt, wie viel Schrott da drin steht. Das nutzen wir fast nur noch, um uns zu verabreden, Leute kennenzulernen und so. Vielleicht musst du dich an den Gedanken gewöhnen, dass Kinder, die man in die Welt setzt, irgendwann erwachsen werden und anfangen, selbstständig zu denken.« Greta sah ihren Vater mit hochgezogenen Brauen an.

Koopmann war erfreut darüber, dass Greta nicht alles glaubte, was in diesen Netzwerken kursierte. Dass sie das gleiche Instrument benutzte, um ›Leute kennenzulernen‹, wie sie es ausdrückte, beunruhigte ihn jedoch. Er musste sofort daran denken, dass sich Simek über diese Schiene in das Leben seiner Tochter geschlichen hatte.

»Und hast du darüber schon viele neue Leute hier in Bremerhaven kennengelernt?« Er hoffte, die Frage wäre unverfänglich genug und er konnte auf diese Weise zumindest etwas erfahren.

»Papa, lenk nicht ab. Das klappt bei mir nicht mehr.«

Koopmann seufzte. »Was erwartest du eigentlich von mir und deiner Mutter?«

»Ich fände es gut, wenn ihr euch zum Beispiel dafür einsetzen würdet, dass sich homosexuelle Paare in allen Landeskirchen trauen lassen können und nicht nur in ein paar ausgewählten, und dass das auch für Pastoren gelten würde.«

Das wünschte sich Koopmann seit Jahrzehnten. Sein Motiv für dieses Engagement konnte er leider kaum mit seiner Tochter besprechen. »Dafür setze ich mich schon lange ein. Aber das braucht Zeit. Die kirchlichen Strukturen sind verkrustet und schwer aufzubrechen. Dieses Thema mit den älteren Kollegen zu besprechen, ist nicht einfach.«

»Aber davon sieht man doch nichts«, wandte Greta ein.

»Wie meinst du das?«, fragte er verwirrt zurück.

»Na, du könntest doch zu so einem Thema auch mal öffentlich Stellung beziehen. Schließlich werden Eva und ich von unseren Freunden gefragt, wie du als Pastor zu solchen Dingen stehst. Und da wäre es schön, wenn wir sagen könnten, dass du so ein total fortschrittlicher Pastor bist. Das wäre echt cool.«

»Sag mal, geht es dir um die Sache oder darum, vor deinen Freunden cool dazustehen?« Koopmann sah Greta an und schüttelte ungläubig den Kopf.

»Natürlich geht es mir um die Sache, was glaubst du denn? Aber es wäre halt auch cool!«

Koopmann sah seine Tochter skeptisch an. »Ich habe damit kein Problem, weil ich da durchaus auf deiner Seite bin. Momentan ist mir allerdings noch nicht klar, wie die Öffentlichkeit hier erreicht werden kann. Wir sind ja erst seit ein paar Tagen hier. Aber ich denke, ich kann dafür sorgen, dass die Seemannsmission einen moderneren Anstrich bekommt, als dies bisher der Fall ist. Wäre das in deinem Sinne?«

Greta strahlte ihn an und nickte erfreut. »Das wäre echt toll, danke!«

»Heißt das, du besuchst dann wieder den Religionsunterricht?«, fragte Koopmann seine Tochter.

»Ähm …, nein …! Das eine hat ja mit dem anderen nichts zu tun.«

»Also, das verstehe ich jetzt nicht mehr. Das musst du mir erklären.«

»Wie soll ich das erklären?« Es schien, als hätte sich Greta diese Frage selbst gestellt. »Ich finde, es gibt zu viele Widersprüchlichkeiten und Lügen in der Kirche. Ich habe schlicht kein Vertrauen mehr in die Institution als solches. Zum Beispiel wird ja auch heute immer wieder mal von der Hexenverbrennung gesprochen. Die Kirche gibt ja zu, dass das nicht gut war, redet aber weiter von Hexenverbrennung. Dabei sagt sie selbst, dass es keine Hexen gibt oder gab. Warum benennt die Kirche nicht die Tatsachen, wie sie sind? Denn in Wirklichkeit wurden doch damals im Namen des Vaters Frauen bei lebendigem Leib verbrannt!«

Koopmann stammelte mit rotem Kopf etwas Unverständliches, als Greta bereits fortfuhr.

»Oder was anderes. Wir sollen doch glauben, dass Gott die Welt und alles, was darauf herumläuft, erschaffen hat. Meine Frage lautet: Was hat er eigentlich in der ganzen Zeit davor gemacht? Hat er weitere Erden erschaffen, die wir nur noch nicht gefunden haben oder sowas?«

»Ähm …« Seine Tochter hatte sich warm geredet und wollte sich nicht unterbrechen lassen.

»Warte, nur noch eine Frage. Gott soll ja allwissend und allmächtig sein. Er hat den Menschen also bewusst mit Fehlern erschaffen. Warum, frage ich mich. Das hätte er doch wohl besser machen können, oder? Weil er uns aber fehlerhaft erschaffen hat, müssen wir permanent Sünden begehen, die wir später bereuen sollen. Das wiederum ist für die Kirche seit langer Zeit eine wunderbare Einnahmequelle, wenn ich nur an den Ablasshandel denke.«

»Nun ja, Gottes Wege sind für die Menschen halt nicht immer logisch und verständlich. Das müssen wir akzeptieren. Damit müssen wir leben.« Koopmann wusste, dass seine Antwort bestenfalls halbherzig klang.

Greta sah ihn ungläubig an. »Das ist jetzt nicht dein Ernst? Ist das alles, was dir dazu einfällt?«

»Greta, es tut mir leid. Ich habe nicht geahnt, dass unser Gespräch derart in die Tiefe gehen würde. Darauf bin ich nicht vorbereitet. Können wir unser Gespräch zu einem anderen Zeitpunkt fortsetzen?«

Greta nickte langsam. Sie war überrascht. Das Gespräch war schneller vorbei, als sie gedacht hatte. Auch ein Donnerwetter, mit dem sie insgeheim gerechnet hatte, war ausgeblieben. Die Erklärungsversuche ihres Vaters klangen nicht einmal ansatzweise authentisch. Er schien eher auf ihrer Seite zu sein, wie sie verwundert feststellte.

Koopmann ergriff die Initiative: »Okay, ich melde mich bei dir. Wir setzen uns in den Garten und reden in aller Ruhe. Einverstanden?«

Greta nickte erneut und nahm den Anruf ihrer Freundin an, um dann das Arbeitszimmer ihres Vaters mit dem Handy am Ohr zu verlassen. Es gab Wichtigeres. Sie wollte ihr unbedingt von diesem neuen Kontakt erzählen, mit dem sie seit gestern über Social Media befreundet war. Der war zwar älter als alle ihre bisherigen Freunde, sah aber unverschämt gut aus und trug total coole Klamotten. Bis zu den Schuhen alles aufeinander abgestimmt.

Koopmann blieb allein zurück. Er war sich nicht sicher, wie lange er sein Doppelleben noch aufrechterhalten konnte.

Lukas Simek und Jonas Hansen waren durch das Drehtor zum Zollbereich bis zur Haltestelle gelaufen. Sie warteten auf das Shuttle, das sie zu einem der RoRo-Schiffe bringen sollte, das Autos aus Japan löschte und in Deutschland hergestellte Limousinen wieder an Bord nehmen würde. Die Gravity Highway sollte im Kaiserhafen III liegen. Sozusagen in Sichtweite der ›letzten Kneipe vor New York‹, wie das dortige Restaurant von den Einheimischen genannt wurde.

»Bekomme ich später auch so eine Zugangskarte?«, wollte Hansen wissen, der gesehen hatte, wie Simek mit seiner das Tor entriegelt hatte.

»Da muss ich Sie enttäuschen. Diese Dinger wurden nach dem Anschlag auf das World Trade Center in New York eingeführt und sind Teil eines übergreifenden Sicherheitssystems für alle Häfen weltweit, mit denen die USA Handel treibt. Sie bekommen lediglich eine spezielle Berechtigung, die es ihnen erlaubt, sich im Zollbereich aufzuhalten. Der

Fahrer des Shuttles lässt Sie hier durch die Drehtür, nachdem er das überprüft hat.«

»Dann sind Sie als Zöllner hier ja echt privilegiert. Wo kommen Sie eigentlich gebürtig her?« Hansen sah Simek mit einem offenen Lächeln an. »Sie haben einen Akzent, der mir sagt, dass Sie nicht hier geboren wurden.«

Lukas Simek, der in die Richtung geschaut hatte, aus der das Shuttle zu erwarten war, drehte sich um. »Ich komme aus Süddeutschland, bin aber schon lange hier.«

»Und wie lange sind Sie schon hier?«

Simek, der schon wieder nach dem Shuttle Ausschau hielt, drehte sich erneut um: »Ungefähr zwanzig Jahre.«

»Und was hat Sie nach Bremerhaven verschlagen? Ich meine, die Stadt gilt ja als die Loserstadt der Nation.«

»Ja, das sagt man wohl.« Simek betrachtete Hansen misstrauisch: »Fragen Sie eigentlich jeden so aus, den Sie gerade kennengelernt haben?«

»Oh, sorry. Ich dachte, wenn wir in Zukunft öfter miteinander zu tun haben, kann es ja nicht schaden, ein wenig mehr übereinander zu wissen.« Hansen hatte eine Hand gehoben und machte eine Geste der Entschuldigung.

»Das stimmt im Grunde, geht mir aber ein wenig zu schnell. Schließlich sehen wir uns heute erst zum zweiten Mal.«

Oha. Bei dem muss ich aufpassen wie ein Schießhund. Hypersensibel und misstrauisch. Dabei waren meine Fragen ja nicht so ungewöhnlich, dachte Hansen, bevor er zerknirscht antwortete: »Okay, tut mir leid. Entschuldigung, ich wollte Ihnen nicht zu nahetreten.«

Simek schien mit dieser Entwicklung zufrieden zu sein und wandte sich wieder in die Richtung, aus der das Shuttle kommen sollte.

Kurze Zeit später saßen beide in einem Kleinbus und ließen sich durch den Zollbereich bis zur Gravity Highway, einem dieser unförmigen Autotransporter, bringen, die regelmäßig Bremerhaven anliefen und Autos ausspuckten, aber auch wieder aufnahmen. Aus der Ferne war das Schiff als ein großer, unübersehbarer metallener Block von den Ausmaßen einer vierstöckigen Reihenhaussiedlung auszumachen. Hansen konnte seinen Blick aus dem Seitenfenster auf den Hafen und die dort liegenden riesigen Kolosse nicht lösen.

»Bei diesen Dingern habe ich manchmal Schwierigkeiten, vorne und hinten zu unterscheiden. Komische Schiffe«, versuchte Hansen es mit einem eher unverfänglichen Thema.

Aber Simek schien nicht zu einem Gespräch aufgelegt zu sein, sondern antwortete mit einem unverständlichen Brummen, das Hansen als Zustimmung interpretierte. Neben ihrem Schiff angekommen, stiegen die beiden aus und machten sich auf den Weg zur Gangway, offenbar schon sehnsüchtig von der Crew erwartet, wenn man das Winken der Männer an der Reling so interpretieren konnte. Oben wurden die beiden Besucher von der Wache in eine Art Besucherbuch eingetragen. Ein Crewmitglied, das augenscheinlich keinen philippinischen Hintergrund hatte wie der Rest der Crew und durch Körpergröße und Bart aus der Gruppe herausstach, nahm Simek den Rucksack ab und ging vor. Hansen bildete das Schlusslicht. Schließlich kam die Gruppe in der Messe an und setzte sich um einen großen Tisch. Das Crewmitglied, das zu Beginn vorangegangen war und den Rucksack getragen hatte, kam nun als letztes hinein und schloss die Tür. Dann gab der Mann Simek seinen Rucksack zurück und setzte sich ebenfalls an den Tisch.

Der ist zwischendurch abgebogen und hat sich hinten wieder angehängt. Bei dem Auf und Ab und links und rechts kein Wunder, wenn man jemanden aus den Augen verliert. Hansen beobachtete den Mann, der aus der Crew herausstach wie ein Riese. Auffällig waren ein blaues Auge auf der rechten Seite und der Rest eines Tattoos auf der Stirn, das nicht mehr vollständig lesbar war, da er versucht hatte, diese Zierde entfernen zu lassen. Die Nase hatte vorne die Form eines Blumenkohlröschens. Auffällig groß waren die Ohren. Abgerundet wurde das Ensemble durch eine Vollglatze und einen kurz gehaltenen Bart. *Arme Socke, den kann auch nur seine Mutter schön finden. Wüsste gerne, bei welcher Gelegenheit er sich das Veilchen eingefangen hat.*

Simek, der seinen Rucksack mit einem Nicken wieder entgegengenommen hatte, holte verschiedene fremdsprachige Zeitungen aus der Heimat der Crewmitglieder heraus, die er auf den Tisch legte. Die Crew hatte seit Längerem keine Internetverbindung gehabt und war deshalb ausgehungert nach Nachrichten. Lediglich der Kollege, der den Rucksack getragen hatte, machte einen eher gelangweilten Eindruck. *Vielleicht hat der ja andere Möglichkeiten oder mehr Quellen als die Asiaten,* dachte Hansen und versuchte weiter, den Gesprächen zu folgen, die in englischer Sprache geführt wurden.

Den Gedanken hatte Hansen gerade zu Ende gedacht, als Simek ihn als seinen neuen Kollegen vorstellte. Jonas Hansen, dem seine Undercover-Rolle zunehmend gefiel, nickte den Seeleuten zu und bat um eine Vorstellungsrunde, auch wenn er wisse, dass er sich nicht alle Namen würde merken können, aber zumindest habe er sie dann schon einmal gehört. Von den philippinischen Namen behielt er nur den ein oder anderen Vornamen. Aber den Namen von Blumenkohlnase, wie er den Rucksackträger in Gedanken nannte, konnte er sich vollständig merken: Maxim Koslow. Er bedankte sich für die Vorstellung und lehnte sich wieder in seinem Stuhl zurück. Simek übernahm die Gesprächsführung. Er erklärte den Seeleuten, dass sein neuer Kollege viel Ahnung von Computern habe. Sollte also jemand an dieser Stelle Hilfe benötigen, könne er sich vertrauensvoll an Jonas wenden, der dann versuchen würde, das Problem zu lösen, ohne dass dies Kosten verursachen würde. Diese Nachricht wurde mit Begeisterung aufgenommen, und zwei Mitglieder hatten tatsächlich Probleme, die sie gerne behoben hätten. Man vereinbarte, sich in der Mission zu treffen. Im Laufe der nächsten Stunde wurde viel geredet, und die Mannschaft hoffte, sobald wie möglich das Schiff verlassen zu können. Einen Landgangspass hatten mittlerweile alle Crewmitglieder von der Bundespolizei bekommen. Einige wollten in den Supermarkt und hauptsächlich Schokolade kaufen, andere wiederum würden gerne in den Seaman's Club kommen, wegen des dortigen Internetzugangs. Maxim Koslow hatte diesbezüglich keine Bedürfnisse. Jedenfalls beteiligte er sich nicht an den Gesprächen. Interesse daran, das Schiff zu verlassen, hatte er ebenfalls nicht. Auf der anderen Seite schien es eine gewisse Vertrautheit zwischen Simek und Koslow zu geben, die Hansen aus den Augenwinkeln heraus glaubte wahrgenommen zu haben.

Der Rest des Besuches verlief ereignislos. Zwei Stunden später stieg Jonas Hansen wieder in sein Auto und fuhr nach Hause. In der Rückschau war er sich nicht sicher, ob er beim Besuchsdienst etwas gelernt hatte. Seine Beobachtungen bezüglich des Verhältnisses zwischen dem Pastor und Simek, waren hingegen aufschlussreich.

KAPITEL 5, FREITAG

Martin Koopmann hatte sich auf eine Bank gesetzt, von der aus er den Eingang und den Schalterraum der Filiale der Sparkasse beobachten konnte. Er hatte sich so gekleidet, dass er nicht sofort als Pastor identifiziert werden konnte. Der Regen hatte aufgehört. Sonst hätte er sich kaum auf die Bank setzen und warten können. Er wäre aufgefallen wie ein bunter Hund. *Wer sitzt schon bei Regen draußen auf einer Bank? Nein, bitte nicht.* Eine ältere Dame, die einen Rollator langsam vor sich her schob, näherte sich dem Eingang. Leider befanden sich im Foyer ein Geldautomat und ein Kontoauszugsdrucker, der Kunden anzog. Nach weiteren fünf endlos scheinenden Minuten hatte die Rollator-Dame ihre finanziellen Transaktionen erledigt. Martin Koopmann stand auf und überprüfte zum x-ten Mal, ob das Päckchen mit den Banknoten in der Innentasche seines Sakkos war und ging los in Richtung Eingang der Sparkasse. Er fasste sich ein Herz und ging durch das Foyer bis zum Bankschalter, vor dem er stehen blieb. Im hinteren Teil des Raumes saßen drei Mitarbeiter und Mitarbeiterinnen der Filiale und tippten auf ihren Tastaturen herum. Eine Angestellte sah ihn und kam zu dem Schalter, vor dem er stand.

»Guten Morgen, was kann ich für Sie tun?«, fragte die Bankangestellte und lächelte Martin Koopmann an.

»Ich würde gerne Geld überweisen, ins Ausland«, Martin Koopmann fühlte, wie sich auf seiner Stirn ein Schweißfilm bildete und holte ein Taschentuch aus seiner Tasche.

»Ich bin wohl ein wenig zu schnell gelaufen und dabei ins Schwitzen geraten« erklärte er der jungen Frau, die vor ihm stand und ihn anlächelte.

»Macht ja nichts. Wer ist denn der Empfänger des Geldes?« Die junge Angestellte beugte sich hinab und holte aus einem Fach im Tresen ein Überweisungsformular und legte es vor sich hin. Mit der anderen Hand zog sie einen Kugelschreiber aus einem Ständer, der ebenfalls auf dem Tresen stand. Dann sah sie Martin Koopmann wieder an.

»Also, es handelt sich um gesammelte Spenden«, meinte Martin Koopmann mit leiser Stimme erläutern zu müssen.

»Entschuldigung. Ist das der Verwendungszweck, den ich angeben soll?« Die Bankangestellte war verwirrt.

Martin Koopmann hatte das Gefühl, im Boden versinken zu müssen. Er musste sich zusammenreißen, wenn er das hier kontrolliert über die Bühne bringen wollte. Er erinnerte sich an die Drohung, die im Raum stand und war sicher, dass Lukas Simek nicht gebluff hatte.

»Eine Sekunde bitte«, er griff in die Innentasche seines Sakkos, holte unter den Blicken der jungen Frau sein Handy hervor und zeigte ihr die Detailinformationen des Kontos, auf das das Geld überwiesen werden sollte.

Die Angestellte legte das Handy neben das Formular und übernahm die Daten in das Formular. Martin Koopmann griff in die andere Tasche seines Sakkos und holte das Bündel mit den Geldscheinen heraus, das er auf den Tresen legte.

»Na dann wollen wir mal sehen, wie viel das ist«, die Bankmitarbeiterin nahm das Bündel, steckte es in eine Geldzählmaschine, die sie aus einem Regal unter dem Tresen holte und ließ die Scheine durchlaufen. »Das sind 9.500 Euro, nicht wahr?« Sie blickte ihn fragend an.

»Ja, das habe ich auch gezählt«, antwortete er und trocknete sich erneut die Stirn.

»Wollen Sie die gesamte Summe überweisen und die Gebühr bezahlen oder soll ich die Überweisungsgebühr von der Summe abziehen?«

Damit hatte Koopmann nicht gerechnet. Ihm war instinktiv klar, dass Lukas Simek, der die Überweisungsbelege abholen würde, natürlich davon ausging, dass sein Kurier die Gebühren übernehmen würde.

»Ich zahle die Gebühr bar. Überweisen Sie bitte den gesamten Betrag«, antwortete er deshalb nach kurzem Nachdenken.

»Das Geld geht an eine Firma auf Vanuatu?«, kam jetzt doch eine der Fragen, die er befürchtet hatte.

»Ja, das stimmt. Die Firma gibt das Geld weiter an ein Kinderkrankenhaus.« *Bescheuerte Ausrede. Ein Krankenhaus hat ein eigenes Konto.* Martin Koopmann lief der Schweiß den Rücken herunter. »Und die Firma stockt den Betrag vorher um eine eigene Spende auf!« Das war eher glaubhaft.

»Ach so, verstehe«, die junge Frau stempelte das Formular und gab ihm den Durchschlag. Der Pastor bezahlte mit zusammengekniffenen Lippen die nicht unerhebliche Gebühr und steckte sein Portemonnaie wieder in die Tasche.

»Vielen Dank. Hier ist Ihr Beleg für die Überweisung und die Quittung für die Gebühr. Es ist schön, wenn man die Möglichkeit hat, kranken Kindern etwas Gutes zu tun. Ich wünsche Ihnen einen angenehmen Tag.«

Koopmann entspannte sich. Er war erstaunt, wie simpel es gewesen war, das Geld zu überweisen. Er öffnete den obersten Knopf seines Hemdes und machte sich auf den Weg zu einer Bank in Geestemünde.

Als er aus der zweiten Bank herauskam, war er wieder in Schweiß gebadet. Es war fast Mittag, und er hatte keine weiteren Termine. Um die Ecke der Bank hatte er ein Eiscafé entdeckt. Er brauchte eine kurze Pause, um seinen Blutdruck wieder unter Kontrolle zu bekommen und seine Körpertemperatur zu senken. Sein Hemd klebte an seinem Körper. Er setzte sich in eine Ecke und bestellte ein Mineralwasser, auch wenn ihm ein großes Glas Rotwein lieber gewesen wäre. Er brauchte dringend jemanden, mit dem er sich austauschen konnte. Vielleicht hatte Benedikt ja Zeit. Koopmann griff zu seinem Smartphone.

> Hallo, Benedikt, hast du spontan Zeit für mich? Ich brauche deinen Rat, dringend!

Er griff zu seinem Glas, um einen Schluck zu trinken, als die Antwort seines Freundes schon eintraf, als hätte er neben seinem Telefon gesessen.

> Na klar. Komm vorbei, oder soll ich kommen?

> Nein, nein. Ich bin mit dem Auto in der Stadt und komme kurz vorbei. Es ist ja Mittagspause. Bis gleich.

Hastig trank er sein Wasser, bezahlte und machte sich auf den Weg zu einer dritten Bank. Die inzwischen gewonnene Routine sorgte dafür, dass er die letzte Überweisung ohne größere Unsicherheiten erledigen konnte. Sein nächstes Ziel war Neuenwalde.

»Was haben wir bis jetzt?« Oliver Schweers setzte sich zu seinen Kollegen in den kleinen Besprechungsraum.

»Jonas soll anfangen und erzählen, was sein Besuch im Seamen's Club gebracht hat«, schlug Melnik vor und öffnete sein Notizheft.

»Kann ich gerne machen.«

Schweers nickte. »Wir haben eh keinen neuen Ermittlungsansatz. Unsere Gespräche mit Herrn und Frau Simek haben ergeben, dass die etwas im Zusammenhang mit dem ›Haus des Glücks‹ zu verbergen haben. Aber ansonsten gibt es nichts Konkretes, oder? Peter, was meinst du?«

»Das ist leider so«, war die kurze und frustriert klingende Antwort des Kollegen.

»Dann fang an und erzähl«, bat Schweers Hansen.

»Ich war vor Simek im Klub und Antje Maelzer, die Koordinatorin, meinte, ich solle mir die Außenanlagen anschauen, solange Simek nicht da ist. Dann bekäme ich eine Idee davon, was man den Seeleuten an sportlichen Aktivitäten anbieten könne. Ich bin also raus und über den Hof bis zur Hausecke gegangen, um herauszufinden, ob es da auch irgendwelche Dinge zu entdecken gibt. Als ich um die Ecke schaute, sah ich durch ein Fenster, wie Koopmann, der neue Pastor, sich offenbar in seinem Büro mit jemandem heftig stritt. Den Gesprächspartner konnte ich nicht vollständig sehen. Ich habe auch nicht verstanden, worum es ging, aber es war völlig klar, dass der Pastor sein Gegenüber kannte. Und: Der Pastor hat geweint! Das habe ich deutlich gesehen. Als das Gespräch zu Ende war, nahm der Mensch, mit dem Koopmann gesprochen hatte, eine Tasche oder einen Rucksack vom Schreibtisch des Pastors und ging. Ich konnte nur den Arm sehen, der den Rucksack vom Schreibtisch nahm. Ich habe mich beeilt, ins Haus zurückzukommen. Dachte, vielleicht sehe ich ja, mit wem Koopmann gesprochen hat. Als ich reinkam, stand Simek in diesem kleinen Wohnzimmer und hatte genau den Rucksack über der Schulter, der beim Pastor auf dem Schreibtisch gestanden hatte, und tippte etwas in sein Handy. Als ich ihn begrüßte, wirkte er ertappt. Ich habe ihm erzählt, dass ich mir draußen die sportlichen Möglichkeiten angeschaut habe, und kurz danach sind wir los.«

»Was war denn mit diesem Rucksack? Hat er Koopmann was gebracht oder hat er was abgeholt?«, wollte Schweers wissen.

»Wenn ich das wüsste«, Hansen zuckte mit den Schultern.

»Schade, dann erzähl weiter.«

»Wir sind durch das Drehtor am Klub, für das man diese Karte benötigt, und haben auf das Shuttle gewartet. Ich habe ihm die eine oder andere Frage gestellt, um ein bisschen mehr über ihn herauszufinden. Das ist aber nicht sein Ding. Er hat mich schnell abgewürgt. Ob ich jeden ausfragen würde und so weiter. Er ist ausgesprochen misstrauisch, was seine Geschichte angeht, ebenso wie seine Herkunft.«

»Dann müssen wir genau da nachbohren!«, meldete sich Melnik zu Wort.

»Das habe ich schon auf dem Zettel. Aber wirklich lehrreich war der Besuch an Bord. Beim Betreten des Schiffes wurde Simek der Rucksack von einem Crew-Mitglied – dem einzigen Nicht-Asiaten – abgenommen. In der Messe hat er ihn wieder zurückgegeben, und Simek hat einige Zeitungen in den Landessprachen daraus hervorgeholt. Alle waren begeistert und neugierig. Außer der, der den Rucksack getragen hatte. Den schien das alles nicht zu interessieren. Keine Ahnung, warum der überhaupt dabei war, das ist ja keine Pflichtveranstaltung. Den hatte ich bei unserem Marsch durch das Schiff zwischenzeitlich mal aus den Augen verloren. Der heißt im Übrigen Maxim Koslow, ist Russe und hat eine bewegte Vergangenheit! Den haben die Kollegen von der Bundespolizei mal mit einer kleineren Menge Drogen in der Tasche erwischt, wie ich herausgefunden habe!« Hansen öffnete eine Umlaufmappe und zeigte seinen Kollegen das ausgedruckte Foto der Gruppe, auf dem er Koslow mit roter Farbe markiert hatte.

»Na, da schau einer an«, meldete sich Melnik ironisch kichernd. »So stellt sich doch jede Mutter ihren Schwiegersohn vor, oder?«

»Oh, là, là, was für ein Ohrfeigengesicht«, fiel Schweers' spontaner Kommentar aus.

»Leider konnte ich schlecht fragen, woher er das Veilchen hatte. Aber er schien nicht beliebt zu sein bei seinen Arbeitskollegen. Jedenfalls hat keiner der anderen Crewmitglieder mit ihm geredet. Auf das Foto wollte er auch nicht, hatte ich den Eindruck. Und ich hatte das deutliche Gefühl, dass er und Simek sich kennen. Ich meine, natürlich kennen sich die beiden, so wie Simek die Asiaten an Bord kennt, weil Schiff und Besatzung regelmäßig hier sind und er regelmäßig an Bord geht. Aber ich hatte das Gefühl, dass die beiden noch irgendetwas anderes verbindet. Etwas läuft zwischen denen ab. Jedenfalls habe ich beim Bundespolizei nachgefragt, ob der Mann dort bekannt ist, daher die Information über den Drogenbesitz.«

Schweers hatte eine Hand gehoben, als er fragte: »Drogenbesitz, nicht Drogenhandel? Habe ich das richtig verstanden?«

»Ja, genau. Ich habe mit den Kollegen später noch mal telefoniert. Es ging um eine kleine Menge. Deshalb kommt der seitdem nicht mehr vom Schiff herunter. Alle Seeleute haben einen Landgangspass, er aber nicht mehr. Hat damals behauptet, man hätte ihm den Stoff in der Stadt in die Tasche gesteckt. Das haben die Kollegen ihm nicht geglaubt und deshalb seinen Landgangspass entwertet.«

»Hier stinkt doch was zum Himmel. Wir wissen, dass Barne Stöver uns was verschweigt. Das Gleiche gilt für das Ehepaar Simek, wenn es um das Casino geht. Heißt: Ich bin mir sicher, dass es eine Verbindung Simek-Stöver gibt. Lukas Simek versucht, uns zu verheimlichen, dass er Koopmann schon länger kennt. Warum, frage ich mich. Dann taucht dieser Russe auf, den etwas mit Simek verbindet. Simek ist beim Zoll und der Kerl hat mit Drogen zu tun.« Schweers klappte sein Notizbuch zu. »Das gibt's doch alles nicht. Wie gehen wir weiter vor?«

»Ich habe vor herauszufinden, woher Koopmann und Simek sich kennen«, meldete sich Hansen wieder zu Wort.

Schweers nickte: »Das klingt gut. Denn irgendetwas muss ja in der Vergangenheit der beiden liegen. Ich plane, mir einen unauffälligen Dienstwagen zu besorgen und Simek heute Abend zu beschatten. Gegebenenfalls Zeitverschwendung, aber wer weiß.«

»Dann nehme ich mir die Akten erneut vor und schaue mal nach, ob wir vielleicht etwas übersehen haben«, sagte Melnik als letzter und stand auf.

»Vielleicht müssen wir uns am Samstag treffen, tut mir jetzt schon leid.« Schweers blickte seine Kollegen an. Als alle genickt hatten, stand auch er auf. Es gab nicht mehr zu sagen.

Martin Koopmann musste nach dem Klingeln nicht lange warten, bis die Tür geöffnet wurde.

»Ich glaube es nicht, du bist es wirklich«, Benedikt Obermüller betrachtete seinen Besucher von oben bis unten und warf dann einen Blick aus dem Haus nach links und rechts. »Komm herein«, sagte er und machte einen Schritt zur Seite. Koopmann trat ein.

Benedikt Obermüller schloss die Haustür und legte seinem Besucher beide Hände auf die Schultern. Er betrachtete ihn eingehend von oben bis unten. »Mein Lieber, du hast dich kaum verändert, seitdem ich dich das letzte Mal gesehen habe. Zuerst wollte ich ja gar nicht glauben, dass die Textnachricht von dir kam. Ich dachte, du wärst mittlerweile in einer festen Partnerschaft.«

Koopmann lächelte und nahm die Hände seines Gastgebers von den eigenen Schultern und hielt sie fest. »Das letzte Mal, als wir uns gesehen haben, war bei diesem Seminar über den Umgang mit drogenabhängigen Gemeindemitgliedern, nicht wahr?«

»In der Nähe von Würzburg oder so?« Benedikt senkte seinen Blick. »Es ist einiges passiert seitdem, komm, lass uns ins Wohnzimmer gehen.«

Koopmann ließ die Hände seines Freundes widerwillig los und Benedikt drehte sich um. Er ging voraus in ein Zimmer, dessen Fenster zu einem hinter dem Haus liegenden Garten gingen.

»Das war im Schloss Schwanberg in Rödelsee, nicht weit von Würzburg.« Koopmann erinnerte sich an die schmucklosen, kahlen Seminarräume, die, wie scheinbar immer in christlichen Etablissements, nicht vernünftig geheizt wurden.

Die beiden Freunde setzten sich nebeneinander auf ein Sofa und sahen sich an.

»Genau! Mein Gott, was du für ein Gedächtnis hast. Ich erinnere mich hauptsächlich an die schnuckeligen Zimmer und die Abende, die wir dort gemeinsam verbracht haben.« Benedikt hatte seinen Kopf ein wenig zur Seite geneigt und sah Koopmann mit leicht hochgezogen Augenbrauen aus den Augenwinkeln interessiert an. »Und, bist du jetzt in festen Händen oder bist du noch mit dieser Frau ehelich verbunden, wie heißt sie gleich …?«

»Du meinst Susanne. Ja, ich bin immer noch mit ihr verheiratet, aber ansonsten ungebunden. Es ist weiterhin der einfachste Weg, wenn ich meinen Job nicht aufs Spiel setzen will. Abgesehen davon habe ich drei Töchter. Wenn die beiden Jüngsten schon älter wären, sähe die Situation anders aus. Aber so …«, Martin Koopmann ließ den Rest des Satzes in der Luft hängen. »Du hast mir übrigens nie erzählt, wie du es geschafft hast, dass du nicht gefeuert wurdest, nachdem rausgekommen ist, dass du diverse Kollegen regelmäßig mit Drogen versorgt hast?«

Benedikt lächelte überlegen. »Ich hatte mich frühzeitig abgesichert, so für alle Fälle.«

Sein Freund sah ihn fragend an. »Wie meinst du das?«

»Na, in unserem Netzwerk gibt es ja auch ein paar höherrangige Mitglieder der von uns so geschätzten Kirche. Bei Gelegenheit habe ich dafür gesorgt, dass ich Beweise für deren Homosexualität habe. Außerdem zählten unsere Chefs teilweise zu meinen Kunden.«

Koopmann riss die Augen auf und öffnete den Mund: »Ist nicht wahr. Wie hast du das angestellt?«

»Ich habe mir eine kleine digitale Fotofalle im Versandhandel bestellt und darüber Aufnahmen vom Drogenkonsum und anderen lustigen Dingen der Betroffenen bekommen.« Benedikt lachte: »Möchtest du einen Kaffee oder etwas anderes?«

Koopmann schüttelte langsam den Kopf. Er war überrascht darüber, wie durchtrieben sein Freund war. Und er hatte tatsächlich keine Zeit, irgendetwas zu trinken. »Ich muss wieder zurück nach Bremerhaven, aber den Kaffee holen wir nach.«

»Ich hoffe mal, das ist nicht alles, was wir nachholen, oder?« Benedikt Obermüller sah sein Gegenüber fragend an. »Aber erzähl mal, warum du überhaupt gekommen bist, deine Nachricht war etwas kryptisch.«

Koopmann sah aus dem Fenster und fixierte für einen Moment einen Punkt im Garten, den nur er sehen konnte. Dann gab er sich einen Ruck: »An meinem dritten Arbeitstag in der Seemannsmission steht plötzlich ein Mann vor mir, den ich als kleinen Jungen kannte. Lukas Simek, so heißt er, lebt und arbeitet in Bremerhaven, was ich nicht wusste. Ich hatte ihn völlig aus den Augen verloren, ihn völlig vergessen. Er war einer der Jungs, mit denen ich mich als junger, angehender Pastor vergnügt habe. Das ist alles passiert, bevor ich dich oder unser internes Netzwerk kannte, musst du wissen, sonst wäre ich emotional ja nicht so verzweifelt gewesen und hätte mich mit Minderjährigen abgeben müssen.«

»Und jetzt hast du dich in Lukas verliebt?«, wurde Koopmann von Benedikt unterbrochen.

Er schüttelte den Kopf und blickte wieder aus dem Fenster. »Oh nein. Das Gegenteil ist der Fall. Er erpresst mich.«

»Ach du liebe Güte!« Benedikt hatte die Augen weit geöffnet und seine Hände an die Wangen gelegt. »Aber wie kann er dich erpressen, ich meine, womit kann er dich erpressen?«

»Er hat mir Fotos gezeigt, wie ich mich mit seinem Freund vergnüge.«

»Ganz schön raffiniert, der Bengel!«

»Der Bengel ist mittlerweile dreißig und sieht verboten gut aus. Er droht damit, die Fotos meiner Familie, meinem Arbeitgeber und der Staatsanwaltschaft zuzuschicken, wenn ich nicht mache, was er will.« Koopmann senkte den Kopf und fuhr sich mit beiden Händen durch die Haare.

»Was will er denn, Geld? Lass dir doch nicht jedes Wort aus der Nase ziehen, mein Gott!« Benedikt wurde ungeduldig.

Martin Koopmann sah wieder auf: »Er arbeitet beim Zoll im Hafen. Ich bekomme regelmäßig ein Päckchen von ihm, das ich an einer Adresse abgeben muss, die er mir kurz vorher mitteilt. Oder ich muss in meinem Namen Geld auf ein Konto in Vanuatu einzahlen. Solche Sachen.«

»Ach du Scheiße.« Benedikt lehnte sich zurück und schlug eine Hand vor den Mund: »Das klingt für mich nach Drogen und Geldwäsche.«

Koopmann nickte: »Genau das denke ich auch. Ich kann aber nichts dagegen machen. Wenn ich mich weigere, bin ich meinen Job und meine Töchter los. Auf Susanne kann ich verzichten, die findet jemand Neues. Aber ich bekomme nie wieder einen Job. Und ich habe keine Lust, den Rest meines Lebens von mickriger, staatlicher Unterstützung leben zu müssen.«

»Schon mal darüber nachgedacht, zur Polizei zu gehen?«

»Ja, aber neulich hat er mir Fotos gezeigt, die er von mir gemacht hat, als ich ein Drogenpaket abgeliefert habe. Also selbst wenn alles andere verjährt ist, kann die Staatsanwaltschaft auf Grundlage dieser Bilder alles Mögliche an Fragen stellen. Und ich bin mir sicher, dass der Typ irgendwo in meinem Büro, in meinem Garten, im Auto, oder weiß der Teufel wo sonst noch Drogen versteckt hat, die die Polizei dann durch einen anonymen Hinweis finden wird. Wetten? Als Letztes kommt jetzt die Geldwäsche hinzu. Die Quittungen lauten auf meinen Namen.«

»Dann bist du fällig. Was hast du jetzt vor?«

»Ich habe keine Ahnung.«

Lukas Simek war zum Mittagessen nach Hause gefahren.

»Hallo, mein Schatz, alles okay?«, fragte er, nachdem er in der Küche angekommen war.

Fenja Simek gab ihrem Mann einen flüchtigen Kuss, nickte und befasste sich weiter mit den Vorbereitungen für das Mittagessen. »Bin gleich so weit«, sagte sie. Simek holte Besteck und Geschirr aus dem Schrank und deckte den Tisch.

»Wie viel Zeit hast du?«

»Wenn ich in einer Stunde wieder im Büro bin, reicht das, es ist nicht viel los.« Simek setzte sich an den Esstisch, nestelte sein Handy aus der Tasche und legte es neben sich.

»Die Notarin hat übrigens alle Unterlagen geschickt. Alles perfekt, auch die Firma in Vanuatu. Das Notaranderkonto ist leer, bis auf ein paar Euro, die stehenbleiben müssen, wenn man das Konto nicht schließen will. Der gesamte Rest ist bei der Standard Chartered auf der Insel. Alle Mieteinnahmen gehen in Zukunft dahin.«

Simek quittierte die Information seiner Frau mit einem Nicken. »Und keiner weiß, dass wir die Eigentümer dieser Firma sind?«

»Du glaubst es immer noch nicht, oder?« Fenja sah ihren Mann an, der aber nur mit den Schultern zuckte und grinste.

»Na ja, es scheint zu schön, um wahr zu sein. Aber anderes Thema: Triffst du dich nicht heute mit deiner Freundin Regina, die bei der Polizei in Mitte arbeitet?« Simek rührte seinen Espresso um.

»Ja, warum?«

Ihr Mann griff zu seinem Handy und öffnete die Ablage, in der er seine Fotos speicherte: »Ich schicke dir ein Foto von einem neuen Ehrenamtlichen. Gestern Abend habe ich den zum ersten Mal mitgenommen zum Bordbesuchsdienst. Frag sie doch mal, ob ihr der Mann bekannt vorkommt, oder ob sie in der Polizeidatenbank mal nachschauen kann, ob der koscher ist. Er heißt Jonas Hansen und arbeitet beim Magistrat, wie er sagt. Im Internet habe ich nichts über ihn finden können.«

»Und was stimmt mit dem nicht?«

Simek sah seine Frau an: »Der Typ ist mir zu neugierig. Ich hatte gestern ein Treffen mit Koopmann, dem ich den Auftrag erteilt habe, das Geld einzuzahlen. Während des Gespräches ist Hansen draußen rumgelaufen. Es kann somit sein, dass er mich durch das Fenster im Büro von Koopmann gesehen hat. Das Gespräch mit meinem Pastor war nicht gerade konfliktfrei.«

»Das wäre tatsächlich schlecht. Du willst nur wissen, ob sich die Mission da eine Laus in den Pelz setzt, nicht wahr?«

»Genau! Ich denke, das ist eine nachvollziehbare Begründung. Meinst du, das macht sie?«

Fenja dachte nach: »Da du keine Details über die Person wissen willst, sondern nur besorgt bist, wen die Mission sich da ins Haus holt, gibt es bestimmt kein Problem.«

Simek nickte. »Bitte schick mir eine kurze Nachricht, falls da was faul sein sollte.«

»Kein Problem, mach ich. Übrigens«, Fenja Simek grinste, »ich glaube, du hast recht mit der Peters. Gestern habe ich mitbekommen, wie sie schnell ein Röhrchen oder einen Strohhalm in einer Schublade ihres Schreibtisches hat verschwinden lassen, und sie hatte Reste weißen Pulvers unter der Nase.«

»Was sag ich, die Alte kokst. Das ist gut zu wissen, sehr gut sogar. Ich werde mich mal umhören. Mal sehen, wer sie beliefert.«

Simek blickte auf seine Armbanduhr. »Ich muss los.«

»Heute Abend mal wieder New York Bar? Wir waren schon lange nicht mehr dort!«, wollte Fenja wissen.

»Gute Idee.« Simek war aufgestanden und machte sich auf den Weg ins Büro. Da heute Freitag war, hoffte er auf einen frühen Feierabend.

»Hallo, Regina, wie geht es dir?«, Fenja Simek gab ihrer Freundin einen Kuss auf die Wange und setzte sich. Die beiden Frauen hatten sich im Eiscafé neben der großen Kirche in der Bürgermeister-Smidt-Straße verabredet.

»Mir geht es immer gut, wenn ich Überstunden abfeiern kann«, Regina Smidt grinste und rührte ihren Kaffee um. »Und selbst? Was gibt es Neues? Schon Urlaubspläne?«

»Bisher nicht, aber ich denke, ich werde mit Lukas heute mal das Thema ansprechen. In letzter Zeit hatte er dermaßen viel zu tun, wir sind zu nichts gekommen.« Fenja winkte der Servicekraft zu und bestellte ebenfalls einen Kaffee. »Hast du denn schon was gebucht?«

»Nein, bisher nicht. Ich habe keine Idee, was ich machen soll. Aber nächste Woche werde ich mich mal in die Urlaubsliste eintragen. Damit setze ich mich selber ein wenig unter Druck, damit ich in die Puschen komme.«

Die Kellnerin kam mit dem Kaffee, den Fenja Simek bestellt hatte, und ging wieder. Die beiden Frauen tauschten sich über das Wichtigste der letzten zwei Wochen aus, um dann den ein oder anderen Modetipp anzusprechen. Erst als sich auch das Thema zu erschöpfen schien, lenkte Fenja das Gespräch auf den Bordbesuchsdienst und die Seemannsmission.

»Lukas war in dieser Woche allein zweimal beim Bordbesuchsdienst. Das sind jedes Mal mit Hin- und Rückfahrt und Abstimmung im Seamen's Club zwei bis drei Stunden. In dieser Woche schon sechs Stunden Ehrenamt. Manchmal glaube ich, er übertreibt es ein wenig. Findest du nicht?«

»Wenn es ihm Spaß macht«, verteidigte ihre Freundin Lukas' Engagement.

»Ich sitze an diesen Abenden allein zu Hause. Er kommt zwar nicht sonderlich spät, ist dann aber immer total kaputt und zu nichts mehr zu gebrauchen.« Fenjas Stirn hatte sich bewölkt.

»Ist das denn in jeder Woche so?«

»Immer dann, wenn neue ehrenamtliche Helfer auftauchen und eingeführt werden müssen, so wie jetzt.«

»Aber dann bekommt er doch Unterstützung, und die Arbeit wird zukünftig auf weitere Schultern verteilt, oder?«, folgerte Regina.

»Ja, sollte man meinen. Habe ich aber noch nie gemerkt. Aber Sekunde«, Fenja hatte sich ihre Handtasche gegriffen und holte das Handy heraus. »Lukas hat mir das Foto eines Neuen weitergeleitet. Er sagt, der junge Mann kommt ihm komisch vor. Es gibt ja Leute, die versuchen, über diese Schiene in den Zollbereich zu kommen, um sich die Sicherheitsmaßnahmen und die Kontrollen in Ruhe anschauen zu können, und danach tauchen die nie wieder auf. Man kann sich denken, warum! Deshalb will er wissen, ob dieser Typ«, sie hielt ihrer Freundin das Handy mit dem Foto hin, »bei euch bekannt ist. Er heißt …«

Fenja konnte ihren Satz nicht zu Ende bringen, da ihre Freundin Regina laut losprustete. »Da müsst ihr euch keine Sorgen machen. Das ist Jonas Hansen, ein Kollege von mir. Ist ein total Lieber und immer hilfsbereit. Ich wusste gar nicht, dass der ehrenamtlich aktiv werden will, passt aber zu ihm. Wundern tut's mich nicht. Den werde ich am Montag mal darauf ansprechen.«

»Oh, bitte nicht! Er muss ja nicht wissen, dass wir uns hinten herum über ihn informieren. Was soll der von uns denken?«, versuchte Fenja, ihre Freundin davon abzuhalten. *Das ist also ein Bulle. Warum sagt der nicht, dass er bei der Polizei ist?* Jetzt brannte Fenja die Zeit unter den Nägeln. »Aber das ist ja eine gute Nachricht. Dann muss sich Lukas keine Sorgen machen.«

Ihre Freundin nickte nur grinsend und griff nach ihrer Kaffeetasse.

»Du, ich geh mal schnell …«, signalisierte Fenja und machte sich auf den Weg zur Toilette, nachdem sie ihr Handy beiläufig in die Gesäßtasche gesteckt hatte. Dort angekommen, schloss sie sich ein und tippte schnell eine Nachricht an ihren Mann.

> ACHTUNG Jonas Hansen ist ein Bulle!!!!!

Fenja wollte die Toilette schon wieder verlassen, als ihr Handy ein leises Piep von sich gab. *Lukas hat die Nachricht schon bekommen*, dachte sie beruhigt und holte das Gerät wieder aus der Gesäßtasche.

> Guten Tag, Frau Simek. Ich war heute Nachmittag, nach unserem Gespräch, in der Kantine des Amtsgerichts unnd saß zufällig am Nachbartisch des Staatsanwalts.

> Der Staatsanwalt sprach mit seiner Kollegin über den Fall Bernardo Giordano (Sie wissen schon!). Er erwähnte dabei mehrfach den Namen SIMEK! Ich habe nachgedacht. Wir müssen reden. Rufen sie mich an! Nele Peters.

Was ist das denn jetzt für ein Mist, dachte Fenja. *Das klingt nicht gut. Scheiße. Ich muss los, um mit der Peters zu telefonieren. Und danach muss ich Lukas Bescheid geben.* Sie hastete zurück zu ihrer Freundin. »Du, mir ist eingefallen, dass ich vergessen habe, das Bügeleisen auszuschalten, ich muss sofort los, bevor es zu einer Katastrophe kommt.« Fenja nahm zehn Euro aus ihrer Geldbörse und legte sie vor ihrer erstaunten Freundin auf den Tisch. »Kannst du bitte für mich mitbezahlen? Ich rufe dich an, okay?«

»Ähm …, ja klar, kann ich natürlich.« Regina Smidt, die ihre Stirn in Falten gezogen hatte, sah ihre Freundin mit großen Augen an.

»Ich danke dir, bis später«, Fenja spreizte Daumen und kleinen Finger und machte damit eine Geste, als würde sie mit ihrer Freundin telefonieren. Dann verließ sie eilig das Café, lief dabei fast eine Mitarbeiterin um und ging mit schnellen Schritten zum Parkhaus in der Theatergarage, wo ihr Wagen stand.

Wenig später saß sie schwitzend und außer Atem in ihrem Auto. Sie legte beide Hände auf das Lenkrad und beruhigte sich nach und nach.

Fenja, ganz ruhig. Du darfst der Peters gegenüber auf keinen Fall irgendetwas zugeben, schon gar nicht am Telefon. Vielleicht zeichnet sie das auf. Du wirst ihr vorschlagen, sich mit dir zu treffen, um in aller Ruhe über ihre Vermutungen zu reden, legte sie sich eine Strategie zurecht, bevor sie ihr Handy in die Hand nahm und die Nummer der Notarin wählte.

»Notariat Peters, mit wem spreche ich?«

»Simek, Fenja Simek. Sie hatten mich gebeten, Sie anzurufen. Was kann ich für Sie tun?« Fenja versuchte, nonchalant und entspannt zu wirken.

»Sie haben meine Textnachricht bekommen. Was haben Sie mir dazu zu sagen?«

»Ich verstehe nicht, was Sie meinen. Was soll ich dazu sagen?«

»Sie oder Ihr Mann werden verdächtigt, in den Tod des Casinobesitzers involviert zu sein. Was sagen Sie dazu?«

»Ach du liebes bisschen. Das ist völliger Blödsinn. Ich schätze, auf der Liste der Verdächtigen befinden sich mehr Namen als unserer allein. Sie haben zufällig in dem Moment dort gesessen, als unser Name auftauchte und haben die Nennung der anderen schlicht nicht mitbekommen. Frau Peters, ich schlage vor, wir treffen uns und räumen dieses Missverständnis sofort aus dem Weg. Einverstanden?«

Am anderen Ende war es ruhig. Sie hörte lediglich das leise Atmen der Notarin.

»Ich nehme an, Sie kennen das Restaurant Panorama am Deich, neben dem Strandbad?«, kam die Rückfrage.

»Ja, das kenne ich.« Fenja hatte unwillkürlich genickt.

»In einer halben Stunde dort auf der Außenterrasse. Da kann man ungestört reden und ist hinter der Glaswand windgeschützt. Da meine Sekretärin noch im Büro ist, wäre ein Treffen hier nicht gut.«

»Ich werde da sein.« Fenja legte auf und steckte ihr Handy ein. Dann startete sie ihren Wagen und verließ die Tiefgarage.

Regina Smidt, die ebenfalls dort geparkt hatte, sah gerade noch, wie ihre Freundin mit dem Auto aus der Garage rauschte. Als sie selber an der Ausfahrt der Tiefgarage ankam, fiel ihr auf, dass Fenja geradeaus über die Columbusstraße fuhr, anstatt links nach Geestemünde abzubiegen. *Erst hat sie es eilig, nach Hause zu kommen, und dann biegt sie nicht ab, sondern fährt ..., ja, wohin eigentlich? Nach Hause kommt sie so jedenfalls nicht,* dachte sie kopfschüttelnd, während sie selber rechts in Richtung Lehe abbog.

Fenja brauchte keine fünf Minuten bis zum Parkplatz des Schifffahrtsmuseums, der sich in der Nähe des Restaurants befand. Sie wollte als Erste am Treffpunkt sein, um einen günstigen Tisch auswählen zu können. Bevor sie ausstieg, warf sie erneut einen Blick auf das Display ihres Handys, fand aber keine neuen Nachrichten vor. Diese Wendung der Dinge kam unerwartet. Sie würde improvisieren müssen. Und wenn sie etwas hasste, dann das. Sie wusste, dass jede Improvisation das Risiko in sich barg, Fehler zu machen. *Fenja, beruhige dich. Es ist bisher nichts passiert. Die Notarin ist nervös. Wie kannst du sie beruhigen, wenn du selber nervös bist.* Ihr Atem beruhigte sich langsam, ihr Zittern ließ nach. Sie stieg aus dem Auto und schlenderte zum Restaurant. Sie hatte Zeit. Im Restaurant angekommen, setzte sie sich an einen Ecktisch auf der Außenterrasse. Mit einer Wand im Rücken konnte sie den Eingang des Etablissements beobachten und bestellte ein Mineralwasser.

Dr. Nele Peters kam pünktlich und setzte sich kommentarlos auf den freien Stuhl auf der anderen Seite des Tisches. Sie sah ihr Gegenüber mit leicht zusammengekniffenen Augen erwartungsvoll an.

»Wie kommen Sie darauf, dass wir die einzigen Verdächtigen in diesem Fall sein könnten?«, eröffnete Fenja das Gespräch in Form eines Gegenangriffs. Sie hatte nicht vor, sich die Initiative aus der Hand nehmen zu lassen.

»Sagen Sie, wollen Sie mich für dumm verkaufen? Wir wissen beide, dass Sie und Ihr Mann seit einiger Zeit dort Geld waschen. Und völlig unabhängig davon, woher das

Geld stammt, das dort gewaschen wird, sind sie beide die einzigen, die ich kenne, die illegale Deals mit dem Casino machen. Vielleicht wollte der Mann aussteigen und wurde für Sie zum Risiko, was weiß ich.« Die Notarin war beherrscht leise geblieben.

Fenja trommelte leise mit ihren Fingern auf den Tisch. »Sie haben eine blühende Fantasie. Wir haben nichts mit dieser Geschichte zu tun. Wie es aussieht, müssen wir uns eine neue Notarin suchen.«

Dr. Peters lachte leise: »Sie wollen sich eine neue Notarin suchen? Dass ich nicht lache. Sie wissen so gut wie ich, dass wir aufeinander angewiesen sind.«

Fenja presste die Lippen aufeinander, strich eine imaginäre Falte an ihrer Hose glatt und ging erneut in die Offensive: »Dann wissen Sie auch, dass Sie ebenfalls untergehen, wenn es uns erwischen sollte.«

»Das Risiko ist nicht von der Hand zu weisen«, gab die Notarin zu, »aber ich habe mit Mord nichts zu tun. Also sinke ich lange nicht so tief wie Sie beide.«

»Dass wir etwas mit dem Mord zu tun haben, müsste erst einmal bewiesen werden. Ich streite das hier und jetzt ab.« Fenja machte eine Pause und sah ihr Gegenüber an. »Machen Sie einen Vorschlag, der beiden Seiten Unannehmlichkeiten erspart.«

»Gerne. Angesichts der Tatsache, dass Sie mit meinen Dienstleistungen mehr als zufrieden sein können und meine Diskretion im Zusammenhang mit Ihren geschäftlichen Aktivitäten unübertroffen ist, erwarte ich in Zukunft eine Verdoppelung meines Honorars. Ich würde das Ganze Risikozuschlag nennen. Was meinen Sie? Hätten Sie beide damit ein Problem?« Nele Peters lächelte süffisant.

»Das … das ist unverschämt. Das ist Wucher«, zischte Fenja, während sie sich über den Tisch beugte. »Das muss ich mit meinem Mann besprechen.« *Und ich weiß, wie mein*

Mann reagiert, wenn man versucht, ihn zu erpressen oder in eine Ecke zu drängen. Nele Peters, das wirst du bereuen.

»Tun Sie das, und halten Sie mich auf dem Laufenden, damit ich weiß, ob wir weiterhin Geschäftspartner sind.« Die Notarin sah Fenja direkt in die Augen: »Ach ja, bevor ich es vergesse«, sie flüsterte jetzt, »ich habe mir erlaubt, alle geschäftlichen Transaktionen, die ich für Sie und Ihren Mann vorgenommen habe, in einer übersichtlichen Liste zusammenzufassen. Diese Liste ist mit diversen Erläuterungen versehen und wäre für die Polizei ausgesprochen aufschlussreicher Lesestoff. Sie sollten deshalb nicht auf dumme Gedanken kommen, da der Schuss ansonsten nach hinten losgeht.« Die Notarin stand auf. »Ich betrachte mich als eingeladen«, sie nickte ihrer Opponentin zu, drehte sich um und verließ ohne ein weiteres Wort das Restaurant.

Fenja sah Nele Peters nach und griff mit zitternden Händen zu ihrem Glas. Ihr war klar geworden, dass die Notarin sie in der Hand hatte. Das musste beendet werden, bevor es richtig anfing. *Diese Frau hat nicht die Nerven verloren. Die hat überhaupt keine Nerven*, dachte sie. *Die ist erheblich abgebrühter als gedacht. Ich muss Lukas informieren.* Sie bezahlte zähneknirschend die beiden Getränke und ging zu ihrem Auto. Dort angekommen, griff sie zu ihrem Handy und begann zu tippen.

> Lukas, wir haben ein neues Problem! Die Notarin!!! Die hat mitbekommen, dass die Polizei uns wegen Giordano auf Sicht hat. Deshalb will sie ihr Honorar verdoppeln.

> Und sie hat alles, was wir bisher mit ihr zusammen gemacht haben, aufgeschrieben und an sicherer Stelle hinterlegt, damit wir nicht auf dämliche Gedanken kommen. Was jetzt?

Sie schloss die Augen und lehnte sich im Fahrersitz ihres Autos zurück. Langsam beruhigte sie sich wieder. *Es wird schon irgendeine Lösung geben. Selbst wenn wir der Notarin fünfzig Prozent Provision zahlen, können wir weiterhin gutes Geld machen. Aber Lukas wird da nicht mitmachen. Niemand soll je wieder Macht über ihn haben. Daher wird er nicht akzeptieren, erpresst zu werden. Hoffentlich macht er nichts Unüberlegtes.* Fenja öffnete die App, mit der sie die Nachricht geschrieben hatte. Mit ein bisschen Glück hatte ihr Mann noch keine Zeit gehabt zu lesen, und sie konnte den Text löschen. Aber dazu war es zu spät. Neben ihrer Nachricht standen unten rechts zwei kleine Häkchen: empfangen und gelesen.

Lukas Simek parkte sein Auto an der üblichen Stelle unter dem Carport. Es war Freitag und er hatte früh Feierabend machen können. Er hasste es, derart unter Druck gesetzt zu werden. *Die schiebt den ganzen Tag nur Papier von links nach rechts, macht sich die Finger nicht schmutzig, und dann reicht ihr die fürstliche Bezahlung nicht aus? Ich glaub, ich spinne. Wenn diese arrogante Tusse glaubt, sie kann mit mir Schlitten fahren, wird sie sich wundern. Ich werde ihr zeigen, wer hier das Opfer ist.*

Der Besuch der Polizei hatte Lukas Simek doch nervös gemacht. Damit war zwar zu rechnen gewesen, aber es beunruhigte ihn trotzdem. Selbst wenn das Gespräch mit den beiden Beamten keine Hinweise enthalten hatte, dass man irgendetwas gegen ihn oder Fenja in der Hand hatte, traute er dem Frieden nicht. Alles klang zu harmlos, zu sehr nach Routine. Er schloss die Wohnungstür hinter sich und ging zum Wohnzimmer, wo er seine Frau vermutete.

»Lukas, bist du das?«, klang es ihm überrascht entgegen.

»Ja«, antwortete er beim Eintreten und setzte sich seiner Frau gegenüber.

»Du bist heute aber früh, was ist los?«

»Ich hab dem Chef gesagt, ich hätte was Falsches gegessen und mir wäre übel. Daraufhin hat er mich nach Hause geschickt.«

»Das beantwortet meine Frage nicht«, Fenja war nervös und konnte sich auf den Roman, den sie gerade las, nicht konzentrieren. Sie legte das Buch auf die Seite und wartete. Ihr Mann benötigte manchmal ein wenig Zeit, um die Gedanken, die ihm keine Ruhe ließen, zu sortieren, bevor er sie äußerte.

Simek war wieder aufgestanden und lief langsam vor der großen Schiebetür, die das Wohnzimmer von der Außenterrasse trennte, auf und ab. »Weißt du, die beiden Beamten von der Kripo, die gestern zuerst bei dir waren, die waren mir zu zahm. Ich habe die ganze Zeit überlegt, was mich an diesem Besuch störte, und jetzt wird mir klar: Die wissen irgendetwas! Und das macht mich nervös.«

»Entweder die haben was in der Hand, dann wird man vorgeladen und verhört. Oder du wirst abgeholt. Wenn sie nichts Substantielles haben, können sie dich nicht vorladen, sondern kommen vorbei und unterhalten sich mit dir. Das haben sie gestern gemacht und damit fertig.«

Simek sah seine Frau an. »Und wenn sie nur unsere Reaktion auf ihre Fragen testen wollten, um eine Idee davon zu bekommen, an welcher Stelle sie weitersuchen müssen?«

Fenja zuckte mit den Schultern. »Und wenn schon. Wir haben ein Alibi und müssen nichts beweisen. Das ist Aufgabe der Polizei.«

»Also ich trau dem Frieden nicht. Stöver hat zu viel zu verlieren, und er hat Angst, so zu enden wie sein Geschäftspartner. Und Koopmann hat Angst davor, seine Familie und sein Einkommen einzubüßen. Hinzu käme der Knast. Aber die Peters ist ein echtes Risiko!« Simek hatte sich gegen die Schiebetür gelehnt.

»Die blufft, glaube ich. Die hängt selber am Fliegenfänger, sobald die anfängt zu reden. Mir würde Koopmann eher Sorgen machen, wenn wir schon dabei sind.« Fenja Simek nahm ein paar Erdnüsse, die in einer Schale auf dem Couchtisch standen.

»Den habe ich völlig im Griff. Habe ihm neulich die Bilder gezeigt, die ich von ihm gemacht habe, als er die Drogen ausgeliefert hat. Nee, nee, am meisten bereitet mir unsere Notarin Sorgen nach dem, was du mir geschrieben hast, und sie macht mich wütend! Die ist mir deutlich zu arrogant. Und nicht zu vergessen diese Auflistung von geschäftlichen Transaktionen. Die darf der Polizei auf keinen Fall in die Hände fallen!«

Fenja sah ihren Mann an. »Was hast du vor?«

Simek hatte seinen Platz an der Schiebetür verlassen und sich ebenfalls auf das Sofa gesetzt. »Gegenfrage: Wie lange hält die ein Verhör aus, bevor der Koksentzug deutlich wird? Die crashed innerhalb kürzester Zeit und erzählt den Bullen alles, wenn die keinen Stoff bekommt.« Sein Blick wanderte aus dem Fenster. »Diese beiden Polizisten sind nicht blöd. Die erkennen sofort, was los ist und wissen, dass sie nur zu warten brauchen, bis die Peters zusammenklappt. Die müssen die nur vorladen und dann zwei Stunden im Flur warten lassen. Der Entzug nimmt seinen Lauf. Wenn die nach dieser Zeitspanne ohne Koks einem von den beiden gegenübersitzt, hat sie schon kleine Schweißperlen auf der Oberlippe, weil sie nicht weiß, wie lange sie noch bis zur nächsten Linie warten muss.«

»Wie sollen die denn auf die Peters kommen? Es gibt zwar eine Verbindung zwischen uns und der, aber sie ist zur Verschwiegenheit verpflichtet. Das habe ich recherchiert. Wenn sie was sagt von unserer Geschäftsbeziehung, macht sie sich strafbar. Abgesehen davon läuft alles über Bargeld und ist nicht nachzuverfolgen. Das ist in Deutschland alles legal.«

»Klar macht sie sich strafbar. Aber wir, wir sitzen auch im Bau. Es ist ein Fehler ist die Polizei zu unterschätzen. Das Bargeld zahlt sie aber auf ein Notaranderkonto ein. Das wiederum hinterlässt Spuren, da es auf unseren Namen läuft. Und die wird schon sichergestellt haben, dass auf der Liste, die sie erwähnt hat, genügend Details vorhanden sind, die uns Probleme machen werden. Sie selber bekommt möglicherweise eine Kronzeugenregelung, und wir sind dann am Arsch.«

Fenja Simek sah aus dem Fenster. Ihr Mann hatte Recht.

»Ich werde das Problem lösen! Anderes Thema: Gibt es etwas Neues in Bezug auf Vanuatu?«, er griff in die Schale mit den Nüssen.

Fenja nickte. »Die Unterlagen sind angekommen. Uns gehören Anteile an der Real Estate New Livelihood mit Sitz auf Vanuatu. Dieser Firma wiederum gehört die Casa Nova GmbH in München. Die ist Eigentümerin diverser Immobilien in Deutschland. Einige davon hier in der Alten Bürger und im Goethe-Quartier. Alles nicht zu uns zurückzuverfolgen.«

»Das klingt gut.«

»Und uns gehört die Firma ›Marine Services International‹ auf Vanuatu. Auf dem Geschäftskonto liegen 675.000 Euro.«

Lukas Simek lehnte sich lächelnd zurück, seine Laune hatte sich schlagartig verbessert.

»Die Einreise nach Vanuatu ist problemlos. Man fliegt hin und bekommt ein Visum am Flughafen. Der Inselstaat ist zwar Mitglied bei Interpol. Aber ein Auslieferungsantrag muss begründet werden. Länder, die nicht Mitglied bei Interpol sind, kommen für uns nicht in Frage, oder hast du Lust auf Nordkorea, Kasachstan oder Bangladesch?«

Simek sah seine Frau grinsend an.

»Und Vanuatu gibt keine Informationen über Kontoinhaber an irgendwelche Finanzbehörden anderer Staaten.«

»Ich schätze, dann ist ja alles klar, oder?«

Fenja lächelte zurück. »Vielleicht sollte ich anfangen zu packen?«

»Nicht nur vielleicht! Ich kümmere mich um die Pässe und die Geburtsurkunden. Die Führerscheine darf ich nicht vergessen. Ach ja, Impfpässe brauchen wir. Soll ich meine Fluglizenz auch fälschen lassen, was meinst du?«

»Warum nicht. Vielleicht kannst du damit ja ein kleines Geschäft aufmachen. Inselhopping oder sowas. Sonnencreme darf ich nicht vergessen!« Fenja grinste jetzt ihren Mann an. Sie schien in Gedanken schon am Strand zu liegen.

»Du könntest im Übrigen mal schauen, was es dort so an netten Hotels gibt. Wir brauchen ja was für den Übergang, bis wir was gekauft haben.« Fenja nickte, immer noch lächelnd, während ihr Mann zu seinem speziellen Handy griff und eine Nummer wählte.

»Ich schicke dir die Daten, die du benötigst, über Encro-Chat, okay?«, Lukas Simek presste das Handy an sein Ohr. Er hörte konzentriert zu.

»Mhm … kann ich machen. Die Dokumente müssen aber bis morgen Nachmittag fertig sein. Schaffst du das?« Auf der anderen Seite wurde gesprochen.

»Gut. Was soll das denn kosten?«

»Wow, das ist aber ganz schön teuer. Dafür müssen die Dokumente aber absolute Spitze sein!«

An der anderen Seite wurde wieder geredet. Simek nickte ab und zu und murmelte etwas, das wie eine Zustimmung klang.

»Gut, ja, hab ich hier. Bekommst du heute noch.« Er hörte wieder einen Moment zu. Schließlich sagte er: »Einverstanden.« Er nahm sein Handy vom Ohr und legte auf.

»Also, was will er haben?« Fenja sah ihren Mann fragend an.

»Für Führerschein, Pass und Geburtsurkunde zusammen 10.000 Euro.«

»Das geht ja noch, ich dachte, das wäre teurer.« Seine Frau wandte sich zufrieden wieder der Liste zu, die sie angefangen hatte, um sicherzugehen, dass sie nichts vergaß.

»Pro Person!«, ergänzte ihr Mann mit zusammengekniffenen Zähnen. »Das Schwein weiß, dass wir keine Wahl haben und nutzt die Situation aus. Er meint, er stünde unter Beobachtung durch die Polizei, dadurch habe er ein hohes Risiko, und außerdem seien die Rohlinge für Pässe und Führerscheine um einiges teurer geworden. Für den Flugschein will er 3.000 Euro zusätzlich, weil der Rohling so teuer sei. Das Arschloch glaubt, ich mach mir die Hose mit der Kneifzange zu.«

»Scheiße. Aber eine Wahl haben wir tatsächlich nicht.« Fenja blickte sinnierend aus dem Fenster. »Aber er macht alles bis morgen fertig, oder?«

»Ja, ja. Das hat er mir versprochen. Ich brauche jetzt Passfotos von dir und von mir und dann das Bargeld. Daraus werde ich ein kleines Päckchen zusammenstellen und Koopmann damit nach Cuxhaven schicken. Morgen kann er dann erneut fahren und die fertigen Dokumente dort wieder abholen.«

Fenja nickte und stand auf. »Ich hole die Sachen. Im Abstellraum oder im Keller haben wir kleine Kartons, in die wir die Sachen und das Geld packen können.«

»Dann schicke ich in der Zeit unsere Daten nach Cuxhaven.«

Fenja Simek kam mit einem kleinen Karton aus dem Keller zurück. »In einem Briefumschlag liegt das Geld und in einem anderen die Passfotos. Da habe ich Kopien unserer Geburtsurkunden und der anderen Dokumente hineingelegt.«

»Gut. Ich schreibe Koopmann«, sagte ihr Mann, während er sein EncroChat-Handy erneut in die Hand nahm und anfing zu tippen.

> Ich habe einen Auftrag, der sofort erledigt werden muss. Wir treffen uns in 30 Minuten auf dem Parkplatz hinter der großen Kirche. Pünktlich!!

Einen Augenblick später zeugten zwei Häkchen davon, dass der Empfänger die Nachricht gelesen hatte.

»Wie es aussieht, habe ich Zeit für einen Espresso, bevor ich losfahre.« *Den habe ich richtig im Griff*, dachte Simek grinsend, während er sich auf den Weg in die Küche machte. »Du auch einen?«

»Gerne«, antwortete seine Frau, stand auf und folgte ihm in die Küche.

Eine Viertelstunde später befand sich Lukas Simek auf dem Weg zum Treffpunkt.

Koopmann war bereits da, als er ankam. »So stelle ich mir eine reibungslose Zusammenarbeit vor. Weiter so«, sagte er grinsend zu seinem unfreiwilligen Kurier und zeigte auf das kleine Päckchen, das er in der Hand hielt. »Das muss sofort nach Cuxhaven gebracht werden. Die Lieferadresse steht auf diesem Zettel.« Lukas Simek gab dem Pastor ein Stückchen Papier, das dieser kommentarlos entgegennahm und in seine Jackentasche steckte.

Der Zöllner drehte sich um, stieg in sein Auto und verließ den Parkplatz. Sein Kurier setzte sich ebenfalls wieder in sein Fahrzeug und tippte die Adresse, die er bekommen hatte, mit zitternden Fingern in sein Navigationsgerät.

Oliver Schweers war dem Verdächtigen in einem unauffälligen Auto und in gebührendem Abstand gefolgt. Da Simek ihn kannte, war Vorsicht angesagt, wollte er nicht entdeckt werden.

Der Observierte machte sich in östlicher Richtung auf den Weg und fuhr am Berliner Platz vorbei geradeaus über die Columbusstraße. Am Ende der Borriesstraße bog er links ab und fuhr in Richtung des Casinos. *Der will zum ›Haus des Glücks‹*, dachte Schweers, aber es ging weiter in Richtung Bürgermeister-Smidt-Gedächtniskirche. Hinter der Kirche bog er auf den Parkplatz ein. Schweers fluchte leise vor sich hin, da er ihm dorthin nicht folgen konnte, ohne bemerkt zu werden.

Also fuhr er geradeaus am Parkplatz vorbei und bog links auf die Prager Straße ab. Auf der rechten Seite war ein freier Parkplatz in Fahrtrichtung, den Schweers sofort belegte. Er stieg aus und ging auf den Bürgersteig, wo er hinter einem parkenden Kleinbus stehen bleiben konnte, ohne von der anderen Seite aus gesehen zu werden. Durch die Fahrerkabine des Busses sah er, wie Simek einem älteren Mann ein Päckchen und einen kleinen Zettel gab, irgendetwas sagte, wieder in sein Auto stieg und abfuhr. *Mist, was mach ich jetzt. Simek oder sein Komplize. Das Päckchen soll doch sicher irgendwohin geliefert werden.* Schweers entschied spontan, dem älteren Mann zu folgen, der ebenfalls in sein Auto gestiegen war. Vorher machte er sich aber an einem Navigationsassistenten zu schaffen, der mit einem Saugnapf an der Windschutzscheibe befestigt war. Zwei Minuten später verließ der Verdächtige den Parkplatz in Richtung Lloydstraße. Kurze

Zeit später war Schweers klar, dass es wohl nach Cuxhaven ging, zumindest war das die grobe Richtung.

So schnell, wie er gekommen war, war Lukas Simek wieder verschwunden und der Pastor stand alleine auf dem Parkplatz. Er hatte mit dem Gedanken gespielt, sich bei seinem Erpresser über die Kurzfristigkeit des Auftrags zu beschweren, dann aber innerlich den Kopf geschüttelt und sich über die Absurdität seiner Idee gewundert. Seine Frau hatte ihn mit hochgezogenen Augenbrauen angeschaut, als er plötzlich in der Küche auftauchte und verkündet hatte, er müsse umgehend zum Schriftführer des Kirchenausschusses nach Bremen. Eine Angelegenheit, die keinen Aufschub dulde und im Zusammenhang mit seiner Stelle stehe. Eine Kirchenangelegenheit war immer ein gutes Argument, für das seine Frau jedes Verständnis aufbrachte und das sie normalerweise nicht hinterfragte.

Dieses Mal hatte sie zum ersten Mal gezögert, auf ihre Uhr geschaut und ihn dann zweifelnd betrachtet. »An einem späten Freitagnachmittag?«

»Glaubst du mir etwa nicht?«

Sie hatte nur mit den Achseln gezuckt und mit dem Kopf auf den Autoschlüssel gedeutet, der auf der Anrichte lag.

Vielleicht muss ich doch mit Simek reden und ihn davor warnen, dass meine Frau misstrauisch wird, wenn derartig kurzfristige Aufträge zu erledigen sind. Das ist sie nicht gewohnt. In der Kirche werden Termine eher langfristig festgelegt, so dass man sich drauf einstellen und alles andere drum herum planen kann. Diese Notlügen funktionieren nur eine Zeit lang, auf Dauer wird sie garantiert anfangen, sich zu wundern. Auch wenn sie nicht das schärfste Messer in der Küche ist, möchte ich ungern, dass sie anfängt herumzuschnüffeln, dachte er, während er über die Lloydstraße in Richtung Autobahn fuhr.

Eine knappe halbe Stunde später war er an seinem Ziel angekommen, legte das Päckchen vor die Tür und klingelte. *Genau wie beim ersten Mal,* dachte er, *nur die Adresse ist eine andere.* Dann ging er wieder zurück zu seinem Auto. Er hatte mit dem Gedanken gespielt, aus einer versteckten Position heraus zu beobachten, wer das Päckchen hereinholen würde. Er könnte sogar ein Foto machen, wenn sich die Gelegenheit dafür bieten sollte. Letztlich war ihm das Risiko dann doch zu hoch. Sollte er bei dieser Aktion beobachtet werden und Simek das erfahren – was nicht auszuschließen war – wären die Konsequenzen für ihn vermutlich ausgesprochen unangenehm. Und seine Toleranz für Schmerzen jeglicher Art war sehr schwach ausgeprägt. Also hielt er sich an die Abmachung.

Auf dem Weg zurück nach Bremerhaven machte er verschiedene Umwege, um nicht zu früh zurück zu sein und seiner Frau noch mehr Gründe für ihr Misstrauen zu geben.

Die Überwachung von Simek und seinem Komplizen war aufschlussreich gewesen, auch wenn bisher nicht klar war, wer an der besuchten Adresse wohnte. Die Details hatte er per Mail an Jonas geschickt, mit der Bitte, morgen früh zu überprüfen, wer dort wohnte und wer der unbekannte Überbringer war. Der Mord war jetzt eine Woche her. Fünf Tage mit vielen Gesprächen und wenig Ergebnissen. Sie wussten, dass der Geschäftspartner des Toten etwas zu verbergen hatte. Das Gleiche galt für Frau Simek und ihren Mann und letztlich auch für den Unbekannten. Dass dieser und Lukas Simek sich kannten, war eindeutig, aber es war bisher unklar, woher, und es gab nicht genügend Fakten, um die Simek damit zu konfrontieren. Schweers schüttelte den Kopf innerlich und blickte aus dem Fenster.

Der Kellner des ›Pier 6‹ holte ihn aus seinen trüben Gedanken, als er eine Speisekarte vor ihm auf den Tisch legte. »Kann ich Ihnen schon etwas zu trinken bringen?«

Schweers sah auf und nickte. »Ein Pils wäre gut.«

»Klein oder groß?«

»Ein kleines reicht mir.« Der Kellner nickte und machte sich auf den Weg zur Theke. Schweers warf zuerst einen Blick in die Karte und sah dann nach draußen. Sein Zuhause lag auf der anderen Seite des Hafenbeckens, fast gegenüber von dem Restaurant, in dem er jetzt saß. Entlang der Kaje zog sich an beiden Seiten eine Reihe von langen, hohen dünnen Säulen, an denen Straßenlaternen angebracht waren, die die Kaje beleuchteten. In den Spitzen der Säulen waren blaue Lampen integriert, die sich wie eine Perlenkette an den beiden Längsseiten des Hafenbeckens entlangzogen. Ein beliebtes Fotomotiv, wie er den häufigen Blitzlichtern, die man abends sehen konnte, entnahm. Ebenfalls eine gern genutzte Joggingstrecke, wie er sah, als eine Frau in Jogginghose und dunklem Kapuzenpulli am Restaurant vorbeilief, die vermutlich in der Nähe wohnte.

Die Servicekraft kam mit dem Bier, und Schweers bestellte sein Abendessen. Seinen kleinen Notizblock hatte er offen auf den Tisch gelegt, um durch seine Aufzeichnungen gehen zu können. Eine ganze Reihe von Punkten hatten sie klären können, aber es gab nichts Handfestes, keinen fundierten Ermittlungsansatz. Nichts von alledem reichte aus für einen begründeten Verdacht, geschweige denn eine Hausdurchsuchung oder eine Verhaftung. Es war zum Verrücktwerden. Er hoffte, dass die Recherchen seiner Kollegen Ergebnisse gebracht hatten, aus denen man am kommenden Vormittag einen Ermittlungsansatz ableiten könnte.

Kurz nachdem er mit dem Essen fertig war und an seinem zweiten Bier nippte, kam die Frau mit der Jogginghose und dem dunklem Kapuzenpulli wieder am Restaurant vorbei. Auf dem Rücken des Pullis das beliebteste Motiv der Region: Ein Anker. Offenbar hatte sie ihre abendliche Runde beendet und war auf dem Weg zurück zu ihrer Wohnung.

Ich muss unbedingt wieder mit Sport oder Fitness anfangen, dachte Schweers und signalisierte, dass er zahlen wolle. Er war müde.

Lukas Simek sah, wie Nele Peters zur üblichen Zeit das Haus zu ihrer abendlichen Joggingrunde rund um das Hafenbecken verließ. Sie trug auch diesmal ihren Kapuzenpulli und eine dazu passende Jogginghose. Er verließ seine Warteposition im Schatten eines geparkten Lastkraftwagens. Um nicht aufzufallen, hatte er ebenfalls Joggingklamotten angezogen, die er nachmittags in einem Billigdiscounter gekauft hatte und später im Kamin verbrennen würde. Mit der Kapuze über der blonden Perücke hatte er keinerlei Ähnlichkeit mehr mit Lukas Simek, wie er schon zu Hause vor dem Spiegel stehend zufrieden festgestellt hatte.

Die Straße war frei und die Notarin um eine Hausecke verschwunden, so dass er langsam in Richtung des Hauseingangs joggen konnte. Dort angekommen, nahm er einen Schlüssel aus seiner Tasche, von dem er wusste, dass er zur Wohnung und zum Büro von Nele Peters passen würde.

Bei einem ihrer ersten Besuche bei der Notarin hatte diese in einem Nebenzimmer Kopien der Personalausweise von ihm und seiner Frau gemacht. Ihren Schlüsselbund hatte sie auf dem Schreibtisch liegen gelassen. Diese Unachtsamkeit hatte er genutzt, um von einem der Schlüssel, die am Bund hingen, einen Abdruck zu machen. Zu Hause hatte er in die Negativform flüssigen Kunststoff geschüttet und diese Kopie dann als Muster genutzt, um an einer kleinen Kopierfräse in seinem Hobbykeller einen benutzbaren Zweitschlüssel herzustellen. Den Rohling dafür hatte er auf dem Schwarzmarkt gekauft.

Die Haustür schloss er leise hinter sich und ging schnell die Treppen hoch bis zur Wohnungstür von Nele Peters. In der Wohnung angekommen, sah er sich kurz um und stellte sich dann in einen kleinen Flur, der links vom Eingangsflur abging. Die Joggingrunde der Notarin war kurz. Er würde nicht lange warten müssen.

Kurze Zeit später hörte er, wie jemand einen Schlüssel in das Schloss steckte. Die Tür öffnete sich. Nele Peters trat ein, drehte sich um und verschloss die Wohnungstür wieder hinter sich, als sie unvermittelt einen stechenden Schmerz im Nacken spürte und auf der Stelle zusammenbrach. Der Elektroschocker hatte sie außer Gefecht gesetzt, ohne dass sie eine Chance auf Gegenwehr gehabt hätte. Simek legte ihr einen Kabelbinder um den Hals und zog ihn zu. Dann schleifte er sie um die Ecke in den kleinen Flur, in dem er auf sie gewartet hatte. Die Notarin erstickte fast lautlos, während er den Schlüsselbund seines Opfers aus dem Schloss zog, die Wohnung verließ und ihrem Büro im Hochparterre des gleichen Gebäudes einen Besuch abstattete.

Er zog die Plissees an den Fenstern zu, um nicht von außen gesehen zu werden, und begann mit der Durchsuchung. Die Akte Simek fand er schnell. Alphabetisch abgelegt in einem Hängeregister, dessen Schloss ihm nicht lange widerstand. Die Auflistung, von der die Notarin seiner Frau erzählt hatte, konnte er nicht finden. Die vermutete Simek in ihrem Safe. Um an den Safe, der sich innerhalb des Schreibtisches befand, zu gelangen, brach er eine Tür des Möbels auf. Dann musste er feststellen, dass der Stahlschrank selber nur mit einer Zahlenkombination oder einem Fingerabdruck geöffnet werden konnte. Er war davon ausgegangen, dass der Schlüssel für den Safe am Schlüsselbund der Toten hängen würde und fluchte. *So eine Scheiße, das gibt's doch nicht. Wieso lässt sich der verdammte Safe nicht auch mit einem Schlüssel öffnen.* Er hatte nicht genügend Zeit, nach der Kombination zu suchen. *Der Notarin die Finger abzuschneiden und dann jeden Finger einzeln auf die Fläche für die Erkennung zu drücken, dauert zu lange. Die Tote eine Etage von der Wohnung durch das Treppenhaus ins Büro zu tragen, kommt nicht in Frage. Das Risiko, jemandem zu begegnen, ist zu groß. Wo kann sie das Passwort versteckt haben?* Er nahm die Schreibunterlage hoch, die auf dem Tisch lag, um zumindest den Versuch zu machen, die Zahlenkombination zu finden. Dabei übersah er ein kleines Fläschchen mit flüssiger, dokumentenechter Tinte. Beim Versuch, den Flakon vor dem Herunterfallen zu retten, stieß er gegen die Schreibtischlampe. Beides landete auf dem Parkett. Der gläserne Schirm der Lampe verteilte sich krachend im halben Büro. Das Fläschchen mit der Tinte zerbrach und hinterließ einen riesigen Fleck auf dem Parkett. »Scheiße.« Er fluchte erneut leise. Er blätterte durch den Kalender, den er vor sich sah, fand aber auch dort keine verdächtige Zahlenkombination, die er im Bedienfeld des Safe hätte eintippen können. Es hatte keinen Zweck, er würde den Safe nicht öffnen können und musste sich mit der Akte zufriedengeben. Simek konnte nur hoffen, dass alle relevanten Dokumente dort abgelegt waren.

Er steckte die Akte in den Rucksack und ging zurück zur Bürotür, die er vorsichtig einen Spalt öffnete. Im Treppenhaus war nichts zu hören, und von der Haustür kamen ebenfalls keine Geräusche. Er schlüpfte in den Hausflur, zog die Bürotür leise hinter sich ins Schloss und ging die halbe Treppe hinunter zum Hauseingang. Er öffnete die Haustür und joggte langsam wieder zurück in Richtung des Parkplatzes, wo er sein Auto außer Sichtweite abgestellt hatte. Die Akte im Rucksack auf seinem Rücken wippte bei jedem Schritt im Rhythmus mit.

KAPITEL 6, SAMSTAG

Oliver Schweers arbeitete sich durch die ›Nordsee-Zeitung‹, als er sein Handy vibrieren hörte. Nach kurzer Suche fand er das Gerät unter dem Kissen auf seiner Couch, wo er gestern Abend eingeschlafen war. Noch knapp zehn Prozent Batterieladung, sah er als Warnung auf dem Bildschirm, als er das Gerät entsperrte.

»Schweers, guten Morgen.« Auf der anderen Seite wurde gesprochen, während er sich auf dem Rand der vor ihm liegenden ›Nordsee-Zeitung‹ Notizen machte.

»Okay, ich mache mich auf den Weg, das ist ja praktisch auf der anderen Seite des Hafenbeckens, wenn ich das richtig sehe.«

In einer Wohnung an der Barkhausenstraße war im dritten Stock eine Tote gefunden worden. Die Haushaltshilfe, die immer samstagvormittags die Wohnung putzte, wenn die Mieterin ihre Einkäufe erledigte, hatte die Polizei gerufen. *Hier ist ja ganz schön was los*, dachte Schweers mit der Kaffeetasse in der Hand. *Schon der zweite Mord seitdem ich hier bin, und der erste ist noch nicht gelöst.*

Er steckte sein Handy, einen kleinen Stecker und ein Ladekabel ein. Dann warf er einen Blick in den Himmel und freute sich, dass er sein Fahrrad würde benutzen können, ohne nass zu werden. Aus dem Augenwinkel konnte er tatsächlich auf der andern Seite des Hafenbeckens ein Blaulicht sehen, das sich in einer Fensterscheibe spiegelte.

Sein Stahlross war trotz seiner mittlerweile fast zwanzig Jahre immer noch in Schuss. Er schwang sich in den Sattel. Nach nicht einmal zehn Minuten erreichte er die Adresse, die er sich aufgeschrieben hatte, und kam dabei am ›Pier 6‹ vorbei, wo er am gestrigen Abend gegessen hatte.

Vor dem Haus stand der Streifenwagen mit dem Blaulicht, dessen Reflexion er in einem der Fenster des gegenüberliegenden Komplexes gesehen hatte. Er musste sich ausweisen, bevor er ins Haus konnte, da die Kollegen von der Streife ihn noch nicht kannten. Dann betrat er das Gebäude und ging die Treppe hinauf in den zweiten Stock. Der Aufzug war von der Spurensicherung gesperrt worden. Oben zog er sich die üblichen Überzieher über die Schuhe.

Durch die geöffnete Wohnungstür konnte er Melnik sehen, der in einen kleinen Flur schaute, der nach links vom Hauptflur abzweigte.

»Hallo, Oliver, komm rein, das Opfer liegt hier in diesem kleinen Seitenflur«, sagte sein Kollege, winkte ihm zu und deutete auf die Leiche, die Schweers erst sehen konnte, als er selber nah genug war, um einen Blick in den kleinen Flur werfen zu können.

Auf dem Boden lag eine schlanke Frau mit blonden Haaren. Mit ihren Fingern hatte sie verzweifelt versucht, den Kabelbinder loszuwerden, um wieder atmen zu können. Letztlich war sie qualvoll erstickt, wie die hervorstehenden Augen bezeugten. Bekleidet war sie mit einer Jogginghose und einem dunklen Kapuzenpulli.

Schweers runzelte die Stirn. »Hat der Pulli auf der Rückseite zufällig einen Anker? Falls ja, ist die Frau gestern am Restaurant vorbeigejoggt, als ich da gegessen habe.«

»Wunderbar, dann haben wir ja den ungefähren Zeitpunkt von Tat und Tod.«

»Moin, Melf. Heute übertriffst du dich in der Nüchternheit deiner Analyse. Hast du überhaupt irgendwelche Gefühle? Mensch, hier ist eine junge Frau ums Leben gekommen.« Melf Petersen, der Gerichtsmediziner, der sich über die Leiche gebeugt hatte, schüttelte den Kopf.

»Ich lass das schlicht nicht an mich heran. Sonst hätte ich schon längst den Job wechseln müssen. Und, Oliver, um deine Frage zu beantworten: Ja, auf dem Rücken des Pullis ist ein Anker aufgedruckt. Und«, Petersen meldete sich mit erhobenem Zeigefinger erneut zu Wort, »die Tote hat zwei Markierungen im Nacken, die denen, die wir bei Herrn Giordano gefunden haben, ausgesprochen ähnlich sehen.«

»Elektroschocker?«, fragte Schweers mit hochgezogenen Brauen.

»Sieht verdammt danach aus«, gab der Gerichtsmediziner zurück. »Und bevor du fragst: Todeszeitpunkt irgendwann zwischen neunzehn und einundzwanzig Uhr gestern Abend. Passt das zu deiner Beobachtung?«

Schweers nickte nur. »Wie heißt die Tote, und was wissen wir schon?«, wandte er sich an seinen Kollegen Melnik.

»Bei der Toten handelt es sich um Doktor Nele Peters, ihres Zeichens Rechtsanwältin und Notarin. Wohnt hier alleine. Verwandte oder Freunde haben wir bisher nicht gefunden. Ich habe Jonas gebeten, mal die üblichen Datenbanken abzufragen, wir sind dran.«

»Habt ihr in der Wohnung irgendwelche Spuren gefunden?«

»Keine Einbruchsspuren, falls du das meinen solltest. Der oder die Täter müssen einen Schlüssel gehabt haben, oder sie haben geklingelt und die Tote hat die Tür selber geöffnet.«

»Ergo potentiell jemand aus ihrem Bekanntenkreis. Wir benötigen möglichst schnell die Daten ihrer Kontakte aus ihrem Handy und die Verbindungsnachweise. Das habt ihr doch, oder?« Schweers warf einen bedauernden Blick auf die Tote.

Melnik nickte. »Das Handy ist schon bei Jonas, der die Daten ausliest und uns Bescheid gibt, sobald etwas Interessantes auftaucht.«

»Mhm … sollten wir es mit demselben Täter zu tun haben wie bei unserem ersten Opfer, stellt sich die Frage, was die Tote und Giordano verbindet. Irgendwelche Ideen?«

Schweers sah Melnik und Petersen abwechselnd an.

»Mich musst du nicht anschauen. Das ist eure Baustelle. Was ich sagen kann, ist, dass es sich zumindest um dieselbe Form der Betäubung handelt. Ob in beiden Fällen derselbe Elektroschocker benutzt wurde, wäre im Übrigen nicht nachweisbar. Es sei denn, ihr findet ein entsprechendes Gerät und wir finden DNA daran.« Petersen richtete sich auf und rief in den Flur, dass man die Tote jetzt in die Gerichtsmedizin bringen könne, nachdem er sich bei Schweers versichert hatte, dass dieser einverstanden war.

»Dann lass uns raus in den Hausflur gehen, damit die Jungs hier ungestört arbeiten können«, Oliver Schweers, an seinen Kollegen Melnik gewandt, grüßte Petersen zum Abschied, drehte sich um und machte gleichzeitig Platz für die Mitarbeiter des Bestattungsunternehmens, die die Tote in einem Zinksarg zur Gerichtsmedizin bringen würden.

»Sonst irgendwelche Hinweise gefunden, die uns weiterbringen können?«, Schweers blickte Melnik an, als sie im Hausflur angekommen waren.

»Ich habe mich in der Wohnung umgesehen und zwei Sachen sind mir aufgefallen.«

»Ich höre!«

»Erstens: Unsere Notarin kokst, oder besser gesagt kokste! Ich habe die üblichen Utensilien und einen Rest Kokain in einem Tütchen gefunden. Wird Melf in seinem Bericht bestimmt bestätigen. Und Zweitens: Abgesehen vom Handy und von einem Tablet, das auch schon bei Jonas ist, kein Computer und keine persönlichen Akten. Nicht mal Kontoauszüge, Briefe oder überhaupt Post. Ich kann nur vermuten, dass die Tote das alles in ihrem Büro liegen hat. Und sie hatte Pfefferspray in einer Tasche ihrer Jogginghose. Halte ich aber nicht für ungewöhnlich.«

Schweers nickte und hob die Augenbrauen. »Wo ist das Büro? Irgendwo in der Stadt?«

»Ja und nein, im Hochparterre, hier im gleichen Gebäude. Dort wäre ich als Nächstes hingegangen. Ich gehe davon aus, dass der passende Schlüssel an dem Bund hängt, den die Spurensicherung dort gefunden hat.« Peter Melnik hielt einen Schlüsselbund in die Höhe.

»Ich schätze, da müssen erst die Kollegen rein, bevor wir alles kontaminieren. «

Peter Melnik nickte: »Ich frage mal nach, wann die glauben, dort fertig zu sein.«

Schweers schlug seinen Block auf, um einen Blick in seine Notizen zu werfen. Er vermerkte schnell den Namen der Mitarbeiterin der Notarin, die vermutlich befragt werden musste. Dann sah er Melnik an, der zurückgekommen war: »Was wissen wir sonst?«

Der lehnte sich an die Wand hinter ihm. »Also, die Wohnung war nicht in Unordnung. Es sah nicht danach aus, als ob dort etwas gesucht worden wäre. Das gilt auch für die anderen Räume und das Bad. Es kann sein, dass der Täter Schubladen oder Türen nur geöffnet und wieder geschlossen hat. Der Schlüsselbund der Toten lag in ihrem Büro. Wir gehen davon aus, dass er, nachdem er die Notarin umgebracht hat, den Bund mit nach unten genommen hat, um damit in ihr Büro zu kommen.«

»Es war nichts beschädigt?« Schweers unterbrach seinen Kollegen.

»Nein, nichts Augenfälliges. Ob etwas fehlt, wissen wir nicht mit Sicherheit. Ich habe Frau Yildiz, die Reinigungskraft, die uns gerufen hat, gefragt. Sie behauptet, dass nichts fehle. Aber ich gehe nicht davon aus, dass sie den Inhalt aller Schubladen kennt. Falls wir nicht weiterkommen, müssen wir mit ihr mal durch die gesamte Wohnung gehen.«

»Deutlich waren die Schleifspuren, die vermutlich die Sohlen ihrer Joggingschuhe hinterlassen haben. Trug die Tote eine Uhr?« Schweers hatte zwar eine Zeitspanne im

Kopf, während der er die Tote gesehen hatte, aber eine genaue Uhrzeit für den Todeszeitpunkt wäre natürlich besser.

»Ja, trug sie. Die habe ich schon zu Jonas bringen lassen, zusammen mit dem Handy. Das ist nämlich so eine Fitnessuhr, wie sie heutzutage Mode geworden sind. Mit ein bisschen Glück ist die Uhr mit irgendeiner App auf dem Handy verbunden. So makaber das klingt, aber es kann sein, dass das Mobiltelefon uns sagt, wann das Herz des Opfers aufgehört hat zu schlagen.«

Schweers schüttelte den Kopf. »Das ist eine bizarre Vorstellung. Hat die Spurensicherung etwas über Spuren an der Kleidung der Toten gesagt, die nicht vom Opfer selber stammen? Immerhin wurde die Notarin zwei bis drei Meter durch den Flur geschleift. Dazu musste sie vom Täter angefasst werden. Oder Abwehrverletzungen vielleicht.«

»Leider bisher nichts. Melf will uns aber Bescheid sagen, sollte er bei der genauen Untersuchung etwas finden, das uns weiterhilft. Und der Chef der Spusi ebenfalls.«

»Hast du eine Vorstellung davon, wie das abgelaufen sein könnte?«

Melnik kratzte sich am Kopf. »Ich könnte mir vorstellen, dass der Täter schon hier war und den Tatort betreten hat, nachdem er sah, wie das Opfer loslief. Die Wohnung selber ist sehr sauber, wie bereits gesagt. Wenn man durch die Tür kommt, steht gleich rechts an der Wand, direkt neben der Matte, ein Schuhregal. Die Schuhe, die die Tote anhat, sind dreckig und sollten bestimmt sofort durch Hausschuhe ausgetauscht werden. Der Täter hat in dem kleinen Flur gewartet. Sich dann seinem Opfer von hinten genähert, als es die Wohnungstür wieder abschließen wollte, und gleich den Elektroschocker benutzt, um sein Opfer außer Gefecht zu setzen. Wäre die Frau noch oder schon in der Wohnung gewesen, hätte sie ihre dreckigen Schuhe noch nicht oder nicht mehr getragen, nicht wahr?«

»Da hast du vermutlich recht. Theoretisch könnte der Täter aber auch direkt, nachdem sie hier angekommen ist, unten geklingelt haben. Dann hätte sie die Tür geöffnet und die Joggingschuhe noch angehabt, als der Täter oben ankam. Dann hätten wir aber vermutlich irgendwelche Abwehrspuren gefunden, oder? Deshalb bleiben wir mal bei deiner Theorie: Der Täter war schon hier. Dann hat er einen Schlüssel zur Wohnung. Wo kommt der her?«, fragte Schweers. »Und wie viele Wohnungsschlüssel hat die Spusi gefunden? Ist das bekannt? Wir sollten ebenfalls klären, wie viele Schlüssel ein Mieter oder Eigentümer bei der Übergabe erhält. Haben wir die Kontaktdaten der Hausverwaltung?«

»Moment, ich frage mal«, sagte Schweers' Kollege und ging los, um einen Beamten zu suchen, der Teil des Teams war, das die Wohnung durchsucht hatte.

Schweers blickte auf seine Uhr. Der Mittag war nicht mehr weit, es war fast zwölf Uhr. *Schon wieder ein halber Samstag, der mit Arbeit draufgeht,* dachte er, als Melnik wieder zurückkkam.

»Die Kollegen haben insgesamt vier Schlüssel gefunden, die zu einer Schließanlage passen und sowohl die Haustür als auch die Wohnungstür und das Büro öffnen. Den fünften hat die Dame, die hier putzt und die Tote gefunden hat. Der Notdienst der Hausverwaltung hat auf Nachfrage bestätigt, dass fünf Schlüssel übergeben wurden. Es sei auch keiner nachgemacht worden.« Peter Melnik hielt ein Klemmbrett in der Hand, das ihm der Kollege von der Spurensicherung gegeben hatte. Auf dem Brett befand sich die Liste mit den in der Wohnung gefundenen Gegenständen.

»Dann muss der Täter sich einen weiteren Schlüssel besorgt oder nachgemacht haben«, Schweers fuhr sich mit einer Hand durch die Haare.

»Die Schlüsselkarte, die man hierfür benötigt, liegt verschlossen bei der Hausverwaltung! Dort hat es keinen

Einbruch gegeben. Dann bleibt nur die Möglichkeit, dass der Täter irgendwie an einen Abdruck des Schlüssels gekommen ist und sich damit eine Kopie hat machen lassen«, schlussfolgerte Melnik.

»Genau. Und an einen Abdruck kann man nur über die Putzhilfe kommen oder die Tote selbst. Es muss jemand sein, den die Tote kannte, jemand aus dem persönlichen oder dem beruflichen Umfeld.«

»Müssten nicht noch Anhaftungen von dem Material, mit dem der Abdruck gemacht wurde, an einem der Schlüssel zu finden sein? Das wäre doch was für die Spurensicherung.« Melnik hatte bereits sein Handy in der Hand.

»Das könnte tatsächlich sein, ruf die Kollegen ruhig an. Wenn sich das bestätigt, sind wir einen kleinen Schritt weiter. Vielleicht können wir bei den einschlägig bekannten Leuten hier in Bremerhaven nachfragen, ob einer einen Schlüssel kopiert hat und falls ja, für wen«, überlegte Schweers und sah dann auf seine Uhr: »Wir sollten uns mit Jonas treffen, zu dritt was essen und uns auf den neuesten Stand bringen.« Schweers bekam langsam, aber sicher Hunger.

Melnik, der den Schlüsselbund bereits zurückgegeben hatte, informierte die Kollegen von der Spurensicherung über die möglichen Anhaftungen und wandte sich dann wieder Schweers zu. »Ich könnte auch etwas essen. Wie wäre es mit der Fischbratküche in der Keilstraße, ist fußläufig von hier zu erreichen. Gute Hausmannskost. Und gegenüber ist ein Parkplatz, da kann Jonas sein Auto lassen.«

Schweers rief Jonas Hansen an, der zustimmte und versprach, gleich loszufahren. Man wollte sich direkt im Restaurant treffen.

Draußen angekommen, steckte Melnik sich das unvermeidliche Zigarillo in den Mund und machte einen tiefen Zug. Ein Lächeln bereitete sich in seinem Gesicht aus, als das Nikotin über seine Lunge in die Blutbahn gelangte und seine

Nerven beruhigte. Schweers grinste bei diesem Anblick und ging los. Sein Kollege folgte ihm mit seligem Gesichtsausdruck.

Martin Koopmann machte sich wieder auf den Weg nach Cuxhaven. Heute musste er zur Abwechslung mal ein Päckchen abholen und nicht wegbringen und hoffte, dass es sich nicht um Drogen handelte. Aber selbst wenn es Drogen wären – was sollte er schon machen. Er war der Lösung seines Problems keinen Schritt nähergekommen. *Vielleicht hat Benedikt ja eine Idee*, hörte er sich sagen, während er völlig in Gedanken versunken über die Lloydstraße Richtung Autobahn fuhr. Er war früher losgefahren als notwendig. So hatte er genug Zeit, vorher bei seinem Freund vorbeizufahren und um Rat zu bitten. Er kannte sonst niemanden, mit dem er über sein Problem hätte sprechen können. Zwar war die Kirche offenbar dazu bereit, die Spielschulden eines Priesters zu übernehmen, aber ob man ihm helfen würde, sein Problem zu lösen, war unwahrscheinlich. *Wenn ich nur irgendetwas gegen meine Vorgesetzten in der Hand hätte … Ich würde sogar auf irgendeinen Posten im Ausland gehen, sogar nach Afrika, wenn das mein Problem lösen würde. Aber ohne ein Druckmittel verliere ich Einkommen und Familie und lande wegen Beihilfe zum Drogenschmuggel im Knast.* Koopmann musste aufstoßen. Nein, es musste eine Alternative geben.

An der Abfahrt Neuenwalde verließ er die Autobahn 27. Im Dorf angekommen, hatte er kurz darauf auf der rechten Seite sein Ziel erreicht und stieg aus. Die Haustür öffnete sich, bevor er klopfen konnte, als ob Benedikt, den er per SMS vorgewarnt hatte, auf ihn gewartet hätte.

»Komm rein.« Benedikt Obermüller ging voraus ins Wohnzimmer, wo sie bei ihrem ersten Treffen auch gesessen hatten. »Setz dich. Möchtest du diesmal einen Kaffee oder etwas anderes?«

Koopmann schüttelte den Kopf, setzte sich und stützte seinen Kopf in beide Hände.

»Was bedrückt dich?« Sein Gastgeber hatte sich ebenfalls hingesetzt.

»Ich weiß nicht, wo ich anfangen soll.« Koopmann rieb sich mit beiden Händen über das Gesicht. »Ich bin jetzt seit einer Woche in Bremerhaven und erledige schon den dritten Auftrag für Simek. Diesmal soll ich ein Päckchen abholen. Keine Ahnung, was drin ist, und wenn ich ehrlich bin, will ich das gar nicht wissen. So kann es aber nicht weitergehen. Selbst Susanne, der ich normalerweise nur erzählen muss, dass die Kirche mich braucht, fängt an, misstrauisch zu werden, wenn ich sage, dass ich mal wieder einen Termin habe. Sie ist zwar völlig blind und naiv, was die Kirche betrifft, aber sie ist nicht blöd. Lange geht das nicht mehr gut. Ich brauche eine Lösung für mein Problem, und zwar dringend.«

»Der Typ lässt nicht locker?«

»Das Gegenteil ist der Fall. Ich hatte neulich ein Gespräch mit Greta, du erinnerst dich, meine Älteste?«

Benedikt nickte.

»Sie fängt an, komplett aus dem Ruder zu laufen. Wollte mit mir über sexuellen Missbrauch in der Kirche sprechen und will nicht mehr am Religionsunterricht teilnehmen und solche Sachen.«

»Huch, das Mädel ist ja intelligent. Kommt erfreulicherweise nicht nach ihrer Mutter«, warf Benedikt lächelnd ein.

Koopmann schüttelte den Kopf. »Du hast Nerven. Sag mir lieber, wie ich aus dieser Erpressung herauskomme!«

»Da ist guter Rat teuer. Hast du nochmals darüber nachgedacht, zur Polizei zu gehen?«

»Glaub mir, da reite ich mich noch tiefer in Probleme. Wie soll ich denn nachweisen, dass Lukas Drogen schmuggelt und – mit meiner Hilfe – Geld wäscht? Ich habe das Geld ja selbst bei den Banken eingezahlt. Also wird man mich wiedererkennen und nicht Lukas.«

»Das schon, aber du hast das Geld doch auf seinen Namen eingezahlt, oder?«

»Nein, auf das Geschäftskonto einer Firma in Vanuatu.«

»Ja, aber die Firma gehört doch Simek oder dessen Frau, nicht wahr?«

»Da gehe ich von aus. Aber ich habe ein wenig recherchiert. Selbst wenn die Firma den Simeks gehört, wird die Regierung Vanuatus deren Namen nicht herausrücken, weil das eines der Prinzipien von Steuerparadiesen ist: Verschleierung von Reichtum. Genauso gut könnte ich der Eigentümer dieser Firma sein.«

Benedikt Obermüller sah mit gerunzelter Stirn aus dem Fenster. »Soll ich mal mit Simek reden?«

Martin Koopmann bekam große Augen und wurde blass. »Bloß nicht! Mach das nicht! Ich traue dem Kerl alles zu. Der ist völlig unberechenbar, glaub mir. Wie der reagiert, wenn er erfährt, dass ich mit dir geredet habe, möchte ich mir nicht ausmalen.«

Benedikt zuckte mit den Schultern. »Der Typ müsste verschwinden. Vielleicht kann man veranlassen, dass er versetzt wird. Ich könnte ja der Polizei anonym einen Tipp geben, dass er Drogen von den Schiffen herunterschmuggelt. Das stimmt doch, oder?«

»Da gehe ich von aus. Er nutzt seine Stellung beim Zoll und seine ehrenamtliche Tätigkeit dafür aus. Beweisen kann ich nichts davon. Aber auf keinen Fall kannst du zur Polizei gehen, auch nicht anonym … bist du wahnsinnig? Der wird sofort vermuten, dass ich dahinterstecke und dann gnade mir Gott.«

Benedikt lachte leise. »Ich glaube, seitens Gott wirst du keine Unterstützung bekommen. Das Problem muss anders gelöst werden.« Der Gastgeber sah wieder sinnierend aus dem Fenster. »Dann muss der Typ eben anders verschwinden.«

Koopmann riss die Augen auf. »Wie meinst du das, anders?«

»Na, wenn der Typ nicht freiwillig geht, muss man ein wenig nachhelfen.«

»Sag mal, spinnst du? Und wer ist ›man‹?«

»Martin, jetzt mach dir nicht gleich ins Hemd. Wir könnten ja vielleicht jemanden beauftragen, der das macht. So etwas muss man nicht selbst durchführen.«

Koopmann war blass geworden. »Nein, nein, nein. Auf keinen Fall. Vergiss es! Ich bin sicherlich kein gottesfürchtiger Pastor mehr, selbst wenn ich gut darin bin, den Anschein weiter zu wahren. Aber dein Vorschlag geht zu weit. Es muss eine andere Lösung geben, auch wenn ich keine Ahnung habe, wie die aussehen könnte.«

»Die Polizei willst du nicht einschalten, auch nicht anonym! Dass ich mit Simek rede, willst du nicht. Dass wir jemanden beauftragen, der sich Simek mal zur Brust nimmt, willst du nicht. Ich glaube, du weißt nicht, was du willst.« Benedikt lehnte sich zurück und kreuzte die Arme vor seiner Brust.

»Vor allem weigere ich mich, mich auf das gleiche Niveau zu begeben wie mein Erpresser. Schließlich bin ich ja immer noch Pastor und kein Krimineller!«

»Ach so, Martin, du meinst, weil …, wie soll ich das nennen, … weil deine ›Spielchen‹«, Benedikt malte mit seinen Fingern Anführungszeichen in die Luft, »mit den beiden Jungs inzwischen verjährt sind, bist du nicht mehr kriminell?«

Koopmann warf die Arme in die Luft. »Herrgott nochmal, das ist jetzt zwanzig Jahre her!«

»Das ändert aber doch nichts an der Tatsache als solches, und wenn es tausendmal verjährt ist. Und lass uns ehrlich sein: Die Tatsache, dass wir Pastoren sind, bedeutet ja nicht, dass wir nicht kriminell sein können. Ein Priester steht in Osnabrück wegen Kinderpornografie vor dem Richter, in Bayern gibt es ähnliche Verfahren. Und so weiter. Und bei uns sind in der Vergangenheit jede Menge Schweinereien während der Heimerziehung gelaufen, wie du selber weißt. Wenn es bei uns Evangelen keine Probleme gäbe, gäbe es ja wohl auch keine internen Anerkennungskommissionen, oder?«

»Ja, ja, ja, Benedikt, du hast ja recht, aber es ist verdammt schwer, damit umzugehen und das auch noch vor sich selbst zuzugeben.«

»Das stimmt. Dazu habe ich auch viel Zeit benötigt. Mit jeder Meldung über sexuellen Missbrauch und seiner Vertuschung habe ich mich ein kleines Stückchen weiter von der Kirche entfernt. Lange hatte ich ja sogar die Hoffnung, dass vor dem Hintergrund dieser ganzen Skandale ein grundlegend neuer Umgang mit der menschlichen Sexualität die Oberhand gewinnen würde. Aber irgendwann habe ich begriffen, dass eine Kirche, egal welcher Glaubensrichtung, nur ein Machtapparat ist, der diejenigen, die loyal zu ihm stehen, schützt – so wie dich. Dann habe ich meinen Glauben verloren.«

»Aber warum machst du denn weiter? Ich meine, du arbeitest doch hier als Pastor, oder?«

»Ach weißt du, Martin, die Kanonissinnen des Klosters können mir ja nicht in den Kopf schauen. Woran soll man denn erkennen, dass ich lediglich eine Show abziehe?«

Koopmann nickte. »Bei unseren katholischen Kollegen dürfte das ähnlich sein. Da wird ja auch nicht wirklich Wein in Blut verwandelt. Sonst würde der Kollege das Risiko eingehen, dass seine Zauberformel nicht mehr funktioniert, sobald er den Glauben an das Ganze verloren hat. Und dann wäre er sofort überführt, nicht wahr?«

»Wie wahr, wie wahr.« Benedikt konnte sich das Grinsen nicht verkneifen. »Ich lebe gut hier. Habe einen leichten Job, mache mich nicht kaputt. Die Bezahlung ist annehmbar und das Haus ist groß genug für mich. Das Einzige, was ein wenig nervt, ist die Tatsache, dass in so einem Dorf jeder alles mitbekommt. Wenn ich Besuch bekomme, achte ich deshalb immer darauf, dass die Anreise erst nach Einbruch der Dunkelheit erfolgt und das Gleiche gilt für die Abreise. Wenn ein Berufskollege kommt, ist das nicht notwendig, weil alle Welt davon ausgeht, dass wir hier zusammen beten oder Predigten ausarbeiten oder sowas in der Art.«

»Beneidenswert. Ich stehe mit dem Rücken zur Wand und habe keine Ahnung, wie es weitergehen soll. So kann ich jedenfalls nicht weitermachen.« Koopmann saß in sich zusammengesackt wie ein Häufchen Elend auf dem Sofa. Er öffnete den Mund, um etwas zu sagen, blickte aber stattdessen nach kurzem Zögern auf seine Uhr. »Ich muss los, Benedikt. Ein Paket für Lukas in Cuxhaven abholen und in Bremerhaven abliefern. Ich muss mich beeilen. Vielen Dank, dass du mir zugehört hast. Ich melde mich.«

Benedikt blieb mit dem Gefühl zurück, dass sein Freund ihm nicht alles gesagt hatte.

»Hier gibt es ja sogar einen Japaner!« Schweers deutete auf ein Restaurant in direkter Nachbarschaft zur Fischbratküche.

»Jau, aber da krisse mich nich bei, wie der gemeine Bremerhavener sagen würde.« Peter Melnik blies den Rauch des letzten Zuges aus seinem Zigarillo in die Luft und verabschiedete sich mit einem bedauernden Blick von dem verbliebenen Stummel, der in einem Gully verschwand.

Schweers zuckte mit Schultern und murmelte etwas, das sich nach ›keine Ahnung was gut ist‹ anhörte und betrat das Restaurant, in dem sie sich verabredet hatten.

Jonas Hansen saß bereits an einem Tisch und winkte seinen Kollegen zu.

»Moin, herzlichen Dank, dass du am Samstag kommst!«, eröffnete Schweers das Gespräch, nachdem er sich gesetzt hatte.

»Ist doch Ehrensache. Außerdem wusste ich, worauf ich mich einließ, als ich mich bei Mord und Totschlag bewarb.« Hansen grinste.

»Sollen wir zuerst bestellen und dann sehen, wo wir stehen?« Melnik hatte die Frage gestellt und warf bereits einen Blick in die Karte.

Seine Kollegen nickten und griffen ebenfalls nach einer der Karten, die bereits auf dem Tisch lagen. Die drei Beamten gaben ihre Essenswünsche auf, um sich dann dem Fall zu widmen.

Schweers übernahm die Initiative und begann, über die Observation Simeks zu berichten. »Ich konnte in Sichtweite parken und das Haus des Ehepaares beobachten. War schon gut, dass Simek nicht im Seamen's Club war. Dort hätte ich nicht unbemerkt stehen können. Jedenfalls ist er zu dem Parkplatz hinter der großen Kirche gefahren, und ich dachte schon, er wollte lediglich in der Fußgängerzone einkaufen. Aber dann konnte ich sehen, dass dieser neue Pastor Koopmann dort stand und offenbar auf Simek gewartet hat. Jonas hat mir vorhin seine Identität bestätigt.« Schweers nippte an seinem Glas Wasser, bevor er fortfuhr. »Simek hat ihm ein Päckchen gegeben und einen Zettel. Er hat ihm auch irgendetwas gesagt, das konnte ich aber nicht verstehen. Dann ist er wieder in sein Auto gestiegen und weggefahren. Ich habe entschieden, lieber dem Pastor zu folgen, da ich mir dachte, dass der das Paket irgendwohin bringen soll. Es hätte alles Mögliche sein können, aber ich bin schlicht meinem Instinkt gefolgt und habe Simek fahren lassen. Dann bin ich dem Pastor nach Cuxhaven hinterhergefahren.«

»In den Norden?«, wiederholte Melnik fragend. »Was wollte er denn dort?«

»Er ist zu einer Adresse östlich des Stadtzentrums gefahren. Hat dort das Päckchen abgegeben. Die Adresse habe ich gestern Abend Jonas geschickt. Und weil mir das Ganze verdächtig erscheint, habe ich zwei Kollegen gebeten, die Observation des Pastors heute Morgen fortzusetzen.« Oliver Schweers wandte sich direkt an Jonas: »Hattest du Zeit, zu recherchieren, was sich hinter der Adresse in Cuxhaven verbirgt?«

Jonas nickte. »In der Tat ist dort eine Person gemeldet, die mehrfach vorbestraft ist und schon ein paar Jahre hinter Gittern verbracht hat.«

Melnik, der sich bisher entspannt in seinem Stuhl zurückgelehnt hatte, setzte sich wie elektrisiert auf und schaute seinen Kollegen an: »Wofür hat der gesessen?«

»Urkundenfälschung.«

»Urkundenfälschung?«, echote Melnik ungläubig. »Bist du sicher? Nicht Geldwäsche oder was mit Drogen?« Melnik schaute seinen Kollegen verwirrt an.

»Nein, Urkundenfälschung! Hab ich zweimal überprüft.«

»Was kann das bedeuten?« Schweers blickte seine Kollegen abwechselnd an.

Melnik betrachtete mit düsterem Blick sein Glas, bevor er einen Schluck Rotwein zu sich nahm und dann mit den Achseln zuckte. Hansen hingegen grinste so breit, dass man die Füllungen in seinen Backenzähnen zählen konnte.

»Was ist so lustig, Jonas?« Schweers hatte die Augen zusammengekniffen.

»Na, ich bin ja noch nicht fertig. Die Kollegen, die du gebeten hast, heute Morgen die Überwachung fortzusetzen, haben sich bei mir gemeldet, weil sie bei dir nur den

Anrufbeantworter bekommen haben. Koopmann war schon wieder unterwegs, und zwar bei einer Adresse in Neuenwalde und danach nochmals in Cuxhaven, bei der gleichen Adresse wie gestern. Diesmal hat er ein Päckchen abgeholt und nach Bremerhaven gebracht.«

»Und was verbirgt sich hinter der Adresse in Geestland?« Melnik war hellwach.

»Das ist hochspannend und war nicht einfach herauszufinden.«, Hansen lehnte sich erneut vor, nahm in aller Ruhe seine Tasse und genoss die Aufmerksamkeit, die ihm zuteil wurde.

»Jonas, du machst mich wahnsinnig. Raus mit der Sprache, und zwar zügig. Mein Blutdruck steigt auf ein ungesundes Niveau.« Melnik hatte seine Stirn in unübersehbar tiefe Falten gelegt und die Augenbrauen zusammengezogen.

Schweers konnte sich das Grinsen nicht verkneifen.

»An der Adresse ist ein evangelischer Pastor namens Benedikt Obermüller gemeldet.«

Melnik sackte in sich zusammen und warf die Arme in die Luft. »Na toll, ein evangelischer Pastor besucht einen anderen evangelischen Pastor. Das ist ja total verdächtig. Klingt für mich nach Terrorismus. Hast du schusssichere Westen mitgebracht? Bei den Verdachtsmomenten sollten wir sofort den Staatsschutz oder das KSK oder gleich beide informieren und dieses Verbrechernest ausräuchern. Da brauchen wir das ganz große Besteck, oder was meint ihr?«

Jetzt musste Hansen leise lachen und fuhr fort: »Peter, entspann dich. Ich bin immer noch nicht fertig. Dieser Pastor hat eine unrühmliche Vergangenheit. Er hat vor Jahren seine Kollegen mit Drogen versorgt und wohl aus seiner Homosexualität keinen Hehl gemacht. Deshalb wurde er von der Kirche kaltgestellt. Sein Arbeitgeber hat ihn in die Pampa versetzt. Er darf nur noch ›seelsorgerisch‹ in diesem Konvent tätig sein.« Hansen hatte den Begriff seelsorgerisch gestenreich in Anführungsstriche gesetzt. »Strafrechtlich sind alle Taten verjährt, deshalb habe ich in unseren Datenbanken nichts gefunden. Die vorliegenden Infos stammen aus speziellen Foren im Internet, die ich seinerzeit recherchiert hatte, als es um meine Schwester ging. Ob er irgendwelche anderen Dinge in diesem Frauenkloster macht, entzieht sich meiner Kenntnis. Jedenfalls soll er sich von Drogen fernhalten und sich unauffällig benehmen.«

»Er hat die Auflage, die Finger von Drogen zu lassen. Fragt sich, wie die Kirche das kontrollieren will? Das geht ja nur, wenn zumindest die Chefin des Klosters über seinen Hintergrund informiert ist und den Typen auf Sicht hält. Aber die ist wahrscheinlich froh darüber, dass er homosexuell ist. So lässt er zumindest seine Finger von den Schwestern ihres Ordens.« Melnik schüttelte den Kopf. »Wieso die Kirche immer noch an ihren völlig aus der Zeit gefallenen Moralvorstellungen festhält, ist mir ein Rätsel.«

»Wie lange war Koopmann denn bei seinem Berufskollegen?«, mischte sich Schweers wieder ein und nahm ein Stück Brot aus dem Korb, der auf dem Tisch stand.

»Eine halbe Stunde, haben die Kollegen geschrieben.« Hansen warf einen Blick in seine Notizen und nickte.

Schweers schaute aus dem Fenster. Dann wandte er sich wieder seinen beiden Kollegen zu. »Wir sind uns sicher, dass der Geschäftspartner des Toten lügt oder uns zumindest nicht alles erzählt. Das Gleiche gilt für das Ehepaar Simek. Bei den dreien dreht es sich um irgendetwas, das mit dem Casino zu tun hat. Dann haben wir diesen russischen Seemann, der mit Drogen zu tun hatte oder auch noch hat. Schließlich haben wir einen Pastor, der, obwohl erst vor ein paar Tagen nach Bremerhaven gezogen, ein Päckchen zu einem vorbestraften Fälscher bringt und wieder abholt und bei einem schwulen Pastor vorbeifährt, der früher Drogen verkauft hat. Und unser Verdächtiger ist das Bindeglied zwischen allen. Wie bitte hängt das alles zusammen? Kann es sein, dass Koopmann auch schwul ist?«

»Hä?«, Melnik sah Schweers ungläubig an, »der ist verheiratet und hat drei Töchter! Schon vergessen?«

»Nein, habe ich nicht, aber es gibt Menschen, die erst zu einem späten Zeitpunkt in ihrem Leben ihre wirkliche sexuelle Orientierung entdecken. Und es gibt Menschen, die, wissend, dass sie schwul sind, über lange Jahre ein Doppelleben führen, also eine Frau heiraten und auch Kinder bekommen, ohne dass die Partnerinnen etwas mitbekommen.«

»Davon habe ich schon mal gehört, aber selbst wenn dem so wäre, was würde uns diese Erkenntnis bringen?«, wollte Hansen wissen.

»Das weiß ich nicht …, noch nicht. Aber eine andere Frage«, Schweers sah seine beiden Kollegen an. »Was für Dokumente werden am häufigsten gefälscht?«

Melnik sah auf. »Meistens handelt es sich um Ausweisdokumente, wenn ich die Statistik richtig im Kopf habe. Erst danach kommen Rezepte und dann erst Papiergeld.«

»Okay, statistisch am wahrscheinlichsten sind Ausweisdokumente. Die benötigt man zum Eröffnen von Konten, zum Anmelden von Autos, zum Kauf von Immobilien und letztlich natürlich auch, wenn man verreisen will.« Schweers verstummte.

»Oder anders ausgedrückt, wenn man sich absetzen will?«, ergänzte Melnik.

In dem Moment kam der Kellner mit ihren Bestellungen und die drei Kollegen widmeten sich ihren Mahlzeiten, bevor diese kalt werden konnten.

Nach dem Essen griff Hansen den Faden mit leiser Stimme wieder auf. »Ihr hattet mir Handy und Tablet sowie den Terminkalender der Notarin zukommen lassen. In Letzterem habe ich die Namen Bartelsen, also den Mädchennamen von Frau Simek, und den Namen ihres Mannes gefunden.

Sprich, die beiden oder auch nur Frau Simek waren ihre Klienten. Zumindest lagen die Termine immer in den üblichen Geschäftszeiten und nicht in den Abendstunden. Das deutet darauf hin, dass es sich um Geschäftstermine handelte. Außerdem haben die beiden ab und zu miteinander telefoniert, wie ich der Anrufliste entnehmen konnte.«

»Wir müssen klären, in welchem Verhältnis die Notarin und das Ehepaar Simek zueinanderstanden. Vielleicht können wir die beiden besuchen, wenn wir mit dem Büro der Toten durch sind?«, fragte Schweers mit Blick auf Melnik, der zustimmte.

»Und«, Hansen sah seine Kollegen nacheinander an, »es gibt eine Reihe von Textnachrichten, die die drei miteinander ausgetauscht haben. Alle gelöscht. Die Wiederherstellung dauert.«

»Na, da schau einer an, vielleicht zeigt uns Frau Simek ja freiwillig ihr Handy oder erklärt uns, worüber sie sich mit der Toten unterhalten hat«, sinnierte Schweers.

»Für eine Beschlagnahmung des Handys wird es nicht ausreichen, oder? Ich meine, sonst könnte ich ja eine Beantragung bei der Staatsanwaltschaft vorbereiten.« Hansen sah Schweers den Kopf schütteln.

»Ich hoffe, wir bekommen mehr Klarheit, wenn wir nachher einen Blick in das Büro und die Akten der Notarin werfen.« Melnik roch mit verzückten Augen an einem neuen Zigarillo, den er aus der Packung gezogen hatte, aber im Restaurant nicht anstecken durfte. »Für mich stinkt das immer mehr nach Geldwäsche, auch wenn wir das bisher nicht belegen können.«

»Mit dem Thema habe ich mich in den letzten Tagen ein wenig befasst, interessiert?« Hansen hatte seine Ellbogen auf den Tisch gestützt. Als seine beiden Kollegen nickten, fuhr er fort: »Es fängt immer mit schmutzigem Geld an. Schwarzgeld, Geld aus illegaler Prostitution, Drogenhandel oder sowas. In unserem Fall haben wir Hinweise auf Drogen. Im zweiten

Schritt erfolgt der erste Waschgang. Dafür bietet sich unser Casino an. Für das Geld, das ich dort gewinne, gibt es eine Quittung. Damit kann ich dann letztlich zur Bank gehen und das Geld einzahlen, da ich die Herkunft belegen kann. Bei Fragen seitens der Bank kann ich die Quittung vorzeigen. Aber warum sollte die Bank fragen? Das würde sie vermutlich erst machen, wenn der Betrag 10.000 Euro überschreitet. Ist der Betrag kleiner, besteht keine gesetzliche Pflicht dazu, nachzufragen.«

Schweers hatte aufmerksam zugehört. »Damit könnte ich doch auch zu einer Notarin gehen und den Betrag auf ein Notaranderkonto einzahlen, nicht wahr? Ich brauche nur einen Notar, der Barzahlung akzeptiert und nicht allzu genau nach der Herkunft des Geldes fragt.«

Hansen nickte. »Das deckt sich mit meinen Recherchen zum Thema Geldwäsche.«

»Wissen wir, welcher Staatsanwalt heute Bereitschaft hat?«, wollte Schweers wissen.

»Das kann ich herausfinden. Was schwebt dir vor?«, Hansen hatte sich vorgebeugt.

»Ich denke, wir sollten unsere bisherigen Ergebnisse und Vermutungen, gestützt durch die Indizien, zu einem kurzen Bericht zusammenfassen und beim Staatsanwalt Konteneinsicht beantragen für die Privatkonten der Eheleute Simek. Vielleicht gibt es auch Konten auf den Mädchennamen von Frau Simek. Dann die Privatkonten von Pastor Koopmann. Und zum Schluss sowohl die Privatkonten als auch die Geschäftskonten von Frau Dr. Peters. Dazu legen wir eine BaFin-Anfrage zum Kontenabruf für die genannten Personen. Damit können wir alle Konten, Depots und Schließfächer identifizieren, die diese Leute bei hiesigen Banken haben. Sollte es notwendig werden, können wir bestimmte Konten auch einfrieren.«

»Ihr beide wollt doch gleich einen Blick in das Büro der Peters werfen, oder?« Hansen hatte einen fragenden Blick aufgesetzt.

Melnik schaute auf sein Handy. »Das hatten wir geplant. Und wie ich sehe, hat die Spurensicherung das Büro freigegeben. Wir können also rein.«

Schweers, der sich angesprochen fühlte, nickte ebenfalls und stand auf. »Ich habe beobachtet, dass die Gäste hier alle an der Kasse vorne bezahlt haben.« Seine Kollegen folgten ihm.

»Dann übernehme ich den Bericht und den Antrag auf Konteneinsicht und auf Kontenabruf bei der BaFin«, beschloss Hansen.

»Das wäre echt gut, wenn du das machen könntest!« Schweers schien beunruhigt. »Ich habe so ein komisches Gefühl. Das hat mit dem Paket zu tun, das zu dem Dokumentenfälscher gebracht wurde.«

»Und, Jonas, du wolltest doch nachschauen, ob wir was über diesen Koopmann und seine Verbindung zu Simek haben. Mir kommt das allmählich komisch vor. Wieso erledigt der Kurierdienste für diesen Simek? Bist du da weitergekommen?« Melnik hatte sein Portemonnaie gezückt, um zu bezahlen.

»Stimmt, bin ich noch nicht zu gekommen.«

»Schaffst du das alles?«, fragte Schweers seinen Kollegen, der aber lediglich nickte. »Und, Peter, wir sollten in Erwägung ziehen, diesen Pastor heute noch zu befragen. Es wäre nur gut, wenn wir ein wenig mehr über seinen Hintergrund hätten, bevor wir bei ihm auftauchen. Ich bin mir nicht sicher, ob wir unsere Beobachtungen aus den Observationen schon in das Gespräch einfließen lassen sollen.«

Draußen machte Hansen sich auf den Weg zu seinem Auto und sagte: »Ich lasse euch wissen, sobald ich was Wichtiges, speziell über Koopmann, habe.«

Seine Kollegen nickten und gingen Richtung Auswanderermuseum, neben dem in einem der Häuserblocks das Büro der Notarin lag.

Melnik hatte seinen jetzt qualmenden Zigarillo zwischen den Lippen und folgte Schweers. Letzterer hoffte, früh genug Feierabend machen zu können, da er seine Verabredung mit Kerstin nur ausgesprochen ungern abgesagt hätte.

Peter Melnik folgte seinem Kollegen durch das Treppenhaus ins Hochparterre, wo sich die Kanzlei der Toten befand. Den Eingang zur Kanzlei fanden sie problemlos. Ein großes Schild mit dem Namen der Toten und dem Wort ›Kanzlei‹ darunter prangte auf der Tür. Peter Melnik entfernte die Siegel, die die Kollegen von der Spurensicherung angebracht hatten. Dann probierte er den Schlüssel, den ihm ein uniformierter Kollege gegeben hatte, und die Tür zu Kanzlei öffnete sich sofort.

Schweers, der sich Latexhandschuhe und Schuhüberzieher angezogen hatte, betrat die Kanzlei. Hinter der ersten Tür auf der linken Seite des Flures verbarg sich eine kleine Teeküche. Ihr gegenüber war eine Toilette. Hinter der zweiten Tür lag ein kleiner Raum mit zwei unterschiedlich großen Kopierern. Gegenüber war offenbar das Zimmer der Assistentin, deren Name auf einem kleinen Schild neben dem Türfutter stand. Erst hinter der Tür am Kopfende des Flures lag das Büro der Toten. Große Fenster boten einen Blick über den Neuen Hafen und seine Marina. Unübersehbar war, dass jemand vor der Polizei dagewesen sein musste. Die Schreibtischlampe lag auf dem Fußboden, der Lampenschirm war zerbrochen, und vor dem Schreibtisch breitete sich auf dem Parkett ein schwarzer Fleck aus, dessen Herkunft auf den ersten Blick nicht klar wurde. An verschiedenen Stellen standen kleine Schildchen mit Ziffern und Zahlen, die die Spurensicherung hinterlassen hatte. Eines der Schildchen stand neben einem kleinen, zerbrochen Glasfläschchen, auf dem Schweers den Namen ›Montblanc permanent Blue‹

lesen konnte. Es roch durchdringend nach einer Art Lösungsmittel. *Vermutlich riecht die verschüttete Tinte so,* Schweers rümpfte die Nase. Durch die geschlossenen Fenster drang ein helles Klingeln zu ihm durch. *Das müssen die Schlagbäume der Sportbootschleuse auf der anderen Hafenseite sein,* dachte er.

»Du die Akten, ich den Schreibtisch?« Melnik holte ihn aus seinen Gedanken.

»Einverstanden.« Schweers machte einen Bogen um den Tintenfleck und ging bis zum Regalschrank, dessen Türen offen standen und neben dessen rechter Seite sich ein Hängeregister aus Metall befand, das der Einbrecher aufgebrochen hatte. Das Register war alphabetisch geordnet. Bei den Buchstaben S und B waren große Lücken. *Alles andere hätte mich auch gewundert.* Er schloss die Schublade und wandte sich den Akten zu. Deren Rückenschilder deuteten darauf hin, dass es sich um die Akten der anwaltlichen Tätigkeit der Toten handelte. Auf keinem der Rückenschilder fand er den Namen Simek oder Bartelsen.

»Fehlanzeige was die Namen Simek oder Bartelsen angeht. Im Hängeregister scheint unter dem Buchstaben S etwas zu fehlen. Wie sieht es bei dir aus?«

»Die Tote mochte teures Schreibgerät. Kugelschreiber und Füller von Montblanc. Passend zum zerbrochenen Tintenfässchen, das dem Parkett vor dem Schreibtisch seine neue Farbe gibt. Die Schubladen sind mit dem üblichen Kram gefüllt. Auf der linken Seite, hinter der Tür, stehen die privaten Akten der Toten. Die sollten wir mitnehmen. Und hier«, Melnik deutete auf die offene Tür der rechten Seite des Schreibtisches, »haben wir einen versteckten Safe, dessen Front wie eine integrierte Schublade aussieht. Der Tresor ließ sich ursprünglich nur mit dem Fingerabdruck der Toten oder einer Zahlenkombination öffnen. Die Techniker haben ihn aufbekommen.«

»Was ist drin?« Schweers war neugierig geworden. Versteckte Safes hatten schon immer etwas Magisches für ihn gehabt.

»Ein Notebook, Bündel mit Bargeld in unterschiedlich großen Umschlägen und eine Kladde mit Namen, Geldbeträgen und Firmennamen, wie es scheint.« Melnik hielt Schweers die aufgeschlagene Kladde hin.

»Alles handschriftlich! Interessant. Warum wohl?«

»Gute Frage.« Melnik schüttelte seinen Kopf.

Schweers fühlte, wie das Handy in seiner Tasche vibrierte, das er an einer Steckdose im Restaurant hatte aufladen können. »Jonas, was Interessantes gefunden?« Hansen antwortete und wurde sofort wieder unterbrochen. »Einen Moment, ich stell das Handy laut, dann muss ich nicht alles für Peter wiederholen.«

»Okay. Zuerst das Makabre. Laut Fitness-App, die mit der Uhr der Toten verbunden war, hörte ihr Herz um zwanzig Uhr dreiundfünfzig auf zu schlagen. Der Todeszeitpunkt steht damit fest und deckt sich mit dem, was wir bisher wissen. Dann habe ich mir mal den Hintergrund von Koopmann und Simek angeschaut. Unsere Vermutung, dass die beiden sich schon länger kennen, stimmt. Martin Koopmann ist ein geborener Mayer. Er hat den Namen seiner Frau angenommen.«

»Das ist eher selten«, wurde er von Melnik unterbrochen. »Und woher kennen sich die beiden?«

»Koopmann war früher, als angehender Pastor, in einer Kleinstadt in Süddeutschland gemeldet, und das deckt sich mit einer früheren Meldeanschrift von Simek, der dort aufgewachsen ist.«

»Und dann tun die beiden so, als würden sie sich nicht kennen. Das ist erklärungsbedürftig. Hast du sonst noch was, was wir möglicherweise im Gespräch mit Koopmann gebrauchen können?« Schweers schien es eilig zu haben.

»Nein. Die Konteneinsicht ist beantragt und der Kontenabruf bei der BaFin ebenfalls. Da habe ich aber noch keine Rückmeldung. Der Staatsanwalt hat lediglich mitgeteilt, er würde sich beeilen. Die Observation von Simek und Koopmann hat er im Übrigen im Nachhinein abgenickt.«

»Wunderbar, herzlichen Dank. Wir brauchen hier nicht mehr lange. Ich schlage vor, wir bringen dir ein paar Unterlagen und das Notebook aus dem Büro der Toten vorbei und fahren dann direkt zu unserem Pastor. Was meinst du, Oliver?« Schweers hielt den Daumen hoch, bückte sich und begann, die Akten aus dem Schreibtisch zu holen, die sie mitnehmen wollten.

»Einverstanden. Während ich auf den Staatsanwalt warte, beschäftige ich mich weiter mit dem Tablet und dem Handy der Toten. Einen Termin mit Koopmann hat die Notarin übrigens nicht gehabt, nach allem, was ich bisher gesehen habe, und in ihren Kontakten taucht er auch nicht auf. Es sieht so aus, als habe er zumindest mit der toten Frau nichts zu tun.«

»Okay, Jonas, dann packen wir hier zusammen und kommen kurz bei dir vorbei.« Schweers nahm die Akten auf den Arm und Melnik das Notebook, die Kladde mit den handschriftlichen Notizen und eine Tüte, in die er die Umschläge mit dem Geld gelegt hatte. Beide sahen sich noch einmal um, bevor sie das Büro verließen, schlossen von außen ab und überklebten die Siegel, die sie vorher zerstört hatten. Kurz darauf saßen sie im Auto und waren auf dem Weg zum Revier.

Martin Koopmann hatte mittlerweile sein Päckchen pünktlich im Versteck abgeliefert und Simek per Textnachricht darüber informiert. Danach war er nach Hause gefahren. Seine Frau war mit Antonia im Zoo am Meer. Die Kleine wollte wie angekündigt herausfinden, ob dort auch ein Einhorn zu sehen war. Greta und Eva waren unterwegs mit ihren neuen Freundinnen. Bei Greta war er allerdings nicht sicher, ob sie möglicherweise schon einen Freund hatte. Als ihm einfiel, dass Simek sich bereits in das Leben seiner Tochter geschlichen hatte, wurde ihm schlecht. Dann wurde er wütend. *Vielleicht ist Benedikts Idee, jemanden anzuheuern, doch nicht so schlecht. Aber wenn das in die Hose geht, bin ich im Arsch, soviel ist klar. Wenn überhaupt, dann müsste Lukas für immer verschwinden. Was sowas wohl kostet ...,* fragte er sich und war überrascht darüber, dass ihn die Idee als solche nicht mehr erschreckte. *Die Alternative ist Arbeitslosigkeit, Armut und Gefängnis. Benedikt hilft mir, hat er schon angedeutet.* Er musste nachdenken und eine Entscheidung treffen. Aber zunächst brauchte er Abwechslung.

Auf der Anrichte lagen ein Block und ein Kugelschreiber. Er nahm beides in die Hand, um eine Liste der Werkzeuge zu machen, die sie im Garten benötigen würden, als es an der Haustür klingelte. *Wer kann das denn sein? Susanne hat ja wohl nicht ihren Schlüssel vergessen?* Er ging nach vorne und öffnete die Tür, um sich zwei mittelalten Herren gegenüber zu sehen.

»Grüß Gott, die Herren. Was kann ich für sie tun?«

»Guten Tag, Herr Koopmann, nehme ich an. Mein Name ist Schweers, und das hier ist Herr Melnik. Wir sind von der Kriminalpolizei und hätten ein paar Fragen an Sie.« Schweers und Melnik hielten ihre Dienstausweise so, dass Koopmann sie lesen konnte.

»Die Kriminalpolizei? Das ist ja mal was Neues für mich. Was habe ich denn verbrochen?« Koopmann lächelte ein wenig unbeholfen und versuchte, seine Frage witzig klingen zu lassen.

»Das wissen wir nicht. Ich hatte gehofft, dass Sie uns das sagen können«, antwortete Melnik.

»Ähm ..., wie meinen Sie das?« Koopmann konnte ein leichtes Beben seiner Stimme nicht vermeiden und spürte, wie sein Kopf rot wurde.

»Wollen Sie uns hereinbitten, oder sollen wir das hier besprechen? Ihre Nachbarn wüssten sicherlich gerne, was hier los ist?« Schweers, dem der rot gewordene Kopf des Pastors nicht entgangen war, gab sich ebenfalls raubeinig. Es galt, die Unsicherheit, die ihr Gesprächspartner mit jeder Faser seines Körpers ausstrahlte, auszunutzen.

»Aber ja, Entschuldigung, bitte kommen sie doch herein«, stammelte Martin Koopmann, der, von der Situation offenbar überfordert, rückwärts ins Haus ging und dabei fast über einen Stuhl gestolpert wäre, der im Flur stand. Er ging voran in die Küche, die als einziger Raum bereits vollständig eingerichtet war. »Nehmen Sie Platz«, sagte er, dabei mit einer zitternden Hand auf die Stühle am Esstisch deutend. »Wir sind erst vor ein paar Tagen hier eingezogen, deshalb müssen wir mit der Küche vorliebnehmen.«

»Haben Sie sich denn schon ein wenig eingelebt?« Melnik, der sich auf einen der Küchenstühle gesetzt hatte, schlug einen etwas jovialeren Ton an, um den Pastor in Sicherheit zu wiegen.

»Nun ja, das ist vielleicht ein wenig zu schnell. Unsere Töchter haben wir einschulen können, und ich habe meine neue Stelle bei der Seemannsmission angetreten. Aber wir haben noch nicht alle Kartons ausgepackt und auch nicht alle Bilder aufgehängt. Der Garten, dem ich eben eigentlich einen Besuch abstatten wollte, wartet auch mit Arbeit. Es wird also alles noch ein wenig dauern.« Koopmann hüstelte leicht, schien aber Teile seines Selbstbewusstseins wiedergefunden zu haben.

»Waren Sie denn schon mal hier in der Gegend? Oder sogar einmal in Bremerhaven?«, wollte Schweers wissen.

»Leider nein. Hätte ich gewusst, wie reizvoll die Landschaft und die Küste sind, wäre ich schon früher einmal gekommen.«

»Und ihre neue Stelle gefällt Ihnen?«, wollte Melnik wissen.

»Soweit ich das bisher sagen kann, ja. Ich habe ein eingespieltes Team vorgefunden und konnte mich in ein gemachtes Nest setzen. Die Mitarbeiter sind alle engagiert, und die Arbeit in der Mission ist etwas völlig anderes als die übliche Betreuung einer Gemeinde.«

Schweers nickte, lächelte den Pastor an und ging dann zum Angriff über. »Und seit wann kennen Sie Lukas Simek?«

Der Blick des Pastors schwang ruckartig zu Schweers. Er fühlte, wie sein Kopf erneut heiß wurde, sah auf den Boden und begann seine Finger, die er gefaltet in den Schoß gelegt hatte, zu kneten. »Wie meinen Sie das? Ich hatte doch gesagt, dass ich erst seit fünf Tagen in Bremerhaven bin.«

»Herr Koopmann, Sie weichen meiner Frage aus.« Schweers hielt den Pastor mit seinem Blick fest, bis dieser den Kopf wieder senkte und leise antwortete.

»Ich habe Herrn Simek kennengelernt, als er ein kleiner Junge war. Ich war damals angehender Pastor und in der Gemeinde beschäftigt, in der er mit seinen Eltern lebte.«

»Und wieso wollten Sie uns das verschweigen?«, mischte sich Melnik ein.

»Das wollte ich doch gar nicht! Wie kommen Sie darauf?« Koopmann zögerte. »Herr Simek hat damals eine Jugendsünde begangen. Ich habe ihm versprochen, dass das unter uns bleibt. Das ist alles.«

»Und woraus bestand diese Sünde? Lassen Sie sich doch nicht jeden Wurm einzeln aus der Nase ziehen.«

Koopmann sammelte den kümmerlichen Rest seines Selbstbewusstseins zusammen und ging seinerseits zum Angriff über. *Auch ich habe Rechte, verdammt noch mal*, dachte er. »Ich verstehe nicht, was das alles hier soll. Wieso werde ich verhört wie ein Schwerverbrecher? Worum geht es überhaupt? Sie überfallen mich hier und haben mir bisher nicht einmal gesagt, worum es geht und ob ich einen Anwalt benötige. Bis Sie mir sagen, was Sie von mir wollen, sage ich nichts mehr.« Er sah die beiden Kommissare mit zusammengekniffenen Augen und einer steilen Falte über der Nase abwechselnd an, verschränkte die Arme vor der Brust und lehnte sich auf seinem Stuhl zurück.

»Herr Pastor, ob Sie einen Anwalt benötigen, kann ich Ihnen nicht sagen. Das ist immer dann der Fall, wenn Sie von uns als Verdächtiger vernommen werden. Momentan sehen wir Sie als einen potentiellen Zeugen. Als jemanden, der möglicherweise über für uns wichtige Informationen verfügt. Vielleicht, ohne es zu wissen.« Schweers hatte befürchtet, dass Koopmann dichtmachen würde, wenn er zu sehr unter Druck geriet. Das passierte häufig, wenn Menschen verunsichert waren. Aus Angst, etwas Falsches zu sagen, schwiegen sie lieber. Andererseits war Schweers klargeworden, dass sie dem Pastor, der weiterhin völlig verwirrt schien, etwas geben mussten, damit er den Ernst der Sache begriff. »Herr Koopmann, mein Kollege und ich ermitteln in zwei Mordfällen. Momentan ist unklar, ob die beiden Fälle zusammenhängen. Ich hoffe, damit ist Ihnen klar, dass es sich um eine ernste Angelegenheit handelt. Und jetzt beantworten Sie bitte die Frage, die mein Kollege gestellt hat.«

Der Geistliche hatte die Augen aufgerissen. »Mord?« Die Augen des Pastors wanderten von Schweers zu Melnik und wieder zurück. Seine Lider flackerten, und er knetete die Finger seiner Hände. »Und was hat das alles mit Herrn Simek und mir zu tun?«

»Herr Pastor«, Schweers war kurz davor, die Geduld zu verlieren. Er hatte auf die Uhr geschaut und festgestellt, dass seine Verabredung mit Kerstin näher rückte. »Eine Grundregel, die bei polizeilichen Ermittlungen gilt, lautet: Der Polizist stellt die Frage und der Zeuge beantwortet sie. Haben Sie das verstanden?«

Koopmann sah den Kommissar an. Er schien innerlich mit sich zu kämpfen. Seine Lippen bebten, und er hatte die Luft angehalten. Sein Blick fixierte eine der Bodenfliesen. Dann atmete er langsam aus, seine Schultern sanken nach unten, er holte erneut konzentriert Luft und begann zu reden: »Als kleiner Junge hat Lukas Simek einmal mit Feuer gespielt und dabei einen Holzschuppen auf dem elterlichen Grundstück in Schutt und Asche gelegt. In dem Schuppen stand das Auto seines Vaters. Die Feuerwehr löschte den Brand, ohne etwas retten zu können. Lukas ist voller Panik und komplett aufgelöst zu mir gekommen. Ich kannte seinen Vater. Der Mann erzog den Jungen mit dem Knüppel. Diese Bestrafung hätte er nicht überlebt, auf jeden Fall hätte er mehr als blaue Flecken gehabt. Ich versprach ihm, nie darüber zu reden.« Koopmann sah die beiden Beamten an. »Und als Geistlicher nimmt man die Verantwortung, die man für andere Menschen übernimmt und Versprechen, die man macht, ernster als andere, deshalb wollte ich Ihnen das nicht erzählen.«

Melnik war kurz davor, ›Amen‹ zu sagen, riss sich im letzten Moment zusammen und schloss den Mund wieder. Ein kaum merkbares Kopfschütteln und die nach oben gedrehten Augen entgingen Schweers geschultem Blick allerdings nicht.

»In welchem Jahr war das?«, hakte Schweers nach und notierte sich im Geiste, diese Information zu überprüfen, sofern dies überhaupt noch möglich war.

»Das war in 2001 oder 2002.« Der Pastor saß wieder mit gesenktem Kopf auf dem Küchenstuhl und knetete weiter seine Finger.

»Das ist also das Geheimnis zwischen Ihnen und Herrn Simek, den Sie somit seit dieser Zeit kennen?« Melnik schüttelte langsam den Kopf und öffnete den Mund, um eine weitere Frage zu stellen, als Schweers die Hand hob und langsam den Kopf schüttelte.

Das Unverständnis im Blick seines Kollegen ignorierend wandte er sich wieder an den Zeugen. »Vielen Dank, Herr

Koopmann, das wäre vorläufig alles. Wir wären Ihnen verbunden, wenn Sie dieses Gespräch vertraulich behandeln könnten. Mit anderen Worten: Erzählen Sie Herrn Simek nichts von unserer Unterhaltung.« Schweers sah dem Pastor in die Augen, bis dieser nickte.

Schweers und sein Kollege gingen zurück zu ihrem Auto.

»Warum sollte ich nicht tiefer bohren?« Melnik wollte wissen, warum Schweers ihn abgewürgt hatte.

»Koopmann hätte dann komplett dichtgemacht. Ich vermute, Simek hat irgendetwas gegen ihn in der Hand. Die Geschichte mit dem abgebrannten Schuppen glaube ich ihm nicht eine Sekunde. Wenn unsere Theorie stimmt, dass Simek in Drogenschmuggel oder Drogenhandel und Geldwäsche oder alles zusammen involviert ist, dann wäre Koopmann ja sein Kurier. Welcher Pastor beteiligt sich freiwillig an Drogenhandel?«

»Es gibt ja auch Pastoren, die sich an Kinderpornographie beteiligen, warum nicht auch an Drogenhandel?« Melnik zuckte mit den Schultern.

»Die Motivationslagen sind völlig unterschiedlich. Drogenhandel ist lukrativ. Kinderpornographie dient der Befriedigung eines pervertierten Sexualtriebes. Letzteres spielt bei ›Geistlichen‹ eher eine Rolle, oder?«

»Jedenfalls geht mir das moralisch hohe Ross, auf das Koopmann sich selbst gehoben hat, mächtig auf den Zeiger.«

Schweers konnte nicht anders als grinsen. »Das war nicht zu übersehen. Einen Moment habe ich mir Sorgen um deinen Blutdruck gemacht.«

»Und ich mir um meine Impulskontrolle.« Beide Kommissare gingen leise lachend weiter.

Als sie vor dem Auto standen, verharrte Schweers einen Moment. »Ich bin mir übrigens sicher, dass Koopmann nichts weiß. Wie bereits gesagt, vermuten wir, dass Simek in dunkle Machenschaften verstrickt ist. Das ist ein hartes und brutales

Geschäft, wie wir wissen. Hinzu kommen zwei Morde, von denen Koopmann vermutlich erst durch uns erfahren hat. Der erste Mord ist passiert, da war er noch gar nicht in Bremerhaven, und der zweite Mord ist bisher nicht öffentlich. Wir verdächtigen Simek in diesen beiden Fällen. Letzteres ist für den Pastor völlig neu. Wir reden von Kapitalverbrechen. Unser Herr Koopmann ist ein Geistlicher, der ist von Kapitalverbrechen so weit entfernt wie die Erde von der nächsten Galaxis. Wenn der etwas wüsste, das uns weiterbringt, wäre er für Simek ein enormes Risiko. Und ein derartiges Risiko geht der nicht ein. Zumindest glaube ich das nicht.«

»Aber warum bringt Koopmann ein Päckchen von Simek zu einem Dokumentenfälscher nach Cuxhaven?«

»Wenn ich Koopmann wäre und man würde mir diese Frage stellen, würde ich antworten, dass ich meinem alten Freund Simek lediglich einen Gefallen getan habe. Ich wollte sowieso meinen Kollegen Obermüller besuchen und habe angeboten, den Umweg über Cuxhaven zu machen und das Päckchen dort abzugeben. Wir könnten das Gegenteil nicht beweisen!«

Melnik nickte. »Mist. Wir könnten nicht einmal beweisen, dass der Pastor wusste, wem er ein Päckchen bringt, geschweige denn, was in dem Päckchen war. Das wüsste ich wirklich gerne. Allerdings habe ich die Hoffnung, dass unser Geistlicher jetzt ins Grübeln kommt. Er weiß, dass es nicht nur um den Transport irgendwelcher Päckchen geht, sondern um zweifachen Mord.«

Die beiden Kommissare saßen gerade im Auto, als Schweers Handy vibrierte. Er fand eine Nachricht von Jonas vor. Die Versuche, Simek zu kontaktieren und einen Termin für Samstag zu vereinbaren, seien gescheitert. Auf dem Anrufbeantworter des Festnetzes liefe eine Nachricht, die besage, dass die beiden ein Wellnesswochenende mit Sauna gebucht hätten und erst am Sonntagabend wieder zu Hause seien. Ob er irgendetwas unternehmen solle?

Schweers zeigte seinem Kollegen die Nachricht. »Was denkst du?«

Melniks Blick war in die Ferne gewandert. »Ich glaube nicht, dass wir genügend Gründe haben, die Simeks zur Fahndung auszuschreiben oder für eine Hausdurchsuchung bei den beiden, oder?«

»Keine Ahnung, du kennst den Staatsanwalt besser als ich. Wenn wir schon weitere Hinweise aus der Kontenabfrage hätten, sähe das Ganze anders aus, aber so … Ich denke, das hat keinen Zweck. Jonas hat zwar alles angestoßen, aber noch keine Rückmeldung. Ich schätze, das ist dann der Feierabend, oder?«

Peter Melnik warf den Stummel seines Zigarillos aus dem Fenster, startete das Auto und machte sich auf den Weg zur Adresse ihres zweiten Opfers, wo Schweers sein Fahrrad hatte stehenlassen.

Pastor Koopmann war zurück in die Küche gegangen und hatte sich hingesetzt. Die Liste mit den notwendigen Gartenarbeiten war in Vergessenheit geraten. Seine Prioritäten hatten sich verschoben. Die beiden Beamten hatten von zwei Toten gesprochen. Er korrigierte sich: Von zwei Morden war die Rede gewesen. Einer davon letzte Woche Freitag, vor seinem Umzug nach Bremerhaven. Den zweiten Mord hatten sie nicht weiter erwähnt. Und im Zusammenhang damit wollten sie von ihm wissen, woher und wie lange er Lukas Simek kannte. Das hieß doch, dass sie Lukas verdächtigten, entweder die Morde begangen oder zumindest daran beteiligt gewesen zu sein. Ihm wurde flau im Magen, dann wurde ihm schlecht. Er schaffte es bis zur Toilette, wo er sich übergab, bis außer Galle nichts mehr kam. Er blieb vor der Toilettenschüssel sitzen, bis er die Kraft fand, aufzustehen. Seine Frau sollte ihn so nicht finden. Ihre Fragen würden alles nur komplizierter machen. *In was für einen Sumpf bin ich geraten? Wie soll ich da jemals wieder unbeschadet herauskommen? Und noch viel wichtiger: Wie schütze ich meine Töchter und Susanne vor jemandem, der über Leichen geht?* Koopmann hatte keine Zweifel, dass Lukas Simek skrupellos war. Das hatte er am eigenen Leib gespürt. Ob er fähig wäre zu morden, konnte er nicht mit Sicherheit sagen. Leider konnte er die Möglichkeit aber auch nicht ausschließen. *Und: Lukas Drohung, Greta zu vergewaltigen, muss ich ernst nehmen. Ich muss dafür sorgen, dass dieser Mann aus dem Verkehr gezogen wird, bevor er meiner Familie etwas antut.*

Koopmann ging in sein Büro, nachdem er sich das Gesicht gewaschen hatte. Während er unkonzentriert versuchte, sich auf die Termine für die kommende Woche vorzubereiten, zeichnete sich in seinen Gedanken ein Plan ab, den ihm seine Verzweiflung diktierte. Die Musik des im Hintergrund laufenden Radios drang kaum zu ihm durch. Die Predigt für den Sonntag hatte er fertig. Er konnte auf eine erkleckliche Sammlung zurückgreifen, die er bei Bedarf an aktuelle Geschehnisse anpasste. Die Seeleute, die ihn morgen in der Mission erwarteten, würde er enttäuschen müssen. Warum er die Predigt überhaupt vorbereitet hatte, konnte er sich selbst nicht erklären. Sein Blick war gedankenverloren durch das Fenster nach draußen gewandert. In seiner Fantasie schweifte er ab zu Benedikt Obermüller. Dann erstarb die Musik und es folgte eine Sondermeldung.

Uns erreicht in diesem Moment eine Sondermeldung der Polizei. Heute Morgen wurde im Stadtzentrum am ›Neuen Hafen‹ eine weibliche Leiche in ihrer Wohnung gefunden. Es handelt sich um ein Tötungsdelikt. Die Polizei geht davon aus, dass der oder die Täter von der Toten selber hineingelassen wurden. Oder es wurde ein Nachschlüssel benutzt. Unsere Hörer werden um Mithilfe gebeten. Hat jemand gestern Abend zwischen zwanzig Uhr dreißig und einundzwanzig Uhr dreißig in der Barkhausenstraße auf Höhe des Restaurants ›Pier 6‹ irgendetwas Ungewöhnliches beobachtet? Ein Auto, das auffällig schnell eine Parklücke verlassen hat? Ein oder zwei Personen, die sich hastig entfernten oder Ähnliches. Es sei möglich, dass der Täter einen Rucksack getragen hat, in dem sich Akten befanden. Sollten Sie über Hinweise für die Polizei verfügen, können Sie diese unter der Telefonnummer 22 33 44 55 weitergeben. Anonyme Mitteilungen werden ebenfalls entgegengenommen. Die Polizei bedankt sich schon jetzt für Ihre Mithilfe und wir machen weiter im Programm. Als Nächstes hören Sie ...

Das folgende Musikstück kannte er aus seiner Jugend. Der Inhalt der Sondersendung durchdrang seine Gedanken nur langsam. Als das Gesagte schließlich sein Bewusstsein erreichte, erstarb sein Lächeln und seine Gesichtsfarbe wechselte in ein Leichenblass. *Das muss der zweite Mord sein*, dachte er. Ihm wurde erneut schlecht und er weinte. Damit wurde sein Plan unausweichlich. *Das wird meine erste und letzte Todsünde*, dachte er, während seine Tränen auf die Blätter der vor ihm liegenden Predigt tropften.

Auf dem Weg zum ›Quartier 159‹ ließ Schweers das Gespräch mit Koopmann Revue passieren. Peter und er waren sich sicher, dass der Pastor nicht alles erzählte, was er wusste, und dass er an der einen oder anderen Stelle auch gelogen hatte. Aber nachzuweisen war ihm im Moment nichts. Sie brauchten dringend die Kontoinformationen, wenn sie einen Schritt vorankommen wollten. *Hätten wir die Kontenabfrage bloß früher gemacht*, dachte er, *aber wir hätten keine Genehmigung dafür bekommen. Bis zum Tod der Notarin hatten wir nichts in der Hand. Erst die Verbindung von Simek zur Notarin und damit zu einem zweiten Opfer reichten dem Staatsanwalt als Indizien, dass es sich in beiden Fällen um den gleichen Täter handeln könnte.*

Die Leuchtreklame seines Ziels lenkte seine beruflichen Gedanken in eine erfreulichere Richtung. Er freute sich auf sein Treffen mit Kerstin und auf ein kühles Bier. Den ursprünglichen Plan, sich vorher im Restaurant Poseidon zu treffen, hatten beide aus Zeitmangel aufgeben müssen. Kerstin Krupp hatte einen Abgabetermin für einen Artikel in einem Wissenschaftsmagazin, und er selber hatte nicht damit gerechnet, dass sich das Gespräch mit Pastor Koopmann derartig lange ziehen würde.

An der Theke waren Plätze frei. Er setzte sich auf einen Hocker und belegte einen zweiten mit seiner Jacke.

»Moin, Oliver, wie war dein Tag, ein kleines Pils oder lieber ein großes? Du siehst aus, als könntest du einen großen Stimmungsaufheller gebrauchen.«

»Moin, Kai, ich nehme ein großes Bier heute. Zum einen ist es Wochenende, und tatsächlich nagt der Fall an den Nerven.«

Der Wirt nickte und begann zu zapfen. Schweers griff zu seinem Smartphone. Er hatte seit dem Frühstück keinen Blick mehr in die Nachrichten geworfen. ›buten un binnen‹ meldete erneut Diskussionen über ein geplantes Offshore-Terminal, und die teilweise maroden Kaianlagen lieferten offenbar ebenfalls Gesprächsstoff, murmelte er leise vor sich hin.

»Es wird Zeit, dass du hier Anschluss findest.« Kai stellte das frisch gezapfte Bier vor Schweers auf den Tresen. »Aber am besten jemanden außerhalb deines Jobs.«

»Wie kommst du darauf?«

»Du redest schon mit dir selber, und ein Arbeitskollege bringt dich nicht auf andere Gedanken, sondern wälzt vermutlich deinen aktuellen Fall von links nach rechts, oder?«

»Du hast recht. Aber möglicherweise ändert sich das ja bald.«

»Lass mich raten. Kerstin, nicht wahr? Die aus dem AWI?« Kai grinste.

»Wie kommst du darauf?«

»War ein Schuss ins Blaue. Da du rot geworden bist, habe ich ins Schwarze getroffen, richtig?«

»Quatsch, ich bin nicht rot geworden.« Schweers merkte, dass seine Gesichtsfarbe das Gegenteil bezeugte. Er winkte ab und nahm einen Schluck aus seinem Glas.

Kais Blick wanderte zur Eingangstür, die sich offenbar geöffnet hatte. Er grinste noch breiter, soweit das überhaupt möglich war, und deutete auf den Platz neben Schweers. »Moin, Kerstin, ich schätze, du wirst erwartet.«

Schweers nahm die Jacke, die er über den Hocker gelegt hatte, und hängte sie an einen Haken unter der Theke. Kerstin setzte sich neben ihn.

»Moin, Kai, wie geht's? Moin, Oliver, alles okay?«

»Ja, ja, alles in Ordnung, ein bisschen vom Job genervt, das ist es aber auch schon. Und bei dir?«

»Es ist Wochenende, was kann ich mehr sagen. Kai, machst du mir ein Bier, auch ein großes, bitte.«

»Kommt sofort. In der Zwischenzeit kannst du den Typen neben dir ja ein bisschen aufheitern.«

Kerstin Krupp blickte Schweers interessiert an. »Was ist los?«

»Nichts Besonderes. Der Job nervt halt manchmal. Besonders, wenn man sich sicher ist, dass Menschen, mit denen man redet, lügen, oder zumindest nicht die ganze Wahrheit sagen und man deshalb nicht weiterkommt. Es wird mühsam und unbefriedigend.«

»Willst du darüber reden?«

»Es geht um einen offenen Fall. Du hast sicher von der Leiche gehört, die Anfang dieser Woche in der Geestemündung gefunden wurde. Heute Morgen wurde eine zweite Leiche gefunden. War schon in den Nachrichten. In beiden Fällen bin ich der ermittelnde Kommissar.«

»Oh Mann, was musst du für einen Eindruck von Bremerhaven haben. Knapp eine Woche hier und schon zwei Leichen am Hals.« Kerstin Krupp bedankte sich nickend für das Bier, das Kai vor ihr auf die Theke gestellt hatte.

»Das war in Bonn auch nicht anders. Allerdings habe ich zum ersten Mal einen Geistlichen im Verdacht, etwas zu wissen, das er – aus welchen Gründen auch immer – uns nicht sagen will.«

»Na, wenn er was ausgefressen hat, kann er ja beichten und ist seine Sünden wieder los. Ist doch cool, oder?«

»Als Protestant ist da nichts mit beichten. Davon abgesehen fände ich es echt cool, wenn er bei mir beichten würde. Dann wäre ich einen Schritt weiter«, antwortete Schweers.

»Schlag ihm das vor, beim nächsten Gespräch. Vielleicht spielt er ja mit.«

»Deinen Optimismus möchte ich haben«, erwiderte Schweers lachend.

»Wenn das ein gläubiger Christ ist, dürfte er doch nicht lügen, oder?«

Schweers nickte. »Sonst kommt er in die Hölle. Vielleicht sollte ich beim nächsten Gespräch damit drohen.«

»Diese dunkle Seite der Kirche ist ja erst in letzter Zeit an das Licht der Öffentlichkeit gekommen. Als Jugendliche habe ich keine negativen Erfahrungen machen müssen. Irgendwann bin ich dann allerdings ausgetreten, weil mir als Wissenschaftlerin Glauben sowieso eher abgeht.«

Schweers stieß mit seiner neuen Freundin an. »Mein Cousin, der lebt in einem kleinen Dorf am Niederrhein, hat mir mal erzählt, dass alles, was der Lehrer oder der Pastor von sich gab, von niemandem infrage gestellt werden durfte. Und als Kind gab es einen Satz heiße Ohren von den Eltern, wenn man diese Regel brach.«

»Für einen Priester ausgezeichnete Rahmenbedingungen.« Kerstin schüttelte den Kopf.

»Dass du, als Wissenschaftlerin, nicht religiös bist, wundert mich allerdings nicht.«

»In der Wissenschaft zählt halt nur der Beweis. Der Glaube hingegen kommt ohne jeden Beweis aus. Und die Tatsache, dass die Bibel von ein paar begabten Homo Sapiens geschrieben wurde und nicht von irgendeinem Gott, hält die Kirche nicht davon ab, die Menschen weiter zu verführen.«

»Das stimmt, allerdings verliert der Laden inzwischen jede Menge Mitglieder, Woelki sei Dank.«

Kerstin nickte. »Ja, der Mann ist wahrlich ein Segen, könnte man sagen.«

»Lass uns das Thema wechseln. Erzähl doch mal, was du am AWI machst.«

»Ja, gerne. Ich habe hier Biotechnologie studiert und nach dem Studium in Hamburg promoviert. Danach wieder zurück nach Bremerhaven. Seitdem arbeite ich am AWI. Das war die kurze Antwort.«

»Ein paar mehr Details fände ich interessant. Auch wenn ich beruflich nichts mit dem Klimawandel zu tun habe, interessiert mich das Thema durchaus. Schließlich werden wir und die nachfolgenden Generationen die damit einhergehenden Probleme lösen müssen, wie auch immer.«

»Da hast du recht.«, Kerstin griff nach ihrem Glas, sortierte ihre Gedanken und begann zu erzählen.

Zwei Stunden später gingen die beiden Hand in Hand Richtung Marina ›Im Jaich‹. Kerstin hatte darauf bestanden, das Hausboot besichtigen zu dürfen. Erbitterter Widerstand seitens Schweers war ausgeblieben.

Die Maschine hob Richtung Westen ab. Ein wenig Seitenwind aus nördlicher Richtung kompensierte er mit einem Vorhaltewinkel. Als er dreitausend Fuß erreicht hatte, drehte er die Maschine langsam Richtung Süden. Mit vollem Tank hatten sie eine Reichweite von tausend Kilometern. Laut Wetterbericht hatten sie auf ihrer Flughöhe für eine gute Stunde dreißig Knoten Rückenwind. Lukas Simek entspannte sich ein wenig.

Nachdem er den Zeugenaufruf im Radio gehört und ein wenig nachgedacht hatte, war er nervös geworden. Dass die Notarin eine Reinigungskraft haben würde, hatte er geahnt. Aber dass diese an einem Samstagvormittag kommen und die Tote finden würde, damit hatte er nicht gerechnet. Simek schüttelte langsam den Kopf bei diesem Gedanken. Seine Frau hatte die nötigsten Sachen gepackt, und er hatte morgens den Flugplan eingereicht. Danach hatte er auf die Textnachricht von Koopmann gewartet, sich mit ihm auf dem Parkplatz getroffen und das Päckchen in Empfang genommen. Die Papiere sahen gut und vor allem echt aus. Um achtzehn Uhr dreißig waren sie am Flugplatz Blexen angekommen. Das satte Schnurren des Motors seiner Cessna beruhigte und entspannte ihn weiter. Er wandte sich seiner Frau zu, die angespannt nach draußen schaute. »Alles in Ordnung?«

»Ich bin scheiß nervös. Hoffentlich geht alles gut!« Draußen rauschte die Landschaft langsam unter ihnen vorbei.

»Mach dir keine Sorgen. Die Polizei weiß nicht, wer hinter der Sache mit der Peters steckt.«

»Das sagst du so. Vielleicht haben wir etwas übersehen und die kommen uns schneller auf die Schliche, als wir glauben. Schließlich haben sie die Peters auch schon am Samstag gefunden und nicht erst am Montag, wie du prognostiziert hast.«

Simek korrigierte den Trimm des Höhenruders ein wenig nach. »Kann ich damit rechnen, dass die Putze der Peters an einem Samstag kommt?«

»Nein, konntest du nicht. Aber genau das meine ich. Wir wissen doch gar nicht, was wir übersehen haben.«

»Fenja, ich bitte dich. Werde nicht paranoid. Wir waren so sorgfältig, wie wir angesichts der Geschwindigkeit, mit der sich die Situation veränderte, sein konnten. Mehr war nicht machbar. Jetzt sind wir in der Luft und nähern uns unserem Ziel.« Simek warf einen Blick auf seine Uhr und dann auf den ins Cockpit integrierten Kartenplotter. »Ich gehe davon aus, dass wir in spätestens vier Stunden die letzte Grenze überfliegen und dreißig Minuten später in Zürich landen. Dann gehen wir vom Privatfliegerbereich in den internationalen Teil des Flughafens und kurz danach an Bord der Maschine, die uns in die Südsee bringen wird.«

Das Funkgerät meldete sich. Simek bestätigte seine Position, die Richtung, die Flughöhe, die man ihm vorgab und den nächsten Meldepunkt. Sie waren jetzt seit sechzig Minuten in der Luft. Der Autopilot versah seinen Dienst. In viereinhalb Stunden würden sie landen. Von Zürich ging am Sonntagvormittag ein Flug nach Port Vila. Er freute sich auf die Business Class. Vor seinen Augen erschienen Bilder von weißen Stränden mit himmelblauem Wasser und Mahlzeiten mit Meeresfrüchten. Er konnte nicht anders und lächelte. *Alle wichtigen Papiere und ausreichend Bargeld sind an Bord. Klamotten können wir überall kaufen. Alles richtig gemacht.*

KAPITEL 7, SONNTAG

Oliver Schweers drehte sich im Bett ein weiteres Mal um. Das leise Klingeln, das wie durch Watte zu ihm durchdrang, wollte trotzdem nicht aufhören. Im Gegenteil, irgendein Arschloch sorgte dafür, dass dieses Geräusch immer lauter wurde. Dann überschritt die Tortur die Schwelle des Unterbewusstseins und er realisierte, dass sein Handy nach ihm rief. Er tastete auf der Ablage herum, wurde aber nicht fündig. Er öffnete frustriert endgültig die Augen und betrachtete einen Haufen Kleidung, der neben dem Bett lag. Gekrönt von einem BH. Er drehte sich um und sah jede Menge braune Haare. *Richtig, Kerstin wollte ja das Hausboot sehen,* erinnerte er sich. *Wie es aussieht, bleibe ich wohl doch in Bremerhaven.* Das Telefon gab keine Ruhe. Er fluchte leise, das Klingeln kam aus dem Salon, wo er das Gerät vermutlich an eine Ladestation gehängt hatte. Notgedrungen stand er auf und ging nach nebenan, nicht ohne hinter sich die Tür zu schließen, um Kerstin nicht zu wecken.

»Jonas, was ist los? Es ist Sonntag«, flüsterte Schweers.

»Ich habe die angefragten Informationen über die Konten. Die zuständigen Stellen haben das gestern Abend sehr spät noch geschickt, aber ich war eingeladen und habe deshalb eben erst reingeschaut. Ich denke, es ist eindeutig, dass Simek und die Notarin gemeinsam der Geldwäsche überführt werden können. In jedem Fall haben wir genug, um einen Durchsuchungsbeschluss für die Wohnung von Simek zu bekommen. Was wir da sonst noch finden, wird sich zeigen.«

»Meinst du, Peter würde auch zu einer spontanen Sitzung ins Präsidium kommen, schließlich ist Sonntag.« Schweers war immer noch unsicher, wie weit er seine Kollegen an Wochenenden oder abends belasten konnte.

»Ich rufe ihn an, würde mich aber wundern, wenn er nicht käme.«

»Dann bin ich in fünfundvierzig Minuten dort.« Er ging zurück in sein Schlafzimmer und weckte Kerstin. Schweers erzählte, was los war, machte sich fertig und verabschiedete sich. Dann versprach er, sich zu melden, sobald er wusste, wie sein Tag verlaufen würde, und verschwand. Nachdem er sein Boot verlassen hatte, sah er am Kopfende des Steges den Kormoran ausnahmsweise nicht mit geöffneten Flügeln stehen. *Vielleicht hat der auch schon die letzten Nachrichten über den Missbrauch gelesen und das Predigen aufgegeben*, dachte er und machte sich auf den Weg.

Susanne Koopmann hatte sich in die ›Nordsee-Zeitung‹ vertieft. Die Nachrichten über kirchliche Aktivitäten in Bremerhaven kamen ihr sparsam vor, aber das gedachte sie zu ändern, sobald sie die Zeit dafür finden würde. Ihre beiden ältesten Töchter waren – altersgerecht mit geladenen Smartphones und Kopfhörern bewaffnet – unterwegs zu Freunden. Toni, die jüngste der Schwestern, war auf ihrem Zimmer. Das neue Malbuch mit den verschiedenen Einhörnern übte eine derartige Faszination auf sie aus, dass sie es sogar heimlich mit ins Bett genommen hatte. Es war ein absolutes Mysterium, wie sie ohne dieses Buch ihr bisheriges Leben hatte meistern können. Außerdem sei sie jetzt erwachsen, hatte sie beim Frühstück gemeint. Als die beiden Älteren über diesen Spruch lachten, war sie aufgestanden und hatte erhobenem Hauptes, ihre Geschwister keines Blickes würdigend, die Küche verlassen. Sie würde jetzt malen, war die Ansage. Susanne musste die beiden Älteren daran hindern, nicht erneut in lautes Lachen auszubrechen, da das mit Sicherheit zu einer lautstarken Auseinandersetzung geführt hätte. Das alles war jetzt mindestens eine Dreiviertelstunde her. Sie schaute auf ihre Uhr. Sie war sich nicht sicher, ob ihr Mann heute einen Gottesdienst in der Mission haben würde, deshalb gestern Abend lange gearbeitet hatte und jetzt entsprechend lang schlafen wollte. Trotzdem rang sie sich dazu durch, in den ersten Stock zu gehen. Sie klopfte. Ein zweites Mal. Erneut keine Antwort. Sie öffnete die Tür. Ihr Mann lag auf dem Bett. Völlig angekleidet, einschließlich der Schuhe, was sie hasste, wie er wusste. Die offenen, an die Decke starrenden Augen passten nicht ins Bild. Ein lautloser Schrei kam ihr über die Lippen, mehr nicht. Sie schloss die Tür hinter sich und ging zum Bett. Dort angekommen, sah sie einen dünnen Streifen weißer, getrockneter Flüssigkeit, die ihrem Mann aus dem Mund gelaufen war. Sie setzte sich auf den Stuhl, der neben dem Bett stand, und nahm seine kalte linke Hand in die eigene. Ihr schossen Tränen in die Augen. Er war bei Gott. Da war sie sich vom ersten Moment an sicher. Das gab ihr Kraft und würde auch ihren Töchtern die nötige Kraft geben, wobei sie sich bei Greta in dieser Hinsicht nicht mehr hundertprozentig auf ihr Urteil verlassen konnte. Aber auch das Problem würde der Allmächtige auf seine Art und zu seiner Zufriedenheit lösen. Sie seufzte tief und schloss immer noch weinend die Augen ihres Mannes. Dann kamen ihr Zweifel. *Wieso ist Martin tot. Er ist zu jung zum Sterben. Er ist gesund.* Vor dem Umzug waren sie beide ein letztes Mal bei ihrem Hausarzt gewesen. Sein Blutdruck sei ein wenig hoch, aber Cholesterin und was sonst so untersucht worden war, gab keinen Anlass zur Sorge. *Und was bedeutet diese weiße Flüssigkeit, die aus seinem Mund herausgelaufen sein muss.* Ihr kam ein furchtbarer Gedanke. *Selbstmord kann es nicht sein. Er ist Pastor. Sein Glaube erlaubt ihm keinen Suizid. Er würde sich doch nicht versündigen? Er hat eine Familie, die ihn liebt und die er liebt. Er ist glücklich …, oder?*

Susanne trocknete sich die Augen mit ihrem Taschentuch. Sie hörte draußen einen Vogel singen und drehte den

Kopf. Auf dem Schreibtisch vor dem Fenster bemerkte sie ein Blatt Papier, neben dem der Füllfederhalter ihres Mannes lag. Das Blatt war beschrieben. Weiter hinten auf der Schreibtischplatte sah sie zwei geöffnete Pappschachteln, die aussahen, als ob sie Tabletten enthalten hätten. Davor lagen leere Blister. Daneben standen eine leere Whiskyflasche und ein Glas. Sie stand wie in Trance auf, ging zum Schreibtisch und begann zu lesen.

Liebe Susanne,

ich muss dir und unseren Töchtern sehr wehtun und weiß nicht, wie oder womit ich anfangen soll.

Ich fange damit an, dir einzugestehen, dass ich homosexuell bin und immer war. Richtig: Ich habe dich belogen, vom ersten Tag an. Seitdem führe ich ein Doppelleben. Auf der einen Seite der ~~treue~~ *Ehemann, auf der anderen Seite immer wieder Verhältnisse mit anderen Gleichgesinnten. Trotzdem war ich lange Zeit der seelsorgende Pastor. Ich habe dich damals geheiratet, weil ich dich sympathisch fand und weil du keine großen Ansprüche an ein Liebesleben hattest. Vor allem aber - auch das gehört zur Wahrheit dazu - weil ich damals als offen schwuler Mann niemals hätte Pastor werden können. Hinzu kommt, dass unverheirateten Pastoren mit Misstrauen begegnet wird. Hingegen glaubt niemand, dass ein verheirateter Pastor schwul sein könnte. Damals habe ich keinen anderen Ausweg gesehen, wenn ich meiner Berufung (ja, ich fühlte mich damals von Gott dazu berufen, Pastor zu werden) folgen wollte. Wie* du siehst, habe ich die Vergangenheitsform benutzt. Warum? Heute würde ich diese Berufung vielleicht noch immer in mir spüren, aber ich würde nicht mehr Pastor werden wollen. Ich würde dich auch nicht noch mal heiraten und dieses Doppelleben führen. Im Laufe der Jahre bin ich zu der Erkenntnis gekommen, dass die Kirche dem moralischen Anspruch, den sie den Menschen abverlangt, selber nicht gerecht wird. Sie wird letztlich nur als Machtinstrument missbraucht.

Das ist leider nicht alles. Seitdem wir in Bremerhaven sind, werde ich von Lukas Simek erpresst und zu illegalen Dingen gezwungen, die ich normalerweise nie im Leben getan hätte. Er erpresst mich damit, mein Doppelleben öffentlich zu machen. Ich werde dich nicht mit weiteren Details belasten, da bereits diese Wahrheiten für dich und unsere Mädchen sehr schmerzhaft sind. Bitte rufe Kommissar Schweers von der Bremerhavener Polizei an, zeige ihm diesen Brief und verweise ihn an Benedikt Obermüller, Pastor im Kloster Neuenwalde. Von ihm wird er weitere Details erfahren, die ich dir hier ersparen möchte.

Mir bleibt nur zu sagen, dass es mir leid tut, dir und den drei Mädchen dieses angetan zu haben. Ihr werdet euch schnell an ein neues Leben ohne mich gewöhnen. Gott, an den du ja glaubst, wird dir dabei helfen.

Martin

An seinem Brief hing säuberlich mit einer Briefklammer befestigt die Visitenkarte eines Kriminalhauptkommissars.

Susanne bekreuzigte sich. Die Tränen liefen erneut, bis sie von alleine versiegten. Sie hatte begriffen, dass ihr Mann sich versündigt hatte. An ihr und ihren Kindern. *War ich wirklich jahrelang blind? Martin war schwul, und ich habe nichts gemerkt?* Sie war nicht so weit, sich einzugestehen, dass ihre Menschenkenntnis derartig schlecht sein sollte. Die Tatsache, dass er ihr eingestand, sie jahrelang hintergangen zu haben, machte sie so wütend, wie sie noch nie im Leben gewesen war.

Sie nahm die Visitenkarte, die sie in ihre Tasche steckte, und verließ das Zimmer, ohne ihren verstorbenen Mann eines weiteren Blickes zu würdigen. Die Tür schloss sie von außen ab. Als Nächstes ging sie zu ihrer Jüngsten, die immer noch in ihr Malbuch vertieft war.

»Toni, ich habe eine Überraschung für dich.«

»Was denn?«, fragte die Kleine mit großen Augen.

»Wir fahren zu einem Vorlese-Abenteuer in den Zoo.«

»Eeecht?« Tonis Gesicht wanderte zurück zu ihrem Malbuch und dann wieder zu ihrer Mutter. »Kann ich das noch fertig malen?« Sie deutete auf die Skizze eines Elefanten, der fast vollständig mit dunkelgrüner Farbe ausgemalt war, die sich ebenfalls an verschiedenen Stellen im Gesicht der Künstlerin wiederfanden.

»Kannst du das nicht nachher machen?«

Antonia überlegte kurz, seufzte vernehmlich und legte ihren Pinsel an die Seite. »Na gut.«

Eine halbe Stunde später hatte Frau Koopmann ihre Tochter am Zoo am Meer abgegeben. Zurück im Auto holte sie die Visitenkarte von Oliver Schweers aus ihrer Tasche.

Als Oliver Schweers im Büro ankam, gurgelte in der Teeküche bereits die Kaffeemaschine. Auf dem kleinen Sitzungstisch in seinem Büro lagen alle möglichen Unterlagen. Jonas war Gold wert.

»Moin, Oliver.«

Die Augen von Melnik, der sich in die Unterlagen vertieft hatte, hatten wieder diese roten Ränder, die von Schlafmangel oder zu viel Rotwein zeugten. Vielleicht war es auch beides. *Wichtig ist nur, dass er gekommen ist.* »Moin, Peter, danke, dass du deinen Sonntag opferst.«

»Ist doch klar«, antwortete der Angesprochene.

Jonas Hansen kam mit drei Tassen Kaffee in der Hand ins Büro und setzte sich ebenfalls an den Tisch.

Als Letzter kam Schweers dazu. »Dann erzähl mal!«

»Ich fange mit den offenen Posten an. Die Schuhgeschäfte, die infrage kommen, habe ich gestern erneut abtelefoniert. Das ist eine Sackgasse.«

Schweers strich den Punkt auf seinem Notizblock durch.

»Die Kriminaltechnik ist zu dem Schluss gekommen, dass sich laut Spurenlage nur eine weitere Person neben Giordano auf dem Grundstück aufgehalten hat.«

»Sehr gut!«, merkte Melnik an und nickte zufrieden.

»Bei Fenja Simek, die ich ja überprüfen sollte, gibt es nichts Auffälliges. Aus polizeilicher Sicht ein unbeschriebenes Blatt. Das gilt ebenfalls für ihren Mann. Keine Einträge. Auch in anderen Quellen habe ich nichts gefunden, wenn wir mal von seinem ehrenamtlichen Engagement absehen. Ein Saubermann, könnte man sagen, zumindest was die Datenlage angeht.«

»Was hat sein Arbeitgeber gesagt?« Schweers konnte nicht glauben, dass ihr Hauptverdächtiger eine derart weiße Weste haben sollte.

»Voll des Lobes und völlig überrascht, dass wir uns über ihn erkundigen. Ich konnte nicht umhin, zumindest ein paar Details herauszugeben, warum wir uns nach ihm erkundigen. Schließlich sind das ja sozusagen Kollegen.«

Schweers nickte frustriert und strich in seinem Heftchen erneut eine Position durch.

Hansen blätterte eine Seite weiter. »Die Überprüfung, ob es auf der Strecke zwischen Laubenkolonie und Wohnort Überwachungskameras gibt, die etwas für uns Interessantes aufgezeichnet haben könnten, hat zu keinem Ergebnis geführt.«

Schweers strich auch diesen Punkt und sah Hansen an: »Gibt es auch etwas, das uns weiterbringt?«

»Ihr werdet gleich lächeln«, antwortete sein Kollege grinsend. »Ich wollte den Spannungsbogen ein wenig aufrechterhalten.«

»Eines Tages bring ich dich um«, murmelte Melnik.

»Ich habe mir den Computer der Notarin genauer angeschaut. Dort habe ich in einem gut versteckten Ordner eine Reihe Fotos gefunden.«

»Nacktfotos von Frau Simek, mit denen sie erpresst wurde?« Melnik war wach geworden.

Schweers schüttelte den Kopf.

»Besser!«, Hansen lachte. »Eingescannte Quittungen über gemachte Gewinne beim hiesigen Casino, auf den Namen Simek ausgestellt. Das Interessante daran ist, dass die Summen und das Datum auf der jeweiligen Quittung immer in zeitlicher Nähe zu Einzahlungen auf ein Notaranderkonto stehen, das von der Notarin für die Simeks eingerichtet wurde. Und dieses deckt sich wiederum mit der Tabelle, die wir auf dem Rechner von Giordano gefunden haben. Mir fehlt noch der Zugang zur Cloud des Opfers. Da findet sich vielleicht auch noch was.«

»Ich schlage vor, wir beantragen sofort einen Durchsuchungsbeschluss für die Wohnung der Simeks.«

»Einverstanden, aber einen Moment noch.« Melnik rutschte auf seinem Stuhl hin und her. »Was ist mit dem Geld auf dem Notaranderkonto?«

»Bis auf einen kleinen zweistelligen Betrag ist am Freitag alles auf ein Konto der Marine Services International auf Vanuatu überwiesen worden. Gesamt knapp 675.000 Euro.

Damit gehört das Geld jetzt dieser Firma. Ich gehe davon aus, dass diese Firma und damit das Geld den Simeks gehören. Aber das werden wir nicht beweisen können, da Vanuatu die Namen von Firmeneigentümern nicht herausgibt.« Hansen zuckte mit den Schultern.

»Aber dann besteht auf jeden Fall Fluchtgefahr, was die Simeks betrifft. Und wer weiß, was wir noch an Dokumenten finden, die als Beweismittel von Interesse wären. Ich schlage vor, wir beantragen zusätzlich zur Durchsuchung einen Haftbefehl für Lukas Simek. Jonas, kannst du das übernehmen? Und bitte darum, uns beides elektronisch zukommen zu lassen. Die Papierform kann eine Streife zur Adresse der Simeks bringen. Peter und ich fahren schon mal los, nachdem wir die Spurensicherung informiert haben.« Schweers blickte seine Kollegen an, die beide nickten und sich erhoben.

Als Oliver Schweers aufstehen wollte, klingelte sein Handy. Er vermutete Kerstin, aber die Nummer, die angezeigt wurde, kannte er nicht.

»Oliver Schweers, Kriminalpolizei Bremerhaven, mit wem spreche ich?«

»Frau Koopmann, was kann ich an einem Sonntag für Sie tun?« Auf der anderen Seite wurde gesprochen, wie Melnik und Hansen hören konnten.

Schweers hörte zu und sagte dann: »Mein Beileid, Frau Koopmann, das tut mir leid. Ich schicke sofort jemanden vorbei. Bitte fassen Sie nichts an.«

Schweers legte wieder auf und sah seine Kollegen an. »Pastor Koopmann hat sich augenscheinlich das Leben genommen. Jonas, ich fürchte, das muss ich dir auch noch aufbürden. Kannst du Melf informieren und eine Streife, die den Tatort sichert? Wir wissen ja noch nicht, ob es sich tatsächlich um Suizid handelt.«

»Mach ich als Erstes. Danach beantrage ich die beiden Sachen und fahre zu Koopmanns raus. Ich kann mich besser selber vor Ort umschauen und euch informieren. Einverstanden?«

Schweers nickte, steckte sein Handy in die Tasche zurück und machte sich mit Melnik auf den Weg Richtung Wohnung der Simeks.

Das Team der Spurensicherung stand vor der Tür, als Schweers und sein Kollege Melnik aus dem Auto stiegen.

»Habt ihr etwas mitgebracht, womit wir die Tür öffnen können?«, fragte Schweers ungeduldig.

»Wir haben von den anderen Bewohnern jemanden herausgeklingelt. Die Wohnungstür ist unser Problem, aber wir haben alles Notwendige mit«, antwortete der Kollege.

Fünf Minuten später standen sie im Hausflur vor der offenen Wohnungstür, die ein weiterer Kollege mit Spezialwerkzeug geöffnet hatte.

Nicht wissend, ob jemand in der Wohnung war, rückten die beiden Kommissare mit gezogenen Waffen vor. Die Wohnung war leer.

Eine Stunde später befanden sich ein paar verkohlte Schuhe, die man im offenen Kamin gefunden hatte, in einer Tüte. Laut einem der anwesenden Techniker wäre es eher unwahrscheinlich, dass die Reste noch als Beweismittel taugen würden. Aufschlussreicher waren die kleine Kopierfräse und Rohlinge für Schlüssel, die im Keller der Wohnung gefunden wurden. Die Knetmasse, die in der Schublade einer kleinen Werkbank lag, könnte identisch mit der sein, die man auf dem Schlüssel der Notarin entdeckt hatte. Die Analyse würde einen Tag dauern, aber das Labor könne das problemlos gerichtssicher beweisen.

Nervös wurde Schweers, der sich die Durchsicht der gefundenen Papiere mit Melnik aufgeteilt hatte, als er eine alte Rechnung vom Aeroclub Blexen fand.

»Sagt dir Aeroclub Blexen etwas?«, fragte er seinen Kollegen Melnik.

»Ja, der ist auf der anderen Seite der Weser, nördlich von Nordenham, warum?«

»Ich wusste bisher nur von einem stillgelegten Flughafen in Bremerhaven. Simek ist in Blexen Mitglied.«

»Scheiße, zeig mal her.« Schweers gab Melnik das Papier.

»Das ist die Rechnung für irgendeine Reparatur an einem Flieger, schätze ich. Ich rufe da mal an. An einem Sonntagmorgen könnte jemand dort sein.« Er zückte sein Handy und wählte die Nummer. »Moin, ja, ich weiß. Mein Name ist Melnik, Peter Melnik, Polizei Bremerhaven. Ist ein Herr namens Simek, Lukas Simek, bei Ihnen Mitglied?« Auf der Gegenseite wurde gesprochen, aber Schweers konnte nichts verstehen.

»Ja, das verstehe ich. Haben Sie was zu schreiben? Ich gebe Ihnen jetzt meine Dienstnummer. Sie rufen bitte sofort im Kommissariat Mitte an und lassen sich bestätigen, dass ich der Polizist bin, der diese Informationen von Ihnen benötigt. Ich warte auf Ihren Rückruf. Und, bitte, es ist dringend.«

Melnik legte auf, sah seinen Kollegen an und zuckte mit den Schultern. Zwei Minuten später klingelte sein Handy. Lukas Simek sei Mitglied im Klub und Eigentümer einer Cessna 172 Skyhawk. Die Maschine sei gestern Abend abgeflogen mit dem Ehepaar Simek an Bord, wiederholte er für seinen Kollegen. Als Zielflughafen hätten die Simeks Zürich angegeben. Dort dürften sie heute am frühen Morgen angekommen sein. Zum Schluss notierte er sich das Rufzeichen und weitere Kennungen des Fluggeräts, über das die Maschine identifiziert werden konnte.

»Wir müssen die beiden sofort über Interpol zur Fahndung ausschreiben, sonst liegen die bald in Vanuatu am Strand und schlürfen Cocktails.« Schweers griff zum Telefon und rief Hansen an, den er noch im Büro erwischte und instruierte.

Melnik hatte ebenfalls sein Handy aus der Tasche geholt. »Ich rufe den Kollegen in der Telefonzentrale an. Der soll mich mit der Flughafenpolizei in Zürich verbinden. Die bitte ich um Amtshilfe. Die können herausfinden, wann der nächste Flug nach Vanuatu geht und ob die Simeks auf der Passagierliste stehen.«

»Gute Idee, aber schick gleich Fotos mit. Denn ich bin mir nicht sicher, ob die nicht mit gefälschten Papieren und unter anderen Namen reisen. Denk an das Päckchen, das zu dem Fälscher in Cuxhaven gebracht wurde!«

Melnik hob den Daumen und drückte die Kurzwahl für die Telefonzentrale in der Hinrich-Schmalfeldt-Straße.

Schweers widmete sich wieder der Durchsuchung der Akten, die die Simeks zurückgelassen hatten. Eine halbe Stunde später klingelte sein Telefon erneut.

Es war Hansen, der inzwischen bei den Koopmanns angekommen war. »Ich bin im Arbeitszimmer, das der Tote auch als Schlafzimmer genutzt hat. Offiziell, weil er schnarcht. Der eigentliche Grund ist, dass der Pastor schwul ist und seit der Beziehung zu seiner Frau ein Doppelleben führt. Die Ehefrau ist ziemlich fertig, macht aber einen gefassten Eindruck.«

»Verdammt, was hab ich gesagt. Ist Melf schon da?«

»Ja, ist er, ich stell das Handy laut.«

»Moin, Melf, kannst du schon was sagen?«

»Moin«, bellte er zurück. »Du bist eindeutig zu neugierig. Aber das ist bei dir vermutlich eine Berufskrankheit.«

Schweers sah den Gerichtsmediziner in Gedanken grinsen.

»Ich bin mir ziemlich sicher, dass es sich um Suizid handelt. Ein Medikamentencocktail. Blutdrucksenker in Kombination mit einer halben Flasche Whisky. Der Rest steht noch auf dem Schreibtisch.«

»Woraus schließt du auf Suizid?«

»Frau Koopmann hat mir den Abschiedsbrief gegeben. Es handelt sich um die Handschrift ihres Mannes, wie sie versichert. An dem Brief hing deine Visitenkarte. Beides lag auf dem Schreibtisch, als sie heute Morgen in sein Zimmer ging, um ihn zum Frühstück herunterzuholen.« Hansen stoppte und Petersen machte weiter.

»Auf dem Tisch liegen die leeren Blister aus zwei Schachteln des Blutdrucksenkers. Den hat er vor einiger Zeit verschrieben bekommen, als er ziemlichen Stress auf seiner alten Stelle hatte, sagt seine Frau. Wenn beide Schachteln voll waren, wären das zwanzig Tabletten gewesen. Die zusammen mit dem Schnaps eingenommen, hauen das stärkste Pferd von den Hufen. Die Magenanalyse mache ich morgen. Und bevor du fragst: Er hatte keine verdächtigen kleinen Verbrennungen im Nacken!«

»Du kannst offenbar Gedanken lesen.« Schweers lachte und fragte seinen Kollegen Melnik gestenreich, ob er Fragen hätte. Melnik schüttelte den Kopf. »Müssen wir sonst noch etwas wissen?«

Hansen antwortete wieder: »Ich fahre gleich nach Geestland zu Herrn Obermüller, der für uns ja kein Unbekannter ist. In seinem Abschiedsbrief sagt Koopmann, dass besagter Pastor über weitere Informationen verfügt, die das Verhältnis Koopmanns zu Simek betreffen. Koopmann wurde von Simek erpresst. Er hatte damit gedroht, dessen Doppelleben öffentlich zu machen. Aber es gibt noch mehr, und das weiß dieser Obermüller.«

Melnik zog die Augenbrauen hoch. »Das klingt ja spannend.«

Das Gespräch war beendet. Die beiden Kommissare widmeten sich wieder der Durchsuchung, als Schweers' Handy vibrierte. Ein Blick zeigte ihm, dass der Durchsuchungsbeschluss, der Haftbefehl und die Fahndung per Mail gekommen waren. Die Mühlen hatten begonnen zu mahlen.

Kerstin saß bereits an einem Tisch, den sie sicherheitshalber reserviert hatte. Das Restaurant ›Poseidon‹ war voll. Fast alle Tische waren belegt. Schweers trat ein und entdeckte seine Verabredung sofort.

»Bist du schon lange hier?« Er setzte sich ihr gegenüber.

»Vielleicht zehn Minuten.«

»Ich hoffe, du hast heute Morgen etwas zum Frühstücken gefunden? Ich musste ja leider etwas überstürzt weg. Tut mir leid.«

»Ist nicht schlimm. Ich hab genug Krimis gesehen und wenn die einigermaßen realistisch sind, ist das dein Schicksal, bis du Polizeipräsident bist.«

Schweers lachte über den Karrieresprung und zuckte bedauernd mit den Schultern. »Schon was gefunden?«

»Gefunden ja, bestellt nein.«

Schweers hatte Hunger. Der Tag war anstrengend gewesen. Erst der unverhoffte Anruf, dann die Teambesprechung und am Ende die Durchsuchung bei Simeks. Den Suizid des Pastors rechnete er nicht und die Befragung von Pastor Obermüller auch nicht. Um beides hatte sich Hansen gekümmert. *Eigentlich habe ich ein echt gutes Team. Die beiden muss ich dringend mal einladen*, dachte er. Der Blick in die Karte dauerte nicht lange und beide bestellten.

»Du siehst müde und hungrig aus.«

»Sieht man mir das so deutlich an?« Schweers rieb sich über die Augen. »Geht wieder vorbei. Gib mir eine halbe Stunde. Mehr benötige ich normalerweise nicht, um mich zu erholen, wenn ein Fall gelöst ist.«

»Glückwunsch! Dein erster in Bremerhaven gelöster Mord!« Kerstin hob ihr Glas, um mit Schweers anzustoßen.

»Dankeschön.« Schweers prostete ihr zu. »Auch wenn noch ein zweiter Mord dazugekommen ist und ein dritter Toter, der Suizid begangen hat. Der Pastor hat sich gestern

Abend selbst gerichtet. Bitte nicht weitererzählen, das ist noch vertraulich.«

»Danke für das Vertrauen! Darf ich wissen, wer der zweite Tote ist? Ich werde nichts erzählen. Aber Selbstmord, ein Pastor! Mann, der muss ja verzweifelt gewesen sein.«

»Tja, das war er wohl. Der zweite Tote ist eine Sie. Kam bereits im Radio. Das ist die tote Notarin, die gestern Morgen gefunden wurde und die mich dazu gezwungen hat, dich so überstürzt alleinzulassen.«

»Was ist denn passiert, kannst du oder willst du darüber reden?«

»Na ja, der Fall ist gelöst. Wenn du mir versprichst, nicht darüber zu reden, werde ich versuchen, allgemein zu bleiben. Einverstanden?«

Kerstin nickte, und Schweers erzählte mit gesenkter Stimme in aller Kürze die wesentlichen Details des Falles.

»Oh ha. In was für einem Dreck du aber auch wühlen musst. Mannomann, das nenne ich mal späte Rache. Warum ist der Typ nicht zur Polizei gegangen? Wenn ich richtig informiert bin, wäre der sexuelle Missbrauch nach all den Jahren doch verjährt, oder?«

»Richtig. Von Seiten der Staatsanwaltschaft hätte er keine Probleme bekommen. Aber als Pastor in Bremerhaven wäre er erledigt gewesen. Hinzu kommt, dass der Hauptverdächtige den Pastor dazu gezwungen hat, Drogen zu transportieren. Damit wäre er erneut für die Staatsanwaltschaft interessant gewesen. Diesbezügliche Fotos belegen, dass unser Mann den Pastor damit zusätzlich erpresst hat. Und ob die Frau dieses sogenannten Geistlichen und seine drei Töchter bei ihm geblieben wären? Keine Ahnung. Würdest du bei einem Mann bleiben, von dem du weißt, dass er dich zwanzig Jahre lang hintergangen hat?«

»Ich würde ihm raten, mir nicht mehr über den Weg zu laufen.« Kerstin stützte ihr Kinn in ihre Hand. »Der ist schwul, mit einer Frau verheiratet und hat drei Töchter? Da muss man erst mal drauf kommen. Normalerweise versteckt die Kirche doch solche Leute, wenn sie sowas erfährt. Versetzt sie irgendwohin. Hätte sein Arbeitgeber ihm nicht helfen können?«

»Die Frage ist berechtigt. Es gibt genügend Beispiele dieser Art.«

»Und warum in diesem Fall nicht?«

»Nach allem, was wir bisher wissen, hatte der Pastor wohl nichts gegen seine Vorgesetzten in der Hand, damit die gezwungen gewesen wären, sich schützend vor ihn zu stellen.«

»Du meinst, weil er keine kompromittierenden Informationen über seine Chefs hatte, war er diesen schutzlos ausgeliefert, und sie hätten ihn schlicht fallengelassen?«

»Das vermute ich ganz stark, kann ich aber nicht beweisen. Ein Zeuge hat sich kryptisch in diese Richtung geäußert. Heutzutage wäre sowas – zumindest bei den Evangelen – wohl kein Problem mehr. Ich meine, als bekennender Homosexueller Pastor zu werden. Bei den Katholen ist das weiterhin undenkbar.«

Schweers spürte, wie sein Handy vibrierte. »Entschuldigung, das könnte wichtig sein.« Er warf einen Blick auf eine neue Mail und grinste. »Herr Ober, können wir bitte zwei Ouzo bekommen?«

An Kerstin gewandt sagte er leise: »Unser Tatverdächtiger wurde in Zürich festgenommen. Er wird in den nächsten Tagen hierher überstellt.«

Nach dem Essen drehten sich die Themen um Bremerhaven und den Job, den Kerstin beim Alfred-Wegener-Institut hatte. Schweers fand die Stadt zunehmend sympathischer. Er gestand sich ein, dass seine Objektivität dadurch getrübt wurde, dass er sich eine Beziehung mit Kerstin Krupp gut vorstellen konnte. Der Abend wurde lang. Der Streit um die Rechnung war kurz. Irgendwann standen die beiden vor der

Tür des Restaurants, unschlüssig, was sie mit dem Rest des Abends anfangen sollten, als Schweers leise fragte: »Bist du neugierig? Ich könnte dir den Rest meines schwimmenden Zuhauses zeigen.«

Kerstin sah ihn an und nahm seine Hand: »Ich dachte schon, du würdest nie fragen!«

Die nächsten Tage verbrachte das Team mit Papierarbeit und den Verhören diverser Personen, die mit dem Fall zu tun hatten.

Die Erpressung des Pastors, seine sexuelle Orientierung und das Verhalten der Kirche spielten eine Zeit lang in der Presse eine Rolle. Dem Casinobetreiber war zunächst nichts nachzuweisen. Barne Stöver geriet erst in Bedrängnis, als er keine Erklärung dafür liefern konnte, wieso die Quittungen aus seinem Casino, die man bei der Notarin gefunden hatte, nicht in seiner Buchhaltung auftauchten.

Dem Hauptangeklagten konnte der Mord sowohl an Bernardo Giordano als auch an der Notarin nachgewiesen werden. In beiden Fällen hatte er ein Motiv und die Gelegenheit. Als in der gemeinsamen Wohnung des Ehepaares ein Elektroschocker gefunden wurde, war allen Beteiligten klar, dass er auch das Mittel für die Taten gehabt hatte.

Frau Simek konnte Mitwisserschaft sowohl bei den beiden Morden als auch der Geldwäsche nachgewiesen werden. Interessante Hinweise für die ermittelnden Kommissare ergaben sich auch aus einer Übersicht der Transaktionen, die die Notarin angelegt hatte und die Jonas Hansen in ihrer Dokumenten-Cloud fand.

Eine Analyse der ehrenamtlichen Tätigkeit des Hauptverdächtigen lieferte Hinweise auf drei verschiedene Ro-Ro-Transporter, die immer nur von Lukas Simek besucht worden waren. Alle drei Schiffe wurden bei ihrem nächsten

Aufenthalt in Bremerhaven gründlich vom Zoll durchsucht. Maxim Koslow und zwei Crewmitglieder der anderen Schiffe konnten des Schmuggels überführt werden. Das Geld, das Simek mit dem Drogenhandel verdient hatte, war auf Nimmerwiedersehen auf einer Südseeinsel verschwunden. Es würde Zinsen abwerfen und warten, bis seine Besitzer nach verbüßter Strafe Anspruch darauf erhoben.

Ein paar Monate später fing ein neuer Pastor in der Seemannsmission an, so dass sich auch dort allmählich die Wogen glätteten.

Schweers wurde überraschend mit der Einlieferung seines Vaters in ein Krankenhaus konfrontiert. Vorläufige Diagnose: Leberkrebs! Man wisse nicht, wie lange es noch dauern könne. Er musste zur Haushaltsauflösung für eine Woche in seine alte Heimat.

Nach seiner Rückkehr steckte er ein paar Tage später bis über beide Ohren in seinem nächsten Fall, in dem der Arbeitgeber seiner neuen Freundin eine zentrale Rolle spielen sollte.

EIN PACKENDER
BONN-KRIMI

MICHAEL BROEMMEL
DIE STIFTUNG
EIN BONNER
KRMINALROMAN

400 Seiten | 12,5 x 20 cm
ISBN 978-3-95651-342-8
18,90 Euro

Was verbindet mehrere alte Menschen, die im Laufe der Zeit durch vermeintliche Schwelbrände zu Hause sterben, mit nationalsozialistischer Beutekunst? Spielt eine Stiftung, die sich die Unterstützung landwirtschaftlicher Entwicklungsprojekte in Lateinamerika zum Ziel gesetzt hat, dabei eine Rolle? Was hat das alles mit einer rechtsnationalen Partei zu tun? Und wieso will der Vorgesetzte des Hauptkommissars, dass der Fall möglichst schnell als Unfall eingestuft wird?

Mit diesen Fragen muss sich Hauptkommissar Oliver Schweers, der an einem Wochenende zu einem Wohnungsbrand in Bonn-Poppelsdorf gerufen wird, befassen. Nur durch Zufall fallen ihm bei seiner Recherche Archivakten eines vergleichbaren zurückliegenden Falls in die Hände, die ihn misstrauisch werden lassen.

Auch aus anderen Bundesländern fordert er daraufhin Akten an, und am Ende hat er es mit fünf Toten zu tun, die unter vergleichbaren Umständen ums Leben gekommen sind: allesamt Mitglieder einer ominösen Stiftung. Zuletzt droht ein politischer Eklat um die rechtsradikale Partei Deutsche nationale Alternative (DnA).